HEIKE MECKELMANN

Küstengruft

TÖDLICHE WELLE Die Kommissare Westermann und Hartwig werden zu einem Bootsunfall gerufen. Ein Fischkutter ist vor der Insel im Belt explodiert. Schnell offenbart sich: Das war kein Unfall, sondern ein Mordanschlag. Doch wer hatte es auf den Schiffseigner abgesehen und warum? Hat die Tat etwas mit dem Bau des Fehmarnbelttunnels zu tun? Seit Jahren stehen sich Gegner und Befürworter des Großprojekts unversöhnlich gegenüber. Während die einen den Bau für zukunftsorientiertes Handeln halten, fürchten die anderen tiefgreifende Folgen für die Natur, Tier, -und Pflanzenwelt. Als eine zweite Detonation die Insel erschüttert, geraten die Insulaner und Besucher in Panik. Der Täter droht mit weiteren Anschlägen. Westermann und Hartwig, mit den Geschehnissen überfordert, bitten das LKA Kiel um Unterstützung. Die gemeinsame Jagd auf ein Phantom beginnt.

Heike Meckelmann wurde in der Nähe von Elmshorn geboren und zog vor mehr als 34 Jahren auf die Insel Fehmarn. Sie betrieb nach dem Studium der Betriebswirtschaft auf der Insel lange Zeit einen Friseursalon und eine Hochzeitsagentur. Viele Jahre arbeitete sie in der Fotografie und nahm als Sängerin ein eigenes maritimes Album auf. Seit 2016 ist sie als freie Autorin auf Fehmarn tätig und schreibt Kriminalromane, die überwiegend auf der Insel spielen und Reiseliteratur. Über 22 Jahre mit einem Fehmaraner verheiratet, bezeichnet sie sich durch und durch als Insulanerin, die ihre Insel genauso liebt, wie die Geschichten, die sie auf der Sonneninsel schreibt.

HEIKE MECKELMANN

Küstengruft

KRIMINALROMAN

GMEINER

Bei Fragen zur Produktsicherheit gemäß der Verordnung über die allgemeine Produktsicherheit (GPSR) wenden Sie sich bitte an den Verlag.

Immer informiert

NEWSLETTER

Spannung pur – mit unserem Newsletter informieren wir Sie regelmäßig über Wissenswertes aus unserer Bücherwelt.

Gefällt mir!

Facebook: @Gmeiner.Verlag
Instagram: @gmeinerverlag

MIX
Papier | Fördert gute Waldnutzung
FSC® C083411
FSC www.fsc.org

Besuchen Sie uns im Internet:
www.gmeiner-verlag.de

Im Ehnried 5, 88605 Meßkirch
Telefon 07575/2095-0
info@gmeiner-verlag.de

2. Auflage 2025

Lektorat: Claudia Senghaas, Kirchardt
Satz: Mirjam Hecht
Umschlaggestaltung: U.O.R.G. Lutz Eberle, Stuttgart
unter Verwendung eines Fotos von: © Heike Meckelmann und Denny Franzkowiak / Pixabay
Motiv im Innenteil: © Gerd Kirsch
Druck: CPI books GmbH, Leck
Printed in Germany
ISBN 978-3-8392-0369-9

Personen und Handlung sind frei erfunden. Ähnlichkeiten mit lebenden oder toten Personen sind rein zufällig und nicht beabsichtigt.

VORWORT

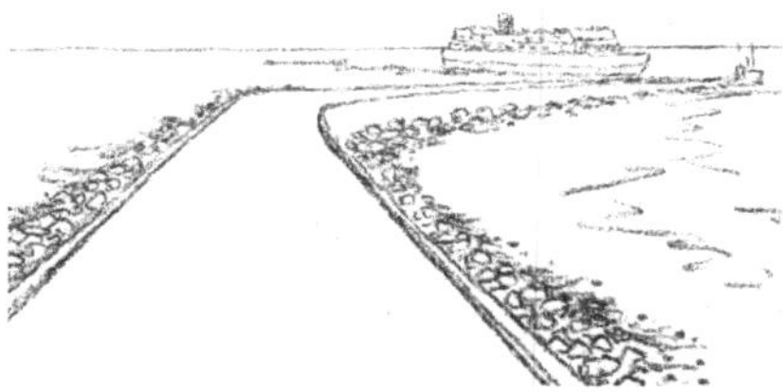

Die Fehmarnbeltquerung, das längste Tunnelbauwerk dieser Art weltweit, bei der es sich nach heutigem Kenntnisstand um einen 18 Kilometer langen Absenktunnel in der Ostsee handelt, der von Puttgarden auf Fehmarn bis nach Rødby in Dänemark führen wird, erhitzt die Gemüter.

Der Tunnel verkürzt nach Aussagen der Beltbefürworter Europas Wirtschaftswege und südlicher gelegene Länder mit Skandinavien und bringt deren Interessen näher zusammen. Führender Motor dieser gigantischen Beltquerung ist die dänische Regierung, die den Bau forciert und die Arbeiten aufgenommen hatte, *bevor* von deutscher Seite aus die Gesetzmäßigkeiten vorlagen.

Die Befürworter sprechen von einer Vision, einer durchgehenden Verkehrsverbindung vom Mittelmeer bis nach Finnland. Sie sprechen von einem maßgeblichen EU-Vorhaben, welches zur weiteren Entwicklung des Binnenmarktes und zur Verbesserung des wirtschaftlichen und sozialen Zusammenhalts in Europa immens wichtig wäre.

Der Belttunnel würde laut Befürwortern durch Wiederaufnahme des 1998 eingestellten Schienengüterverkehrs auf der Vogelfluglinie Einsparung von 160 Kilometern und Chancen für eine Stärkung des europäischen Klimaschutzes bieten. Sie sprechen von der Klimaschutzwirksamkeit, die eine Verlagerung von der Straße auf die Schiene mit sich bringen würde, und sinkenden Energiekosten.

Die Natur würde nur wenig beeinträchtigt, im Gegenteil. Neue Schutzräume durch abgesenkte Tunnelbauteile könnten entstehen. Pflanzen und Tiere hätten neuen geschützten Raum, in dem sie sich wieder entwickeln würden. Dies sind einige der Vorteile, die eine Beltquerung in der angeführten Größenordnung mit sich führe. Befürworter und Gegner schenken sich in der Debatte um die Querung nichts und jede der Parteien kämpft seit Anbeginn lautstark um ihre Rechte.

Zu den Gegnern des Tunnelbauprojektes, das bereits seit Jahrzehnten Thema politischer Interessen war und ist, gehören Bewohner der Insel Fehmarn, Beltretter, Naturschützer und Aktivisten umliegender Küstengebiete im gesamten Ostseeraum. Deren fundierte Argumente wurden immer wieder verworfen oder mit fadenscheinigen Argumenten, so scheint es, unter den Teppich gekehrt.

Die Gegner demonstrieren eine andere Seite der Querung, die kaum jemandem bewusst ist: Was hat es tatsächlich mit der Umwelt und seinen daraus resultierenden Folgen auf sich? Sterben von Flora und Fauna hätten fatale Auswirkungen, die in ihren Dimensionen nicht berechenbar wären. Die Aufschüttung der Sedimente, um die Tunnelelemente im Meeresboden zu versenken, verändern das Bild über Jahrzehnte. Über sehr lange Zeit würden die Insel und die gesamte Küstenregion mit den Folgen zu kämpfen haben. Der Fisch verschwindet bereits aus der Ostsee, aber wird er sich von den Folgen des Tunnelbaus überhaupt noch mal erholen können?

Was mit der Zukunft der Insel, ebenso der gesamten Küstenregion und des Landes passiert, kann niemand vorhersehen. Wird die Insel zum Brückenpfeiler nach Skandinavien? Was ist mit den Naturkatastrophen, die dieser Bau unweigerlich in Gang setzt, und was mit den Kosten, die dieser Bau verursachen wird? Argumente und zahlreiche Hinweise von *Tunnelgegnern* wurden bisher außer Acht gelassen, ignoriert und zum Teil wissentlich ignoriert.

Die ausführende Politik der am meisten betroffenen Insel Fehmarn scheint machtlos gegen strategische Ambitionen um das kolossale Werk und zog sich aus ihrer Gegenwehr zurück. Der Bürgermeister der Insel resignierte und begab sich mitsamt seiner Inselgemeinde in die Hände zukunftsorientierter Machtbündnisse, wenngleich die immer größer werdende Gruppe Menschen sich diesen Gesetzmäßigkeiten nicht unterordnet. »Man sollte das Beste daraus ziehen und sich abfinden.« Ist es so? Sämtliche eingereichte Klagen wurden mit einem Handstreich fortgewischt und abgelehnt. Die Beltretter kämpfen, demonstrieren und lehnen sich gegen ein Bauwerk auf, dessen Sinnhaftigkeit für Bevölkerung und Umwelt nicht gegeben ist.

Wie verhält es sich mit der Erweiterung der Autobahn von Hamburg nach Fehmarn, die quer über die Insel bis hin nach Puttgarden verlaufen wird? Zusätzliche Lärmbelästigungen, die die Urlaubsregion belasten, und deren

Kosten sind nicht absehbar. Genau wie die Schienenanbindung, deren Trasse entlang der gesamten Küstenlinie von Puttgarden bis Travemünde verläuft. Sie sprechen derzeit von 40 bis 80 Güterzügen pro *Tag*! Auch deren Lärmbelästigungen sowie Kosten sind nicht im Geringsten einzuschätzen. Dies alles bewegt sich um den Belttunnel. Doch damit ist es nicht getan! Selbst wenn Dänemark das Gros an Aufwendungen der Querung übernimmt, bleiben dennoch genügend Schulden auf unserer Seite abzuarbeiten.

Die Anbindung der Sundquerung, die sich mit einem ebenfalls neu erbauten Tunnel auf bisher geschätzte drei Milliarden Euro beziffert, birgt große Bedenken und gleicht einem Fass ohne Boden, das am Ende der deutsche Steuerzahler, das heißt, wir alle zahlen müssen! Ein Ende der Kontroversen scheint nicht in Sicht. Die Aushebungen werden auch hier für Jahre die Natur zerstören.

Dieses sind nur einige Aspekte im politisch gewobenen Netz der Beltquerung. In heutiger Zeit, wo fast jeder von Umweltschutz, CO_2 und Erwärmung des Weltklimas und Kostenexplosion redet, stellt sich die Frage, ob ein derartiges Projekt in diese Zeit passt.

Welche Ansichten sind richtig, welche falsch? Wird Fehmarn zum Brückenpfeiler perfider Machtspiele und politischer, wirtschaftlicher Interessen? Verliert die Insel am Ende ihren Status als Ferieninsel?

Nach unzähligen ergebnislosen Anstrengungen haben Gegner dieses Mammutprojektes bisher keinen Erfolg verbuchen können, und alle Möglichkeiten scheinen ausgeschöpft. Ein Kampf David gegen Goliath zermürbt über Jahre die große Gemeinde der Beltretter.

Als schenkte ihnen jemand einen letzten Rettungsanker, entdeckten Naturschützer kurz vor Start des Tunnelbauprojektes unentdeckte Riffe, die sämtliche Vorhaben kippen könnten. Die Beltgegner hofften, damit das Projekt doch noch stoppen zu können. Der Kampf zweier ungleicher Parteien, einer riesigen Maschinerie der Macht, schien aussichtslos, bis ein Tag im Dezember alles veränderte.

Leises, ächzendes Stöhnen jaulte durch den zugigen Raum. Es schien direkt aus den Tiefen der Hölle emporzusteigen. Die Klänge unterstrichen den modrigen Geruch, der durch das Gewölbe waberte. Als er die Augen schloss, die Arme hob, um die berauschende Musik in seinem Kopf zu dirigieren, wusste er, dass er nicht mehr aufzuhalten war.

KAPITEL 1

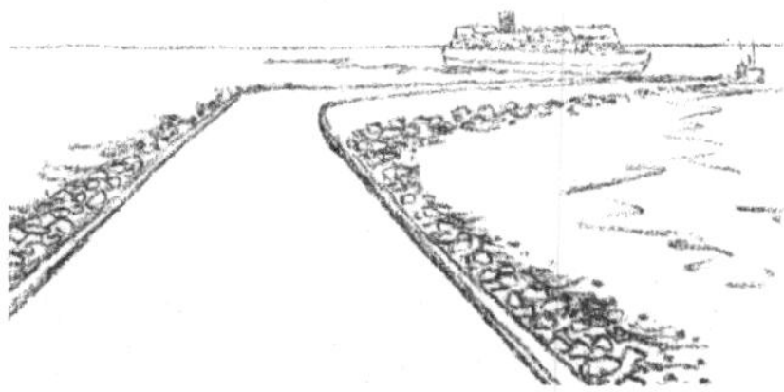

Samstag

Felix stand in klirrender Kälte bis zu den Hüften in der eiskalten Ostsee. Die klare Sicht ließ den Angler die Windkrafträder im Windpark Rødby, selbst auf die Entfernung von fast 20 Kilometern, erkennen. Der 42-jährige, hochgewachsene Petrijünger stand wie ein Fels in der Brandung und sog den scharfen Ostwind tief in seine Lungen. Der Angler blinzelte, um den glitzernden Reflexionen der Sonnenstrahlen auf der Wasseroberfläche auszuweichen. Er gähnte und nahm in der Ferne Richtung Dänemark einen weißen Kutter wahr, der, etwa eine halbe Seemeile entfernt, seine Kreise durchs Wasser zog. Felix Kroll wunderte sich zwar über die eigensinnige Fahrweise des Kutters, behielt aber gelassen seine Rute im Auge. Es war eine günstige Zeit, um eine der begehrten Forellen zu fangen. Bei der Kälte schwammen die Fische näher im küstennahen Gewässer, das wusste der Sportangler aufgrund seiner Erfahrungen. Seine Beharrlichkeit könnte sich heute auszahlen. Dennoch warf er zwischendurch immer wieder einen Blick auf das kreisende Boot. Seit über einer Stunde verharrte der dunkelhaarige Mann mit dem ebenso dunklen Vollbart, der an Rübezahl erinnerte, mittlerweile in der zwei Grad kalten Ostsee. Langsam registrierte er die Minusgrade, die durch seine Wathose drangen. Es war gleich 11 Uhr. Felix gähnte erneut und warf einen kurzen Blick zur linken Seite. Edda kam von ihrem Spazierweg zurück. Wenn er vom Strand aus angelte, begleitete seine zierliche Frau ihn ab und zu und suchte im Sand nach Steinen. Ihn amüsierte ihre Sammelleidenschaft. Das ganze Haus war mittlerweile voll von kleinformatigen Donnerkeilen, Hühnergöttern, Ostseejaden, Feuersteinen und kleinen Bernsteinkrümeln. Er ließ ihr freien Lauf bei ihren Ausflügen und warf beruhigt seine Angel aus. Edda hob den Blick, als sie ihn erreichte.

»Hast du gesehen, dass das Boot da draußen nur im Kreis fährt?«, fragte sie und deutete auf das Fischerboot. Sie schob ihre Strickmütze zurück und starrte ihren Mann fragend an.

»Das ist ein Kutter, und der wird seine Netze einholen«, rief er schroffer als beabsichtigt. Er durfte die Forellen nicht verscheuchen und presste augenblicklich die Lippen zusammen. Edda sah ihn mit Enttäuschung im Blick an und empfand durch seine brüske Art, er sei ihr über den Mund gefahren. Beleidigt zog sie Felix' Rucksack, der vor ihr im Sand stand, zu sich und öffnete ihn mit zittrigen Fingern. Ihre Wangen und die Nasenspitze waren von der Kälte rot gefroren, ihre Hände dagegen vom Steinesuchen ohne Handschuhe blau und steif. Sie pustete warme Luft in ihre Handflächen, zog das Fernglas ihres Mannes aus dem Rucksack und stellte sich aufrecht hin.

»Und es fährt doch im Kreis«, murrte sie, kniff die katzengrün leuchtenden Augen zusammen und lugte durch die Gläser. Felix vernahm ihre Worte, schwieg und schüttelte den Blinker vom Kraut frei. Mit einer Hand kratzte er sich den Schädel unter seiner dunkelblauen Dockermütze und brummte leise vor sich hin.

»Ja, ich geb dir recht. Ich finde es auch merkwürdig. Ich beobachte den Kahn schon eine ganze Weile«, versuchte er, die Wogen zu glätten, und rückte die Mütze zurecht. Seine Haut war von der Kälte gerötet und spannte. Er gähnte. Sein Hundeblick durchdrang sie für einen Moment. Er wollte seine Frau nicht zur Weißglut bringen, spulte die Sehne zurück auf die Rolle, kontrollierte den Blinker und warf die Angel erneut aus. Kein Wind störte seine Leidenschaft. Die Ostsee lag wie ein Spiegel vor ihm und entlockte ihm ein Seufzen. Der algengesättigte Geruch in der Luft zog in seine Nase, und er schloss für einen Moment die Augen. Felix und Edda liebten den Nordstrand kurz vor der Grenze Richtung Dänemark, den weitreichenden Blick auf den Hafen und die ein- und ausfahrenden Fährschiffe. Er schnaufte und sah einer hereinfahrenden Fähre nach, die in diesem Moment die Hafeneinfahrt passierte. Da passt kaum eine Hand dazwischen, stellte er fest. Wenn man am Ende der Mole steht, kann man die Fähren fast berühren, so nah sind sie, dachte er und erinnerte sich daran, dass es in der schmalen Einfahrt vor einigen Jahren tatsächlich zu einer Kollision am östlichen Molenkopf gekommen war. Eine dänische Fähre rammte aufgrund eines Defektes an der Ruderanlage die Mole. Er stand damals wie jetzt im Wasser und angelte, als er dieses ohrenbetäubende metallische Geräusch wahrgenommen hatte, das ihm immer noch eine Gänsehaut über den Rücken jagte. Er schüttelte den Kopf und sah die Fähre ins Hafenbecken einfahren. Was passiert, wenn die Flotte der weißen Schiffe eines Tages aus dem Bild der Insel verschwinden würde? Nicht auszudenken, überlegte er, schüttelte erneut den Kopf und schleuderte ein weiteres Mal den Blinker weit auf die Ostsee hinaus. Mit Bedenken hatte er in den letzten Jahren im abonnierten *Tageblatt* von der Entwicklung seiner Lieblingsinsel gelesen. Er sprach sich ohne Frage gegen einen Tunnel aus, wollte nicht, dass sich irgendetwas auf ihrer Trauminsel veränderte. Es war doch alles bestens, wie es war! Was würde aus der Idylle werden? Wenn Leute ihm dann damit kamen, dass schließlich auch die Brücke gebaut wurde und dagegen viele Insulaner gewettert hatten, stimmte ihn dies wütend. Für ihn waren es völlig andere Zeiten und andere Gründe. Was jetzt hier passierte, würde alles verändern! Was sie hier mit der Natur anrichteten, würde sich nur schwer reparieren lassen. Was passierte mit den Fischen, die jetzt schon kaum noch vorhanden waren, was mit den Schweinswalen und Robben, die er beim Angeln entdeckt hatte und liebte? In letzter Zeit gab es immer weniger von ihnen im Belt. Felix schüttelte abermals den Kopf. Er spürte jedes Mal den Druck auf seiner Brust, wenn er die Bilder wahrnahm, die sich vor seinem inneren Auge auftaten. Er sah die riesigen Bagger, die den Grund im Belt aufwühlten und eine milchtrübe Masse hinterließen. Die Tunnelelemente vernichteten für viele Jahre die Umwelt, dessen war er sich sicher. Hier wird's bald keinen Fisch mehr geben. Der Sand wird für lange Zeit aufgespült sein und weder Pflanzen noch Tieren die Möglichkeit geben, da draußen zu überleben, schnaufte er plötzlich und sagte: »Unfassbar!«

Edda schluckte, sah ihren Mann entgeistert von der Seite an. Ihre rote Wollmütze rutschte hoch, sodass ihre Ohren glühend hervorstachen. Dunkle Locken umrahmten ihr schmales Gesicht, und ihre Augen guckten durch das Fernglas, als könnte sie nicht begreifen, was sie entdeckt hatte.

»Ich bin sicher, da hängt ein Mensch am Boot«, behauptete sie mit zitternder Stimme und hoffte, dass Felix sein Interesse auf das Gesagte lenken würde.

»Was du dir immer zusammenspinnst – da hängt einer am Boot«, lachte er. »Du tüddelst!«, er presste seine Lippen aufeinander, als er sich seiner Worte bewusst wurde. Der 42-Jährige schüttelte den Kopf und drillte seinen Köder.

»Da ist jemand am Bug angekettet!«, schrie sie, wobei sich ihre Stimme überschlug.

*

Die Leuchtstoffröhre pendelte leise quietschend über dem betagten Holztisch und verbreitete flackerndes Licht in dem etwa zehn Quadratmeter großen Raum. Es roch muffig. Eiseskälte durchzog seinen Körper, als er auf den Salpeter starrte, der aus der Wand vor ihm quoll. Dieser Ort war, wie das gesamte Gebäude, weit über 140 Jahre alt. Er ließ seinen Blick wieder auf seine Hände gleiten und nestelte am Kabel, das er mit einem anderen in Verbindung brachte. Angestrengt nagte er auf seiner Unterlippe. Seine Augenlider zuckten. Dann warf er einen kurzen Blick in die hintere Ecke des Kellerraumes. Dort lief seit Stunden ein Heizstrahler, der nur begrenzte Wärme im zwei Meter hohen, milchweiß gekalkten Gewölbe verbreitete. Ihm schien es egal zu sein. Das Einzige, was ihm Kopfzerbrechen bereitete, war der austretende Salpeter, diese rosafarbenen kristallinen Ablagerungen, die seit Jahren immer stärker aus den Wänden traten. Die Gebilde zeigten ihm auf unmissverständliche Weise, wie feucht das Mauerwerk tatsächlich war. Zwischen seinen Augenbrauen stach eine Falte hervor. Der Mann im schwarzen Hoodie, der auf dem Holzstuhl saß, zuckte die Schultern. Sie hatte ihn immer wieder aufgefordert, die Probleme endlich zu beseitigen. Aber es gab so viel Wichtigeres zu tun. Jetzt war es zu spät. Seufzend ließ er die Hände sinken und warf einen Blick auf die Metallregale, auf denen unzählige unterschiedlich große Farbdosen, Eimer und Werkzeuge, fein säuberlich gestapelt und akkurat angeordnet, lagen oder standen. In einem Weckglas steckten Pinsel, und es roch auffällig nach Terpentin. Ordnung war ihm wichtig. Selbst in diesem … Kellerloch. Er saß auf dem Stuhl und zog eine Atemschutzmaske aus der Hosentasche. Bedeutsam zog er die Gummibänder hinter die Ohren und beugte sich erneut konzentriert über das Metallgefäß. Seine schlanken Finger arbeiteten zügig und wussten offensichtlich genau, was sie taten. Was in dieser Umgebung befremdlich auffiel, waren die beiden Computermonitore, deren Bildschirme vor seinen Augen flimmerten. Jeder von ihnen maß 32 Zoll. Es hatte den Anschein, als würde er ein Rezept von der flimmernden Scheibe ablesen. Immer wieder schielte er auf die Rezeptur der dort angegebenen Mengen. Vorsichtig bewegte er den kantigen Metallbehälter vor sich auf dem Tisch, der in einer noch größeren Schale auf einem Berg von Eiswürfeln stand, die er erst vor wenigen Minuten in einer Plastiktüte aus einer Truhe gezogen hatte. Vorsichtig nahm er vier schneeweiße Tabletten, die neben ihm auf dem Tisch ausgebreitet lagen, und gab sie in den Eisbehälter. Mit einem Mörser aus dunklem Granit zerstieß er den Trockenbrennstoff zu feinem Pulver. Diese Arbeit war denkbar einfach. Er warf einen Blick auf das Pulver und griff zu einer der drei Flaschen, die akkurat hinter dem Eiskübel aufgereiht waren und auf ihren Einsatz warteten. Mit präziser Genauigkeit füllte der Mann die auf dem Bildschirm angegebene Menge in ein Glasgefäß. Er öffnete die zweite Flasche, das gleiche Prozedere. Kleine Schweißperlen benetzten seine Stirn. Das Zucken seiner Lider verstärkte sich, während er den Atem anhielt, um die Prozedur nicht zu unterbrechen. Immer wieder schluckte er, holte tief Luft und fuhr mit der Arbeit fort. Als Letztes kam die Flüssigkeit aus dem dritten Behältnis zum Einsatz. Er verengte die Augen. Seine Finger fingen an zu zittern, als er den Inhalt aus den Gefäßen zu den zerstoßenen Brennstofftabletten träufelte. Langsam fügte er die Mischungen zusammen. Die Oberarme presste er an den Körper, um nicht zu zittern. Eine unachtsame Bewegung – und es würde böse enden. Im Raum verbreiteten sich innerhalb weniger Sekunden übelriechende Ausdünstungen! Seine Hand umkrampfte den Glasstab und führte kreisende Bewegungen aus. Er musste die Flüssigkeiten, die in diesen Sekunden eine nebelartige Verbindung eingingen, herunterkühlen, damit sie sich nicht entzündeten. Kalter

Schweiß lief seine Schläfen hinunter, auch das Shirt war innerhalb weniger Sekunden durchnässt. Er hielt inne, atmete tief und hielt erneut die Luft an. Konzentriert verfolgte der Mann, wie die Lösungsmittel sich miteinander vereinigten. Der Gestank drang selbst durch die schwarze Atemschutzmaske, die seine Atemwege schützen sollte. Egal, wie lange diese Prozedur dauern würde, es gab keinen Weg zurück. Mechanisch rührte er weiter und versuchte, so flach wie möglich zu atmen. Das Zucken seiner Lider verstärkte sich, als die heraustretende Feuchtigkeit von der Stirn ins Auge tropfte. Nicht bewegen, nur nicht bewegen, dachte er. Gott sei Dank hat sich wenigstens der Geruch der fiesen Mischung verzogen, stellte er fest, als er für den Moment die Maske von Mund und Nase zog. Angewidert rümpfte er die Nase, als er dafür seinen eigenen penetranten Geruch wahrnahm. Ich muss das Zeug weiter runterkühlen, damit es kristallisiert, schnaufte er und warf immer wieder einen Blick auf den Monitor. Die Hand bewegte sich weiter. Der Mann, dessen Shirt klatschnass auf dem Rücken klebte, atmete kaum. Seine Blicke jagten von der Schüssel zum Bildschirm und zurück. Der Vorgang dauerte fast die ganze Nacht. Seine Arme rührten so lange im Gemisch, bis es nach endlosen Stunden endlich geschafft war. Er atmete erleichtert auf, ließ den Glasstab im Behältnis und streckte befreit die Arme in die Luft. Seine Augen brannten, als hätte jemand Chilipulver hineingestreut. Völlig übermüdet stand er auf und reckte sich. In seinem Kopf hämmerte es. Sämtliche Knochen fühlten sich betäubt an. Noch allerdings war es nicht vorbei. Im letzten Schritt musste er das kristallisierte Pulver durch einen Trichter in die bereitgestellte PET-Flasche rieseln lassen. Er wusste, dass er extrem vorsichtig vorgehen musste. Ein harter Schlag, eine Unachtsamkeit, dann wäre es vorbei und er würde selbst … Erneut glänzten winzige Perlen der Anstrengung auf seiner Stirn. Er wagte kaum zu atmen und versuchte, die Hände trotz aller Anstrengungen so ruhig wie möglich zu halten. Letzte Krümel des hergestellten Pulvers glitten in die Flasche. Dann war es vorbei. Er lehnte sich laut ausatmend und völlig erschöpft gegen die Stuhllehne. Seine Gesichtszüge entspannten sich. Ein Lächeln, das frostiger war als die Eiswürfel vor ihm, glitt über sein Gesicht.

Erleichtert lehnte er sich auf dem Stuhl zurück und verschränkte die Arme hinter dem Kopf. Er registrierte, dass seine Haare im Nacken an der Haut klebten. Das erste Mal seit Stunden atmete er so tief in seine Lungen, dass sein Brustkorb sich wie ein Luftballon aufblähte. Wenig später entspannte sein Körper und fing unkontrolliert an zu zittern. Der Puls hämmerte durch den gesamten Leib, Blut rauschte durch seinen Kopf. Er hielt die Augen geschlossen. Seine Rechnung war bis zu diesem Moment aufgegangen, sodass er die nächsten Schritte einleiten konnte. Die Befreiung jagte einen Schauer über seinen Rücken. Das Zucken seiner Augenlider ließ nach. Dann wurde er ruhig. Bis das Pulver in der Flasche anfing zu qualmen.

*

Beleidigt entfernte sich Edda ein paar Schritte von ihrem angelnden Ehemann und suchte durch das Fernglas erneut angestrengt nach dem Fischkutter. Sie war sicher, dass am Bug des Schiffes ein Mensch gehangen hatte. Dann entdeckte sie den Kutter, der sich im gleichen Radius bewegte. Sie veränderte die Schärfentiefe am Feldstecher und nahm deutlich die Umrisse einer menschlichen Gestalt wahr. Sie stapfte in ihren Gummistiefeln tiefer in die Ostsee, bis auf einmal Wasser in ihre Stiefel schwappte. Edda schrie auf.

»Ja, sag mal. Kannst du endlich Ruhe geben? Du verscheuchst mir auch noch die letzten Fische.« Felix Krolls Laune sank gen null. »Geh spazieren, sammel Steine und verjag mir die Forellen nicht!«, fluchte er und warf ihr einen wutentbrannten Blick zu. Der Angler war mit seiner Geduld am Ende. Ein weiteres Mal schnellte die Angelsehne über die glasklare See. Er knurrte wie ein böser Hund, als er anfing zu drillen. Um ihn herum war es auf einmal wieder still. Die Eiseskälte biss sich in seinem Gesicht fest. Ihm war es egal. Er wollte endlich eine Forelle an Land ziehen. Edda pustete und stapfte ohne ein weiteres Wort aus der See. Felix sah über die Ostsee und beobachtete die Rute, während Edda versuchte, das eiskalte Wasser aus ihren Gummistiefeln zu entfernen. In nassen Socken stand sie am Strand und bibberte. Beide konzentrierten sich auf ihre Aktionen.

Pchhhh … Wumm! Ein wuchtiger, dumpfer Knall unterbrach die Stille und riss die beiden Strandbesucher aus ihren Tätigkeiten. Wie vom Schlag getroffen, zuckten beide zusammen. Edda ließ ihren Gummistiefel fallen, drehte sich um und guckte in die Richtung, aus der der Knall gekommen war. Eine atompilzähnliche Wolke stieg genau dort in die Luft, wo sie vorher den Fischkutter wahrgenommen hatten. Felix blieb wie versteinert stehen und erstarrte in seiner Bewegung. Edda presste geschockt die Hand vor ihren Mund. Ihre weit aufgerissenen Augen verfolgten die dicken Rauchwolken, die weiter anschwollen und den Himmel verdunkelten.

»Das war das Fischerboot! Der Fischkutter ist explodiert«, krächzte Felix Kroll. »Ruf die Wasserschutzpolizei, sofort!«

Edda zog ihr Handy aus der Tasche. »Wie ist die Nummer? Ich kenne die Nummer nicht«, rief sie bleich.

»Verdammt, die ist gespeichert!«, fluchte er.

»Aber nicht in meinem Handy!«, jammerte sie.

Wenige Meter weiter entfernte sich ein Mann, der hinter einem Hügel verharrte und, ohne sich einmal umzublicken, den Strand verließ.

KAPITEL 2

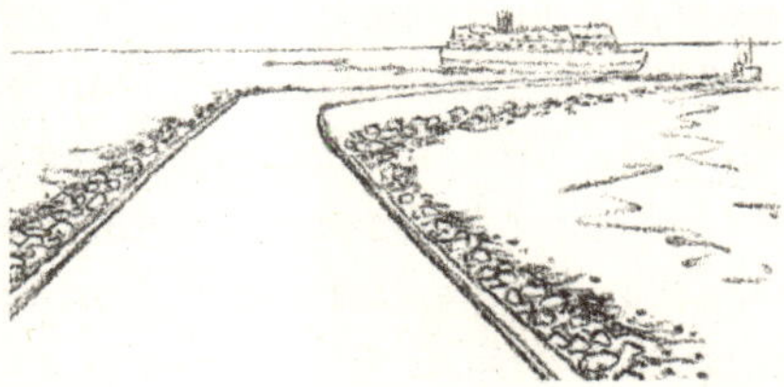

Samstag

Charlotte Hagedorn rührte mit ihrem Löffel den Kandis im Becher. Sie lauschte, was der attraktive Mittfünfziger Hendrik Martin, seiner Frau Nele mitzuteilen hatte, während er im gleichen Atemzug die Winterjacke überstreifte und sich nervös mit den Händen durch seine grau melierten kurzen Haare strich.

»Nele, ich muss los. Wir haben eine Explosion im Belt. Ich weiß nicht genau, was passiert ist, aber wie es scheint, ist ein Kutter in die Luft geflogen.« Die Pensionsbetreiberin Nele Martin, eine der besten Freundinnen Charlotte Hagedorns, stand vor der Keramikspüle und trocknete die Hände an den Hosenbeinen ihrer Jeans. Die quirlige Frau Mitte 50 schüttelte ihre blonden Locken und warf ihrem Mann einen erstaunten Blick zu.

»Kutter? Einer der Fischer?«, fragte die adrette Pensionswirtin und wischte sich mit dem Handrücken eine ihrer störrischen Locken aus dem Gesicht.

»Sagte ich doch, ich kann es dir nicht sagen! Ich muss los. Mein Pieper ist angesprungen.« Überstürzt stieg der schlanke Mann, der eben noch über der Tageszeitung gesessen hatte, im Flur in die Winterstiefel und verließ ohne ein weiteres Wort das Haus. Die Tür schlug lautstark ins Schloss. Zurück blieb Nele mit ihrer Freundin Charlotte, die auf der Eckbank saß und mit spitzen Lippen heißen Ingwertee schlürfte.

»Das ist interessant«, murmelte die taffe Künstlerin, die auf der Insel nicht nur wegen ihrer malerischen und musikalischen Talente für Unterhaltung sorgte, sondern ebenso für ihren exzellenten Spürsinn bekannt war und sofort überall dort ein Verbrechen witterte, wo es nicht mit rechten Dingen zuging. Nicht umsonst trug sie hinter vorgehaltener Hand bei den Insulanern den Namen *Miss Marple* wie ein Brandmal mit sich. Sie war *die* Frau, die mit ihrem roten Fahrrad und ihrer Kamera jedem Mord auf die Schliche kam. »Explodiert, soso.«

»Das muss überhaupt nicht interessant sein, das ist nur traurig, wenn einer der Fischkutter tatsächlich in die Luft gegangen ist. Weißt du eigentlich, was los ist, falls einer der Fischer … Ich mag überhaupt nicht daran denken«, flüsterte Nele. Sie schwieg und wandte sich wieder ihrer Hausarbeit zu. Charlotte nippte am Tee, stand auf und sagte:

»Ich muss los. Hab ganz vergessen, dass ich noch einen Termin habe.« Sie guckte auf den Terrazzoboden. Nele sah sie entgeistert an.

»Das glaube ich jetzt nicht. Du tüddelst deine Freundin an, ohne rot zu werden?« Ihr war klar, dass Charlottes Worte gelogen waren, und sie erkannte sofort, was sie vorhatte. »Du brauchst da gar nicht hinzufahren. Dir wird niemand erzählen, was genau passiert ist. Und überhaupt. Ich dachte, *wir* wollten Tee trinken.«

Charlotte überhörte den Vortrag, stand längst im Flur, schlang ihren Schal um den Hals und stülpte die meerblaue Pudelmütze mit dem aufgestickten Delphin über ihre ungebändigten grauen Locken. Ohne der Freundin eine Antwort zu geben, stieg sie in ihre dunkelbraunen Stiefel und zog die Handschuhe an.

»Das ist jetzt nicht dein Ernst«, murrte Nele und sah ihre Freundin an. Sie verschränkte die Arme vor der Brust. »Charlotte!«

»Und ob! Tschüss, Nele. Ich kann nicht anders. Ich denke, wir haben einen neuen Fall.«

*

Der Seenotrettungskreuzer sowie das Schiff der Wasserschutzpolizei eilten von ihren Standorten zur angegebenen Unglücksstelle. Von der Feuerwehrwache der Burger Innenstadt rasten zeitgleich zwei Löschfahrzeuge auf direktem Weg zum Fährhafen nach Puttgarden. Ein Wagen der ansässigen Polizeidienststelle mit Dienststellenleiter Olaf Schütt und Hauptmeister Jan Becker fuhr direkt zum Strand, um die Befragung der Anrufer aufzunehmen, die die Explosion gemeldet hatten. Der Hauptkommissar hatte sie gebeten, vor Ort zu bleiben. Schütt stoppte den Wagen neben etlichen Mülltonnen, die auf dem Parkplatz direkt hinterm Deich standen, und stieg aus. Er zog seine Dienstmütze weit über die Ohren und den Reißverschluss seiner Uniformjacke bis zum Hals.

Es war mittlerweile Mittag, als er den hartgefrorenen Deich hinaufstapfte. Eisiger Ostwind durchbohrte die Haut in seinem Gesicht. Der hagere Jan Becker lief bibbernd hinter ihm her und vergrub seine Hände tief in den Jackentaschen. Schon von Weitem entdeckte Schütt die einzigen Personen am steinigen Strand von Puttgarden. Edda und Felix Kroll verharrten frierend am Küstensaum. Die Sonne war hinter der dichter werdenden, aschgrauen Wolkendecke verschwunden. Die 40-Jährige hatte Handschuhe übergestreift und wippte von einem Fuß auf den anderen. Sie hatte die Gummistiefel gegen anderes Schuhwerk getauscht und versuchte, die Füße zu wärmen. Felix stand wie ein Baum neben seiner zierlichen Frau und hatte die Arme vor der Brust verschränkt. Seine Angelruten hatte er längst in der Tasche verstaut. An Meerforellen war überhaupt nicht mehr zu denken. Beim Ausatmen wurde eine weiße, nebelartige Fahne sichtbar.

»Moin, Schütt, ich bin der Leiter der Burger Polizeidienststelle. Haben Sie auf der Wache angerufen?« Er sah beide unverwandt an. Edda nickte.

»Ja, ich war das. Wir wussten nicht, wen wir sonst hätten informieren sollen.« Ihre Stimme klang brüchig. Sie schien den Tränen nahe.

»Ja, meine Frau hat …«

»Ist in Ordnung. Passt schon. Die Seenotrettung und die Wasserschutzpolizei sind auf'm Weg zur Unfallstelle, wie Sie unschwer erkennen können.« Olaf Schütt deutete auf die Stelle, an der der Kutter nach wie vor brannte und auf den die beiden Schiffe zusteuerten. Ein weiterer Tanker, der sich auf der stark befahrenen Schifffahrtsstraße bewegte, hatte, wie es aussah, ebenfalls aufgestoppt. Olaf wandte sich wieder dem Ehepaar zu. »Nun erzählen Sie mir mal, was Sie beobachtet haben. Und lassen Sie nichts aus. Was genau ist passiert?«

Felix holte aus und gab bereitwillig Auskunft: »Also, ich stand im Wasser und habe geangelt. Meine Frau suchte die ganze Zeit über nach Steinen. Wir haben den Fischkutter entdeckt, weil er ein merkwürdiges Fahrverhalten an den Tag gelegt hat.« Felix schluckte.

»Merkwürdiges Fahrverhalten? Wie meinen Sie das?«, fragte Schütt und rieb sein Ohrläppchen. Der kräftig gebaute Polizeibeamte mit der sonoren Stimme verschränkte seine Arme vor der Brust, schob die Mütze zurück und kratzte sich die kurz geschorenen Haare.

»Ja, der fuhr die ganze Zeit nur im Kreis«, antwortete Edda und nagte an ihrer Unterlippe. Ihre Augenlider zuckten. Fortwährend deutete sie mit einer Hand auf die Stelle, an der das Boot brannte und dichte dunkle Rauchschwaden in den Himmel zogen. Sie hielt Olaf Schütt das Fernglas entgegen, das sie mit ihrer anderen Hand fest umklammerte. Der Leiter der Burger Dienststelle griff danach und äugte angestrengt hindurch. Dann schnaufte er und kratzte sich mit einer Hand am Kopf.

»Hm, da kann ich rein gar nichts mehr erkennen. Dat qualmt alles.« Schütt nahm das Glas herunter und reichte es Jan Becker. »Kuck du mal. Vielleicht siehst du ja mehr als ich.«

Jan griff nach dem Feldstecher, sah hindurch und schüttelte den Kopf. »Ich kann da gar nichts erkennen! Nur Rauch und Flammen, vom Kutter, ne. Alles viel zu verqualmt.« Er nahm das Fernglas herunter. »Haben Sie gesehen, dass es ein Fischkutter war?«, wollte er von dem Pärchen wissen.

»Ja, das haben wir genau beobachtet. War sonst kein anderes Boot weit und breit auf dem Wasser. Nur die Fähre, die jetzt da hinten im Hafen liegt.« Felix deutete auf den Puttgardener Fährhafen, schnaufte ununterbrochen und kratzte seinen ausladenden Bart. Ihm war die ganze Sache nicht geheuer.

»Ja, und da war jemand am Bug angekettet«, krächzte Edda, und es klang, als hätte sie einen dicken Kloß in der Kehle.

»Da war jemand am Bug angekettet? Und das konnten Sie aus dieser Entfernung erkennen? Das klingt unglaublich. Erklären Sie mir das bitte genauer.« Der baumstarke Felix Kroll warf seiner Frau einen vorwurfsvollen Blick zu.

»Ach, sie tüddelt. Da war nichts. Sie hat mir das auch schon erzählt. Ich konnte nichts erkennen. Sie hat manchmal eine rege Fantasie«, schüttelte er missbilligend den Kopf und fuhr erneut mit der Hand durch seinen dichten Vollbart.

»Aber *ich* habe es gesehen! Was du immer redest. Du weißt genau, dass ich gute Augen habe.« Edda wurde rot und ballte fuchsteufelswild ihre Hände zu Fäusten.

»So, nun mal Klartext. Was genau ist passiert, Frau …?«

»Kroll, Edda Kroll. Also, ich habe beobachtet, dass ein weißer Kutter da rumkurvte. Der fuhr, wie schon gesagt, ständig im Kreis. Felix, das hast du auch gesehen, oder nicht?« Der Angler nickte. »Ja, und dann habe ich das Fernglas aus dem Rucksack gezogen und versucht, das Boot dichter auszumachen. Und entdeckt, dass da jemand am Bug des Schiffes hing.«

»Wie hing?«, wollte Schütt wissen und sah sie durch Augenschlitze an.

»Angekettet. Er war angekettet!«

»Ach, du spinnst, sagte ich doch schon. Da kann niemand angekettet gewesen sein. Das kann man aus der Entfernung überhaupt nicht erkennen. Du spinnst wirklich!« Felix Kroll tippte seinen Finger gegen die Stirn. Er rückte seine Dockermütze zurecht und guckte den Polizeibeamten kopfschüttelnd an, während er gleichzeitig mit den Augen rollte. Becker drehte unablässig an dem kleinen schwarzen Rädchen, um die Schärfe nachjustieren zu können, und wirkte dabei nicht sehr professionell. Mit zusammengekniffenen Augen versuchte er, etwas anderes außer dunklen Rauch und züngelnde Flammen auszumachen.

»Na gut, was ist dann passiert?«, führte Schütt seine Befragung weiter.

»Ich bin ins Wasser gegangen, um dichter ranzukommen. Dabei bin ich zu tief reingeraten und mir sind die Gummistiefel vollgelaufen. Ich bin dann sofort raus, um das Wasser loszuwerden. Deswegen habe ich nichts weiter beobachten können. Und dann, dann war da plötzlich dieser fürchterliche Knall.«

»Und Sie?«, er blickte auf den Mann, der ihn entfernt an Rübezahl erinnerte, und langsam schwand seine Hoffnung, eine adäquate Beschreibung der Explosion zu erhalten.

»Ich habe mich auf meine Angel konzentriert, als es diesen dumpfen Bums gab. Erst da haben wir mitgekriegt, dass eine riesige Feuerwalze in die Luft schoss. Es sah aus wie der Pilz einer Atombombe.« Felix Kroll deutete mit beiden Händen einen überdimensionalen Pilz an. »Na ja, ein bisschen zumindest. Das konnte nur der Kutter gewesen sein. Und dann haben wir sofort Ihre

Nummer gewählt.« Der Bär von Mann zuckte die Schultern. Olaf Schütt guckte über den Belt und erkannte die Schiffe, die sich in Nähe des brennenden Kutters eingefunden hatten.

»Jan, nimm du bitte die Daten der beiden auf.« An den Angler und seine Frau gewandt, sagte er: »Sie müssten bitte noch einmal zur Wache kommen, damit wir Ihre Aussage protokollieren können.« Felix und Edda Kroll nickten.

»Dürfen wir dann endlich gehen? Mir ist schlecht und ich friere«, bekundete die zitternde Frau mit den dunklen Locken und deutete auf ihre Füße. »Können Sie. Wenn Herr Becker Ihre Daten hat, können Sie los. Gib ihnen unsere Karte.« Die verstörten Eheleute gaben dem Hauptmeister die nötigen Informationen und verschwanden, ohne sich umzudrehen, als ein erneuter Knall die Stille durchbrach.

*

Für eine Weile beobachteten die Polizeibeamten das Geschehen der Schiffe aus der Ferne, dann begaben sie sich zügig auf den Weg Richtung Fährhafen. Nach einem kurzen Telefonat besaß Olaf Schütt die Information, dass es auf dem Kutter eine weitere Detonation gegeben hatte und, sobald das Feuer gelöscht war, das Boot in den Hafen von Puttgarden geschleppt werden würde. Dieses könnte nach Aussage der Wasserschutzpolizei einige Zeit in Anspruch nehmen.

»Das ist ja nicht das erste Mal, dass ein Schiff im Belt brennt. Erinnerst du dich an die Fähre im Oktober 2010?« Becker schüttelte den Kopf.

»Vage. War das nicht ein Schiff aus Litauen?« Schütt nickte.

»Ja, die *Lisco Gloria*, die wollte damals nach Klaipeda. Wenn ich mich recht erinnere, haben sich damals über 240 Menschen an Bord aufgehalten, als es auf dem Oberdeck zur Explosion kam. Große Teile des Schiffes standen in Flammen. Mann, das war eine fürchterliche Katastrophe. Gott sei Dank konnten alle Passagiere die brennende Fähre verlassen. Ich weiß noch, sie trieben in Rettungsbooten und kleineren Rettungsinseln bei Windstärke fünf auf dem Belt, als wir mit dem Polizeischlauchboot rausfuhren. Das Feuer hat richtig heftig gewütet.« Schütt schüttelte fortwährend den Kopf, als könnte er bis heute nicht fassen, was vor über 13 Jahren passiert war. »Das kam mir vor wie ein Sturm im Wasserglas. Alle waren voller Anspannung und höchst aufgeregt. Das Löschen gestaltete sich, soweit ich mich erinnere, extrem problematisch. Ja, auf dem Belt war schon immer nicht alles so rosig«, sinnierte Schütt und nickte. »Ja, und 'ne zweite Explosion hatte den Brand verstärkt. Irgendwie haben sie die Fähre dann nach Langeland geschleppt. Erinnere mich gar nicht, was daraus geworden ist.«

Sie gelangten mit ihrem Wagen in das Hafengelände des Fährbetriebes und stellten ihn direkt vor dem Eingang zum Bahnhofsgebäude ab. Schweigend bewegten sie sich zum Anleger. »Wenn der Tunnel erst da ist, wird das alles hier eine Nummer kleiner, falls das Ding dem Fährhafenbetrieb nicht sogar richtig das Genick bricht und die irgendwann komplett verschwunden sind«, murmelte Jan Becker und seufzte. »Das war alles so schön. Man konnte mit dem Zug auf die Fähre und dann weiter nach Kopenhagen. Die Zugverbindungen waren selbst für uns Insulaner wunderbar. Wer braucht diesen blöden Tunnel? Ich jedenfalls nicht. Die glauben doch nicht ernsthaft, dass ich durch einen 18 Kilometer langen Tunnel unter dem Wasser durchfahre. Nicht mit mir, und ich bin bestimmt nicht der Einzige, der da *nicht* durchfährt«, knurrte Becker weiter und zog die Mütze weit über seine Ohren.

»Langsam geht die ganze Gemütlichkeit den Bach runter«, erwiderte Olaf Schütt und schüttelte erneut seinen Kopf.

Der Dienststellenleiter erreichte als Erster den Kutter, der mittlerweile am Kai des Hafenbeckens festgezurrt war. Er starrte auf das, was davon übrig geblieben war. Ein Rumpf aus Eiche, von dem das oberste Drittel allerdings verkohlt war. Das komplette Oberdeck aus GFK samt Führerhaus war durch die beiden Explosionen zerstört worden. Die Reling lag schwarz verrußt vor ihm, aber der Rumpf hatte zumindest gehalten. Das Holz hatte sich mit Wasser vollgesogen, was in diesem Fall einen Vorteil gegenüber heutigen GFK-Booten aufwies.

»Ein Schiff, das komplett aus glasfaserverstärktem Kunststoff besteht, hätte diese Explosion sicher nicht überlebt«, murmelte Olaf Schütt, zog die Mütze vom Kopf und kratzte sich den Schädel. Er begutachtete den Schaden und suchte nach Antworten. Ein Kommissar der Wasserschutzpolizei sprang von der Reling des Polizeischiffes und bewegte sich direkt auf Olaf und Jan zu.

»Moin, Schütt, was machst du hier?«, zwinkerte der uniformierte kurz geratene Beamte ihm zu.

»Was glaubst du, Stefan?«, fragte der Burger Dienststellenleiter, und man sah, dass ihm die Frage des Kollegen nicht behagte. »Ich suche Pilze, oder was glaubst du?

Ich muss natürlich wissen, was hier passiert ist.« Schütt deutete auf das heruntergebrannte Schiff.

»Das willst du, glaube ich, gar nicht«, antwortete Stefan Hörmann, der zum väterlich wirkenden Hauptkommissar aus Burg aufsah. Mit seinen 1,65 Metern war er kaum einer der Größten, konnte sich allerdings durch seine Art und sein erstaunliches Wissen im Job behaupten. Er war durchsetzungsfähig und gleichzeitig ein durch und durch positiver Mensch, der meistens zu Späßen aufgelegt war. In seinen Augen lag der Schalk. Olaf Schütt konnte seinem Humor nicht immer etwas abgewinnen, aber er nahm es hin.

»Nun red schon, was ist los? War jemand an Bord?«, wollte der Hauptkommissar wissen und warf Hörmann einen Blick zu, der ihn zurückweichen ließ. Becker hauchte ununterbrochen warmen Atem in seine Hände und rieb sich die kalten Ohren. Gespannt wartete auch der spindeldürre Polizeibeamte auf eine Antwort.

»An Bord ja, aber nicht so, wie du es dir vorstellst.«

»Was heißt das?« Olafs Blick fixierte ihn. Seine Stimme klang auf einmal rau. »Dass zwar jemand an Bord war, aber nicht dort, wo wir ihn normalerweise vermutet hätten.«

»Klär mich auf.«

»Wir haben, nachdem die Löscharbeiten beendet waren, eine gruselige Entdeckung gemacht.« Hörmann schluckte, und es schien ihm schwerzufallen weiterzusprechen.

»Bedeutet was?«, forderte Schütt ungeduldig. Jan Becker wurde augenblicklich rot und tänzelte von einem Bein auf das andere. »Bedeutet, dass wir eine Leiche gefunden haben oder sagen wir besser, Teile davon, und die waren nicht auf Deck und nicht darunter! Komm mit.«

»Nun lass dir nicht jedes Wort aus der Nase ziehen«, knurrte Olaf Schütt. Jan spürte, dass die Geduld seines Chefs am Ende war.

»Da hängt ein wahrscheinlich von der Explosion abgerissener Arm am Bug. Das Makabre daran ist, dass dieser Teil des Körpers angekettet war. Reicht dir das?« Stefan Hörmann sah die Kollegen der Burger Dienststelle an. Jan Becker schluckte und blieb stehen. Olaf Schütt fiel die Kinnlade herunter.

»Wie ist das möglich?«, fragte er, als könnte er die Zusammenhänge nicht zuordnen.

»Das kann ich dir auch nicht sagen. Das ist auf jeden Fall eine Sache für die Mordkommission.«

Auf einmal fielen ihm die Worte der Frau wieder ein. »Sie hatte recht«, murmelte er und kratzte sich den Kopf.

KAPITEL 3

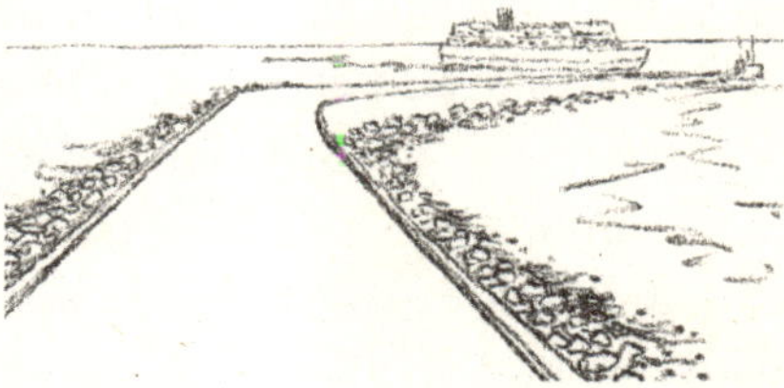

Samstag
Dienststelle Oldenburg

Kommissar Thomas Hartwig öffnete die Tür zum Büro, als der Leiter der Mordkommission nach seinem beharrlich klingelnden Mobiltelefon griff. Der Erste Hauptkommissar nahm das Gespräch entgegen.

»Jo, Moin, Olaf, wo geit? Na, was gibt es? Ich hoffe nicht, dass du schlechte Nachrichten übermittelst?«, sagte Westermann und lachte.

Sein Kollege Thomas Hartwig ließ seinen tschechoslowakischen Wolfshund Watson von der Leine und setzte sich Dirk wortlos gegenüber. Der Blick seines Kollegen veränderte sich zusehends und verwirrte den jüngeren Kommissar. Der Polizeibeamte, der seit Jahren mit seinem Vorgesetzten zusammenarbeitete, kannte diesen Gesichtsausdruck, der meistens nichts Positives zu bedeuten hatte.

Augenblicklich verschwand die zuversichtliche Ausstrahlung aus dem Gesicht seines Chefs. Der Kommissar aus Lütjenbrode klopfte dem Hund die Flanke und erforschte Dirks Mimik, die unergründliche Formen annahm. Was immer Schütt am anderen Ende der Leitung verkündete, waren keine guten Nachrichten.

»Hm, ja, wir sind auf dem Weg. Bleibt ihr im Hafen, oder? Ah, ja, das ist perfekt. Wir fahren sofort. Bis später.« Dirk Westermann, ein attraktiver Endfünfziger, beendete das Gespräch und kratzte seinen Fünftagebart. Nachdenklich erhob sich der 1,90 Meter große Leiter der Oldenburger Polizeidienststelle und guckte Thomas kopfschüttelnd an, während er die schwarz gerahmte Brille zurechtrückte. Er schnaubte, schob die Brille auf den Kopf und rieb sich die Augen.

»Wir müssen auf die Insel«, sagte er und warf seinem Kollegen einen vielsagenden Blick zu. »Eine Leiche auf einem Fischkutter. Oder sagen wir besser: Teile davon.«

»Muss ich das jetzt verstehen?«, fragte Hartwig, rieb die Handflächen auf den abgewetzten Jeans und richtete sich auf.

»Ob du das verstehst, kann ich nicht beantworten. Aber so, wie es aussieht, haben wir einen neuen Mordfall.«

»Woher weißt du, dass es sich um Mord handelt?«, fragte der Beamte, der nur wenig größer als sein Vorgesetzter war und ihn durch huskyblaue Augen ansah.

»Weil die Kollegen einen abgerissenen Arm am Bug eines explodierten Kutters gefunden haben und wir herausfinden müssen, wie er dort hingekommen ist und wem er gehört.«

»Am Bug? Hat der sich verheddert? Oder wie soll ich das deuten?«

»Angekettet, er war am Bug angekettet, wenn ich Olaf richtig verstanden habe.«

Der sportliche Polizeibeamte verstummte und hörte auf, den Hund zu kraulen. »Dann haben wir einen neuen Fall?«

»Haben wir – und jetzt los!«, forderte Dirk Westermann, griff nach seinem dunkelblauen Caban und seiner Dockermütze.

Eine halbe Stunde später befuhren sie den Parkplatz am Fährhafen Puttgarden.

Dirk Westermann öffnete die Tür des Wagens und stieg aus. Der Ostwind, der über den Parkplatz fegte, versetzte seiner Haut feine Nadelstiche. Er atmete in seine Lungen und steckte die obligatorische Pfeife zwischen die Lippen. Bedächtig entzündete er sie. Eine milchig-weiße Rauchschwade stieg auf und verwehte sekundenschnell in alle Himmelsrichtungen. Thomas Hartwig sprang ebenfalls aus dem Wagen und ließ Watson, den markant grau, weiß, schwarz gezeichneten Wolfshund aus dem Fond. Er fiepte und lief zum erstbesten Baum.

»Dann mal los«, ordnete Westermann an und überquerte mit knirschenden Schritten die Parkfläche. Eilig trat er mit seinem Gefolge in die ehemalige Bahnhofshalle. Sie wurden bereits erwartet. Jan Becker reichte den Kollegen aus Oldenburg die Hand und führte sie zum Hafenbecken, in dem der desolate Fischkutter befestigt lag. Eine Gruppe Polizeibeamter und Feuerwehrleute wartete.

»Moin, na, was habt ihr für uns?«, fragte Westermann und warf einen Blick in die Runde. Der eisige Wind pfiff durch den Hafen, als er Hörmann begutachtete, der auf ihn zutrat.

»Ja, auch Moin. Hörmann, Leiter der Wasserschutzpolizei Neustadt. Wir waren zeitgleich mit der DGzRS als Erste an der Unglücksstelle.« Der kleinwüchsige Beamte stand direkt vor dem Schiff der Küstenwache, verschränkte die Arme vor der Brust und sah die Männer der Mordkommission mit ernster Miene an. »Nach ersten Erkenntnissen ist dies ein Fischkutter aus Heiligenhafen, was aufgrund der Kennung Heil mit der dazugehörigen Nummer zugeordnet werden konnte. Der Kutter gehörte einem Ingenieur Enno Hagelstein aus Heiligenhafen.«

Westermann und Hartwig sahen den Kommissar erstaunt an.

»Und woher haben Sie Ihre Informationen?«, wollte der Leiter der Mordkommission wissen.

»Ich habe als Erstes im Hafenmeisterbüro Heiligenhafen angerufen und die Kennung sowie Klassifizierung von der See-BG durchgegeben. Die konnten mir sofort erklären, wem der Kutter gehört. Ich habe mich gewundert, dass der Kutter noch angemeldet war. Ist doch in privater Hand. War schon merkwürdig.«

»Was ist See-BG?«, wollte Hartwig wissen und nestelte an seiner Dockermütze herum.

»Das ist die See-Berufsgenossenschaft. Soll ich auch noch erklären, was der Begriff bedeutet, oder finden Sie das selbst heraus?«, schwappte die knappe Antwort zurück.

»Ne, ne, schon klar. Aber man wird ja mal fragen dürfen.«

Thomas Hartwig zog die Augenbrauen hoch. Ihm war der Kommissar vom ersten Augenblick an ein Dorn im Auge. Seine flapsige Art gefiel ihm nicht sonderlich.

»Na, das ist doch schon mal ein Anfang«, entgegnete Westermann und trat an den verkohlten Kutter. Er rückte seine Brille zurecht und begutachtete den nicht zu übersehenden Schaden. »Sieht übel aus. Wir wissen bisher nicht, was die Explosion verursacht hat. Das ist dann Ihre Aufgabe, denke ich.«

Einer der Feuerwehrmänner, Hendrik Martin, trat einen Schritt näher.

»Moin, die Herren! Wir haben, nachdem wir das Körperteil gesichtet haben, sofort Abstand gehalten, um keine Spuren zu verwischen. Eine Abordnung bleibt hier, falls sich Glutnester unter Deck des Kutters ausbreiten sollten, aber das ist eine reine Vorsichtsmaßnahme. Ich denke, das Feuer ist gelöscht. Sie können jederzeit mit Ihren Untersuchungen anfangen. Ich lasse den kleinen Löschzug mit zwei meiner Kollegen vor Ort.« Hendrik sah Dirk Westermann an. Sie kannten sich aus der Pension, in der die Kommissare aus Oldenburg mehr als einmal untergekommen waren. Der nickte. »Ja, das ist hervorragend. Ich denke, wenn die Kollegen den Kutter inspiziert haben, werden wir wissen, ob weiter Gefahr in Verzug ist. Dann können Ihre Leute abrücken.«

Dirk Westermann streifte Handschuhe über und schlüpfte in Füßlinge. Dann setzte er einen Fuß auf das verkohlte Deck.

»Ich frage mich nur, was die Explosion ausgelöst hat. Kann es sein, dass eine Gasflasche hochgegangen ist? Davon habe ich schon des Öfteren gehört.« Er warf dem Feuerwehrmann, der in leuchtend roter Jacke und dicken Gummistiefeln vor ihm stand, einen fragenden Blick zu. »Das ist tatsächlich schon vorgekommen, da gebe ich Ihnen recht. Aber das entsteht meist dadurch, dass eine

Leckage an einem Schlauch oder im zu betreibenden Gerät vorhanden war und Gas austreten konnte. Gas sinkt ab, sammelt sich im unteren Bereich, und ein Funke genügt dann, um eine Explosion unter Deck auszulösen. Nur, dass in unserem Fall der Teil einer Leiche am Bug klebt und das gesamte Oberdeck in die Luft gegangen ist. Das haben wir so noch nie erlebt! Ist eigentlich unmöglich. Wir fragen uns die ganze Zeit, wie das passiert sein könnte und warum der Arm in einer Niro-Kette hängt.«

Thomas Hartwig schluckte. »Verstehe ich genauso wenig.« Hendrik Martin holte Luft und stand immer noch fassungslos mit dem Helm in der Hand vor dem Fischkutter. Dann sagte er:

»Nehmen wir mal an, einer der Schläuche im Innenschiff hatte ein Leck und es entweicht permanent Gas. Das würde reichen, um ein komplettes Schiff in die Luft zu jagen. Das geht schneller, als man denkt. Aber in unserem Fall ist der Aufbau in die Luft gegangen. Das ist äußerst kurios«, entgegnete Hendrik Martin in seiner betont wortgewandten Ausführung.

»Dann ist ein Schiff saugefährlich«, sagte Hartwig.

»Ja, kann man so sagen. Aber was mich irritiert, ist der Arm am Bug. Nicht nur, dass er durch den Brand am Bug haftet, sondern die Frage, wie ist er dahin gekommen, und warum klemmt der hinter einer Niro-Kette?« Hendrik Martin sah die Männer an und zuckte die Schultern.

»Sehen Sie sich das am besten selbst an«, übernahm Stefan Hörmann das Wort mit seiner hohen, kichernd klingenden Stimme. Er betrat das Deck, bewegte sich zum Bug des Kutters und deutete auf den Fleischklumpen, der wie eine Galionsfigur unter besagter Kette am Holz des Vorderschiffes festklebte und mit ihm verschmolzen zu sein schien. Dirk Westermann richtete seinen Blick auf die Stelle. Er inspizierte den Unterarm, dessen Haut oberhalb des Ellenbogens abgerissen worden war und verkohlte Adern und Muskelfasern offenbarte. Dann lenkte er seinen Blick zur Hand, an der drei Finger fehlten, die restlichen Stumpen abstanden und kaum mehr als solche erkennbar waren. Alles erschien wie ein dicker schwarzroter Klumpen.

»Vielleicht finden wir ja an Arm oder Kette irgendwelche DNA-Spuren, die für uns brauchbar sind. Wir müssen als Erstes die Personalien des Opfers eindeutig feststellen, bevor wir was lostreten«, sagte Thomas Hartwig, blieb stehen und betrachtete das Teilstück des Körpers aus sicherer Entfernung vom Land aus. Er schluckte, und es schien, als musste er würgen. Westermann griff zum Handy. Er wählte die Nummer der Spurensicherung und forderte einen Rechtsmediziner sowie die Kriminaltechnik an.

»Das war eindeutig kein Unfall!«, murmelte er. An die Kollegen der Wasserschutzpolizei gerichtet: »Meine Herren. Sie können sich zurückziehen, wir übernehmen.«

»Brauchst du uns noch?«, fragte Schütt, und Westermann sah ihm an, dass er den Hafen am liebsten schnellstens verlassen würde.

»Nein, ihr könnt los. Wir bleiben vor Ort und kommen später in die Dienststelle. Richtet uns schon mal ein Plätzchen ein.«

Olaf Schütt und Jan Becker verzogen sich. Die Kollegen der Wasserschutzpolizei starteten ihre Motoren und fuhren aus dem Hafenbecken, ebenso der Leiter der Feuerwehr. Nur ein Zwei-Mann-Team der heimischen Wehr verblieb in der Hafenanlage der Fährreederei. Die eisige Luft fegte weiterhin durch das Hafengelände und hinterließ ein gespenstisches Bild vom Ort eines Verbrechens. Und über dem verkohlten Kutter kreiste eine penetrant kreischende Möwe.

*

Charlotte Hagedorn strampelte auf dem Fahrradweg die Eisenbahnbrücke vor Puttgarden hinauf. Mann, was war das früher anstrengend, überlegte sie und hielt für einen Moment auf dem höchsten Punkt der Brücke an, um zu verschnaufen. Die Straße neben ihr war, bis auf einen einzigen Löschwagen der Feuerwehr, menschenleer. Sie rückte ihren Fahrradhelm zurecht und stieß sich vom Geländer ab. Energisch schaltete sie den kleinen Bordcomputer auf kleinste Stufe und versuchte, unfallfrei den Hügel runterzufahren. Die Stadtarbeiter hatten zwar gestreut, aber sicher war sicher. Wie gut wäre jetzt ein Auto, dachte sie und strampelte weiter. Zehn Minuten später rollte sie auf ihrem erdbeerroten E-Bike auf das Gelände des Fährbetriebes zu. Sie stellte das Rad direkt vor dem Bahnhofsgebäude ab und verschloss es zweifach. Auch wenn hier niemand herumlief, wollte sie keinem Dieb die Möglichkeit geben, sich erneut an einem ihrer Fahrräder zu vergreifen. Zumal dies ein Elektrofahrrad war, dazu in einer auffälligen Farbe. Für sie besaß es eindeutige Signalwirkung. Sie hatte zur Sicherheit ihren Namen in das Rad eingravieren lassen, damit kein Zweifel an den Besitzverhältnissen aufkommen konnte. ›Tante Charlotte‹, stand da unverkennbar in schwarzen geschwungenen Buchstaben. Charlotte nickte, rückte ihre Wollmütze zurecht und betrat das einstige Bahnhofsgebäude, das verwaist dalag. Was war hier immer los, dachte sie und schüttelte den Kopf. Sie stapfte über das Geländer und war keine 50 Meter weiter am Ziel. Charlotte Hagedorn fror und rieb sich die Hände. Von Weitem erkannte sie Dirk, Thomas und Watson, der sie als Erster wahrnahm und auf sie zustürmte.

»Na, mein Jung. Das ist aber fein, dass du mich so herzlich empfängst«, sagte sie und kraulte den Hund hinter seinen Ohren. Sie wusste, dass Thomas es nicht guthieß, dass ein ausgebildeter Polizeihund dermaßen viele Menschen freundlich in Beschlag nahm. Auf der anderen Seite gehörte Charlotte Hagedorn auf eine besondere Weise zur Truppe der Ermittler.

»Ich glaub's ja nicht«, knurrte Hartwig, als er sie ebenfalls entdeckte.

»Was denn?«, fragte Westermann und folgte dem Finger seines Kollegen.

»Charlottchen, woher ... ich hätte es mir denken können«, lachte der Ermittler trotz der prekären Situation von Bord des Kutters.

»Moin, Jungs, na, haben wir einen neuen Fall?«, wollte die Künstlerin in ihrem winterlich bunten Mantel wissen und taxierte die Beamten.

»Sieht so aus«, seufzte Dirk. »Der Kutter ist in die Luft geflogen und der Arm einer wahrscheinlich männlichen Person klebt angekettet am Bug. Ich denke, das reicht vorerst für die Vermutung eines Tötungsdeliktes.« Dirk Westermann sah die Tante seiner Verlobten mit ernster Miene an. Die Künstlerin zog ihre Kamera aus dem Rucksack und knipste, bevor sie von den Beamten aufgehalten werden konnte. Die patente Kriminalistin hatte nun die Gewissheit, dass sie gemeinschaftlich einen neuen Fall aufzuklären hatten. Sie trat näher an den teils verkohlten Fischkutter heran.

»Wisst ihr schon, wer?«

»Wir wissen nur, dass der Kutter einem Mann aus Heiligenhafen gehörte. Ob er derjenige ist, dessen Arm am Bug klemmt, wird sich nach der DNA-Analyse herausstellen.« Westermann zeigte auf den Rechtsmediziner und das Team der Spurensicherung, die zu sechst ihre Arbeit aufgenommen hatten. Henning war dabei, den Arm samt Kette mit einem Spatel vom verkohlten Bug zu lösen. Das Fleisch des abgerissenen Körperteils hatte sich durch die Hitze mit der geschmolzenen Farbe des gestrichenen Holzes verbunden und musste heruntergeschabt werden. Einer seiner Kollegen hing über der Reling und hielt eine geöffnete Metallkiste unter das zerfetzte Körperteil. Langsam ließ der Kriminaltechniker Henning es hineingleiten.

»Wir müssen den Arm sofort in die Rechtsmedizin bringen. Verdammte Sauerei. Wir müssen zuerst herausfinden, um wen es sich bei dem Toten handelt.« Henning richtete sich auf und guckte Westermann an. Im gleichen Augenblick kam ein Kollege der Spurensicherung an Deck. In seiner Hand hielt er einen Gegenstand. »Die größte Sauerei habe ich hier. Das war keine Leckage!«

»Spann uns nicht auf die Folter«, knurrte Westermann. Alle Augen waren auf den 44-jährigen Jochen Hintz gerichtet.

»Was hast du da in der Hand?«, wollte Hartwig wissen. Der Kriminaltechniker und Sprengstoffexperte hielt ihm die offene Handfläche entgegen. Thomas stierte auf die unscheinbaren Gegenstände und zuckte die Schultern. »Und, was soll das sein?«

»Wenn du genau hinsiehst, erkennst du kleine Splitter einer PET-Flasche und den Rest eines Glühfadens.«

»Ich verstehe nicht«, meldete sich Westermann zu Wort. »Das sind Teile einer Plastikflasche, und dieser Glühfaden gibt mir zu denken. Lass es mich anders erklären. In diesem Behälter, dessen Reste wir unter einer Metallkiste fanden, wurde mit ziemlicher Sicherheit Sprengstoff verwahrt. Der Glühfaden diente sehr wahrscheinlich mithilfe eines Streichholzkopfes dazu, das Gemisch zu entzünden. Wir fanden zwei winzige Teile eines Handys, und ich vermute, dass mit diesem der Sprengsatz gezündet wurde. Das, was diesen Kutter zerfetzt hat, war ganz offensichtlich eine Bombe! Dies war ein Anschlag, da bin ich mir sicher. Hier ist keine Gasflasche in die Luft gegangen.«

Charlotte Hagedorn stand nur wenige Meter entfernt und presste die Hand gegen ihren rasenden Herzschlag.

Jetzt muss ich mir einen Plan zurechtlegen. Dann werde ich Hinweise suchen. Oh, mein Gott. Das klingt wie die Berichte, die man über Terroranschläge liest.

*

Am späten Nachmittag fand das erste Zusammentreffen der Kollegen der Burger Polizeidienststelle statt. Westermann schenkte sich Kaffee ein und wollte sich gerade setzen, als sein Handy klingelte.

»Das ist Henning«, murmelte er und nahm das Gespräch entgegen. »Moin, Herr Kollege. Na, was hast du für mich?« Dirk Westermann trat angespannt ans Fenster und betrachtete die leeren Straßen. »Hm, du hast Sprengstoffhunde eingesetzt. Okay, und die haben deine Vermutungen eindeutig bestätigt. Ah, der Sprengsatz ist im Führerhaus hinter einer Lautsprecherbox angebracht gewesen. Das habt ihr noch herausgefunden? Da war doch überhaupt kein Aufbau mehr – sagenhaft.« Westermann schabte mit der Spitze seines Stiefels auf dem Boden und stellte das Handy laut, damit die Kollegen das Gespräch verfolgen konnten. »Okay. Es handelt sich beim Sprengstoff um TATP? Was zur Hölle ist das genau?« Westermann lauschte der Stimme am anderen Ende.

»Das ist Acetonperoxid oder kurz TATP genannt. Der Täter hat den Sprengsatz hinter dem Lautsprecher postiert. Wir haben Reste der Box gefunden. Zum einen sicherlich, um ihn versteckt zu halten, und zum anderen, damit niemand vorher das Gemisch in die Luft jagt. Das ist Sprengstoff, der auf Schläge oder Reibung äußerst empfindlich reagiert, was bedeutet, dass man normalerweise keinen Zünder benötigt, um eine Explosion auszulösen, es sei denn, man will sichergehen. Der Stoff zerfällt sehr leicht und kann zu heftigen Detonationen führen. Da wollte jemand unbedingt, dass der Kahn in die Luft fliegt!«

»Wurde der Zünder vom Schiff aus betätigt?«

»Ihr denkt an Selbstmord? Nein, vom Land aus, vermute ich. Das war kein Selbstmordattentat. Das hätte man wesentlich leichter haben können. Der Sprengsatz konnte somit von überall gezündet worden sein. Eventuell vom Strand aus. Die Entfernung spielte dabei keine Rolle. Könnte sein, dass wer immer das getan hat, zusehen wollte, wie der Kutter in die Luft geht.«

»Ja, könnte möglich sein. Hintz, ich danke dir und warte auf die DNA-Ergebnisse. Das klingt nach einem unangenehmen Morgen.« Der Leiter der Mordkommission beendete das Gespräch. Sein Gefühl hatte ihn nicht getrogen. Schütt hatte vorsorglich mehrere Tische im Büro zusammenstellen lassen. Westermann, Becker, Veit, Hansen, Hartwig und er saßen schweigend um den Konferenztisch. Im Raum herrschten frostige 18 Grad. Schütt goss Kaffee in seinen Becher, und die einzige weibliche Kollegin im Raum rührte den klirrenden Kandis in ihrem Tee. Dirk Westermann erhob sich und stellte sich vor den Flipchart. In Gedanken versunken, fertigte er Notizen an. Ein erster Name stand verloren auf der Plexiglasscheibe: Enno Hagelstein.

»Was wissen wir? Wir wissen bisher, dass der Kutter einem 46 Jahre alten Ingenieur aus Heiligenhafen gehörte. Den Fischkutter hatte er sich laut Aussage des Hafenmeisters vor exakt drei Jahren gekauft. Diese Info haben wir vom Hafenmeisterbüro in Heiligenhafen. Er lag seitdem immer auf demselben Liegeplatz und er nutzte den gut 40 Jahre alten Kutter für sein Privatvergnügen und zur Erforschung der westlichen Ostsee. Was genau er dort geforscht hat, wissen wir nicht. Gefischt hat er nicht, weil der Vorbesitzer den Kutter abgemeldet hat und er keine Genehmigung besaß. Nur das Kennzeichen war noch nicht entfernt. Warum nicht, wissen wir nicht. Das sind die Fakten, die wir bisher herausgefunden haben. Enno Hagelstein ist verheiratet, hat eine Frau und zwei Kinder im Alter von acht und zehn Jahren. Wir werden im Anschluss an dieses Gespräch die genannte Adresse aufsuchen, um Näheres zu erfahren.« Westermann schrieb »Heiligenhafen« und »Wildkoppelweg« dazu. Kennzeichen? »Das liegt unmittelbar am dortigen Binnensee. Die ersten Fragen, die wir uns stellen müssen: Wer besaß einen Grund, den Kutter in die Luft zu jagen und gezielt einen Menschen zu töten? Und warum? Einen

Selbstmord schließen wir durch die Herangehensweise an die Aktion und erste Ergebnisse aus. Mit wem stand Enno Hagelstein in Kontakt und ist *er* das Opfer, dessen Arm wir sichergestellt haben?« Dirk umrahmte mit seinem Stift den Namen des Schiffseigners. »Thomas und meine Wenigkeit werden jetzt zu dieser Adresse fahren und hoffen, dort weitere Hinweise zu bekommen. Wir müssen herausfinden, ob der Bootseigner das Opfer sein könnte. Ihr wisst ja, dass die DNA-Untersuchungen dauern. Das war's fürs Erste. Ihr kümmert euch bitte darum, was der Kutter im Belt wollte. Vielleicht bekommt ihr vom Hafenmeister noch etwas raus. Olaf, könntest du diese beiden Angler noch einmal befragen, um herauszufinden, ob sie jemanden am Strand gesehen haben, der in irgendeiner Form verdächtig wirkte?« Westermann legte den Stift beiseite und forderte Hartwig auf, mit ihm und dem Hund den Raum zu verlassen. Die Polizeibeamten, die zurückblieben, sahen sich an.

»Sollen das doch die Kollegen in Heiligenhafen übernehmen«, knurrte Jasper Veit, der seit Anbeginn seiner Tätigkeit in der Burger Dienststelle kritisch beäugt wurde. »Das ist keine Inselsache!«

»Sag mal, du spinnst wohl. Hier geht es um ein Verbrechen, und du weigerst dich, die Anordnung deines Vorgesetzten umzusetzen? Sei bloß still! Du bringst das ganze Revier in Schwierigkeiten mit deinem dämlichen Gehabe. Überhaupt ist diese Überheblichkeit in keinster Weise mehr nachvollziehbar. Verdammt. Du nervst richtig!« Sina Hansen sprang auf. Wut überzog ihr Gesicht. Olaf Schütt sah die junge Kollegin erstaunt von der Seite an und warf Jasper Veit gleich darauf einen vernichtenden Blick zu.

»Du hast es gehört. Willst du keinen Riesenärger, dann halte dich an die Vorgaben, sonst … sonst …«

»Sonst was?«, entgegnete Veit mit gefährlich leiser Stimme und kniff die Augen zusammen. Sein kantiges Kinn stach hart hervor.

»Ansonsten suspendiere ich dich – und zwar umgehend!«

Jasper Veit brach in Gelächter aus.

»Ihr mich suspendieren? Dass ich nicht lache. Vorher lasse ich mich versetzen. Hier geht's doch zu wie in einem Dorfladen. Langsam hab ich echt die Schnauze voll!« Der Polizeibeamte mit dem neun Millimeter kurzen Maschinenhaarschnitt und dem hageren Gesicht warf einen Bierdeckel in die Mitte des Tisches, sprang vom Stuhl und verließ das Büro. Die Tür fiel hinter ihm knallend ins Schloss.

»Was ist denn mit dem los?«, fragte Jan Becker und kratzte sich die mager behaarte Schädeldecke.

»Der kommt schon wieder runter«, entgegnete Olaf Schütt und erhob sich ebenfalls. »Du und Sina, ihr fahrt jetzt bitte zur Ferienunterkunft der Zeugen und befragt sie noch mal. Ich sehe mal zu, dass ich vielleicht bei den Fischern noch etwas rauskriege. Eventuell kannte ja jemand das Schiff. Dann fahre ich nach Heiligenhafen. Ich kenne den Hafenmeister.« Die Kollegen verließen mit ihren Anweisungen den Raum, und auch der Dienststellenleiter verschwand von der Bildfläche, um nach Burgstaaken zu fahren. Das Telefon in seinem Büro klingelte. Er eilte zum Schreibtisch und schnappte nach dem Mobiltelefon. »Polizeistation Fehmarn, Schütt!«, murmelte er und griff im gleichen Moment nach der Jacke über der Stuhllehne. Die Bewegung seiner Hände schien plötzlich zu gefrieren. Er stand sprachlos mit offenem

Mund vor dem Fenster, wurde aschfahl im Gesicht und setzte sich auf den nächstbesten Stuhl. Schütt wurde noch bleicher, als er den weiteren Worten folgte, die vom anderen Ende der Leitung zu ihm drangen. Die Jacke glitt aus seiner Hand und landete auf dem Boden. Er schluckte. Mechanisch drückte er den roten Knopf, der die Aufnahme des Gespräches in Gang setzte. Er räusperte sich, weil ein dicker Kloß in seinem Hals eine Antwort verhinderte, und bevor er überhaupt etwas erwidern konnte, war das Telefonat unterbrochen. Sein Gesichtsausdruck war maskenhaft und seine Hände zitterten, als er das Mobiltelefon in Zeitlupentempo auf den Schreibtisch legte. Für einen Moment stierte der Polizeibeamte durch das Fenster auf den Parkplatz. Dann griff er erneut zum Telefon und stellte eine Verbindung zu Dirk Westermanns Handy her.

*

Samstagnachmittag

»Sag mal, wie würdest du das nach den ersten Ergebnissen mit der Explosion werten? Könnte es nicht sein, dass der Bootseigner sich doch selbst in die Luft gesprengt hat? Was macht die KT so sicher, dass es Mord war? Was, denkst du, ist dort im Belt wirklich passiert?« Hartwig sah seinen Vorgesetzten von der Seite an, während er den Wagen über die gestreute E47 lenkte. Der Hund lag im Fond des Wagens und schlief. »Was ich davon halte, kann ich dir nicht genau sagen. Warum sollte sich jemand mit einer selbstgebauten Bombe in die Luft jagen und sich vorher am Bug anketten? Das könnte derjenige einfacher haben. Es ist im Grunde auch technisch unmöglich. Das ist mit Sicherheit auf Fremdverschulden zurückzuführen. Die Frage ist doch: Warum tut jemand so etwas und wer?« Westermann starrte auf die Straße und grübelte. »Warum sprengt jemand einen Familienvater in die Luft? Er ist Ingenieur. Hat es etwas mit seinem Beruf zu tun? Oder ist er in ein Verbrechen verstrickt gewesen? Ein derartiger Sprengsatz bedarf gründlicher Vorbereitung. Das war keine Affekthandlung, wenn du verstehst, was ich meine. Ist das überhaupt der Bootseigentümer, dessen Arm wir vorgefunden haben? Dieser Mordfall wirft viele Fragen auf, und wir müssen erst einmal herausbekommen, wer der Tote tatsächlich war, und dann in seinem Umfeld ermitteln. Familie, Freunde, Kollegen, Feinde?« Dirk Westermann sah aus dem Seitenfenster und ließ sein Augenmerk über vereiste Felder und eisbehangene Äste schweifen. Watson lag schnarchend im Hundekäfig und hatte seinen Kopf auf den Vorderpfoten abgelegt. Sie fuhren die Abfahrt Heiligenhafen runter. »Halten Sie sich rechts und fahren in den Sundweg«, flötete die weibliche Stimme des Navigationsgerätes. Sie folgten den Anweisungen, bis sie an der eingegebenen Adresse angelangt waren.

»Hier muss es sein«, knurrte Hartwig und warf einen Blick auf das Einfamilienhaus, das circa 30 Meter von der Straße entfernt lag. »Wenn das kein fantastischer Blick ist, weiß ich auch nicht.« Aus dem Inneren des Hauses hatte man ohne Zweifel einen erstklassigen Rundumblick auf den Binnensee.

»Und es liegt so weit zurück, dass man kaum Straßenlärm mitbekommt. Das ist sagenhaft«, entgegnete Westermann. Sie stiegen aus und schritten den lang gestreckten

Plattenweg entlang, der zum alten Backsteinhaus führte. Taubenblau gestrichene Holzläden verzierten schneeweiß gerahmte Sprossenfenster. Darunter prangten Balkonkästen, in denen kleine Ziertannen gepflanzt waren und sich Efeu herunterschlängelte. »Geschmackvoll«, sagte Westermann und drückte auf den Messingknopf. ›Familie Hagelstein‹, stand auf dem sich darüber befindlichen Namensschild. Der Hauptkommissar klingelte ein weiteres Mal. Die Tür wurde geöffnet. Westermann betrachtete die Frau, Anfang 40, die in Jeans und weißem Pullover in der offenen Tür stand und deren blonder Zopf weit über ihre linke Schulter fiel. Sie guckte die Kommissare mit müdem Blick an. Dirk bemerkte, dass sie geweint hatte. Unter ihren stark geröteten wasserblauen Augen lagen tiefe Schatten. Dirk Westermann ahnte Böses.

»Frau Hagelstein?«, fragte Westermann.

»Ja, was kann ich für Sie tun?«, flüsterte sie leise und schniefte.

»Dürfen wir einen Moment hineinkommen?« Der Erste Hauptkommissar zog seinen Ausweis aus der Jackentasche. »Westermann, Mordkommission Oldenburg, und das ist mein Kollege Hartwig. Wir haben ein paar Fragen.« Anja Hagelstein trat einen Schritt beiseite und führte mit ihrer Hand eine einladende Bewegung aus.

»Kommen Sie wegen meines Mannes?«, fragte sie. Auf einmal liefen Tränen über ihre eingefallenen Wangen.

»Ja, Sie wissen, was passiert ist?«, fragte Westermann und trat in den geräumigen Flur. Thomas Hartwig folgte ihm. Watson harrte weiterhin im Wagen aus. Sie nickte.

»Ja, Ihre Kollegen waren hier und haben mir erzählt, dass unser Schiff explodiert ist. Was ist mit meinem

Mann?«, flüsterte sie heiser. Westermann schüttelte den Kopf.

»Wir wissen bisher nicht genau, was passiert ist, und deshalb sind wir hier.« Dirk Westermann zog seine Dockermütze vom Kopf und folgte der schlanken Frau ins Wohnzimmer. Sein Blick fiel sofort zum Fenster, das die vorher erahnte Aussicht auf den Heiligenhafener Binnensee zeigte. »Sie wohnen wirklich schön hier«, sagte er leise und spürte, dass er die Harmonie dieser heilen Welt in den nächsten Sekunden zerstören würde.

»Hm … nehmen Sie Platz. Möchten Sie etwas trinken? Kaffee?« Beide schüttelten den Kopf.

»Danke vielmals, nicht nötig. Was haben Ihnen die Kollegen erzählt?«, wollte Hartwig wissen und zog ebenfalls die Mütze vom Kopf.

»Sie haben mir mitgeteilt, dass unsere ›Sprotte‹ gebrannt hat und meinem Mann etwas zugestoßen sei. Ich habe gesagt, dass ich zu ihm will, aber sie haben mir gesagt, dass ich im Moment nicht zu ihm könnte. Dass Sie kommen und mir erzählen würden, was passiert ist«, flüsterte sie und weinte. Angst stand in ihren Augen, und sie fing an zu zittern.

»Sprotte?«, fragte Westermann.

»Ja, so heißt … so hieß der Kutter«, schniefte sie. »Enno hat das Boot nach mir benannt. Er nannte mich, eigentlich vom ersten Tag an, Sprotte.« Ihre Haut wirkte grau, und die tiefrot geränderten Schatten ließen sie älter erscheinen, als sie in Wirklichkeit war. Die grazile, etwa 1,70 Meter große Frau zog ein Taschentuch aus ihrer Jeanshosentasche und schnäuzte sich die Nase. Sie setzte sich den Polizeibeamten gegenüber in einen dunkelbraunen Ledersessel.

»Sind Sie sicher, dass *Ihr Mann* mit dem Schiff rausgefahren ist?«, wollte Westermann wissen und vernahm das gemächlich schwere Ticken der alten Standuhr, die laut Prägung über 100 Jahre auf dem Buckel hatte und in der Ecke neben dem Fenster stand, als stünde sie dort schon ewig.

»Ja«, sagte sie erstaunt. »Warum wollen Sie wissen, ob *mein Mann* … Natürlich ist er rausgefahren. Wer sollte sonst mit unserem Boot unterwegs sein? Er lässt niemand Fremdes ans Steuerrad. Auf dem Schiff befand sich ziemlich teures Equipment.« Westermann und Hartwig sahen sich an.

»Was für Equipment?«, fragte Hartwig und öffnete den Reißverschluss seiner schwarzen Lederjacke.

»Navigationsgeräte, Tiefenmesser, hochempfindliche Sensoren und Messgeräte. Damit fährt … nur Enno auf See. Sagen Sie mir endlich, was passiert ist!«, krächzte sie.

»Zwei Fragen noch: Was hat er mit den Gerätschaften gemacht?«

»Was macht man mit Messgeräten? Messen. Er hat sich in der westlichen Ostsee mit dem Meeresgrund befasst und das schon seit Jahren.« Sie fing erneut an zu weinen.

»Warum trägt das Boot noch immer die Kennung des Vorbesitzers?«, wollte Dirk Westermann wissen.

»Weil er es immer ändern wollte, aber irgendwie nie dazu gekommen ist. Bekommt er jetzt Ärger?« Ihr fragender Blick machte es nur noch schlimmer. Westermann versuchte, eine Überleitung für das zu finden, für das es keine Überleitung gab. Er räusperte sich.

»Sind Sie absolut sicher, dass nur er das Boot gefahren ist?« Sie nickte. Westermann holte Luft. »Dann müssen wir Ihnen leider eine traurige Mitteilung machen. Haben Sie jemanden, den Sie anrufen können?« Westermann guckte in die geröteten Augen der Frau, die ihn fragend ansah.

»Warum sollte ich jemanden anrufen? Was ist denn los? Sagen Sie mir endlich, was mit Enno passiert ist. Ich konnte ihn am Telefon nicht erreichen. Ist er im Krankenhaus? Reden Sie endlich!«, schrie sie ihre Verzweiflung heraus. Hartwig stand auf und bewegte sich in den Flur. Er zog sein Handy aus der Tasche und rief einen Notarzt. Er registrierte, dass die Frau am Ende ihrer Kraft angelangt war und spätestens, wenn sie die Wahrheit erfuhr, zusammenbrechen würde. Mit ihrer Aussage hatte sie den Polizeibeamten bewiesen, dass eigentlich nur er es sein konnte, der mit dem Kutter in die Luft gegangen war. »Wo ist Enno?«, flüsterte sie.

»Wo sind Ihre Kinder? Sie haben doch Kinder, oder?«, fragte Westermann, anstatt ihre Frage zu beantworten.

»Beim Sport. Sie haben Sportunterricht.« Sie hielt ihre Hand vor den Mund und es schien, als würde sie jeden Moment in Ohnmacht fallen. Hartwig betrat den Raum.

»Ihr Mann ist vermutlich auf dem Schiff verunglückt. Wie es aussieht, ist er dabei ums Leben gekommen. Es tut uns wirklich sehr leid, Ihnen das sagen zu müssen.« Es entstand eine Stille, die nur vom Schlagen der Standuhr unterbrochen wurde. »Wir werden alles versuchen, die Umstände schnellstens zu klären. Allerdings sind die Ursachen nicht schlüssig und deshalb sind wir hier. Mein Kollege und ich haben den Fall übernommen, weil es Ungereimtheiten bei der Untersuchung des Schiffsunglücks gibt und wir davon ausgehen müssen, dass dies kein normaler Unfall war. Nach unseren Erkenntnissen gab es eine Explosion an Bord. Wir fanden den Teil eines Sprengsatzes und müssen von Fremdeinwirkung ausgehen. Wie es aussieht, wurde das Boot gezielt gesprengt. Es war kein Unfall!«

Anja Hagelstein wurde bleich und sank auf den Sessel. Sie atmete tiefer und schneller. Sie hyperventilierte und es hatte den Anschein, als würde sie jeden Moment bewusstlos werden. Eine Panikattacke erfasste ihren Körper.

»Fremdeinwirkung? Was wollen Sie damit sagen? Dass jemand das Schiff in die Luft gejagt hat? Haben Sie meinen Mann auf dem Boot gefunden?«, keuchte sie kaum hörbar. Westermann nickte.

»Stand der Sachlage ist, dass an Bord ein Sprengsatz detoniert ist. Dabei wurde eine männliche Person getötet. Ob es sich bei ihr um Ihren Ehemann oder jemand anderen handelt, versuchen wir gerade herauszufinden. Um ein klares Bild zu erhalten, benötigen wir von Ihnen eine DNA-Probe Ihres Mannes. Eine Zahn- oder Haarbürste.«

»Aber wieso denn?«, schnaufte sie und sprang auf. »Ich will zu meinem Mann. Ich muss zu ihm. Ich will ihn sehen, sofort!«

»Nein, das geht nicht ... Ihr Mann, oder die Person an Bord ... der Körper ... er wurde nach der Explosion nicht mehr aufgefunden.« Dirk Westermann fehlten die Worte, als er in das versteinerte Gesicht der Frau blickte. Wie sollte man einer Frau erklären, dass ihr Mann in Stücke gerissen wurde? Thomas Hartwig hielt ihren Arm. Dann sagte er: »Es wurde nur ein Teilstück des Körpers sichergestellt.«

»Was?«, flüsterte sie, verdrehte die Augen und sackte im gleichen Augenblick bewusstlos zusammen.

»Thomas, hast du einen Arzt gerufen?«, fragte Westermann, fing sie im letzten Moment auf und legte ihren Körper auf den Boden.

Der Kommissar nickte, zog ein Kissen vom Sessel und legte es unter ihren Kopf. Sanft tätschelte er ihre Wange, um sie zurückzuholen. Ihr Puls raste, das konnte er am heftigen Schlag ihrer Halsschlagader erkennen.

»Dirk, Wasser, ich brauche ein Glas Wasser!«, rief er. Anja Hagelstein kam zu sich. Sie schlug ihre Augen auf und starrte ihn an.

»Was ist passiert? Ich muss zu ihm!« Sie sprach kaum wahrnehmbar. Dirk Westermann betrat den Raum, nickte seinem Kollegen zu und reichte ihm das Wasserglas.

»Es kommt gleich ein Arzt und wird Ihnen helfen. Können wir jemanden benachrichtigen, der sich um Ihre Kinder kümmern kann?«

»Meine … meine Mutter wohnt nur ein paar Straßen weiter«, schluchzte sie.

»Wie heißt sie? Ihre Mutter. Telefonnummer?«

»Die Nummer ist eingespeichert unter ›Mama‹.« Sie nahm einen Schluck Wasser und legte kraftlos ihren Kopf zurück. »Sie sagen, ein Sprengsatz?« Ihr verzweifelter Gesichtsausdruck ließ Dirk Westermann jedes Wort genaustens wählen.

»Wäre es möglich, dass jemand es auf ihn abgesehen hatte? War er in Schwierigkeiten?«

Anja Hagelstein richtete sich auf. Thomas Hartwig verließ erneut das Wohnzimmer und begab sich mit dem Mobiltelefon in den Flur. Er suchte die Nummer der Mutter heraus und telefonierte erneut. »Er hatte keine Probleme! Warum sollte er Probleme haben? Wir sind eine glückliche Familie und haben gerade alles so weit eingerichtet, dass wir unseren Lebenstraum leben konnten. Verstehen Sie, es gab nichts, was jemand dazu hätte veranlassen können.« Sie richtete sich langsam auf und setzte sich zurück in den Sessel.

»Wir müssen diese Fragen stellen, um alles auszuschließen, was unsere Ermittlungen behindert«, sagte Westermann. »Und wir müssen ausklammern, dass Ihr Mann etwas mit der Explosion zu tun haben könnte. Hatte er Feinde? Hatte Ihr Mann eine Affäre?« Diese Frage klang seltsam ruhig. Westermann musste sie stellen, aber ihm war nicht wohl in seiner Haut.

Anja Hagelstein schüttelte den Kopf. »Eine Affäre? Was behaupten Sie da? Sie kannten Enno nicht. Er war der beste Mann, den man sich vorstellen kann. Enno hatte weder Feinde noch ein Verhältnis. Im Gegenteil. Er war bei allen sehr beliebt. Hatte viele Freunde und einen großen Bekanntenkreis. Er war immer optimistisch, ein durch und durch positiver Mensch. Enno hat sich engagiert, wo es ging. Er wollte immer die Welt retten. Wenn Sie verstehen, was ich meine?«

»Die Welt retten? Das klingt nach Problemen«, sagte Westermann. Thomas erschien wieder auf der Bildfläche.

»Warum ist Ihr Mann gestern rausgefahren? Hatte es einen besonderen Grund, dass er sich im Belt vor Puttgarden aufgehalten hat? Was hat er dort gewollt? Angeln?«

»Nein, natürlich nicht. Enno war kein Angler. Er war engagierter Tier- und Umweltschützer. Der hätte niemals einen Fisch aus dem Meer gezogen. Und der Belt – ich weiß nicht, inwiefern Sie über die Beltquerung Bescheid wissen. Aber er hat alles versucht, um die Entstehung dieses Mammutprojektes nach Dänemark zu stoppen. Ihm lagen die Natur und die dazugehörigen Tiere total am Herzen. Fragen Sie unsere Kinder. Sie sind genauso begeisterte Tier- und Naturschützer wie mein Mann und ich. Ich sagte doch, er tut … tat keiner Fliege etwas zuleide. Ihm war diese ganze Beltquerung ein Dorn im Auge.« Erneut liefen Tränen über ihre Wange.

»Könnte es jemanden geben, der ihn stoppen wollte? Hat er sich deshalb vielleicht doch Feinde gemacht?«

»Ich sagte schon, Enno hatte keine Feinde! Natürlich hat es den Politikern und den Dänen nicht gefallen, dass er und seine Kollegen vom Naturschutzbund mehrere Riffe genau dort entdeckt haben, wo die Tunnelbauarbeiten stattfinden sollen, aber deshalb bringt man niemanden um!«

Dirk Westermann nickte.

»Dürfen wir von Ihrem Mann eine Zahn- oder Haarbürste bekommen? Wir werden alles tun, um schnellstens herauszufinden, wer schuld am Tod Ihres Mannes ist.«

»Sie müssen es mir versprechen«, weinte Anja Hagelstein, erhob sich und verließ den Raum. In dem Moment schellte es an der Haustür. Vor der Tür stand der Notarzt. Hartwig ließ ihn hinein.

Dirk Westermanns Handy klingelte im gleichen Augenblick. »Ja?«

Es folgte ein kurzes Schweigen, dann kam Bewegung in den Leiter der Mordkommission. Er eilte in den Flur. »Wir müssen los. Es gibt neue Erkenntnisse!« Thomas sah ihn verwirrt an, als Anja Hagelstein die Treppe heruntergeschlichen kam. Sie reichte ihm eine Haar- sowie eine Zahnbürste. Hartwig zog einen Klarsichtbeutel aus seiner Jackentasche und ließ die Bürsten darin verschwinden. »Der Arzt wird sich jetzt um Sie kümmern, bis Ihre Mutter mit den Kindern kommt. Sobald es etwas Neues gibt, melde ich mich«, sagte Westermann und zog seinen Kollegen ins Freie.

»Was ist denn los? Warum rennst du plötzlich raus?«

»Da hat sich jemand zu der Explosion bekannt. Das war ein Attentat. Jetzt wird es ernst. Wenn es so ist, wie Olaf berichtet hat, dann können wir das nicht mehr alleine lösen. Dann brauchen wir sofort Hilfe!«

Eine Viertelstunde später betraten die Polizeibeamten angespannt die Dienststelle und eilten geradewegs in das Büro des Dienststellenleiters. Hier hatten sich Schütt, Veit, Becker, Hansen und Kalle Jipp versammelt und schauten voller Besorgnis auf Westermann und seinen Kollegen.

»Dirk, es ist was Grauenhaftes passiert, und es wird noch etwas weitaus Schlimmeres passieren.« Schütt guckte schnaufend aus dem Fenster. Er knetete die Finger, bevor er sich wieder umdrehte. Sein Blick war auf den Mordermittler gerichtet. »Das war ein Bombenanschlag! Hier hat sich gerade jemand zur Explosion auf dem Fischkutter bekannt und … und …«, Olaf Schütt setzte sich, stotterte und sprach leise weiter, während seine Knie zitterten. »Er wird weitermachen, wenn wir seinen Forderungen nicht nachgeben!«

»Bitte? Welche Forderungen?« Westermann fehlten die Worte. »Was heißt das? Nun mal ganz langsam. Erkläre es mir bitte genauer! War es eine männliche Stimme?« Der Leiter der Mordkommission schaute fixiert auf seinen Kollegen. Schütt nickte und drehte sich zur Mannschaft.

»Was das heißt? Er hat damit gedroht, weitere Sprengsätze hochgehen zu lassen. Dirk, du musst sofort etwas unternehmen, ich glaube, das war ein Terroranschlag. Was sollen wir denn jetzt tun?«

»Hast du die Angler noch mal befragt?«

Schütt nickte. »Ja, aber sie haben nichts bemerkt. Da war niemand.«

»Thomas, du fährst als Erstes zur Spurensicherung, überbringst die Asservate und fragst nach den Ergebnissen des Sprengsatzes. Du, Olaf, wirst mir haarklein erklären, was am Telefon gesprochen wurde, damit wir herausfinden können, wer dort gesprochen hat und von wo. Was wollte er? Wenn das alles geregelt ist und die Möglichkeit eines terroristischen Anschlages in Betracht kommt, setze ich mich sofort mit dem LKA und BKA in Verbindung. Wir müssen diesem Anruf auf den Grund gehen. Vielleicht steckt etwas völlig anderes dahinter und jemand verarscht uns.« Dirk Westermann stopfte die Mütze in die Tasche seines Cabans und ließ sich auf den erstbesten Stuhl fallen. »Das darf doch alles nicht wahr sein«, flüsterte er. »Hast du dir Notizen gemacht?«, wollte er von Schütt wissen. Der schüttelte den Kopf.

»Nein, ich habe etwas Besseres.« Dirk sah ihn verdutzt an. »Ja, ich hab geistesgegenwärtig das Gespräch mitgeschnitten.« Alle starrten auf den Dienststellenleiter.

»Und das sagst du mir erst jetzt?« Dirk Westermann sprang auf und gestikulierte. »Wo, wo hast du die Aufnahme? Zeig endlich her!« Im Raum hätte man eine Stecknadel fallen hören können.

Olaf Schütt setzte sich und stellte den Anrufbeantworter an. Alles starrte auf das schwarze Gerät auf dem Schreibtisch. Der Dienststellenleiter regelte die Lautstärke und lauschte. Es knackte: »Haben Sie mich verstanden? ... *ich* habe den Kutter heute Vormittag im Belt in die Luft gejagt. Der Sprengsatz war hinter dem Lautsprecher im Führerhaus angebracht. Ich habe die Bombe mit dem Handy gezündet und werde weitere Anschläge vornehmen! Sie haben die Möglichkeit, dies zu verhindern! Morgen Mittag um 12 Uhr bekommen Sie meine Forderungen. Erfüllen Sie diese nicht, wird es weitere Tote geben, und dieses Mal werden viele Menschen sterben. Also tun Sie genau, was ich von Ihnen verlange!«, es knackte in der Leitung.

Fassungslos glotzten alle auf das Aufnahmegerät.

*

Dass jemand am Strand die Explosion und deren Folgen sehr wohl beobachtet hatte, bemerkte niemand. Eine Gestalt, die verborgen hinter Büschen und Sträuchern lauerte. Ein Lächeln huschte über sein Gesicht, als er sich die Situation ins Gedächtnis rief. Der Kutter war direkt vor seinen Augen in die Luft gegangen. Dass Monokular in seiner Hand hatte ihm gute Dienste erwiesen. Die Detonation versetzte ihm ein Hochgefühl. Da war kein Mitleid. Nur Befriedigung. Immer wieder liefen die Bilder in seinem Kopf ab. Allein die Gedanken an die Explosion ließen seinen Puls rasen. Er drehte am Lautsprecherregler des alten Kofferradios, das neben den Computern stand. Das Flackern seiner Augenlider ließ nach. Die klassische Musik hüllte ihn ein wie eine warme Decke und dämpfte das unaufhörliche Heulen, das mit quälendem Dauerton durch das undichte Fenster zog. Er legte für einen Augenblick die Arme um seine Schultern und schloss die Augen. Niemand würde ihn hören. Er hustete. Die Luft im Raum war durch die Kälte und das Jaulen nur noch mehr zur Gruft mutiert. Die schwarz gekleidete Gestalt schwang die Arme auseinander und dirigierte das Stück von Beethoven bis zum Schlusszeichen des Musikstückes. Er öffnete die Augen, neigte den Kopf und griff nach dem zerbrochenen Handy, das als Zünder ausgedient hatte. Es lag vor ihm auf dem Tisch. Mit einem Schraubenzieher brach er das Telefon auf und reihte die Einzelteile vor sich auf. Im weiteren Verlauf nahm er den Hammer und schlug im Takt der Musik auf die Kunststoffteile, bis sie nicht mehr zu identifizieren waren. Die SIM-Karte hatte er gleich nach dem Anschlag herausgenommen und in der Ostsee versenkt. Niemand würde das Modul je wiederfinden. Er stülpte einen Mundschutz über seine schmalen Lippen, fegte mit der Hand die Überreste des Handys zusammen, erhob sich und ließ die Teile in eine Tonne gleiten, die in der hinteren Ecke des Raumes stand. Erneut hustete der hagere Mann und presste trotz Mundschutz für einen Moment die Hand vor Mund und Nase, um den beißenden Gerüchen zu entkommen. Dann verschloss er die Kunststofftonne wieder mit dem Deckel. Die Säure würde den Rest erledigen. Er setzte sich, griff nach Schreibblock und Stift und schrieb Notizen auf ein leeres Blatt Papier. Er könnte alle Informationen und Gedankengänge, die er benötigte, in den Computer tippen und bei Bedarf ausdrucken, aber das wäre zu gefährlich, falls jemand ihn überraschte. Auf diesem Weg würde niemand seine Gedanken nachvollziehen können. Sein Plan war akribisch ausgearbeitet. Wenn er seine Arbeit beendet hatte, löste er die Festplatten ebenso in dem Säurebad auf wie die Handys. Es war gut überlegt gewesen, sich in Lübeck einzuloggen. Sie würden alles daransetzen, ihn zu finden, so viel war sicher. Ein Lächeln huschte über sein Gesicht. Letztlich wollte er nach Beendigung seiner Tat mit dem Boot hinausfahren und das Fass in der Ostsee versenken. Der Belt zwischen Fehmarn und Rødby war an manchen Stellen bis zu 30 Meter tief, was also sollte ihm passieren? Genauso gründlich ging er mit den Aufzeichnungen vor. Jeden Abend ließ er Papiere, die für ihn gefährlich werden könnten, im Kaminofen verschwinden. Wozu ein Ofen nützlich ist, grinste er. Niemand nahm in dieser Jahreszeit Anstoß am Feuer in einer Feuerstelle. Alles hatte seine Zeit. Und seine war jetzt. Kein Mensch würde herausfinden, wer diesen Anschlag verübt hatte. Und wenn doch, war er längst verschwunden. Die Mundwinkel schoben sich nach oben, als er das Material betrachtete, das neben ihm auf dem Regal eines Metallbords lagerte. Die Musik eines weiteren Beethovenstückes erfüllte den Raum. Sein Grinsen vertiefte sich, die Arme bewegten sich wie ferngesteuert im Takt. Als das Stück geendet hatte, fuhr er sich durch die schulterlangen Haare und warf einen erneuten Blick auf die Zeichnungen und Erklärungen, die er im Netz gesucht und gefunden hatte. Es war unglaublich leicht gewesen, den Sprengsatz nach Anweisungen herzustellen. Seine Hand griff den Keramikbecher auf dem Tisch. Das Material wies feine Haarrisse auf und war an einigen Stellen abgeplatzt. Das aufgedruckte, verblasste Motiv einer Frau war es ihm dennoch wert, diesen Becher nicht zu entsorgen.

Angestrengt versuchte er, die Pläne auf dem Bildschirm zu verinnerlichen. Er nahm einen Schluck aus dem Becher, und sein Gesicht verzog sich zu einer Fratze. Lag es am starken Kaffee oder an der Gewissheit, dass sein Hass

Grenzen überschritten hatte, die sich nicht mehr rückgängig machen ließen? Sein Gesichtsausdruck enthüllte nichts Gutes. Dieses Mal würde er ein Stahlbehältnis benutzen, damit die Splitter ... Das Gesicht entspannte sich, und sein rechter Mundwinkel bewegte sich erneut nach oben. Langsam fügte er die Drähte in seiner Hand an das neue Handy und lötete sie fest. Niemand würde seine Message übersehen, wenn sie nicht taten, was er verlangte. Ein undurchschaubares Lächeln überzog erneut sein Gesicht, als er die Augen schloss, um der Musik zu lauschen.

Es war zugig in den kalten unterirdischen Gewölben und roch nach Alkohol, Urin und kaltem Zigarettenrauch. Papierfetzen wurden vom Wind durch die Gänge geschoben. Er tänzelte von einem Fuß auf den anderen, um sich zu wärmen. Die geheimnisvolle Person hatte die Zeit zwischen zwei U-Bahn-Zügen genutzt. Die Menschenmenge verlor sich. So war er für diesen wegweisenden Moment ungestört. Er zog das Handy aus der Hosentasche und wählte. Niemand nahm Notiz von dem Mann, der unscheinbar und farblos an der gekachelten Wand lehnte.

*

Nervös lief Dirk Westermann im Raum auf und ab. Er hatte gesagt, er würde sich um 12 Uhr mit seinen Forderungen melden. Die Spannung im Büro war spürbar. Sämtliche Blicke fielen auf das modifizierte Telefon und die Uhr an der Wand. 11.57 Uhr. Jeder Anruf, der auf der Dienststelle einging, ließ die Polizeibeamten in Erregung geraten.

»Wieder Fehlalarm. Das war nur Frau Michel, deren Katze zum 100. Mal weggelaufen ist«, sagte Schütt und legte auf. Es war erforderlich, dass alles routiniert wie immer klang, wenn *er* sich meldete. Die Nerven der Anwesenden waren zum Zerreißen gespannt. Dann klingelte es erneut. Es war 12.03 Uhr. Die Beamten der Burger Dienststelle, der Oldenburger Mordkommission und des LKA Kiel sahen sich an. Die Stille zwischen dem Läuten war beängstigend. Er hatte sie offensichtlich bewusst zappeln lassen. Niemand wagte zu atmen, als Olaf Schütt nach dem vierten Klingeln das Telefon in die Hand nahm.

Brammann stellte die Fangschaltung ein. Er selbst hatte den Dienststellenleiter angewiesen, den Verdächtigen so lange in der Leitung zu halten, bis sie herausgefunden hatten, von wo der Anruf getätigt wurde. Er warf einen Blick in die Runde und drückte auf den grünen Hörer. Durch den unterdrückten Anruf wussten sie, dass *er* am anderen Ende der Leitung lauerte. Seine Handflächen schwitzten, als er »Dienststelle Burg, Schütt« murmelte. In seiner Kehle kratzte es, als hätte er ausgetrockneten Zigarettentabak geraucht, die Zunge klebte wie Kaugummi am Gaumen. Der Polizist war für eine derartige Aufgabe nicht ausgebildet, spürte, wie Angstschweiß seine Stirn benetzte. André Malick versuchte, Schütt mit Handzeichen zu beruhigen. Und obwohl er wusste, dass er nicht allein war und sie alle ihn unterstützten, zitterten seine Hände. Er nickte.

»Sie haben sicherlich schon auf meinen Anruf gewartet«, vermeldete eine blecherne Stimme am anderen Ende der Leitung. Die Polizeibeamten wussten sofort, dass die Stimmfärbung manipuliert war.

»Was wollen Sie?«, wollte Schütt wissen.

»Was ich will?«, die Stimme lachte. Es klang mechanisch und dennoch düster. Im Hintergrund waren leise, hallende Geräusche zu vernehmen. »Was ich will? Eine Million Euro in unnummerierten Scheinen zu einem festen Zeitpunkt in einem Papierkorb beim Ausgang zur Weidenstraße auf dem Parkplatz West und den sofortigen Stopp des Tunnelbauprojektes! Kommen Sie meinen Forderungen nicht nach, geht ein weiterer Sprengsatz hoch. Und dieses Mal handelt es sich nicht um eine einzelne Person. Stoppen Sie umgehend den Tunnelbau im Belt! Ich gebe Ihnen zwei Tage Zeit. Falls bis dahin kein sichtbares Signal von Ihrer Seite kommt, werde ich die nächste Bombe zünden. Haben Sie mich verstanden? Ich melde mich in zwei Tagen um Punkt 18 Uhr.« Dann brach das Gespräch ab.

»Und? Hat die Zeit gereicht, um ihn festzunageln?«, fragte André Malick. Brammann schüttelte den Kopf.

»Nein, ich glaube nicht. Nummer ist unterdrückt, das wussten wir. Ich werde die Funkzelle herausfinden. Ich lasse das gerade überprüfen.«

»Ich glaube, wir werden keine Chance haben, ihn zu finden. Mit Sicherheit hat er entweder von einem öffentlichen Fernsprecher telefoniert oder wieder ein Prepaidhandy benutzt, dem er in diesem Moment gerade das Genick bricht.« Westermann schlug mit der Hand auf die Schreibtischplatte. Der Kollege des LKA hob den Daumen.

»Ich hab's. Es ist eine Funkzelle in Hamburg. Bahnhof Altona.«

Malick griff nach seinem Handy und wählte eine Nummer. Dann sagte er:

»Wir fahren sofort los.«

*

Charlotte Hagedorn stieg vom Rad. Sie hatte in den *Lübecker Nachrichten* gelesen, dass heute um 12 Uhr eine Demonstration der Beltretter auf dem Marktplatz stattfinden sollte. Es war fast Mittag. Vom historischen Platz im Ortskern klang leise Weihnachtsmusik. Die Buden des Weihnachtsmarktes waren allerdings zum größten Teil noch geschlossen. Langsam schlenderte sie über das Kopfsteinpflaster zwischen den Holzhütten hindurch bis zu der Gruppe, die die Demo erkennbar anführte. Sie hatten sich am Ende des Marktplatzes um drei Feuerkörbe versammelt, in denen knisternde Holzscheite spärliche Wärme verbreiteten. Es war unnatürlich kalt und diesig. Sie guckte zum Himmel und entdeckte die dunklen, tiefhängenden Wolken, die Schnee bedeuteten. Charlotte schlug den Kragen ihres Mantels hoch, rückte die Mütze zurecht und blieb unmittelbar vor der Gruppe stehen. Mit geübtem Blick überschlug sie die Menge der Demonstranten, die sich lose gruppiert auf dem Platz verteilt hatte. Mit Presseleuten und einer Handvoll Aktivisten kam sie auf knappe 30 Personen. Wovon augenscheinlich etliche Urlaubsgäste Zeit totschlagen wollten und darauf warteten, dass der Weihnachtsmarkt öffnete. Charlotte war kalt und es dürstete sie nach einem Glühwein. Sie lächelte in Erwartung des warmen Getränkes und stellte sich neben den aufgebauten Holztresen, an dem es jede Menge Infomaterial zu bestaunen gab. Eine Gruppe von sechs Personen unterhielt sich lautstark. Charlotte war enttäuscht. Nur zwei Pressemitarbeiter waren vor Ort. Und das alles zu weihnachtlichen Klängen, die einer Demonstration nicht gerade förderlich waren. Unerwartetes leises Knacken, gefolgt von ohrenbetäubendem Quietschen einer Rückkopplung, zeigte an, dass die Podiumsdiskussion anfing. Der Sprecher der Beltretter begrüßte mit einer tiefen, sonoren Stimme die Versammelten und erklärte ausschweifend, worum es sich bei dieser Kundgebung handelte. Warum gegen den Tunnelbau protestiert wurde und wer dafür verantwortlich war. Fakten über die Folgen für den nicht wiedergutzumachenden Schaden, den um sich greifenden Umweltfrevel. Verheerender Lärm- und Inselschutz waren nur einige der Themen, die der etwa

60-jährige schlaksige Mann mit dem hageren Gesicht und den dünnen Haaren ansprach. Ihm war die Enttäuschung, nicht mehr Gegner des Tunnelbaus auf dem Marktplatz vorzufinden, anzusehen. Es traten weitere Gastredner auf, die lautstark zum Protest aufriefen. Charlotte zog ihre Kamera aus dem Rucksack und fotografierte jeden Einzelnen von ihnen. Sie drehte sogar ein einminütiges Video von der Demonstration. Ein älterer Herr saß unweit der Redner vor einem Optikergeschäft auf einer Holzbank und spielte mit dem Akkordeon in den Sprechpausen seichte Melodien und versuchte, gegen das Weihnachtsgedudel vom startenden Weihnachtsmarkt anzukommen. Irgendwie erinnerte Charlotte diese Protestaktion eher an ein vorweihnachtliches Kaffeekränzchen. Fehlte nur der Kuchen. Sie war der Illusionen beraubt, dass hier noch etwas Maßgebliches bewegt werden würde. Und sie war traurig über die mangelnde Anteilnahme. Sie lauschte den Vorträgen und hörte, wie jemand außerhalb der Gruppe rief: »Ist doch sowieso zu spät. Die machen, was sie wollen, und haben längst angefangen zu buddeln! Guckt euch die riesigen Maschinen am Belt an. Was soll dieser ganze Zirkus hier überhaupt noch bewirken? Geht lieber einen Punsch trinken. Das ergibt mehr Sinn.«

»Nun mal langsam«, mischte Charlotte Hagedorn sich ein und wandte sich dem hageren Mann von 1,80 Meter Größe zu, der in dicker Steppjacke und Mütze hinter ihr stand. In ihren graublauen Augen funkelte es. »Es ist nie zu spät, sich zu wehren. Und wenn wir nicht bis zum Schluss versuchen, diesen Monsterbau zu stoppen, dürfen wir uns nachher nicht beschweren, wenn alles den Bach runtergeht. Und überhaupt. Die Menschen versuchen seit ewigen Zeiten, eine Querung von Fehmarn nach Dänemark zu verwirklichen, und haben es bisher nicht geschafft. Warum also sollten sie jetzt …« Charlotte holte tief Luft, bevor sie vollmundig weitersprach. »Da waren Dänen, Schweden, Russen, die eine Querung wollten, und selbst Hitler baute damals die mit Sicherheit vielen bekannte ›Hitlermole‹ in Puttgarden, um eine Beltquerung folgen zu lassen. Und? Nicht mal der hat es geschafft! Da werden wir doch wohl die Dänen stoppen können, die seit 1960 versuchen, eine feste Beltquerung zwischen Deutschland und Dänemark in Angriff zu nehmen. Bisher ist niemandem von ihnen ein Weiterkommen gelungen. Jetzt nimmt es zwar zum ersten Mal ernstere Formen an, aber wir müssen zumindest versuchen, diese Pläne bis zum bitteren Ende zu bekämpfen. Sie haben es damals nicht durchbekommen, wieso heute? Nur gemeinsam sind wir eine Einheit!« Erneut japste Charlotte Hagedorn nach Luft. Der Mann hinter dem Mikrofon blieb sprachlos dahinter stehen. Ihm fehlten offensichtlich die Worte. Charlotte hingegen brabbelte munter weiter drauflos. »Es gibt nicht umsonst das Aktionsbündnis gegen eine feste Fehmarnbeltquerung, dem sich sogar Umweltschutzverbände und Gewerkschaften angeschlossen haben. Wir alle dürfen nicht aufgeben! So, das war's. Sie können weitermachen.« Die Leute auf dem Platz, die sie vorher angestarrt hatten, brachen in Gelächter aus. Charlotte wurde puterrot, rückte ihre Mütze zurecht und ballte die Hände zu Fäusten. Auf einmal war sie zum Mittelpunkt der Veranstaltung mutiert. Sie hatte ihre Rede von sich gegeben, als gehörte sie zu den Gründungsmitgliedern der Beltretter. Sie war ohne Frage eine Belttunnel-Gegnerin und würde dies, solange es nötig war, kundtun.

»*Niemand* braucht diesen Tunnel«, führte der Sprecher seinen Vortag fort. »Die durchgeführten Studien entsprechen nicht mehr der Realität. Das Verkehrsaufkommen, das die Baukosten einspielen soll, ist längst nicht mehr realistisch. Wir sprechen bis jetzt von mehr als zehn Milliarden Euro, die allein das Belttunnel-Projekt schlucken wird. Das Ende der Kostenfahne ist allerdings überhaupt nicht abzusehen. Und wir glauben auch nicht, dass die dänische Bevölkerung sich im Klaren darüber ist, was finanziell auf sie zukommt. Ganz zu schweigen von der Hinterlandanbindung. Von ehemals 345 Millionen Euro ist die Summe bis dato auf mehr als drei Milliarden angestiegen. Und das sind nur die etwaigen Kosten, meine lieben Freunde. Die Bau- und Energiekosten sind in den letzten Jahren um ein Vielfaches gestiegen. Dann dieser fürchterliche Krieg im Osten, der durch die Verknappung die Kosten noch einmal explodieren lassen wird. Das Konzept, das uns Bürgern vorgegaukelt wurde, ist obsolet! Von den Umweltsünden der Gegenwart und der Zukunft ganz zu schweigen. Der Klimawandel ist in vollem Gang, und wir hören in der gesamten Planung nicht ein einziges Wort darüber! Ist er bei diesem Projekt ausgehebelt? Was sagen denn nun die Grünen zur Beltquerung? Ich höre … nichts! Wir alle sollen CO_2 reduzieren, weder Auto fahren noch Flugzeuge bewegen. Und was machen die da oben? Sie lassen einen Absenktunnel bauen, von dem der Beton, der für jedes Tunnelbauelement produziert wird, Unmengen an CO_2 in die Luft blasen wird. Wir reden von Erderwärmung. Was sind ein oder zwei Grad? Klingt erst mal nach nichts. Wenn ein Mensch aber ein oder zwei Grad mehr Fieber bekommt, könnte er sterben. Was ist mit unserer Erde? Sollen wir zusehen, wie sie durch weitere Projekte dieser Art stirbt? Niemand, liebe Mitstreiter, niemand braucht diesen Tunnel. Viele Aspekte wurden bei der Planung dieses Tunnelmonsters nicht mit einbezogen.« Der Mann hob drohend die Faust. »Der Bundestag billigte mal eben einen Staatsvertrag, der überhaupt nicht realistisch durchdacht ist! Das ist eine finanzielle Katastrophe und bedeutet den Tod der gesamten Natur im Areal der westlichen Ostsee. Wer hat die veränderte Umweltsituation einkalkuliert? Wisst ihr eigentlich, wie lange es dauern wird, bis sich der Grund der Ostsee wieder normalisiert oder annähernd wieder erholt? Jahrzehnte! Wir reden nicht von ein paar Monaten. Wir reden über Jahre und Jahrzehnte, liebe Gegner, in denen normales Leben im Belt nicht mehr möglich sein wird. Die Zukunft unserer Kinder steht auf dem Spiel. Ich werde mir nicht vorwerfen lassen, untätig zugeschaut zu haben!« Man sah dem Mann an, dass seine Kraft verbraucht war. Charlotte wusste, dass er, wie viele andere, Jahre zur Rettung des Fehmarnbelts aufgewendet hatte und dieser Kampf ihn genauso ausgezehrt hatte, wie es den Belt zwischen Fehmarn und Dänemark auszehren würde. Charlotte Hagedorn zog ihre Handschuhe aus. Dann drehte sie sich um und fragte die Standbetreiber, ob sie ein paar der Informationsblätter an sich nehmen dürfte.

»Können Sie alles haben. Lesen Sie das gut durch! Wir geben nicht auf! Wir haben gehört, dass Sie auf unserer Seite sind. Sämtliche Belange, die dort gesprochen wurden, sind nur Teile des Ganzen. Betrachten Sie nur mal die Zukunft der Schweinswale. Es gibt nur noch knapp 100 Exemplare in diesen Arealen der Ostsee. Sie sind stark gefährdet. Wenn die Beltquerung kommt, gehen auch die letzten von ihnen mit Sicherheit vor die Hunde.«

»Und es geht nicht nur um die Schweinswale«, erklärte ein weibliches Mitglied des Naturschutzbundes. »Das gesamte Ökosystem der Ostsee ist bereits maximal belastet. Nicht nur durch Überfischung und Stellnetze.« Sie schüttelte vehement den Kopf. »Die Schadstoffe durch Weltkriegsmunition und die Überdüngung tragen einen immensen Teil dazu bei, dass die Ostsee längst überstrapaziert ist. Wenn der Tunnel kommt, dann prost Mahlzeit!«

»Arten- und Naturschutz sind gravierende Aspekte. Wirtschaftliche Gründe aber genauso wichtig«, schnaufte Charlotte und holte hörbar Luft.

»Das ist bei allem Kampf längst unter Dach und Fach. Die Bundesregierung hat dem Staatsvertrag schon 2009 zugestimmt. Was wollen wir kleinen Leute denn jetzt noch ändern?«, rief ein Mann, der sich mit dem Finger gegen die Stirn tippte.

»Vielleicht helfen uns die entdeckten Riffe«, sagte eine Frau um die 50, die hinter einem der Infotresen stand.

»Ach, Blödsinn, das ist doch … die da oben interessiert das nicht. Da geht es nur um Geld und Macht. Die können nicht mehr zurück. Sieht man am Ingenieur, der die Riffe im Belt mit entdeckt hat, den haben sie als Ersten mundtot gemacht. Mir nichts, dir nichts in die Luft gesprengt! Wer weiß, wer dafür verantwortlich ist? Aber sagen darf man ja nichts, dann ist man gleich ein …« Er schwieg und verschränkte die Arme vor der Brust. Sein Gesicht war hochrot angelaufen und zu einer Fratze verzerrt. Charlotte hatte diesen Mann nie vorher gesehen. Das war kein Fehmaraner. Aber was er dort sagte, war für sie höchst interessant. Sie ließ die Frau am Infostand stehen, trat zu dem schlanken Mann und verwickelte ihn in ein Gespräch.

»Sehr packend, was Sie zu berichten haben. Ich finde ja auch, dass wir nicht aufgeben dürfen. Wie war das mit diesen Riffen?«, wollte sie wissen.

»Ja, haben Sie das nicht mitbekommen? 2020 hat der Mann mit anderen Leuten bei Kartierungsarbeiten drei Riffe entdeckt, auf die ein Jahr vorher schon hingewiesen wurde. Der Mann ist etliche Male zu den Riffen getaucht. Der Nabu hat kritisiert, dass die im Planfeststellungsbeschluss nicht berücksichtigt worden sind. Dabei handelt es sich anscheinend um Biotope nach dem FFH-Standard. Sie haben sogar gegen den Beschluss geklagt und …«

»Was und?«, wollte Charlotte wissen. »Verloren haben sie! Vom Tisch gefegt haben sie die Klage. Das nennt man Demokratie! Nee, mir braucht man nichts mehr zu erzählen.« Der Mann hob drohend die Faust.

»Was ist FFH-Standard?«, fragte Charlotte.

»Das ist ein Flora-Fauna-Habitat. Was ein Habitat ist, wissen Sie aber schon, oder?«

»Selbstverständlich! Das ist der Lebensraum, in dem sich bestimmte Tierarten oder Pflanzen ansiedeln. Ich bin nicht mehr die Jüngste, aber ich bin nicht tüddelig! Mir war nur der Begriff entfallen«, antwortete sie und beobachtete nebenbei die kleine Gruppe, die sich formierte. »Was passiert denn jetzt?«, wollte sie wissen.

»Demonstrationszug. Aber wie ich das sehe, laufen die paar Menschen sowieso auf dem Bürgersteig«, lachte er verächtlich. Charlotte nickte.

»Noch eine letzte Frage. Sie sagten etwas von einem Beltretter, der umgebracht wurde?«

»Na ja, so genau weiß ich das nicht, aber es könnte sein, dass da jemand nachgeholfen hat. Soviel ich gehört habe, ist der Mann mit seinem Kutter in die Luft gejagt worden. Das spricht Bände.«

»Wieso spricht das Bände?« Charlotte Hagedorn war in ihrem Element. In ihr brodelte es, und ihr war klar, wenn sie es geschickt anfing, würde der Mann ihr wichtige Informationen überlassen, die sie nicht kannte.

»Wenn einer daran maßgeblich beteiligt ist, den gesamten Tunnelbau vielleicht doch noch kippen zu können, und dann auf merkwürdige Art und Weise ums Leben kommt … Aber ich will nicht ins Gerede kommen. Das haben Sie nicht von mir.«

»Na ja, das haben Sie ja laut und deutlich verkündet. Da brauchte es mich nicht dazu.« Sie sah den Mann an, der den Kragen seiner Jacke enger zusammenzog und sich augenblicklich aus ihrem Blickfeld verzog.

Während Charlotte mit dem Unbekannten ins Plaudern geraten war, lief die übersichtliche Gruppe mit Polizeischutz auf dem Bürgersteig beim Juwelier vorbei. Eilig folgte sie dem kleinsten Demonstrationszug der Region und rief, den Arm in die Luft gestreckt: »Nieder mit dem Tunnelbau. Wir brauchen keinen Tunnel! Rettet die Schweinswale!«

KAPITEL 5

Montag

Am nächsten Morgen saßen Westermann, Malick, Hartwig, Schäfer und zwei weitere Kollegen des Kieler LKA in der Zentrale des Bahnhofs in Lübeck. Der Mitarbeiter hatte die angefragten Zeiten eingestellt, und die Männer suchten nach Hinweisen. Eine Flut von Menschen lief auf den Monitoren an ihnen vorbei. Sie hatten sich in Gruppen aufgeteilt und untersuchten akribisch das Filmmaterial. Nach einer halben Stunde rief Hartwig:

»Stopp! Bitte einen Schritt zurück!« Alle Augen waren auf den Bildschirm des Kommissars und seines Vorgesetzten Dirk Westermann gerichtet. »Da, der Typ ist mir vorhin schon aufgefallen. Er schleicht durch den Bahnhof, als hätte er etwas zu verbergen. Der hat so einen schleppenden Gang. Weiter … Stopp! Noch einmal weiter … Stopp! Seht ihr? Da, er bleibt in einer uneinsichtigen Stelle stehen und hat ein Handy aus der Tasche gezogen. Können Sie näher ran?« Der Mitarbeiter nickte und zoomte sich tiefer ins Bild. »Verdammt, kein Gesicht. Die Kapuze verdeckt alles bis auf die dunklen Haare und die Brille. Der ist clever! Gibt es noch Aufzeichnungen aus anderen Perspektiven?« Der Mittdreißiger schüttelte den Kopf.

»Das ist alles, was wir haben.«

»Verdammt! Verdammt! Das nützt uns überhaupt nichts«, knurrte Westermann.

»Noch mal alles zurück. Vielleicht ist auf den anderen Aufnahmen etwas Brauchbares«, sagte Malick und machte eine kreisende Bewegung. Konzentriert durchsuchten sie ein weiteres Mal sämtliche Aufzeichnungen. Hartwig hielt erneut inne und stoppte seine Aufnahme. Er ließ sie vor- und zurückfahren.

»Ich kann nichts Auffälliges entdecken.« Es war die sprichwörtliche Suche nach einer Nadel im Heuhaufen. Eine halbe Stunde später ließ der Leiter der Sonderkommission das Material einpacken: »Das war's hier. Wir sollten zügig nach Altona weiterfahren. Ich gebe die Videoaufnahmen meiner Truppe, und die sollen sich darum kümmern. Vielleicht haben wir Glück, und Hartwig hatte den richtigen Instinkt. Falls wir die gleiche Person wieder entdecken, wissen wir zumindest, ob wir es mit ein und demselben Mann zu tun haben.«

Sie parkten direkt vor dem Bahnhofsgebäude in Hamburg-Altona. Westermann sah am Eingangsportal nach oben. In naher Zukunft ist dieser Bahnhof verschwunden, weil er einem städtebaulichen Großprojekt der Hansestadt weicht, der soliden Wohnungsbau auf sichere Beine stellen soll. Er erinnerte sich an das alte vorherige Bahnhofsgebäude aus rotem Backstein und war nicht einmal traurig. Dieser Neubau hatte mit dem alten kaum noch etwas gemein. Er schüttelte den Kopf und folgte seinen Kollegen ins Bahnhofsinnere. Nur wenig später stand die Delegation im Überwachungsraum der Bahnanlage. Malick hatte mit den Mitarbeitern gesprochen, und diese hatten sämtliche Videoaufzeichnungen vorbereitet. Die Polizeibeamten, die er instruiert hatte, saßen seit Stunden vor den Monitoren. Es war wie in Lübeck. Fast unmöglich, etwas Verdächtiges herauszufiltern. Wieder war es Thomas Hartwig, der das Video stoppen ließ.

»Irgendwie … aber der hat so gar keine Gemeinsamkeiten … nee … war wohl doch nichts.« Die Person, die er im Visier hatte, besaß zwar den gleichen schleppenden Gang, allerdings hatte er optisch überhaupt keinerlei Ähnlichkeit mit dem Mann in Lübeck. Dieser hatte keine schwarze Kapuze auf, sondern blonde Haare, eine Nickelbrille und einen Ziegenbart. Er hatte sich geirrt.

»Wir brauchen die Aufnahmen«, sagte Schäfer und forderte die gesamten Aufzeichnungen der besagten Zeit.

»Das Ganze war ein Schlag ins Kontor«, fluchte der Leiter des Sonderkommandos. »Die Funkzellen haben uns nicht ein Stück weitergebracht. Wir brauchen einen Profiler, der uns sagen kann, um was für einen Menschen es sich handelt.« Schweigend verließen die Männer das Gebäude.

»Ich werde die Videos direkt in die Direktion nach Kiel bringen und komme dann mit dem Profiler zu Ihrer Dienststelle.« Malick verabschiedete sich.

»Wir brauchen mehr Hinweise. Das ist doch für den Arsch«, brummte Hartwig. »Trotzdem hatte der Kerl einen Gang, der mich irritiert. Ich werde die Aufzeichnungen nach der Untersuchung noch einmal genau unter die Lupe nehmen«, sagte er und öffnete den Wagen. Im Fond saß Watson und fiepte unentwegt.

»Der muss dringend raus«, murmelte Westermann und versuchte, den Hund zu beruhigen. »Wir sind gleich da«, sagte er und hoffte, dass Hartwig schnell genug ein grünes Fleckchen in der riesigen Großstadt fand, das Watson genügte.

*

Gleich Mittag, dachte Katrin und stieg die Stufen zum Rathaus hoch. Es war niemand da. Um 12.30 Uhr hatte ein Brautpaar aus Gelsenkirchen seinen Trautermin. Das Gebäude erschien ihr wie ausgestorben. Jeder ihrer Schritte hallte auf dem Terrazzoboden. Sie warf einen Blick durch die hohen Fenster nach draußen. Selbst dort war es relativ ruhig. Nur wenige Menschen eilten durch die Innenstadt. Sie seufzte und verspürte einen Tritt. Ein paar Wochen, dann würde ihr Baby auf die Welt kommen. Sie lächelte und streichelte sich über den kugelrunden Bauch, als sie hinter sich das Drehen eines Schlüssels im Schloss hörte.

»Ah, moin, ich dachte schon, ich hätte mich im Datum geirrt«, sagte Katrin lächelnd und begrüßte die Standesbeamtin.

»Nein, aber das ist die einzige Trauung heute. Hier ist niemand, die sind alle in der Mittagspause.« Die blonde Frau Mitte 30 zuckte die Schultern und betrat ihr Büro. »Dann wollen wir mal.« Katrin sah, wie sie nach dem Stammbuch, ihrer Rede und einem Stift griff und wieder in die Halle trat. Die Hacken ihrer Pumps verursachten bei jedem Schritt klackernde Geräusche. Die Standesbeamtin bewegte sich auf die Tür des Trauzimmers zu und entriegelte sie. Sie stellte die Deckenbeleuchtung ein und öffnete das Fenster. Katrin zog ihre Kamera aus dem Rucksack und wartete, bis sie Schritte im Eingangsbereich wahrnahm. Eilig aktivierte sie die Nikon. Bevor das Brautpaar sie begrüßen konnte, hatte sie bereits erste Fotos geschossen. Als sie auf die beiden zuging, starrte der Mann auf ihren Bauch. »Aber nicht, dass Sie hier gleich Ihr Kind bekommen. Das ist unser Tag!«

*

Der Mann, der seit Stunden zurück war, saß vor dem Bildschirm und las letzte Instruktionen. Er rieb sich die Augen und schaltete den Computer aus. Das flackernde Licht über ihm spendete kaum mehr genügend Helligkeit, um die erforderlichen Maßnahmen durchzuziehen. Er erhob sich, suchte nach dem Baustrahler und schob den Stecker in die Dose an der Wand. Der Mann griff die Getränkedose auf dem Tisch, öffnete den Verschluss und leerte den Inhalt mit dem koffeinhaltigen Getränk in weniger als einer Minute. Erneut sah er auf die Behältnisse vor seinen Augen, verschränkte die Finger und ließ sie haarsträubend knacken. Mit Gelassenheit maß er Flüssigkeiten ab und fügte sie zusammen. Zum zweiten Mal brodelten verschiedene Stoffe in einem Gefäß und mussten heruntergekühlt werden. Stunden später hatte er sein Werk vollbracht. Dieses Mal benutzte er keine PET-Flasche. Eine Metallröhre reichte, laut Aussagen im Internet. Die Größe glich der Dose einer Chipslettenpackung. Er gähnte und betrachtete sein Werk. Die Splitter richten mit Sicherheit beträchtlichen Schaden an, vermutete er. Sein rechter Mundwinkel verzog sich zu einem verächtlichen Grinsen. Auf einmal starrte er wieder geistesabwesend gegen die Wand und stellte sich vor, wie es sein würde, wenn alles in die Luft flog. »Wäm!« Sein Blick fiel auf drei ordentlich aufgereihte unterschiedliche Perücken und die verschiedenen Brillengestelle im Regal. Sie werden mir niemals draufkommen, grinste er. Sein Blick schweifte zurück zum Plan, den er seit Monaten studiert und in sein Gedächtnis eingebrannt hatte. Seine Lider zuckten, und sein Kopf wiegte sich von einer Seite zur anderen. Es schien, als erregten ihn die Gedanken an das erwartete Geschehen aufs Äußerste. Er stöhnte und schloss die Augen. Die genaue Lage meines *Geschenkes* ist das Wichtigste. Niemand darf meine Aktion bemerken, kein Schwein das Paket finden, bevor … Wieder grinste er. Für Minuten hob er die Arme und dirigierte imaginäre Musik. Dann fand er zurück in die Realität. Hochkonzentriert befüllte er die leere Metallrolle. Im Zeitlupentempo rieselte das Pulver aus der eisgekühlten Schale in die Vorrichtung. Danach ließ er kurze Nägel hineingleiten. Vorsichtig hielt er den Zylinder fest, der zwischen Eiswürfeln in einem Behältnis steckte, und fixierte einen passenden Deckel auf der Öffnung. Es war vollbracht. Befreit presste er seinen Atem heraus. Vor lauter Angst, etwas könnte schiefgehen, hatte er ihn bis jetzt zurückgehalten. Ein letzter Blick, dann wandte er sich dem Rucksack zu, der in einem der Regale lag. Er zog ihn zu sich, griff nach einem Beutel Watte, der die Größe einer Einkaufstüte aufwies, und setzte sich zurück auf den Stuhl. Der Mann wischte mit dem Handrücken feuchte Haarsträhnen aus seinem Gesicht. Sein Blick wirkte leblos, als er seinen schlanken Körper reckte. Dann kam wieder Bewegung in sein Tun.

Seine Finger stopften marionettengleich Watte aus dem Beutel in den Rucksack, bis der gefüllt ein sicheres Polster für seine Fracht ergab. Sieht aus wie der Sack vom Weihnachtsmann – lauter Geschenke, grinste er und betrachtete das Ergebnis. Die Gestalt wandte sich dem Prepaidhandy auf dem Tisch zu. Alles war präzise vorbereitet, und er musste die Teile nur miteinander verbinden. Es ist wie das Zusammenbauen eines Puzzles, stellte er fest. Er wischte austretende Schweißperlen von der Stirn, als er den Sprengsatz unter Anstrengung in den vorbereiteten Rucksack hineingleiten ließ. Dann war es vollbracht. Zufrieden lehnte er sich gegen die Stuhllehne, atmete tief durch die Nase und verschränkte die Arme hinter dem Kopf. Jetzt brauchte er sein Geschenk nur am vorgesehenen Zielort zu deponieren. Das würde die leichteste Übung sein. Er war unauffällig und unsichtbar. Seine Maskerade perfekt. Niemand würde ihn sehen, geschweige erkennen. Der eisige Blick ließ das Lächeln auf seinem Gesicht gefrieren. Sie haben mich nicht hören wollen, als ich sie brauchte. Jetzt wird mich niemand mehr ignorieren. Er schaute auf die Uhr an seiner Hand. Wenn sie bis morgen keine Reaktion zeigen, wird mein Backpack … Er grinste. Zufrieden schloss er die Augen.

*

Charlotte war in ihrem Element gewesen. Aber jetzt schaffte sie es nur mit Anstrengung, sich im Flur die Stiefel von den Füßen zu streifen, um sich anschließend im Wintermantel und Mütze auf das Sofa fallen zu lassen. Nachdem sie erschöpft vom Demonstrationszug zurückgekehrt war und die Tür hinter sich verschlossen hatte, war auch ihre Kraft verbraucht. »Das war mal was«, murmelte sie, zog sich die wärmende Wolldecke über ihren Körper, gähnte und war Sekunden später eingenickt. Es war anstrengend gewesen, durch die eisige Kälte zu laufen und nebenher Demonstranten zu befragen. Charlotte lächelte im Schlaf. Sie träumte davon, dass sie mit einem Schwert in der Hand gegen Riesen kämpfte. Ihr eigenes Stöhnen riss sie eine Stunde später aus ihren Träumen. Benommen sah sie sich um. Die kleinen Lämpchen ihrer Weihnachtsdeko leuchteten, doch draußen war es stockdunkel. Die Künstlerin blinzelte und warf einen Blick auf ihre antike Pendeluhr. Sie rieb sich die Augen und erstarrte. Es war 16.30 Uhr. »Mein Gott, Charlotte, das hätte aber nicht Not getan.« Sie schob die Decke beiseite und erhob sich. Sie bemerkte, dass sie noch immer Mantel und Mütze trug. Ihr war kalt. Sie umfasste die Arme und rubbelte sie, um sich zu wärmen. Der Kamin brannte nicht, und sie hatte vergessen, die Heizung anzustellen, bevor sie ging. Eilig hängte sie den Wintermantel an die Garderobe, zog die Strickmütze vom Kopf und entzündete nur wenig später das Holz im Kaminofen. Sie schaltete die Deckenbeleuchtung über dem Esstisch ein, setzte sich, zog Block und Stift heran. Eilig notierte sie die Gesprächsfetzen, die ihr im Gedächtnis geblieben waren. Der Taucher, der die Riffe im Belt entdeckt hatte, wurde in die Luft gejagt, weil er zu einem Politikum geworden war? Charlotte betrachtete ihre Notizen. Konnte es sein, dass diese Beltquerung für einige Personen so wichtig war, dass man dafür jemanden tötete? Eine waghalsige Hypothese, so viel war sicher. Inwieweit sie Dirk Westermann und Thomas Hartwig davon berichten konnte, wusste sie nicht. Noch nicht! Sie brauchte zusätzliche Beweise, die ihre hanebüchenen Vermutungen untermauerten. Unter Umständen würde sie den Naturschutzrettern weitere Informationen entlocken können. Sie musste nur herausfinden, wer an ihrer Spitze saß und gern plauderte. Dann könnte sie mit Sicherheit viele Fragen klären. Wie gut, dass sie sämtliche Ausgaben des *Tageblattes* hortete. So konnte sie die Nachrichten des letzten Jahres durchgängig recherchieren. Die Person, die ihr mehr verraten sollte, musste in einer der Ausgaben stehen. Sie brauchte einen Namen!

*

Es war dunkel, als Westermann und Hartwig auf den Parkplatz der Dienststelle fuhren.

»Weißt du eigentlich, dass ich den ganzen Tag über noch nichts gegessen habe?«

»Jungchen, Jungchen, und ich dachte, du bist über deine ständigen Fressattacken hinaus. Du hast doch jetzt eine Freundin, die für dein leibliches Wohl sorgt. Schmeckt das Essen nicht?«, lachte Westermann und schob sich in den warmen Flur. Er zog die Mütze vom Kopf und richtete seine weiße Haarpracht. Die Brillengläser beschlugen, und der Erste Hauptkommissar wartete, bis der Nebel vor seinen Augen sich auflöste. Sein Kollege stand direkt vor ihm und öffnete den Reißverschluss seiner Jacke.

»Eh, was sollen diese Bemerkungen? Stina kocht richtig lecker. Da mach du dir mal keinen Kopf. Wenn ich mir deine Plauze ansehe, kennst du beim Essen anscheinend keine Grenzen mehr. Wer von euch ist denn nun schwanger?«, frotzelte Hartwig und boxte Westermann seine Faust in die Seite.

»Ich bin durchtrainiert. Davon mal ganz abgesehen, esse *ich* nicht nur Fast-Food-Zeug, sondern ernähre mich ziemlich gesund, fahre regelmäßig mit dem Rad über die Insel. Obendrein laufe ich mit Katrin dauernd an der frischen Luft. Also.« Dirk Westermann baute sich auf, streckte sich und zog den Bauch ein, obwohl er kein Gramm Fett zu viel auf den Rippen hatte. Im Gegenteil, er wirkte äußerst sportlich. Er fuhr sich erneut mit der Hand durch seine Haare. Selbstsicher schob er seine schwarz gerahmte Brille auf den Kopf und blinzelte Hartwig an. Dann öffnete er die Tür zu seinem Büro, das sich zur Einsatzstelle der SOKO entwickelt hatte. Zwei Mitarbeiter des LKA Kiel sowie eine Frau, die er bisher noch nicht kannte, und beinahe das gesamte Team der Burger Polizeidienststelle hatten sich im Raum versammelt. Der hochgewachsene Leiter der Sonderkommission, André Malick, erhob sich und trat ans Flipchart.

»Ja, das ist ja fabelhaft, dass wir vollzählig sind. Als Erstes stelle ich Ihnen die Fallanalytikerin Sonja Rasmussen vor, die in diesem Fall ein Profil des Täters erstellen wird. Ich möchte Sie bitten, ihr jede Hilfe zukommen zu lassen, die nötig ist. Sie wird Sie kurz einweisen, und dann fahren wir mit ihr zum Tatort, damit sie Rückschlüsse auf das Verhalten des Täters ziehen kann, seine Motivstruktur und uns mehr über seine Täterpersönlichkeit erzählen kann. Sie wird Sie jetzt instruieren und in die ersten Schritte einweisen.« Die 35-jährige Fallanalytikerin erhob sich, zupfte ihre weinrote Lederjacke zurecht und bedankte sich für die einladenden Worte. Ihr weißer dünner Schal verdeckte den Brustansatz, der unter einem Top hervorlugte.

»Danke, meine Herren, es freut mich, Sie bei der

Bearbeitung des Falles unterstützend zu begleiten. Wir müssen zuerst folgende Fragen klären, um ein Profil nach Aktenlage und Tatortbegehung zu erstellen. Was ist sein *wahres* Motiv und warum hat er das getan? Wer ist dazu in der Lage, dies zu tun, und wie akribisch ist er dabei vorgegangen? Was hat der Täter für eine Persönlichkeit und was für ein Wissen, um so eine Tat herbeizuführen? Und nicht zu vergessen: Kannten sich Täter und Opfer? Wenn ja, wo ist die Verbindung? Meine Herren Kollegen, es wäre gut, wenn auch Sie sich mit diesen Fragen beschäftigen und mir auf die erste Frage Ihre Hypothesen mitteilen. Was also könnte das wahre Motiv des Täters sein, das Boot in die Luft zu sprengen und das Opfer derart zu platzieren?« Sonja Rasmussen beendete ihren Vortrag.

»Da der Täter angekündigt hat, dass er weitere Explosionen plant, falls wir seine Forderungen nicht erfüllen, halte ich es für möglich, dass es sich um eine politische Aktion handelt, bei dem der Mann Aufmerksamkeit erhaschen will«, knurrte Schütt und sah die 35-Jährige an, deren kurze dunkle Haare stylisch vom Kopf abstanden.

»Das ist eine Möglichkeit. Aber warum denken Sie, dass die Tat politisch motiviert sein könnte?«

»Weil er ein Ultimatum und Forderungen gestellt hat. Könnte doch sein, oder? Es ist wie bei den Terroristen. Meist geht zuerst was in die Luft oder es werden Menschen getötet. Anschließend kommen die Ansprüche.« Schütt wurde rot.

»Wir sprechen in erster Linie nicht von Terrorismus, sondern nach unserem bisherigen Wissen von einer Tat, die vorerst von einer Einzelperson ausgeführt wurde. Bisher haben wir keine Hinweise auf einen Anschlag politischer Ausrichtung. Wir wissen noch nicht einmal, wie viele Personen tatsächlich an der Herbeiführung der Explosion beteiligt waren.«

»Vielleicht wollte der Mörder ja jemanden beseitigen, den er hasste«, warf Jan Becker ein. Er rieb sich die rot glühenden Ohrläppchen und fixierte die Fallanalytikerin mit seinem Blick. »Ja, es könnte sich um einen Racheakt handeln. Aber wir sprechen nicht von einem Mörder, sondern von einem Verdächtigen und Täter. Warum tötete er das Opfer? War es vielleicht wirklich ein Racheakt? Kannten sich Täter und Opfer? Wo ist die Verbindung? Diese Fragen kann uns unter Umständen die …«, die Oberkommissarin Sonja Rasmussen warf einen Blick auf die aufgeschlagene Akte, »Ehefrau, Anja Hagelstein, beantworten. Es wäre sinnvoll, sie erneut zu befragen. Wir müssen wissen, ob ihr Ehemann Feinde hatte oder jemand Interesse daran hatte, ihn zu beseitigen. Denn eines ist offensichtlich: Die öffentliche Zurschaustellung des Opfers zeigt an, dass der Täter sein Opfer präsentieren wollte. Er wollte uns zeigen: Seht her, ich bin hier! Ihr könnt mich nicht übersehen. War es, weil er Aufmerksamkeit für seine Forderungen erregen wollte oder dass Menschen sein Handeln verfolgen? Was war zu der Zeit auf dem Belt los? Gab es *Zuschauer* seiner Aktion? Die Zurschaustellung könnte von einem narzisstischen Verhalten zeugen.«

»Ja, ein Angler und seine Frau. Ansonsten waren nur die Fähren von Puttgarden nach Rødby und zwei Tanker auf dem Wasser. Also kaum Augenzeugen. Warum also diese Aktion?«, murrte Schütt.

»Wir haben uns den ganzen Morgen das Hirn zermartert und sind bisher auf keine Lösung gestoßen. Wir stehen noch am Anfang«, entgegnete Rasmussen.

»Da sich jemand zur Tat bekannt und weitere Anschläge angedroht hat, ist es möglich, dass die Explosion nur der Auftakt einer Serie war und sich der Täter gezielt mit diesem Opfer offenbart hat, um *seine* Tötungsabsichten anzuzeigen. Wie weit sind Sie mit den Forderungen des Täters?«

Malick schüttelte den Kopf.

»Keine Chance, die Bauarbeiten zu stoppen. Das wird ein harter Kampf. Ich glaube nicht, dass wir die Herren umstimmen werden. Das Geld wird vorbereitet. Der Täter wird sich morgen melden. Die Antwort wird ihm nicht unbedingt schmecken.« Man sah, dass dem Kriminaloberrat seine eigene Antwort nicht gefiel.

Die Fallanalytikerin kaute auf ihrer Unterlippe und ergriff erneut das Wort.

»Wir wissen jetzt, dass das Opfer Enno Hagelstein gezielt getötet wurde. Das war kein Zufall. Wir brauchen obendrein die Aussage des Hafenmeisters, vielleicht die von Bootsliegern, seinen Nachbarn und von Freunden, die ihn kannten und uns weitere Hinweise liefern könnten. Vielleicht ist der Täter im Umfeld des Opfers zu suchen, weil es sich um einen privaten Rachefeldzug handelt.

Dies, meine Herren, ist Ihre Aufgabe. Versuchen Sie, so viele Informationen wie möglich zu bekommen. Vielen Dank bis dahin.« Sonja Rasmussen beendete ihren Beitrag mit letzten Worten: »Ich sehe, es ist ziemlich spät und wir sollten alle ein paar Stunden schlafen. Wir warten den nächsten Anruf ab, dann wissen wir mehr. André Malick wird die Gespräche mit dem Täter übernehmen, während ich mich mit dem psychischen Wesen des Verdächtigen beschäftige.« Sie setzte sich.

An der Stelle übernahm der Kriminaloberrat. »Ich habe mit meiner Einheit und dem zuständigen Richter telefoniert. Das geforderte Geld erhalten wir aus der Asservatenkammer, es wird morgen früh hier in die Dienststelle gebracht. Den Tunnelbau zu stoppen ist eine vorerst nicht ausführbare Option! Ich werde weitere Verhandlungen mit dem Verdächtigen führen, um ihn zum Aufgeben zu bewegen. Wir werden sehen, wie er auf mich reagiert. Starten wir die SOKO ›Phantom‹«, ergriff Malick das Wort. »Hoffen wir auf eine gütliche Einigung. Wenn wir ihn nicht beruhigen können, werde ich andere Entscheidungen treffen.«

»Wir«, die Fallanalytikerin zeigte auf Westermann und Hartwig, »werden morgen Vormittag mit meinem Team zum Tatort fahren und eine Rekonstruktion des Tatherganges bei etwa gleichen Bedingungen veranlassen, um erste Rückschlüsse auf seine Motivstruktur und die Täterpersönlichkeit herauszufinden. Bis dahin bedanke ich mich für Ihr Vertrauen und wünsche uns einen schnellen Erfolg.« Jasper Veit starrte auf die 1,65 Meter kleine Frau, deren Figur als ausgesprochen weiblich zu bezeichnen war.

»Die hat voll den dicken Arsch und dicke …« Er hielt demonstrativ die Hände vor seine Brust. Schütt flüsterte:

»Wenn du nicht sofort deine Klappe hältst, bist du raus. Sie ist ein Ass auf ihrem Gebiet und nett anzugucken.« Er warf einen Blick auf ihr Dekolleté. »Dass du nur auf Barbies stehst, ist deine Sache. Hier geht es nicht ums Aussehen, sondern darum, dass wir schnellstmöglich einen brandgefährlichen Übeltäter finden. Diesen unflätigen Ton verbitte ich mir!« Niemand der anwesenden Kollegen bekam das Streitgespräch mit, wohl aber, dass

Veit aufsprang und mit hochrotem Kopf den Raum verließ. André Malick sah fragend in die Runde, und Schütt schüttelte den Kopf.

»Dem ist nicht gut. Keine Sorge.« Schäfer nickte grinsend. Sonja Rasmussen griff nach ihrem Mantel.

»Ich danke Ihnen, meine Herren.« Sie verließ ebenfalls den Raum. Malick stand auf und trat an den Flipchart. »Zum weiteren Ablauf, bevor ich morgen die Kollegen zum Hafen begleite. Wir haben heute die Videosichtungen im Fall ›Phantom‹ vorgenommen, die bisher keine weiteren Erkenntnisse gebracht haben. Die Aufnahmen werden von der Kriminaltechnik noch mal durchleuchtet. Wir sind darauf angewiesen, neuen Spuren nachzugehen. Wir müssen uns vorerst mit der zentralen Frage befassen.« Der Leiter der SOKO nahm den Stift in die Hand und schrieb auf die Folie: ›Warum ist das Schiff im Belt hochgegangen?‹

KAPITEL 6

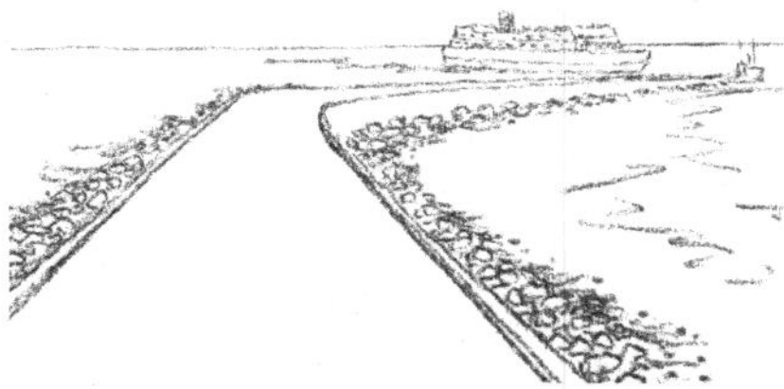

Dienstag

Charlotte Hagedorn saß auf ihrem Drahtesel und radelte auf dem hart gefrorenen Deich Richtung Wallnau. Ihr war die Idee gekommen, ins nahe Vogelparadies zu fahren. Dort war der Naturschutzbund ansässig. Die Kälte setzte sich beißend in ihrem Gesicht fest. Wie gut, dass ich Unterstützung beim Radfahren habe, überlegte sie und schaltete in den Sportgang ihres E-Bikes. Ohne Anstrengung fuhr sie auf dem gefrorenen Sandweg dem Ostwind entgegen. Dies ist nun mal eine Insel, und der Wind hat bisher manche Regenwolke um unser Eiland herumgeblasen, stellte Charlotte fest und fuhr weiter. Ihre Wangen glühten, als sie zum Vogelpark abbog. Nur wenige Meter später radelte sie auf das Gebäude zu, hielt an und stieg ab. Sie zog ihren Rucksack aus dem Fahrradkorb und schulterte ihn. Die Künstlerin war länger als eine Stunde quer über die Insel gefahren und froh, endlich laufen zu können. Sie rieb ihr Hinterteil und hoffte, dass die Schmerzen bald nachlassen würden. Wenn sie beim NABU irgendjemanden antraf, der ihr etwas zu dem Taucher erzählen könnte, musste sie gewitzt vorgehen. Sie hatte sich entschieden, sich als Vogelkundlerin ins Gespräch zu bringen, die einen Bericht für das örtliche *Tageblatt* verfassen sollte. So zumindest war ihr Plan. Sie kannte niemanden persönlich beim NABU, obwohl sie eine Verfechterin von Tier- und Umweltschutz auf ihrer Insel war. Jedes Jahr pilgerte sie die Küstenlinie entlang, schleppte einen Jutesack mit sich, um Müll, den andere verursacht hatten, zu beseitigen. Erst letzte Woche fand sie am Strand von Meeschendorf drei leere Weinflaschen direkt unterhalb der Düne. Es machte sie böse, weil einige Menschen nicht verstanden, wie nötig Umweltschutz war, wo doch alle Welt davon sprach. Sie wurde belächelt, wenn man sie am Strand mit ihrem Jutesack antraf, aber seit ein paar Jahren fand glücklicherweise selbst in den Köpfen einiger Urlauber ein Umdenken statt. Sie folgten der Idee, die Strände in Eigenregie sauber zu halten. Charlotte betrat den Eingang zum Vogelparadies. Ein Schwall warmer Luft umhüllte sie, und sie schloss eilig die Tür.

»Moin«, rief sie, als sie den Verkaufsraum betrat.

»Ja, moin. Frau Hagedorn?«, fragte die Mittzwanzigerin und lächelte Charlotte freundlich mit grünen Augen an. Ihre rotblonden Locken rahmten ihr sommersprossiges Gesicht ein und ließen sie ein bisschen wie Pippi Langstrumpf aussehen.

»Ja, die bin ich. Schön, dass Sie es einrichten konnten, mir einen Fototermin zu geben. Falls es Ihnen nichts ausmacht, möchte ich einige Wintervögel wie die Rothalstaucher und Zwergseeschwalbe fotografieren, wenn denn welche da sind.« Wie klug, dass sie sich angemeldet hatte, um für die Zeitung eine Reportage zu erstellen.

»Da könnten Sie Glück haben. Sie lassen sich bis zum Frühjahr, also bis zur Brut und Aufzucht ihrer Jungen, hier im Park beobachten. Im Winter ist unser Vogelparadies für die im Norden Eurasiens lebenden Vögel ein gern besuchtes Gebiet. Wie ich sehe, haben Sie Ihre Kamera startklar.« Charlotte zog den Rucksack von den Schultern und klopfte sanft dagegen.

»Ja, Ornithologen sind immer bereit«, log sie, ohne rot zu werden. Ihr wurde warm. Sie knöpfte ihren bunten Wintermantel auf und fächerte sich Luft zu.

»Waren Sie schon einmal hier?«

»Ist ziemlich lange her«, entgegnete die vermeintliche Vogelkundlerin. Sie zog ihre Kamera aus der Tasche. »Na, dann will ich mal zuerst an die Arbeit. Wenn ich fertig bin, unterhalten wir uns, wenn's recht ist.«

»Ist recht. Ihre Kamera sieht echt merkwürdig aus. Was ist das für ein Modell?«

Charlotte lächelte.

»Meine neueste Errungenschaft. Deshalb bin ich hier. Ich möchte sehen, wie nah ich ohne großes Teleobjektiv mit dieser Nikon an die lieben Tierchen heranreiche.« Die rothaarige Mitarbeiterin bestaunte das eigenartig aussehende Modell. »Das ist eine *P1000*. Die hat ein ausfahrbares Tele von 3.000 Millimeter. Das ist für eine normale Kamera einzigartig. Damit hole ich mir sogar den Mond ins Wohnzimmer«, blinzelte sie. »Ich zeige Ihnen das später gern. Wenn ich hinterher einen Tee bei Ihnen bekomme?« Sie sah sich um. Außer ihr und der jungen Frau war niemand im Gebäude.

»Logisch bekommen Sie einen Tee, kein Problem.« Die Studentin zwinkerte Charlotte Hagedorn zu und öffnete ihr die Tür in den Park. »Bis dann!«

»Ja, bis später«, antwortete sie und schloss ihren Mantel. Schon habe ich einen Kontakt. Das Mädel kann mir sicherlich einige Fragen beantworten, grinste sie und stapfte durch das Gelände. Charlotte zog ihre Pudelmütze über die Ohren, hängte die Kamera um den Hals und wirkte dabei äußerst professionell. Eine Stunde lang stromerte sie durch das für Besucher zu dieser Jahreszeit nicht zugängliche, etwa zehn Hektar große Areal. Das gesamte Gelände besaß, wie sie gelesen hatte, um die 300 davon. Sie hatte sich vorbereitet. In einem Beobachtungsstand zückte sie die Kamera und schoss ein Foto nach dem anderen. Sie entdeckte einen Stelzenvogel, dessen langer schwarzer Schnabel sie beeindruckte, unzählige Austernfischer mit den auffällig roten Schnäbeln und sogar ein Blesshuhn. Das waren die Vögel, an die sie sich erinnern konnte, nachdem sie das Buch mit Vogelarten der Vogelfluglinie akribisch durchgearbeitet hatte. Nur die gefiederten Freunde, die sie der jungen Mitarbeiterin genannt hatte, die entdeckte sie nicht. Da fehlte ihr eindeutig der Erfahrungsschatz einer echten Ornithologin. So, das reicht jetzt, überlegte sie und kletterte umständlich vom Hochsitz. Ein letzter Blick galt den Galloways, die friedfertig auf den Salzwiesen grasten, dann eilte sie zurück in die Wärme. Sie war zufrieden, als sie den Verkaufsraum betrat. Die junge Studentin warf ihr einen freundlichen Blick zu.

»Na, durchgefroren? Haben Sie alles, was Sie fürs *Tageblatt* brauchen? Ich bin übrigens Janina. Sie haben richtig Glück gehabt, das heute einer hier ist. Normalerweise haben wir bis März geschlossen. Nur, dass Sie das bitte in Ihrem Bericht erwähnen.« Das rothaarige Mädchen füllte heißes Wasser in zwei Becher und trug sie zum kleinen runden Tisch, der mittig im Raum stand. »Jetzt wärmen Sie sich erst mal auf, dabei können wir plaudern. Was also möchten Sie wissen? Welche Vögel gerade hier sind? Wie groß der Vogelpark ist? Fragen Sie mir ruhig Löcher in den Bauch. Ich bin bereit.« Charlotte Hagedorn löste ihren Schal, knöpfte den dicken Wollmantel erneut auf und zog die Mütze vom Kopf. Durchgefroren setzte sie sich der jungen Studentin gegenüber.

»Ja, ich habe tatsächlich jede Menge Fragen.« Sie zog einen Block, auf dem sie ihren Fragenkatalog sorgfältig vorbereitet hatte, und einen Stift aus dem Rucksack. Mit ungeheurem Fachwissen beantwortete die Studentin sämtliche von Charlotte ausgeklügelten Fragen. Die Fotografin war sicher, dass sie genug gefragt hatte, um endlich ins Detail zu gehen. »Das waren eine Menge Informationen. Ich hoffe, ich nehme Ihre Zeit nicht zu sehr in Anspruch?« Vertrauen schaffen, dachte sie und hoffte auf die richtige Antwort.

»Nein, alles bestens. Sie sehen ja, ich bin die einzige Kraft im Haus. Habe viel zu viel Zeit im Moment.«

»Das ist doch wunderbar. Ich habe eine ganz persönliche Frage: Kannten Sie eigentlich den Mann, der bei der Explosion auf dem Fischkutter ums Leben gekommen ist? War der nicht hier in Wallnau beim Naturschutzbund? Soviel ich gehört habe, war er doch einer von denen, die die Riffe im Belt entdeckt haben, oder?« Janina wurde rot. Sie senkte den Blick, und ein trauriger Ausdruck veränderte augenblicklich ihr Gesicht. In ihren Augen konnte Charlotte einen verdächtigen Glanz wahrnehmen. »Oh, wenn ich die falsche Frage gestellt habe, tut es mir wirklich sehr leid, min Deern. Ich wollte nicht indiskret sein.«

Die Studentin schüttelte den Kopf.

»Nein, schon gut. Das Unglück hat uns alle geschockt. Enno war so ein lieber Mensch. Und seine Familie ... das ist alles so schrecklich.«

Charlotte gab ihr Zeit, sich zu beruhigen, dann sagte sie:

»Wissen Sie denn, was genau passiert ist? Was die Explosion verursacht hat?«

»Nicht wirklich. Es wurde uns nur erzählt, dass es wohl kein Unfall war. Dass ein Sprengsatz den Kutter in die Luft gejagt hat.«

»Ja, das stimmt, das habe ich auch gehört. Was, meinen Sie, könnte passiert sein?«

Janina zuckte die Schultern.

»Ich weiß es nicht.« Sie guckte Charlotte mit ihren großen Augen an. Sie zögerte. »Ich habe nur gehört ...«, sie presste die Lippen zusammen. Die Fotokünstlerin rutschte erwartungsvoll auf dem Holzstuhl von einer Seite auf die andere. Der Stift in ihrer Hand klapperte ununterbrochen auf ihr Notizbuch.

»Ja?«

Die Anspannung war dem Gesicht der jungen Frau anzusehen. Dass Charlotte fast vor Neugier platzte, wusste allerdings nur, wer ihre Hintergedanken kannte.

»Ich habe nur gehört, dass er zu tief in die Materie eingetaucht sein soll. Im wahrsten Sinne des Wortes.«

»Was hat er denn Schlimmes verbrochen?«

»Enno? Verbrochen? Nichts, das ist es ja. Sie haben bei Kartierungsarbeiten Riffe entdeckt, die direkt in der Flucht des Baugebietes vor Puttgarden liegen und die höchst schützenswert sind. Und *er* hat es publik gemacht. Wie es aussieht, hat er sich mit den falschen Leuten angelegt.«

»Aber wie kommen Sie darauf, dass die Personen, von denen Sie reden, ihm gefährlich wurden?«

»Na, das wissen Sie als Reporterin doch sicherlich am besten. Da sind wesentlich größere Mächte am Wirken. Enno und seine Leute haben mit ihren Erkenntnissen offensichtlich in ein Wespennest gestochen. Und er hat als engagierter Kämpfer das Projekt mit den Fakten boykottiert. Die Klagen haben da etwas ins Rollen gebracht, was den Tunnelbau doch noch hätte kippen können. Enno ist … war zu tief in deren Machenschaften eingedrungen. Aber bei seinen letzten Untersuchungen muss er etwas Neues entdeckt haben, was alle aufgerüttelt hat und dem weiteren Verlauf des Tunnelbaus erneut hätte gefährlich werden können.« Janinas Lippen zitterten. »Ich glaube fast, dass er beseitigt wurde, damit nicht noch mehr Dreck aufgewühlt wird. Eine Warnung?«

Charlotte sah die junge Studentin fassungslos an.

Was für eine Warnung?

*

Es hatte angefangen zu schneien. Der Wind zog mit fünf Windstärken durch das Hafengelände. Das fast vollständig zerstörte Boot schaukelte in den Wellen, die von Windböen aus Nordost in den Hafen gedrückt wurden. Sonja Rasmussen zog den Schal enger um ihren Hals. Sie trug wie gestern die dünne Lederjacke über ihrem Top und hochhackige Stiefeletten zu ihrer schwarzen Jeans. Dirk Westermann sah sie von der Seite an.

»Soll ich Ihnen eine Jacke besorgen? Das ist doch viel zu kalt, Deern. Sie holen sich ja den Tod.« Er machte Anstalten, zum Wagen zu gehen, um seinen Mantel aus dem Auto herbeizuschaffen.

»Nein, geht schon«, bibberte sie und stapfte durch den zunehmenden Schneefall. Sie hatte die Arme fest vor der Brust verschränkt.

»Thomas, hol ihr eine Jacke aus dem Wagen. Ich kann das überhaupt nicht mitansehen. Ne Deern aus Schleswig-Holstein und rennt rum wie auf den Kanaren.« Der Kommissar rief Watson und stiefelte zurück zum Parkplatz. Westermann folgte der jungen Kollegin zum Wrack.

»Es wird schwierig werden, die Spuren zu sichern. Wir müssen den Kutter kranen«, sagte er und deutete auf den Schneefall.

»Das ist eine sehr gute Idee«, antwortete Malick und zog die Hände aus den Taschen seines dunklen Mantels. »Hätte von mir sein können!« Er lockerte den grauen Schal um seinen Hals und zog das Handy aus der Tasche. Wenig später sagte er: »Die schleppen das Boot gleich zum Kran, und dann setzen wir ihn auf einen Hänger. Wir können ohne Probleme ein Zelt darüberstellen. Gute Idee, Westermann.«

Der Hauptkommissar nickte, und ein verhaltenes Lächeln huschte über sein Gesicht. Städter, schüttelte er den Kopf. Mit stoischer Gelassenheit zog er die Pfeife aus der Jackentasche, drehte sich mit dem Rücken zum Wind und entzündete sie. Vier weitere Personen standen direkt an der Kaimauer und versuchten, sich gegen den aufziehenden Sturm zu stemmen.

»Das wird so nichts!«, schrie Tim Gentermann, einer der Kollegen aus ihrem Profilingteam. Der 27-Jährige stellte sich vor seine Kollegin Isa Enkelmann, die trotz Winterjacke vor dem Boot stand und zitterte. Joshua Santan bewegte sich als Einziger auf dem Kahn und versuchte hartnäckig, sich Zugang zu den verbliebenen Spuren zu verschaffen. Der Fallanalytiker Erik Bode, ein Surfertyp, befand sich in aufrechter Haltung und offener Jacke neben der bibbernden Truppe und zog gierig an seiner Zigarette. Westermann beobachtete das junge Team der Hauptkommissarin und blies den Rauch seiner Pfeife in die Luft. Schneeflocken stiemten ihnen ins Gesicht.

»Das bekommen wir gleich in den Griff«, schmauchte er und sah die Kieler Kollegen an. Malick stapfte von einem Bein auf das andere, um sich warm zu halten. Auch sein Mantel schien eher für einen Stadtbummel geeignet, als an der rauen Küste Wärme zu spenden.

»Mann, was für ein Driss!«

Hartwig kehrte zurück. Watson lief in seinem Windschatten mit gesenktem Kopf hinterher. Andauernd schüttelte er sich Schneeflocken vom Schädel. Der Kommissar reichte Sonja Rasmussen seine dicke HSV-Winterjacke. Die schwarze Jacke mit dem bekannten Logo auf der Brust könnte ihr sogar passen. Zitternd nahm sie sie entgegen. Hartwig sah in ihren Augen, dass sie dankbar für die wärmende Jacke war. Als sie das Emblem auf der Brust sah, hielt sie inne.

»Sie glauben doch nicht, dass ich die anziehe. Wir sind aus Kiel!«

»Ist Ihre Entscheidung. Aber wenn Sie nur deswegen erfrieren möchten? Mir egal.«

Angesäuert zerrte sie ihm die Jacke aus der Hand, schlüpfte erleichtert hinein und krempelte die zu langen Jackenärmel hoch.

»Wir sollten uns unterstellen, bis die Leute den Kahn aus dem Becken gehievt und aufgebockt haben. Die Kranfirma wollte sich sofort auf den Weg machen. Ich denke, dass wir erst in einer Stunde weitermachen können. Einen Bootsanhänger und ein Zelt bringen sie mit. Genau genommen können wir bei einem heißen Kaffee auf dem Schiff der Wasserschutz die Fragen klären, die unserer Fallanalytikerin auf dem Herzen liegen. Die Crew fährt mit uns an die Position, wo das Boot explodiert ist. Die Zeit ist in etwa die gleiche, somit haben wir, außer diesem verdammten Sturm, ähnliche Bedingungen«, ratterte Malick seinen Text herunter. Dirk Westermann war beeindruckt. Er war selbst ein Freund schneller Entscheidungen, aber dieser Kollege hatte ihm an Schnelligkeit einiges voraus. Der ist genauso umtriebig mit seinen Handlungen wie mit seiner Sprache, schmunzelte er und paffte weiter. Die redegewandte, temporeiche Stimme des Kieler Kollegen war ihm sofort aufgefallen. Thomas plapperte zwar schon viel und schnell, aber André Malick überholte ihn um Längen. Seine Gedankensprünge waren manchmal kaum nachvollziehbar.

Zehn Minuten später befanden sich sämtliche Polizeibeamte an Bord des Motorschiffes der Wasserschutzpolizei und verließen den Hafen. Stefan Hörmann hatte auf dem Schiff das Kommando und begleitete die Truppe der Fallanalytiker und der Kollegen.

»Na, den Täter schon verhaftet?«, blödelte der 1,65 Meter große Oberkommissar und griente, während er heißen Kaffee schlürfte und seine dichten schwarzen Haare ordnete.

»Wenn das so einfach wäre, bräuchten wir euch ja nicht«, entgegnete Westermann und stemmte sich gegen die Wellen, die das Schiff gehörig ins Wanken brachten. Malick beobachtete die Wellenbewegungen und hoffte, dass die Tatortbegehung, wenngleich dieser Begriff hier nicht angebracht war, sie trotz des schlechten Wetters einen Schritt weiterbrachte. Er seufzte. Bisher hatten sie nichts. Sonja Rasmussen trat an Malick heran und sagte:

»Ich denke, es wird schwierig, die Situation wertig nachzustellen. Zu viele Ungereimtheiten heute. Aber versuchen müssen wir es auf jeden Fall, bevor der Täter sich meldet. Die Bedingungen sind, wenn ich es mal gelinde ausdrücken darf, katastrophal.« Auch sie versuchte, ihren Kaffee zu trinken, ohne dass der aus dem Becher schwappte.

»So, meine Damen und Herren. Hier sind wir. Dies ist die genaue Position, wie wir sie vorgefunden haben, nachdem das Schiff explodiert war.« Stefan Hörmann ließ das 27 Meter lange Motorschiff aufstoppen und in den Wind legen. Man hörte, wie zwei Anker mechanisch ausgefahren wurden. Es dauerte einen Moment, bis sich das Boot der Wasserschutz beruhigte. Trotz der Befestigung wankte selbst dieses große Schiff mächtig von einer Seite zur anderen.

»Soviel ich erkennen kann, erkenne ich eigentlich gar nichts. Weder Land in Sicht noch andere Schiffe«, knurrte der dunkelhaarige Joshua Santan und scannte durch seine schwarzen Augen alle Richtungen in Sekundenschnelle.

»Was ist konkret passiert?«, wollte Sonja Rasmussen wissen und tänzelte in ihren hochhackigen Stiefeletten und der viel zu großen Jacke wie ein Stehaufmännchen von einer Seite zur anderen. »Der Fischkutter fuhr nach Aussagen zweier Zeugen auf dieser Position im Kreis. Bedeutet, dass das Ruder festgestellt oder gezurrt sein musste, damit es den Kurs beibehält. Warum ließ der Täter es nicht einfach fahren?«, wollte sie wissen und runzelte die Stirn. Sie fuhr sich mit der Hand durch die Haare und sah Malick fragend an.

»Es hätte zum einen dort explodieren können, wo es niemand wahrnimmt, oder es wäre in dänisches Gewässer geraten. Somit hätten wir keinen Zugriff mehr auf den Fall gehabt! Damit hat der Täter sichergestellt, dass die Explosion dort stattfand, wo er sie haben wollte«, sagte Westermann.

»Hätte, hätte. Aber warum hier, warum so weit draußen? Wäre es nicht einfacher gewesen, den Kahn kurz vor dem Fährhafen zu versenken? Was war seine Botschaft? Seht her, ich bin mitten im Belt und setze ein Zeichen«, erklärte Rasmussen.

»Ich glaube auch, dass er sich sehr wohl etwas dabei gedacht hat,«, entgegnete Westermann. »Wenn ich es richtig interpretiere, ist der Belt seit etlichen Jahren im Mittelpunkt vieler Streitgespräche und Demonstrationen. Soweit ich mich entsinne, hat diese Beltquerung mittlerweile globale Bedeutung. Es mag überzeichnet klingen, aber der Bau des weltweit größten Absenktunnels bringt heftigste politische Diskussionen mit sich.«

Der Erste Hauptkommissar brachte einen Punkt ins Spiel, der bisher niemandem aufgefallen war.

»Wenn ein Schiff mitten im Streitgebiet eines Politikums explodiert, dazu noch unter so mysteriösen Bedingungen, da könnte, nein, muss man diese Möglichkeit mit ins Kalkül bringen. Was, wenn dieser Anschlag tatsächlich mit dem Tunnelbau zu tun hat? Die Position des Kutters war nicht zufällig gewählt, so viel ist sicher.« Westermanns Worte brachten die anderen Kollegen ins Grübeln.

»Ja, aber wer glaubt denn, dass er mit so einer Aktion ein derartiges Bauprojekt stoppen kann? Der wird gebaut, auf Biegen und Brechen. Und warum sollte er einen Menschen umbringen, der wie er gegen dieses Projekt ist? Das passt nicht. Es ist ein Widerspruch in sich«, erwiderte Malick.

Rasmussen mischte sich in das Gespräch. »Das nehmen wir alles genauso auf. Aber lassen Sie uns von vorn anfangen, bevor wir politische Spielchen untersuchen. Als Erstes müssen wir uns in den Täter hineinversetzen und seine Beweggründe herausfinden. Wie hat er die Tat gestaltet?

Dazu brauchen wir den genauen Tatablauf! Was musste der Täter organisieren, um diesen Kutter in die Luft jagen zu können? Und wie hat er dies umgesetzt?«

»Er brauchte zum einen das Zeug, um einen Sprengsatz herzustellen, und Zeit, um die Sache vorzubereiten«, sagte Hartwig, der neben Watson hockte und ihn kraulte. Der Hund lag direkt vor seinen Füßen und hatte Mühe, nicht bei jeder Welle über das Deck zu rutschen. Der Sprengstoffexperte Nico Schäfer mischte sich ein.

»Er muss Baupläne für einen derartigen Sprengsatz gehabt haben. Und er kannte sich anscheinend im Bombenbau aus. Jemand, der schon einmal bei Detonationen dabei gewesen sein könnte. Eventuell ein Spezialist. Der Täter hat die Bombe sehr genau platziert. Die genaue Lage der Bombe brachte ihm die Sicherheit, dass nicht das ganze Schiff in die Luft flog. Er wusste, was er tat! Für die Vorbereitungen brauchte er einen abgelegenen Ort, ein einsam gelegenes Haus, einen Schuppen, Keller, wo ihn niemand störte. Woher hatte er das Zubehör?« Westermann machte sich Notizen. »Wir werden, sobald wir wieder an Land sind, sämtliche Läden besuchen, um herauszufinden, ob jemand verdächtige Mittel in großen Mengen gekauft hat. Ich brauche eine Liste der Bestandteile«, sagte der Erste Hauptkommissar und Leiter der Dienststelle Oldenburg und schrieb seine Ausführungen in sein Notizbuch.

»Sie wissen, dass man einen derartigen Sprengsatz aus wenigen Stoffen, die nicht allzu schwer zu bekommen sind, selbst herstellen könnte, oder? Und dass sich Täter die unerreichbaren Zusätze ganz einfach über das Internet besorgen?«, erläuterte der durchtrainierte Nico Schäfer und räusperte sich. Dirk sah den Kollegen an und schwieg. Es wäre unmöglich, einen Verdächtigen herausfiltern zu können, nur weil der Esbit-Tabletten oder Aceton gekauft hatte. »Nein, sorry, Westermann, den Weg können Sie sich sparen. Aber wenn Sie nach in Massen gekauften Esbit -Tabletten und Aceton suchen möchten, bitte schön. Vielleicht finden Sie ja die berühmte Nadel im Heuhaufen. Ich glaube, dass all die Stoffe in kleinen Mengen über einen längeren Zeitraum beschafft worden sind. So eine Tat ist lange geplant! Das war kein Schnellschuss. Und der Täter wird die Sachen sicher nicht hier auf der Insel organisiert haben.«

»Ich plane diesen Anschlag seit Langem und habe genügend Zeit, alles akribisch vorzubereiten. Wann mache ich das? Nachts? Ich arbeite zu Hause, bin selbstständig oder habe keine Arbeit. Ich bin nicht verheiratet. Ich bin ständig unterwegs, um die Pläne umzusetzen. Ich besorge das Material und lagere es unauffällig. Niemand bekommt mit, was ich vorhabe. Der Mann ist zwischen 35 und 50 Jahre alt. Nicht verheiratet. Sein Ziel könnte ein politisches sein, aber auch ein Racheakt privater Natur«, spiegelte Sonja Rasmussen ihre Gedanken noch einmal und zog die Augenbrauen zusammen. Sie schien äußerst konzentriert.

»Es ist klar, dass er das Attentat seit Langem akribisch geplant hat«, sagte Malick und steckte sich eine Zigarette an. Hörmanns Blick traf ihn.

»Hier drinnen wird nicht geraucht!«

André Malick nahm die Zigarette aus dem Mund und verließ ohne ein weiteres Wort den Raum. Den Rauch tief inhalierend, stellte er sich außen auf Deck gegen das schwankende Führerhaus. Seine Hände waren in Sekundenschnelle eiskalt. Malick zog den Kragen seines Mantels zusammen und sog gierig an der Zigarette. »Verdammt kalt«, knurrte er, als die Tür sich öffnete.

»Das gilt auch für Sie«, ermahnte der eigentlich gut gelaunte Hörmann den Ersten Hauptkommissar, als dieser die Pfeife zwischen die Lippen schob. Auch er verzog sich aus dem warmen Führerhaus und gesellte sich mit einem Schmunzeln zu dem Kollegen des LKA. Zurück blieben Sonja Rasmussen und ihr Team mit Hartwig und Watson. Frierend standen die Männer nebeneinander.

»Was glauben Sie, ist es möglich, dass jemand den Tunnelbau wirklich noch stoppen könnte?«, fragte Westermann seinen Kollegen.

»Wird nicht passieren! Obwohl es für alle besser wäre, es zu tun. Da sind derart starke Mächte am Wirken. Niemals lassen die sich von diesem Mammutprojekt abhalten. Es steht alles auf dem Spiel. Ich könnte es anordnen, aber vorerst versuchen wir es auf anderem Weg. Ich kann diesen Mann sogar verstehen. Dieses Projekt ist ein Wahnsinn und wird alles andere in den Schatten stellen. Ist auch egal, dass die Dänen den Großteil der Finanzierung übernehmen. Ich wäre dafür, diesen Tunnel ganz schnell ad acta zu legen. Das passt mit den heutigen Einflüssen von Umwelt und Wirtschaft überhaupt nicht mehr zusammen! Wenn der Russe uns obendrein die Nord Stream 1-Leitung abdreht, dann prost Mahlzeit. Er droht ja bereits mit Gasliefer-Stopp.« Malick artikulierte mit Händen und Füßen. Er nahm kein Blatt vor den Mund, ohne nur ein einziges Mal zwischendurch Luft zu holen. Er zog bereits gierig an seiner nächsten Zigarette. »Ich hoffe, wir kommen mit einem blauen Auge davon. Wenn nicht …« Man konnte sehen, wie es in Westermanns Kopf arbeitete. »Ich glaube, das Bauvorhaben zu stoppen ist das bestimmende Argument, dass der Täter uns überbracht hat. Die Forderung, eine Million zu übergeben, schiebt er nur vor. Er macht Druck, weil er weiß, dass das Projekt normalerweise nicht mehr aufzuhalten ist. Aber was will er damit bezwecken?«, fragte Westermann. Malick schüttelte den Kopf.

»Ich glaube schon, dass es mit dem Tunnelbau zusammenhängt. Aber das ist mit Sicherheit nicht sein Anliegen. Genau diese Beweggründe müssen wir herausfinden«, murrte Malick, pustete den Rauch in die Luft und fing an zu husten.

*

Katrin lag im Wohnzimmer auf der maritimen Couch, als es läutete. Langsam erhob sie sich.

»Hast du deinen Schlüssel vergessen?«, fragte sie und öffnete die Tür. Da war niemand im Flur. Sie drückte erneut den Knopf, es summte.

»Huhu, ich bin's!«, rief eine helle Stimme, die sie aus tausend anderen herausgehört hätte.

»Tantchen, was willst du hier?« Japsend erreichte Charlotte Hagedorn die oberste Etage. »Warum nimmst du nicht den Aufzug?« Sie schüttelte den Kopf.

»Du weißt doch, ich brauche Bewegung.« Charlotte keuchte, als sie sich abgekämpft in den Flur schleppte.

»Na, wenn *du* nicht agil bist, wer dann?« Sie lachte und schloss die Tür. In ihrem jadegrünen Wollpullover und der weich fließenden passenden Umstandshose sah sie trotz des dicken Bauches zerbrechlich aus.

»Hast du geschlafen? Ich wollte dich nicht wecken, aber ich dachte, du hättest eine Hochzeit«, murmelte Charlotte, streifte die Stiefel von den Füßen, entledigte sich ihres Mantels und lief geradeweg ins Wohnzimmer. Der Ofen brannte, und die Wolldecke lag zerknüllt auf dem gestreiften Sofa. »Du hast doch geschlafen – geht es dir nicht gut?«

»Viel zu viele Fragen. Mir geht es gut. Ich habe mich nach der Trauung nur ein wenig ausgeruht. Ich hatte heute ein merkwürdiges Ziehen im Bauch. Da hielt ich es für besser, mich hinzulegen. Du weißt ja, wie es mir am Anfang der Schwangerschaft ging.« Katrin setzte sich zurück aufs Sofa. Charlotte nickte. Sie erinnerte sich zu gut an die Blutungen ihrer Nichte und das Gefühl, das sich eingestellt hatte, als sie dachte, dass Katrin das Baby verlieren würde.

»Ja, Kind, ich weiß. Ich mach uns jetzt mal einen schönen Tee und wir essen ein paar Plätzchen. Essen geht, oder?« Sie zwinkerte Katrin zu, deren schmales Gesicht trotz der vielen Sommersprossen blass aussah. »Du solltest das jetzt wirklich lassen mit den Hochzeiten. Das musst du nicht!«

»Das ist mir klar, aber das war eine Ausnahme. Sie

wollten mich unbedingt als Planerin, da konnte ich nicht Nein sagen. Verstehst du?«

»Ja, wenn ich es nicht verstehe, wer dann?« Charlotte Hagedorn huschte in die Küche und füllte den Wasserkessel. Sie stellte den Kocher an und holte zwei bauchige Teetassen aus dem Schrank.

Wenig später saßen sie im Wohnzimmer und schauten auf die knackenden Holzscheite im Kaminofen.

»Das ist doch immer wieder zu schön mit dem Feuer. Das ist einer der Gründe, warum ich Herbst und Winter so liebe.« Sie warf einen Blick zum Fenster. Draußen dämmerte es. Normalerweise war es zu spät, um zum Sund zu fahren. Aber irgendetwas hatte sie dazu bewogen, den beschwerlichen Weg zum Fehmarns und in Kauf zu nehmen. Ein Gefühl, dass es ihrer Nichte nicht gut ging. Nur ein Gefühl ...

»Aber nun mal Butter bei die Fische. Was machst du um diese Zeit hier? Es wird dunkel. Und dann mit dem Fahrrad. Du bist verrückt!«

Katrin zwirbelte die langen karamellfarbenen Haare zwischen ihren Fingern und sah ihre Tante besorgt an.

»Ich hatte so eine Ahnung, dass es dir nicht gutgeht. Und nachdem mir bekannt ist, dass Dirk nicht hier sein wird, habe ich überlegt, ich komme vorbei, um nach dem Rechten zu schauen. Und es geht dir nicht sonderlich gut. Das sehe ich.«

»Was du immer hast. Das waren leichte Senkwehen, das kommt schon mal vor. Ich habe mich hingelegt und ausgeruht. Wie du siehst, alles in bester Ordnung.« Katrin schlürfte den heißen Tee und nahm sich eines von Charlottes selbst gebackenen Vanillekipferln vom Teller. »Die sind so lecker!« Eilig verschwand das Gebäckteilchen in ihrem Mund. Langsam kehrte Farbe in ihr Gesicht zurück. »Es ist schön, dass du hier bist. Ich fühle mich in meinem Zustand ziemlich allein in der Wohnung. Dirk ist seit der Explosion so gut wie gar nicht mehr zu Hause. Kommt nur, um ein paar Stunden zu schlafen, und ich weiß, ehrlich gesagt, nicht so recht, wie ich mich verhalten soll, falls es losgeht. Ich hatte mir schon überlegt, zu dir zu ziehen, bis das Baby kommt.« Sie sah ihre Tante fragend an.

»Papperlapapp! Ich bleibe bei dir. Das Charlotte-Zimmer gibt's noch, oder habt ihr es schon zum Kinderzimmer umfunktioniert?« Sie sah sich um. Katrin schüttelte den Kopf.

»Nein, das Baby wird die ersten Monate bei uns im Zimmer schlafen. Das Bettchen ist schon aufgebaut. Du hast dein Zimmer für dich«, sagte sie und guckte auf den silberfarbenen Hirschen auf der Kommode. Je zwei silberne Kerzenleuchter standen auf Ess- und Couchtisch. Das war's. »Du guckst so auf meine magere Deko? Du weißt ja, ich habe nicht so ein glückliches Händchen dafür wie du«, wollte sie ihre Tante ablenken. Katrin lächelte verlegen.

»Ach, da kann ich dir gerne ein wenig helfen, wenn du unbedingt möchtest. Du weißt ja, im Dekorieren bin ich ein Ass!«

»Ach, uns reicht es. Wenn ich mehr möchte, komme ich dich einfach besuchen.« Sie zwinkerte ihrer Tante zu. »Aber du kannst gerne hierbleiben, wenn du möchtest. Ich fahre dich dann morgen nach Hause, und du holst ein paar Sachen. Ich würde mich wirklich sehr freuen.« Katrin sah ihrer Tante die Erleichterung an. »Aber nun erzähle du lieber, was hast du heute angestellt und was treibt dich um diese Uhrzeit wirklich hierher?«

»Iich? Angestellt? Gar nichts!«

»Du tüddelst, das sehe ich deiner Nasenspitze an.« Katrin lachte und schob sich einen weiteren Keks in den Mund. Charlotte betrachtete ihre Nichte und deren kugelrunden Bauch. »Sitzt alles vorn, wird ein Junge, glaube es mir. Kannst es mir ruhig verraten.«

»Was du immer erzählst. Ich verrate gar nichts. Da musst du schon warten, bis es so weit ist.« Sie kicherte und nahm ein drittes Kipferl in die Hand.

»Na ja, deinem Appetit nach könnte es auch ein Mädchen …« Sie schwieg.

»Los, erzähl, hast du ermittelt?«

Charlotte sah ihre Nichte erstaunt an.

»Ja … woher weißt du? Ich glaube, ich weiß, warum der Mann umgebracht worden ist. Den haben sie um die Ecke gebracht, weil er diese ominösen Riffe entdeckt hat und sie als Argument gegen diesen Bau einsetzen wollte. Deshalb musste er sterben. Das war hundertprozentig jemand aus Politik oder Wirtschaft. Denen war er wohl im Weg.«

»Und das hast du mal eben so recherchiert? Charlotte, Charlotte. Wenn das alles so einfach wäre. Wie kommst du darauf, dass jemand aus diesen Kreisen ihn umgebracht hat?«

»Ich habe da so meine Quellen. Das wird ein schwerer Fall«, flüsterte sie.

Draußen stiemte der Schnee gegen die Fensterscheibe. Es war finster. Genauso finster wie Charlottes Gedanken.

*

»So, Jungs, ich denke, es ist an der Zeit, wieder zu uns zu stoßen, oder wollt ihr den Fall allein hier draußen in der

Kälte lösen?« Rasmussen verzog das Gesicht. Sie hasste es, wenn man ihre Autorität untergrub. Die Kommissare warfen sich einen vielsagenden Blick zu und folgten ihr ins Innere des Führerhauses. Westermann blies sich warmen Atem in seine Handinnenflächen, während die erloschene Pfeife in seinem Mundwinkel klemmte.

»Ich glaube, es war ein Fehler, mit diesem Schiff rauszufahren. Die Bedingungen sind bei Weitem nicht die gleichen. Nach intensiver Informationserhebung der Aktenlage und auf Basis der Spurenlage komme ich zu folgender Hypothese: Die etwa 35 bis 50 Jahre alte Person hat den Sprengsatz gezielt im Inneren der Kajüte angebracht, um nicht das ganze Boot in die Luft zu jagen. Wahrscheinlich beabsichtigte er, dass es nicht komplett untergeht. Die Vorrichtungen dafür muss er bei sich getragen haben. Eventuell in einem Backpack. Der Täter hat den Taucher überwältigt. Sozusagen den Überraschungsmoment für sich genutzt.«

»Meinen Sie, es war leicht, ihn zu überwältigen? Der Taucher selbst war drahtig und nach Aussagen seiner Frau ein sportlicher Typ. Der Täter muss ihm von der Kraft weitaus überlegen gewesen sein. Sonst hätte er ihn niemals am Bug festketten können. Zu schwer, zu viel Gegenwehr?« Westermann arbeitete intensiv an der Lösung mit. Hartwig hingegen schwieg und kümmerte sich um den am Boden liegenden Watson, der immer wieder Richtung Kapitän rutschte. »Er wurde bei lebendigem Leib angekettet, das hat die Rechtsmedizin ergeben. Das Blut im abgetrennten Körperteil war frisch und nicht verdickt. Wäre er vorher ums Leben gekommen, wäre es zu Blutstauungen gekommen. Er hat noch gelebt, als ihn der Sprengsatz zerriss. Eventuell hat der Täter ihn vorher betäubt«, sagte Sonja Rasmussen. »Es war dann für ihn wesentlich leichter, sein Opfer an Deck und somit zum Bug zu transportieren. Ich denke, der Täter hat ihn mit K. o.-Tropfen oder ähnlichem, nicht nachweisbarem Mittel betäubt, bevor er mit dem Boot aus dem Hafen fuhr. Im Blut des Körperteils wurde laut toxikologischem Gutachten keine Substanz nachgewiesen. Das könnte auf K. o.-Tropfen hinweisen.«

»Und wie ist der Täter von Bord gekommen? Er wird sicher nicht an Land gekrault sein«, mischte sich Hartwig ein.

»Die Frage habe ich mir auch gestellt. Ich bin zu dem Schluss gelangt, dass er ein Schlauchboot oder Ähnliches bei sich gehabt haben muss.«

»Das hätte der Taucher bemerkt«, sagte Westermann.

»Nicht, wenn er es vorher in der Kajüte verstaut hat«, sagte der spargeldünne Joshua Santan, einer der Profiler im Team Rasmussen. Die Grübchen auf seinen Wangen zeigten sich, als der Fallanalytiker die Lippen zusammenpresste, um schwerwiegende Gedanken zu bewältigen.

»Mit Motor? Geht gar nicht! Leute, ihr seid auf dem falschen Dampfer«, knurrte Hartwig erneut.

»Dann hat er sämtliche Einzelteile vorab in der Kajüte versteckt, und nachdem er alles erledigt hatte, das Boot mit dem Motor bestückt«, erklärte Rasmussen. Thomas schüttelte den Kopf.

»Blödsinn. Ergibt überhaupt keinen Sinn. Viel zu umständlich und zu auffällig, die ganze Geschichte, oder findet ihr nicht?«

»Na ja, wenn ich ein derartiges Ziel habe, ist mir jedes Mittel recht«, entgegnete Malick und tänzelte unruhig von einem Bein aufs andere. Man konnte sehen, dass ihm die Ergebnisse nicht gefielen. Er zog eine Zigarette aus der Packung seiner Jackentasche und steckte sie zwischen die Lippen. Sofort erntete er einen finsteren Blick des Kapitäns. »Es muss so sein. Nur so konnte er aus gesicherter Entfernung mitansehen, wie der Kutter in die Luft flog. Er könnte vom Schlauchboot aus den Zünder aktiviert haben. Nur das mit dem Boot gibt mir Rätsel auf. Er muss andere Möglichkeiten gehabt haben.«

Malick war sich sicher, dass es sich zumindest so ähnlich zugetragen haben musste. Die Zigarette hing zwischen seinen Lippen und er hatte Mühe, sie nicht anzuzünden.

»Eine Frau können wir nach diesen körperlichen Anstrengungen und dem Telefonat zumindest mit Sicherheit ausschließen«, sagte Westermann.

»Absolut, außerdem ist das Werkzeug Sprengsatz eindeutig männlichen Personen zuzuordnen«, entgegnete Malick. Er warf einen Blick aus dem Fenster und sah die harten Wellen auf das Schiff zurollen.

»Ich bin mir sicher, dass unser Täter seine Drohung wahrmacht. Der Mann ist nach dieser Aktion noch nicht am Ende«, sagte Sonja Rasmussen, schüttelte den Kopf und leerte ihren Kaffeebecher. Sie wirkte in der zu groß geratenen Jacke verloren und wankte. Es schien, als ginge es ihr nicht gut. Sie wirkte blass und ihr Blick wanderte unruhig von einem zum anderen. Immer wieder hielt sie die Hand vor den Mund.

»Und jetzt?«, wollte Westermann wissen.

»Jetzt müssen wir abwarten, was als Nächstes passiert. Wie ich diesen Mann einschätze, hat er mehr auf Lager, da bin ich sicher«, flüsterte sie, presste die Hand vor den Mund und verließ Hals über Kopf den Steuerstand. Die anderen sahen der Fallanalytikerin fassungslos nach, während der Wind durch die offene Tür pfiff. Sie alle mussten mitanhören, wie sie lautstark die Fische fütterte.

»Aber wie können wir ihn aufhalten?«, fragte Hartwig, um von der Kollegin abzulenken. Ihm selbst war ebenfalls nicht wohl und er wollte nicht daran erinnert werden. Das Schaukeln machte auch ihm mehr zu schaffen, als ihm lieb war.

»Wir können den Mann nicht aufhalten. Es wird einen weiteren Anschlag geben, da bin ich sicher«, sagte Malick, zog das Feuerzeug aus der Tasche und zündete die Zigarette an. Ihm war es gleich, ob der Kollege der Wasserschutz ihm einen Rüffel erteilte oder nicht. Er brauchte jetzt sein Nikotin und würde sich nicht zu der Kollegin nach draußen begeben, solange sie gegen den Wind über die Reling kotzte.

»Aber wir müssen etwas tun! Wir können nicht abwarten, bis er weitere Leute in die Luft jagt«, knurrte Hartwig und erhob sich. Watson fiepte leise und versuchte währenddessen, sich gegen das weiter zunehmende Schaukeln aufzulehnen. Endlich wankte auch die Fallanalytikerin zurück in den Steuerstand. Sie war grün im Gesicht und Hartwigs HSV-Jacke wies deutlich einen Großteil ihres Mageninhalts auf. Westermann betrachtete die bleiche Fallanalytikerin und sagte:

»Wir müssen. Und zwar so lange, bis er seinen nächsten Anruf tätigt. Und niemals gegen den Wind göbeln, Frau Kollegin.«

*

Durchgefroren kam das Trio der Burger Dienststelle zurück ins Revier.

»Damit werden die aus Kiel nicht zufrieden sein«, knurrte Veit und sah die Kollegen an. »Wir haben alle Personen noch mal befragt. Die Ehefrau erzählt uns, dass er total beliebt war, und die Nachbarn … na ja. War mir klar, dass sie das Gleiche von sich geben. War anscheinend ein Heiliger, dieser Hagelstein. Nur ein Bootslieger hat im Dunkeln jemanden mit einer Taschenlampe am Kutter des Toten gesehen, was ihm merkwürdig vorkam. Aber wenn es im Hafen dunkel ist, benutzt jeder eine Lampe, oder nicht? Gesehen hat er allerdings niemanden. Also alles für 'n Arsch«, murmelte Veit und streifte die Jacke ab.

»Sei nicht gleich wieder stinkig! Was haben wir denn erwartet, in Heiligenhafen vorzufinden? Ich hatte so was befürchtet. Es gab anscheinend keinen Grund, diesen Enno Hagelstein zu töten. Und genauso werden wir das weitergeben. Und zwar ohne zu toben, ist das klar?«, Schütt warf Veit einen vielsagenden Blick zu.

KAPITEL 7

Mittwoch

Charlotte blieb über Nacht bei Katrin. Dirk kam gegen 2 Uhr in der Früh und hatte sich, nachdem er sich vergewissert hatte, dass seine Verlobte schlief, im Wohnzimmer auf die Couch gelegt. Er wollte seine Verlobte nicht unnötig stören. Dass Charlotte ebenfalls hier nächtigte, ahnte er nicht. Nach kurzem, unruhigem Schlaf fuhr der Leiter der Mordkommission Oldenburg völlig übermüdet zurück ins Büro. Dieser Fall nagte zunehmend an den Nerven. Sie hatten bisher nicht eine einzige Spur. Die Spannung war körperlich spürbar. Charlotte war nach dem Frühstück mit ihrer Nichte zu ihrem Haus gefahren. Sie hatte eine Reisetasche gepackt und begleitete Katrin zurück an den Sund. Sie würde sie in der letzten Zeit ihrer Schwangerschaft nicht sich selbst überlassen. Jetzt, wo Dirk in einem neuen Fall ermitteln musste, durfte sie sie nicht allein am Sund lassen. Im Anschluss liefen beide, eingemummelt in dicke Wintermäntel, eine halbe Stunde am hartgefrorenen Strand entlang und lauschten den Möwen, die kreischend unter der Fehmarnsund-Brücke hindurchglitten.

»Ich kann nicht mehr«, schnaufte Katrin und hielt die Hände gegen den Rücken ihres Daunenmantels, in dem sie aussah wie ein Michelin-Männchen. »Das wird langsam echt beschwerlich. Ich glaube nicht, dass ich bis zum 15. Januar Zeit habe.« Sie prustete und zog die dicke Wollmütze weit über die Ohren. Die Künstlerin neigte den Kopf, betrachtete ihre Nichte mit sorgenvollem Blick und hakte sich bei ihr unter. Durchgefroren traten sie den Rückweg an. Sie stapften über die breite Düne, blieben für einen Moment stehen und bestaunten die Brücke, die, nur wenige Hundert Meter entfernt, ihren Bogen über den Sund spannte. Um diese Jahreszeit war es leer am Sund, und die Bewohner hatten ihre Insel für eine gewisse Zeit wieder für sich. Abgesehen von den Gästen, die dieses einsame Flair genauso liebten wie die Insulaner und sogar während des Jahreswechsels anreisten. Selbst der kleinste Insel-Weihnachtsmarkt Europas zog im Dezember magisch Menschen auf das Eiland.

Es fing an zu schneien. Der Wind blies ihnen kleine Flocken ins Gesicht. Charlotte zog ihre Nichte am Ärmel, und sie stapften durch die verschneite Landschaft Richtung Wohnung. Die Kälte hatte Wangen und Nasen gerötet.

»Ja, wird Zeit, dass wir in die Wärme kommen«, murmelte Charlotte. Sie spürte, dass es Katrin schwerfiel weiterzulaufen. Wenig später saßen sie im warmen Wohnzimmer. Charlotte Hagedorn bereitete Kakao mit einer

Prise Ceylon-Zimt. Auf einmal duftete es in allen Räumen weihnachtlich. Mit einem Tablett in den Händen huschte sie zur Hochschwangeren ins Wohnzimmer. »Du verwöhnst mich, Tantchen. Wie soll ich das je wiedergutmachen? Es ist noch nicht einmal Mittag, und du bringst mir Schokolade mit Sahne und Kekse. Ich werde langsam kugelrund«, schnaufte sie.

»Rund bist du sowieso schon und wiedergutmachen – das hast du doch längst. Ich freue mich, dass ihr hier am Sund so glücklich seid. Und ein schöneres Geschenk als das Baby hättet ihr mir gar nicht machen können.« Sie setzte sich auf den Sessel, der ihrer Nichte gegenüberstand. Bedächtig rührte sie in ihrem Kakao und nippte am heißen Getränk. »Verbrenn dir nicht die Zunge, Mädchen. Und zum Mittag koche ich uns etwas Leckeres«, rief sie und deutete auf den Becher. Katrin richtete sich auf, zog die Decke über die Brust, griff nach einem Keks und ihrem Kakao. »Darin jetzt einen kleinen Amaretto, das wär's.« Sie zwinkerte ihrer Tante zu. »Gott bewahre!«

»Aber nun erzähl mir endlich, wie sind deine ersten Recherchen ausgegangen? Bist du schon einen Schritt weiter?«

Charlotte Hagedorn schüttelte den Kopf.

»Am Samstag sind Politiker verschiedener Parteien auf dem Markt und eröffnen über das Thema Beltquerung eine Podiumsdiskussion. Da bin ich auf jeden Fall dabei. Da könnten wichtige Informationen in unserem Fall naheliegend sein«, knurrte Charlotte, zog die Augenbrauen hoch und hob demonstrativ ihren Arm. »Und ich glaube, dass Enno Hagelstein ein Teil dieser ganzen Debatten war. Du siehst, was aus allem geworden ist. Der tote Taucher hatte anscheinend genügend Material zusammengetragen, um erneut mit den Beltrettern auf die Barrikaden zu gehen. Dieser Taucher und sämtliche Aktivisten haben jedenfalls begriffen, wie überflüssig dieses Bauprojekt ist. Und ich denke, er war das erste Opfer der ganzen Geschichte.«

»Aber was willst du denn jetzt tun?«

»Wenn ich das nur wüsste!«

*

Die Beamten der Dienststelle hatten umsonst auf einen Anruf gewartet. Irgendetwas war schiefgelaufen. Wahrscheinlich hatte er mitbekommen, dass der Bau bisher nicht gestoppt worden war. Malick überlegte fieberhaft, was der nächste Schritt sein könnte. Sie konnten nichts anderes tun, als abzuwarten. Egal, was passierte. Es war ein Spiel auf Zeit. Ein verdammt gefährliches Spiel. Malicks Gedanken fuhren Achterbahn. Er zog gierig an seiner Zigarette und rannte nervös durchs Zimmer. Wir haben zumindest das Geld, damit hätten wir ihn vorerst ruhigstellen können. »Verdammte Scheiße noch mal! Was hast du vor?«

*

Die vorweihnachtliche Atmosphäre prallte an ihm ab wie eine eisige Wand. Ohne Eile stapfte er über die Schneedecke, die sich auf das Kopfsteinpflaster gelegt hatte. Ihm war klar, dass er genau hier an diesem Ort seinen Plan fortsetzen musste. Sie hatten nicht auf ihn gehört. Waren nicht auf seine Forderungen, den Tunnelbau zu stoppen, eingegangen. Die Baumaschinen röhrten nach wie vor im

Belt. Sie verarschten ihn, und er würde dies nicht zulassen. Es war kurz nach 21 Uhr, als er sich wutschnaubend in Bewegung setzte. Den Anruf hatte er sich erspart. Nichts hatten sie unternommen. Weder war das Geld im Papierkorb deponiert noch hatten die Maschinen aufgehört zu laufen. Tauende Eiskristalle tropften von der Nase, und er wischte sie mit einem Handstreich wütend vom Gesicht. Er schob sich an grölenden Leuten vorbei, neigte den Kopf, um sich vorsichtig umzusehen, und zwängte sich zwischen die Tannenbäume. Seine Tarnung war perfekt. Der Vollbart und die Brille würden ihn nicht verraten. Nur sein nervöses Lidzucken könnte ihm gefährlich werden. Er zog den Backpack vom Rücken und hielt ihn wie ein Baby vor seinen Bauch. Er grinste, als er sich durch die Menschenmenge schob. Ein kurzer Blick, dann zwängte er sich zwischen zwei Häuser, verschwand im Dunkeln und blieb stehen. Sein Herz klopfte, als er den Rucksack auf die Erde stellte und vorsichtig gegen eine Holzwand lehnte. Immer wieder drehte er sich um, um zu kontrollieren, ob ihm jemand gefolgt war. Er würde ihnen zeigen, *wie* ernst es ihm war. Die dunkle Gestalt schnaubte, sein Gesicht verzerrte sich zu einer Fratze. Sein Puls hämmerte wie ein Amboss. Niemand würde ihn verdächtigen, warum auch? Er kannte die Fallen, die ihn niederstrecken konnten, und kniete sich hin. Die Webcams, die vorhanden waren, zeichneten nichts auf, das wusste er. Sein Atem verdichtete sich vor dem Mund zu einer Nebelschwade. Er legte, sein Ziel vor Augen, die Hände schützend auf den Stoff des Backpacks. Das Zucken seiner Lider verstärkte sich. Um ihn herum drangen wattierte Geräusche zu ihm. Alles wirkte auf eine seltsame Weise verschwommen. Die Wut, die in ihm gebrannt hatte, war verraucht.

Jetzt erhielten sie die Strafe für ihre Gleichgültigkeit. Er guckte zum nachtschwarzen Himmel, als erwartete er eine Bestätigung. Immer wieder drehte er sich um, um zu prüfen, ob ihm nicht doch jemand gefolgt war. Aber die Meute war so mit sich selbst beschäftigt, dass sie ihn nicht wahrnahmen. Diese Ignoranten! Er brach Zweige von der Tanne hinter sich und drapierte sie über dem Rucksack.

Dieses Pack, das in diesem Augenblick direkt neben ihm lautstark feierte, würde bald für immer schweigen. Erleichtert darüber, dass er das Paket verstaut hatte, erhob er sich und entfernte sich durch die Bäume. Erwartungsvoll schlich er zurück an seinen Platz. Es war geschafft. Jetzt konnte die Party beginnen.

*

Eisige Luft und einsetzender Schneefall ließen die Gäste an diesem Abend enger zusammenrücken. Lärmend und johlend prosteten sie sich zu und standen dicht aneinandergedrängt um die Weihnachtshütten. Launiger Weihnachtspop, der von der großen Bühne direkt vor dem Rathaus hallte, unterstrich die heimelige Atmosphäre. Eine Band aus Berchtesgaden unterhielt die Menge und sorgte dafür, dass genügend Glühwein und Punsch flossen. Der Weihnachtsmarkt in der Altstadt war bestens besucht. Der überschaubare Marktplatz platzte an den Wochenenden aus allen Nähten. Die Holzhütten, die gleichförmig um den 12 Meter hohen Weihnachtsbaum standen, erzeugten ein perfektes Bild. »Leise rieselt der Schnee«, trällerten die Sänger der Gruppe *Enzian.* Der Abend schien vollkommen. Um die Bude mit dem besten Eierpunsch drängelten sich Insulaner und ließen kaum

Platz für Touristen. Sie grölten lautstark mit der Musik und übertönten selbst die Mitglieder der Liveband. Es roch nach Bratwurst, Weihnachtsplätzchen und Glühwein mit Zimt. Ein Bilderbuchabend, ideal, um den Tag ausklingen zu lassen. Der Wind hatte nachgelassen, der Schnee fiel schnurgerade vom Himmel. Enrico Mantei warf einen Blick auf seine Armbanduhr. Es war kurz vor 23 Uhr. Der Mittzwanziger gähnte und ließ seiner Müdigkeit freien Lauf. Der Job als Maurer setzte seinen Knochen zu. Verständlich, dass er sich kaum noch auf den Beinen halten konnte. Seine Freunde prosteten ihm zu. Der dunkelhaarige Enrico leerte den Keramikbecher und stellte ihn zurück auf den Tresen.

»Du trinkst doch noch einen mit, oder?«, rief sein hochgewachsener Freund Max und boxte ihm anschließend die Faust in die Seite.

»Ja, aber vorher muss ich erst mal laufen lassen, wenn du verstehst«, grinste der junge Mann mit der lockigen Mähne.

»Verschwinde hinter der Bude, da sieht dich keine Sau«, grölte Max und orderte lautstark weiteren Punsch.

»Ja, danke. Nach deiner Ankündigung mit Sicherheit.« Enrico schüttelte den Kopf und folgte der Aufforderung seines Freundes. Es drängte. »Eindeutig zu viel Eierpunsch, Bier und Glühwein«, lallte er. Ich sollte die Kontrolle behalten. Enrico wankte und zwängte sich durch die lärmende Menschentraube. Unauffällig verschwand er hinter der geschmückten Holzhütte und stellte sich vor einen der Nadelbäume. Ein Grinsen zog über sein Gesicht, als er den Hosenschlitz öffnete. Erleichtert zog er den Reißverschluss wenig später wieder hoch und drehte sich um. Er torkelte, fühlte sich benommen, sein Gleichgewichtssinn verließ ihn. Enrico stolperte und stützte sich mit beiden Händen an der Holzwand ab, um nicht zu fallen. »Oh Mann, mir ist kotzübel. Ich sollte nichts mehr trinken, sonst krieg ich gar nichts mehr auf die Reihe«, griente er, schob seine Mütze aus der Stirn und beugte seinen Oberkörper vor, als er eine mit Tannen abgedeckte Erhebung sah. Eine Hand immer noch gegen die Holzwand gestützt, zerrte er umständlich sein Feuerzeug aus der Hosentasche, um mehr sehen zu können. Seine dunklen Locken lugten unter seiner Dockermütze vor und umrahmten das schmale Gesicht. Er bekam Schluckauf. Es schien, als müsste er sich jeden Moment übergeben. Seine Blicke wanderten über die Ansammlung von Zweigen, als er versuchte, das Feuerzeug in seiner Hand in Gang zu setzen. Er nahm seinen Fuß und stieß mit dem Stiefel gegen den Haufen. Wankend leuchtete er mit der kaum wahrnehmbaren Flamme die Zweige aus.

»Eh, Hammer, das ist ein Rucksack«, stammelte er und drehte sich wankend um. Wer stellt hier seinen Sack ab? »Hat irgendein Trottel seinen Alk versteckt«, lallte er. Der Maurer ließ die Wand los, torkelte und versuchte, in die Hocke zu gehen. Mit fahrigen Bewegungen zog er den Rucksack zu sich. Der spindeldürre Enrico verlor die Balance und fiel auf die Knie. Beinahe wäre er auf die Tasche gestürzt. Er kicherte, rollte mit den Augen und stützte sich mit den Händen auf dem Boden ab. Auf allen vieren bellte er wie ein Hund und hielt sich den Finger über die Lippen. »Psst, das ist ein Geschenk des Himmels«, stammelte er. Er setzte sich auf seine Fersen und leuchtete mit dem Feuerzeug erneut den braunen Stoffrucksack aus. Hauptsache, da ist genügend drin, grinste er. Geiles Versteck! Mit spitzen Fingern fasste der Handwerker den Nippel vom Reißverschluss und zog ihn auf. Dieser Vorgang dauerte eine Weile, weil er immer wieder den Kontakt zum Rucksack verlor. Enrico klaffte den Stoff so weit auseinander, dass er einen Blick hineinwerfen konnte. »Dunkel. Kein Himmel!«, nuschelte er. Dann entzündete er erneut das Feuerzeug in seiner Hand. Selbst im Licht der jämmerlichen Flamme war nichts Auffälliges zu erkennen. »Das ist nicht lustig. Alles alle«, knurrte er und richtete sich schwerfällig wieder auf. Enrico war enttäuscht. Noch einmal hielt der betrunkene Maurer seinen Kopf an die Öffnung und entdeckte das schwach blinkende rote Licht, das ihm im Takt entgegenzuckte.

*

Das Team des Sonderkommandos saß in Westermanns Büro und wartete auf den Bericht von Sonja Rasmussen, die in diesem Moment den Raum betrat. Sie wirkte immer noch blass um die Nase. Gemeinsam mit ihrem Team hatte sie den Kutter akribisch unter die Lupe genommen, war jede Möglichkeit durchgegangen. Es hatte aufgehört zu schneien, und sie hatten unterhalb der Plane bessere Voraussetzungen vorgefunden. Sie lächelte und streifte die gesäuberte dicke Winterjacke, die Thomas ihr einen Tag vorher überlassen hatte, von den Schultern.

»Moin, wie man hier so schön sagt. Sagt man das hier auch abends? Egal, wie weit sind Sie gekommen?«, wollte sie wissen.

»Nicht sehr viel weiter als gestern«, antwortete Malick und blies den Qualm seiner Zigarette in die Luft. Seine Haut wirkte aschfahl. Auch er schien in der letzten Nacht kaum geschlafen zu haben. Die Stunden, die sie seitdem in diesem Büro mit verbrauchter Luft verbrachten, hatten auch nicht dazu beigetragen, dass sich etwas verbesserte.

»Wir haben alle bisherigen Positionen genauestens geprüft und konnten bisher keine Verbindungen herstellen. Wir wissen weder, wer der Täter ist noch, woher er kommt oder was seine Beweggründe sind. Die Kollegen aus Burg sind zu keinem weiteren Ergebnis gekommen. Enno Hagelstein war ein beliebter Mensch, der ebenso geschäftig seinem Job als Ingenieur nachging wie dem Engagement beim Naturschutzbund. Niemand hatte bisher Negatives angemerkt. Enno Hagelstein war eloquent und aktiv. Sportlich, ein herzlicher Ehemann und Vater. That's all«, sagte der übermüdet wirkende André Malick, rieb sich die vom Qualm brennenden Augen und verwies auf die Telefonate, die er geführt hatte. »Ich bin zu dem Ergebnis gekommen, dass die politische Forderung nur Vorwand für einen anderen Beweggrund ist. Ich denke, er wird sich uns bald mitteilen. Nur dann können wir mit ihm verhandeln. Seine Forderungen sind obsolet und nur in Teilen durchführbar. Wozu braucht er so viel Geld? Was bezweckt er damit? Ist es, um politische Ziele zu unterstützen, oder um sich aus dem Staub zu machen? Wir können ihn nicht einmal observieren, um dies zu verhindern. Wir müssen warten, bis er sich meldet.«

Sonja Rasmussen setzte sich und nickte verhalten. Ihr ging es anscheinend nicht sonderlich gut.

»Meine Jungs sind noch am Boot oder was davon übrig ist. Wir haben die Szenerie immer und immer wieder durchgespielt und sind zu folgendem Ergebnis gekommen.« Alle Augen waren auf sie gerichtet. Selbst Malick betrachtete sie mit größtem Respekt. »Also, meine lieben Kollegen. Die Tat ist seit langer Zeit geplant und gut

durchdacht. Auch wenn er sich mit seinen Ansichten und der Tat zu widersprechen scheint, so weiß er doch genau, was er tut, und folgt seinem Weg bis ins letzte Detail. Der Mann verfolgt einen Plan. Ob es sich um ein politisch motiviertes Vorhaben handelt – könnte sein, muss aber nicht. Er lebt nach bisherigen Mutmaßungen allein, ist nicht verheiratet. Vielleicht geschieden. Eventuell abseits einer bewohnten Siedlung. Er ist Außenseiter und froh darüber, niemandem Rechenschaft ablegen zu müssen. Er ist schweigsam, was sich daran orientiert, dass bisher von keiner Seite ein Verdacht gegen die Person geäußert wurde und er im Verborgenen agiert. Nun zu seinem Vorgehen: Der Täter hat das Schiff wahrscheinlich nachts präpariert. Der Hafen ist in dieser Jahreszeit leer und am Abend unbeaufsichtigt. Anders wäre es nicht möglich gewesen, die benötigten Utensilien an Bord zu schaffen. Niemand hat ihn dabei beobachtet. Bis auf die Sichtung einer Taschenlampe. Infolgedessen hat er das Boot beladen und auf dem Schiff auf das Opfer gewartet, um es mit einem Überraschungsangriff zu verwirren *und* zu betäuben. Deshalb die dringende Frage: Kannten sich Täter und Opfer? Wahrscheinlich hat er auch aus diesem Grund noch vor Sonnenaufgang den Hafen Heiligenhafen verlassen und ist mit ihm Richtung Belt gefahren. Es hätte ihn eventuell jemand erkennen können! Jedenfalls hat er im weiteren Verlauf zuerst die Kette am Bug befestigt und dann das betäubte Opfer daran festgekettet. Er hat es vermutlich mit einem um den Niedergang des Schiffes angebrachten Halteseil gemacht, um ihn fixieren zu können. Wir haben Fotos des ehemaligen Kutters mit einbezogen, die wir vom Hafenmeister erhalten haben.«
Die Fallanalytikerin heftete vier Fotos des ehemaligen

Fischkutters an die Pinnwand. »Das Seil hat er durch eine der vorhandenen Ösen gezogen, und so konnte er ihn durch Hebelwirkung in Position bringen. Folglich hat er den Autopiloten angestellt und positioniert. Wie gesagt, selbst wenn das Opfer bewusstlos war, wovon wir ausgehen, muss er enorme Kraft aufgewendet haben. Auch das macht diesen Täter äußerst gefährlich. Und er ist in der Lage, ein Boot zu führen, und offensichtlich mit Wasserfahrzeugen vertraut.« Sonja Rasmussen sah in die Runde und zog die Augenbrauen hoch. Niemand wagte zu sprechen. Es herrschte absolute Stille.

»Und was ist mit dem Sprengsatz?«, wollte Veit plötzlich wissen. »Das Ding war laut Aussagen Ihrerseits hochexplosiv.« Jasper Veit verschränkte die Arme vor der Brust und sah sie feindselig an.

»Herr Kollege, Sie haben recht. Diese Frage hat uns auch ins Grübeln gebracht. Zu früh durfte er den Sprengsatz nicht anbringen, weil durch die Erschütterung vorab eine Explosion möglich gewesen wäre. Diesen hat er dann sicher hinter einer Box verstaut, um Erschütterungen zu vermeiden. Wahrscheinlich eingebettet in Schaumstoff oder Entsprechendes. Dieses Zeug löst sich bei einer Detonation vollständig auf. Die Bombe war in einem PET-Gefäß und stand vermutlich vorab gesichert in einer Kühlbox. Später half die Kälte auf dem Schiff. Erst als der bewusstlose Taucher am Bug hing, hat er wahrscheinlich ein Schlauchboot, ein Leichtboot oder Ähnliches zu Wasser gelassen.«

»Und einen großen Außenborder hatte er in der Tasche?«, wollte Veit wissen und verschränkte mit hochgezogenen Augenbrauen die Arme vor der Brust. »Die Frage ist gar nicht so aus der Luft gegriffen. Wie hat er es angestellt, sich mit dem Boot, einem Motor und dem Sprengsatz ohne Aufsehen auf den Kutter zu schleichen? Es gibt ein Schlauchboot, das ist so klein, dass es in einen Rucksack passt. Mit 1,60 Meter Länge und 90 Zentimeter Breite ist es ein Leichtgewicht, das von Anglern bevorzugt wird. Dazu gibt es einen superleichten Elektromotor, der mit zwei Akkus ungefähr zwei Stunden fahren kann. Auch dieser passt in einen großen Backpack. Das wäre zumindest eine Möglichkeit.«

»Der Täter war also vollbepackt mit nur einer Ladung auf dem Rücken zum Kutter. Und in den Händen hielt er obendrein die Kühltasche sowie die Niro-Kette. Blödsinn, völlig unrealistisch«, knurrte Veit.

»Ich denke auch, dass ein Sprengsatz und ein Schlauchboot samt Kette ein bisschen viel Gepäck für so einen Nachtausflug wären, da muss ich Veit recht geben«, sagte Westermann. »Was, wenn er einen Komplizen hatte, der zum Boot kam, um die Utensilien abzuladen?« Rasmussen schüttelte den Kopf.

»Nein, das ist ein Einzelgänger. Der hat über sein Vorhaben mit niemandem ein Wort gewechselt. Dafür ist er jetzt umso lauter.«

»Die Hypothesen sind recht plausibel, aber irgendetwas stört mich daran. Ich weiß nur nicht, was.« Westermann nahm einen Becher vom Tisch in seine Hand und schenkte sich aus der Thermoskanne Kaffee ein.

»So ein Leichtboot ist vielleicht etwas für einen Angelsee, aber auf der Ostsee ... Da gebe ich Dirk recht, unüblich. Zu viel Hack auf der See.« Schütt nickte Westermann zu, als sie einen kaum wahrnehmbaren dumpfen Knall vernahmen.

»Was war das? Na, egal. Daran will ich mich jetzt nicht

festhalten, hörte sich nach Polenböller an. Auf jeden Fall ist er rechtzeitig vom Kutter verschwunden. Ich denke, wir sollten eine kurze Pause einlegen. Ich sehe, Ihre Köpfe rauchen.« Die Hauptkommissarin warf einen Blick aus dem Fenster und wedelte den Rauch fort, den Malick mit seiner Qualmerei im Raum verteilte. Sie trat an den Tisch, auf dem Kaffee und Kekse standen, bediente sich und legte den Keks angewidert zurück.

»Watson und ich brauchen frische Luft, wir müssen mal raus, meine ich. Wir werden nachsehen, was da los war«, zwinkerte Thomas Hartwig und wollte den Raum verlassen. Watson saß fiepend vor der Tür, kratzte mit der Pfote am Holz und bellte ununterbrochen. »Ich komm ja schon, mein Junge.« Er sah auf die Uhr. Es war eine Stunde vor Mitternacht, und er müsste sich langsam bei Stina melden. Als er die Türklinke griff, wurde sie ihm aus der Hand gerissen.

»Sie müssen kommen, sofort. Es ist etwas Schreckliches passiert!«, schrie Sina Hansen und guckte leichenblass in die Runde.

*

Enrico machte einen Schritt zurück, fiel und landete auf dem Hintern. Das wiederkehrende Blinken dieses roten Lichtes ließ seinen Puls nach oben schnellen. Adrenalin durchspülte seinen Körper. In seinem Kopf fing es an zu hämmern. Er rappelte sich auf, während sein Herz bis zum Hals schlug. Seine Benommenheit war wie ausradiert. Enrico stolperte zwischen ausgelassen feiernden Menschen hindurch. Dann schrie er so lange, bis seine Stimme versagte:

»Weg hier ... eine Bombe ... hinter der Hütte liegt eine Bombe ... sofort weg, weg!« Enrico stieß mit fahrigen Bewegungen die Leute um sich herum auseinander, riss am Ärmel eines Mannes.

»He, was ist denn mit dir? Bist du voll, Alter! Geh nach Hause«, schrie der, hob die Faust und wandte sich kopfschüttelnd seiner Gruppe zu, die über die Aktion des Betrunkenen in lautes Gelächter ausbrach.

»Hinter der Hütte ist eine Bombe«, krächzte dieser heiser. Max nahm den schreienden Freund wahr und guckte ihn an. Das, was er sah, gefiel ihm nicht. Langsam wandten sich einige Anwesende dem brüllenden Mann zu. Sie entdeckten Angst in seinen Augen. Er wirkte nicht betrunken. Sein Körper zitterte, Speichel tropfte aus seinem Mund. »Weg hier. Lauft! Weg von der Hütte. Will keiner verstehen? Ihr müsst hier weg!« Er resignierte. Eine Frau, die seinen Worten als Erste folgte, fing an zu kreischen. Sie starrte Enrico an und lief schreiend Richtung Rathaus. Auf einmal geriet die Menge in Bewegung.

Max Heimann hatte die Situation sofort eingeordnet. Er kannte Enrico und wusste, dass er kein Aufschneider war. Max erwachte aus seiner Starre und riss sämtliche Leute von der Weihnachtshütte.

»Habt ihr nicht gehört, da liegt eine Bombe. Verschwindet!«, schrie er und zerrte mit beiden Händen die Menschentraube auseinander. Nacheinander wurden die Schreie der Umstehenden lauter. Sie vermischten sich mit der Musik, die noch immer von der Bühne zu ihnen drang. Unentwegt hörte man: »Bombe, lauft. Hier ist eine Bombe!« Die Gruppen vor den Buden lösten sich panisch auf. Schreiende Frauen und Männer wirbelten durcheinander und behinderten sich gegenseitig dabei, den Marktplatz zu verlassen. Eine ältere Dame fiel, ein etwa 40-Jähriger stürzte über sie. Kopflos halfen fliehende Besucher des Weihnachtsmarktes ihnen hoch und zerrten sie mit sich. Panik hatte innerhalb kürzester Zeit um sich gegriffen. Der Schneefall erschwerte die Flucht. Enrico keuchte, sah die junge Bedienung hinter dem Tresen, die nicht realisierte, was um sie herum passierte, und zerrte das ahnungslose Mädchen mit den blonden Zöpfen und der roten Weihnachtsmütze aus der Bude. Enrico stieß es von sich.

»Bist du irre? Renn endlich! Sieh zu, dass du hier wegkommst!«, brüllte der junge Mann mit dem schmalen Gesicht und den dunklen Schatten unter den Augen. Seine Stimme überschlug sich. Das Mädchen guckte sich angsterfüllt um und rannte Richtung Rathaus. Max und Enrico vertrieben die Leute von den umliegenden Buden. Einige Personen standen weiterhin unschlüssig herum und ließen sich vom Geschrei nicht aus der Ruhe bringen.

»Kapiert ihr nicht oder wollt ihr sterben? Verpisst euch endlich, das fliegt hier gleich alles in die Luft«, krächzte Enrico. Seine Mütze hatte er verloren, seine dunklen Locken standen wirr vom Kopf ab. Ihm ging die Kraft aus. Seine Kurzatmigkeit verursachte ihm Seitenstiche. Trotzdem trieb er mit letzten Anstrengungen die Leute vor sich her, um den größtmöglichen Abstand zur Hütte herzustellen. Max stand wenige Meter hinter seinem besten Freund. Was, wenn es nur eine Attrappe ist, überlegte er, als es in genau diesem Augenblick einen erschütternden Knall gab und Sekunden später eine Druckwelle über den Marktplatz fegte. Holzteile und Glassplitter flogen durch die Gegend. Enrico wurde von der Welle erfasst und zu Boden gerissen. Er landete auf einem der brennenden Feuerkörbe, die überall auf dem Markt aufgestellt waren. Der Eisenkorb kippte zur Seite und katapultierte Kohle über den Platz. Menschen stolperten und schrien. Sie rutschten auf dem mit Holzspänen ausgelegten, verschneiten Kopfsteinpflaster aus und blieben auf dem Schneeteppich liegen. Enrico kam zu sich. Alles um ihn herum klang dumpf. Sein Gehör hatte Schaden genommen. Er rappelte sich auf, stellte sich auf seine zitternden Beine und presste immer wieder die Hände gegen seine Ohren. Sämtliche Geräusche um ihn herum klangen wie in Watte gepackt. Es war, als bewegte sich alles um ihn herum im Zeitlupentempo. Enrico lief Blut die Lippen hinunter. Auf wackeligen Beinen stand er da und versuchte das, was gerade passierte, zu begreifen. Der Rucksack, die Explosion, eine Bombe – wieso? Langsam nahm er das Ausmaß der gewaltigen Detonation wahr. Überall um ihn herum Personen, die sich verletzt am Boden wälzten und stöhnten. Andere saßen an Buden und Stühle gelehnt und starrten weggetreten durch die Gegend. Splitter. Überall Splitter und brennende Holzteile, die sich über den Marktplatz ergossen hatten. Enrico musste sich orientieren. Er presste die Hände gegen die Ohren, in der Hoffnung, sein Gehör würde sich wieder einstellen. Dumpf, alles klingt dumpf, dachte er, als sich plötzlich ein Piepen dazwischendrängte, das einem Tinnitus glich. Ich … muss … Er schüttelte seinen Kopf und betrachtete seinen Arm. Die Jacke war am Ärmel zerrissen und ließ Teile seines Oberarms sichtbar werden. Im Arm, kurz unter seiner Schulter, steckte ein fingerdickes Holzstück. Es hatte sich tief in die Haut gebohrt. Der Anblick schien ihn kaltzulassen. Enrico stand noch immer wie gelähmt an der gleichen Stelle. In tranceähnlichem

Zustand griff er mit einer Hand nach dem Holzsplitter und zog ihn aus dem Arm. Der junge Maurer spürte keine Schmerzen. Der Schock hatte seine Sinne betäubt. Mit starrem Blick stierte er auf den Haufen Holz, der noch vor wenigen Sekunden eine Weihnachtshütte dargestellt hatte und dessen Reste jetzt lichterloh brannten. Dann nahm die Lautstärke der Geräusche um ihn herum zu. Enrico erwachte aus seiner Unbeweglichkeit, senkte den Blick und entdeckte sie. Unweit der völlig zerstörten Holzhütte lag eine Frau vor dem Feuerkorb und blutete aus Armen und Beinen. In ihrem Gesicht sah er blutende Wunden. Ein weiterer Mann lag unmittelbar vor dem Brandherd. Er atmete nicht und lag regungslos da. Seine rechte Hand und sein linkes Bein wiesen schwere Verletzungen auf. Enricos Puls jagte. Sein Blick scannte die Lage, und er wusste, was zu tun war. Der Handwerker kniete neben dem Mann und legte seinen Kopf auf den Brustkorb des Verletzten.

»Er lebt!«, schrie er. »Ruft einen Krankenwagen! Hilfe, wir brauchen Rettungswagen!« Das Leben kehrte zurück auf den Marktplatz. Die Menschen, die sich in Sicherheit gebracht hatten, benutzten ihre Handys, um Aufnahmen zu erstellen oder Hilfe zu rufen. Nur wenige Sekunden später hörte Enrico Sirenengeheul. Der Mittzwanziger wischte sich Blut und Schweiß aus dem Gesicht. Er suchte nach seiner Mütze. Sie war verschwunden, lag irgendwo unter den Trümmern. Er sah an sich herunter und schien bis auf die Verletzung an seinem Arm unverletzt. Dann entdeckte er einen weiteren leblosen am Boden liegenden Mann. Der Handwerker übergab den ersten Verletzten an einen jungen Mann, der die Versorgung übernahm. Enrico robbte auf allen vieren zu dem Bewusstlosen, drehte ihn auf den Rücken und erstarrte. »Maaax! Max, wach auf! Max!« Sein Schrei hallte über den Marktplatz, als er auf seinen Freund einschlug.

*

»Eine Bombe. D… da ist eine Bombe explodiert!« Sina Hansen blieb wie ein Geist im Türrahmen stehen.

»Wo, wo ist das passiert?«, rief Westermann.

»Weihnachtsmarkt, auf dem Marktplatz«, krächzte sie.

Dann geriet die Truppe in Bewegung. André Malick drückte die Zigarette im Aschenbecher aus, wählte die Nummer des Kampfmittelräumdienstes und Sprengmittelkommandos.

»Scheiße!«, rief er und lief zu seinem Wagen. Sämtliche Einheiten sprangen in ihre Fahrzeuge und rasten vom Parkplatz. Sie hörten die Sirenen von ausgerückten Krankenwagen und Feuerwehrlöschzügen. Hartwig, der immer noch mit seinem Hund im Flur stand, rannte zu Fuß los. »Watson, komm, du musst mir jetzt helfen.« Sie jagten die Bahnhofstraße entlang, bis sie wenig später den Marktplatz erreichten. Selbst auf die Entfernung wurde das Ausmaß der Explosion sichtbar. Der Kommissar blieb stehen und entdeckte den Feuerschein vor sich. »Verdammt. Das kann nicht wahr sein! Dieser elende Hurensohn!«, rief er und rannte weiter. Der tschechoslowakische Wolfshund zerrte an seiner Leine, zog den Kommissar hinter sich her. Er trabte zielgerichtet auf die brennenden Buden zu. Anscheinend hatte der Hund sofort die richtige Lage des Sprengsatzes erkannt. Hartwig zog ihn zur Seite. Dann bemerkte er erste Verletzte. »Komm, mein Junge. Du weißt nicht, ob da noch mehr ist. Vielleicht handelt es sich hier nur um die Sekundärtat! Wenn alles schiefläuft, dann hat der noch mehr Sprengsätze versteckt. Wir müssen die Verwundeten wegschaffen«, schrie er, und registrierte die Kollegen der Burger Dienststelle, die sich auf ihn zubewegten.

»Ihr müsst den Marktplatz räumen und alles weiträumig absperren, sofort! Das ist keine Bitte, das ist ein Befehl!«, brüllte er. »Bringt die Leute hier weg. Vielleicht sind hier noch mehr Sprengsätze!« Er selbst schob sich zu Enrico, der heulend über seinem Freund hockte und eine Herzmassage durchführte.

»Max, bitte. Max, Alter, komm!«, jaulte er.

»Was ist mit ihm?«, rief Thomas Hartwig.

»Er atmet nicht. Ich weiß nicht, was ich tun soll«, schniefte Enrico und pumpte ohne Pause die Hände auf den Brustkorb von Max.

»Mach weiter, du machst das gut. Ein Arzt ist gleich hier. Er schafft das! Was ist mit den anderen?«

»Sie leben. Das sind alle. Ich weiß nicht …«

Die Polizeibeamten rotierten. Veit schrie zweimal laut über den Marktplatz und verschaffte sich augenblicklich Respekt. Die Anwesenden drängten sich an die Wände der Geschäfte, die rund um den Platz gebaut waren. Handys blitzten auf, überall weinten Frauen. Männer standen sprachlos daneben. Hartwig registrierte die Sirenen der Krankenwagen, die die Straße entlang rasten und vor dem Weihnachtsmarkt stoppten. Die Feuerwehrleute waren vor Ort, zogen mit strengen Kommandos Schläuche aus den Fahrzeugen und rissen Metallzäune beiseite, die wegen der Pandemie aufgestellt worden waren.

»Verletzte – gibt es weitere Verletzte?«, wollte der Kommissar lautstark wissen. Er registrierte schüttelnde

Köpfe und war erleichtert. Dann sah er Westermann und Malick auf sich zulaufen.

»Und, wie ist die Lage? Tote, Verletzte?«, fragte Westermann. Der Erste Hauptkommissar rückte die Brille zurecht.

»Soweit ich sehen konnte, zwei oder drei Schwerverletzte. Eine Person wird gerade wiederbelebt, keine Ahnung. Aber scheinbar keine weiteren Toten.« Hartwig sah in die Menge und schluckte. Watson zog Richtung Explosionsherd. »Was ist da? Dann los. Zeig mir, was du riechst.«

Er folgte dem Hund, der sich auf die Weihnachtsbäume zubewegte, die als Abgrenzung zur Straße dienten. Hinter der explodierten Holzhütte brannten etliche der Tannenbäume. Einer der großen Lindenbäume am Platz hatte ebenfalls Feuer gefangen. Polizisten sperrten die gesamte Straße. Niemand außer Polizei und Krankenwagen konnte in die Kopfsteinpflasterstraße einfahren. Zwei Männer der Freiwilligen Wehr waren dabei, Bäume zu löschen, andere hatten den Löschschlauch in der Hand und hielten ihn auf umliegende Hütten, die ebenfalls Feuer gefangen hatten. Es war ein chaotisches Bild, das sich in den Köpfen einbrannte. Watson lief um den Wasserstrahl herum und bellte in einer Tour. »Da kannst du nicht hin. Du siehst doch, dass die mit ihrem Schlauch …« Der Hund riss sich los und rannte unter dem harten Strahl hindurch. Wenig später kam er mit einem Stoffteil im Maul zurück.

»Was ist das?«, fragte Hartwig, zog Handschuhe aus seiner Jackentasche und streifte sie über. Er entfernte das Teil zwischen den Zähnen des Hundes und betrachtete es von allen Seiten. »Rucksack, das war ein Rucksack. Braver Junge!«, lobte er Watson und gab ihm ein Leckerli.

»Ja, der stand hinter der Hütte. Ich wollte … ich habe …«, flüsterte Enrico, der erschöpft auf dem kalten Boden kauerte, als Sanitäter seinen Freund auf einer Trage in den Krankenwagen schoben. Seine Lippen zitterten, Tränen liefen seine Wangen hinunter.

»Haben Sie den hinter der Hütte abgestellt?« Hartwig überlegte, ob dieser junge Kerl etwas mit der Explosion zu tun haben könnte. Warum war gerade er in der Nähe des Sprengsatzes gewesen und wusste von dem Rucksack? Er griff dessen Arm, zog ihn vom Boden hoch und drehte ihm das Handgelenk auf den Rücken.

»Eh, Alter, was soll das? Ich hab das nicht getan. Ich hab den Rucksack gefunden«, schrie er.

»Gefunden oder dort abgestellt? Das können Sie uns alles haarklein in der Dienststelle erzählen«, sagte Hartwig streng und übergab Schütt den Handwerker. »Zur Wache. Der junge Mann hat uns einiges zu berichten.«

»Ich war das nicht! Ohne mich wären die hier alle tot«, schrie er und wand sich unter Schütts Händen. »Ich war's nicht, Alter!«, brüllte er und trat mit den Füßen nach dem Hauptkommissar. »Ich muss zu meinem Freund!«

Das Ausmaß der Explosion wurde innerhalb kürzester Zeit sichtbar. Sieben der Weihnachtshütten waren zerstört. Etliche Verletzte, davon drei schwer, und ein Mann, von dem sie nicht wussten, ob er es überleben würde, waren die vorläufige Bilanz. Die Leute am Rande des Marktplatzes wurden befragt. Schockstarre war überall spürbar. Die Fassungslosigkeit saß tief. Der Platz leerte sich nur langsam. Überall dichte Rauchschwaden. Nur das Blaulicht war durch die gesamte Straße sichtbar. Die Beamten der Sonderkommission warteten auf den Kampfmittelräumdienst vom Festland, die Spurensicherung und den

Sprengstoffexperten. Das *Phantom* hatte seine Drohung wahr werden lassen und Entsetzen verbreitet.

*

Kurz zuvor

Er saß im Wagen auf der anderen Seite der Straße und beobachtete das Geschehen. Sein Blick war starr auf die Szenerie gerichtet. Ein Lächeln legte sich um seinen Mund. Genugtuung breitete sich in ihm aus, als er das Chaos vor dem Marktplatz sah. Das kalte Grinsen überzog sein Gesicht, und die Anspannung der letzten Stunden fiel von ihm ab. Leider versperrten die Tannen die freie Sicht auf den Marktplatz. Er stieg aus dem Wagen, zog die Kapuze tief über den Kopf und bewegte sich auf den Weihnachtsmarkt zu. Am äußersten Ende des Markplatzes blieb er stehen. So konnte er zumindest einen Blick auf die Hütte werfen. Jetzt werden sie mich ernst nehmen und alles tun, was ich von ihnen verlange, flüsterte er mit einer verächtlichen Fratze und zog sein Handy aus der Hosentasche. Die launige Musik dröhnte in seinen Ohren, als er wählen wollte. Auf einmal nahm er lautes Geschrei wahr und versuchte zu erfassen, was sich vor der Hütte abspielte. Seine Sicht wurde von einer Gruppe Männer versperrt, die sich unmittelbar vor ihm aufbaute und lauthals in den Bühnengesang einstimmte. Er schnaubte, sein Puls raste. Es war egal. Langsam setzte er seinen Finger auf die Tastatur und wählte. Alles war genaustens vorbereitet. Morgen würde er sich wieder melden. Ja, schon bald wollte er es beenden. Das laute Geigenspiel in seinem Kopf ließ ihn summen. Dann drehte er sich um, drückte den grünen

Knopf und verschwand, während hinter ihm ein ohrenbetäubender Knall den Boden vibrieren ließ.

*

Katrin legte das Handy zurück auf den Nachttisch. Sie richtete sich auf und schleppte sich aus dem Schlafzimmer. Auf einmal stand die schwangere Frau im Schlafanzug mitten im Raum, sah ihre Tante an, die noch am Tisch saß und über ihren Hinweisen brütete. »Er kommt nicht.« Ihre Lippen bebten, und sie fing an zu zittern. Sie hatte versucht, Dirk zu erreichen, und setzte sich, bleich wie die Wand, in den Ohrensessel.

»Was ist denn los, Deern? Du bist ja ganz blass.«

Katrins Stimme zitterte und Tränen liefen über das Gesicht.

»Es ist etwas Schreckliches passiert!«, flüsterte sie.

»Nun red endlich. Was ist los? Hatte Dirk einen Unfall?« Charlotte Hagedorn guckte sie fragend an und erhob sich. Ein plötzliches Gefühl von Atemnot überkam Katrin. Sie schüttelte den Kopf.

»Nein«, weinte sie, »auf dem Weihnachtsmarkt …«

»Was ist auf dem Weihnachtsmarkt? So red doch endlich, Kind«, ihre Stimme klang sehr besorgt.

»Eine Bombe, auf dem Weihnachtsmarkt ist eine Bombe explodiert!«

»Neiiin!«, rief Charlotte und ließ sich zurück auf den Stuhl fallen. Sämtliche Farbe wich aus ihrem Gesicht. »Und ich wollte mit dir heute über den Weihnachtsmarkt schlendern. Oh, mein Gott!«

Katrin kauerte wie ein Häufchen Elend auf dem Sessel und sah ihre Tante abwesend an. Charlotte schluckte:

»Das war mit Sicherheit der Killer, der auch das Boot in die Luft gejagt hat. Dem reichte die erste Explosion nicht. Ich muss sofort zum Marktplatz«, flüsterte sie und sprang auf.

»Charlotte, du kannst um diese Uhrzeit nicht dahin. Ich glaube, du bist die Letzte, die sie in dem schrecklichen Chaos gebrauchen können.« Katrin schüttelte den Kopf und registrierte ein leichtes Ziehen, das sich über ihren Rücken zog. »Hmm«, stöhnte sie leise und hielt die Hände gegen den schmerzenden Bereich. Ihre hüftlangen Haare verdeckten ein Teil ihres Gesichts, sodass ihre Tante nicht sehen konnte, welche Schmerzen sie quälten.

»Was ist, Deern? Hast du Schmerzen?«, Charlotte trat an den Sessel und setzte sich neben ihre Nichte auf die Lehne. »Kann ich irgendwas für dich tun?«

»Nein, aber bleib bitte hier und kümmere dich um mich.« Erneutes Reißen durchströmte ihren Körper. »Du musst dich gedulden, bis Dirk nach Hause kommt. Dann wirst du mit Sicherheit erfahren, was passiert ist.« Ihre Stimme klang heiser. Sie versuchte, den Schmerz wegzuatmen. Charlotte Hagedorn sah ihre zerbrechlich wirkende Nichte besorgt an. Ein mulmiges Gefühl breitete sich in ihr aus.

»Hast du Wehen, kommt das Baby? Was soll ich denn jetzt tun?«

KAPITEL 8

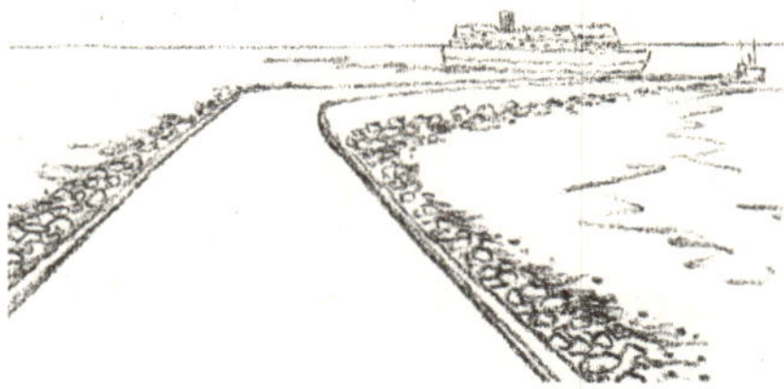

Donnerstag

Der hochgewachsene Westermann schob die Brille auf die Haare und rieb sich gähnend die Augen. Es war kurz vor 7 Uhr morgens. Sie alle hatten die Nacht auf dem Marktplatz verbracht und saßen völlig übermüdet in der Dienststelle. Der Schock des letzten Abends saß bei allen Anwesenden tief. Malick reichte dem Ersten Hauptkommissar einen Keramikbecher und steckte sich die letzte Zigarette seiner Packung zwischen die Lippen.

»Milch, Zucker?«, nuschelte er.

Westermann schüttelte den Kopf.

»Nein, ich brauche es schwarz und stark. Muss meine Gedanken ordnen. Haben Sie irgendeine Idee parat? Ich bin mit meinem Latein am Ende.«

Der Leiter der SOKO nickte. »Ich denke, er hat uns klargemacht, wie ernst es ihm ist und dass wir seine Forderungen umsetzen müssen. Wir können keinerlei Risiko mehr eingehen. Aber wollen wir nicht endlich Du sagen? Ist um einiges unkomplizierter – André!«

Westermann nickte und stieß seinen Becher gegen den des LKA-Beamten. »Dirk.«

Hartwig warf einen forschenden Blick auf die Männer und lauschte ihrer Unterhaltung, während er seinen Bericht verfasste. André Malick kam ihm in keiner Weise vor wie einer von der Kripo. Dabei beobachtete er das Gespräch der beiden Männer genau. Er musste zugeben, dass er von der Vita des Kriminaloberrates beeindruckt war. Als er ihn das erste Mal zu Gesicht bekommen hatte, widersprach das Äußere dem Bild eines hochrangigen Polizeibeamten, dann aber hinterließ sein Lebenslauf enormen Eindruck bei ihm. Die Master und Bachelorabschlüsse, die er in seinem Alter vorzuweisen hatte, ließen ihn selbst farblos erscheinen. Dabei war er ein annehmbarer und ausdauernder Schüler, der unter Westermanns Knute in kürzester Zeit etliches erreicht hatte. Hartwig schnaufte, leerte seinen Becher und tippte mit harten Schlägen auf die Tastatur, um am Bericht weiterzuarbeiten. Zwischen seinen Augenbrauen hatte sich eine scharfe Falte gebildet, die seinem sonnigen Wesen ungewohnte Härte verlieh. Fraß sich gerade Eifersucht durch seinen Gedankenwust?

Sonja Rasmussen betrat den Raum. Sie hatte sich für eine Stunde in ihr Zimmer im *Kajüthus* zurückgezogen, das sich unweit der Dienststelle befand und Westermann ihr wärmstens empfohlen hatte. Die Hauptkommissarin hatte geduscht und frische Kleidung angezogen. Die Jeans und der weit geschnittene cremefarbene Wollpullover passten perfekt zu den kurzen dunklen

Haaren und der alabasterfarbenen Haut. Außerdem war er um einiges wärmer als ihr dünnes Top vom Vortag. Westermann warf ihr einen bewundernden Blick zu. Er freute sich, dass sie ihre Kleidung den Temperaturen angepasst hatte. Die Fallanalytikerin wippte auf derben Winterstiefeln auf und ab, die sie gegen ihre Wildlederstiefeletten mit den Pfennigabsätzen getauscht hatte. Sie zog die Hände aus den Taschen der dicken Steppjacke und errötete.

»Na, meine Herren. Was starren Sie mich so an? Ist Ihnen meine Winterkleidung suspekt?« Sie griente und streifte die weinrote Jacke von den Schultern. »Sie könnten auch allesamt eine heiße Dusche vertragen. Sie würden sich wundern, wie gut das tut!« Ihr Blick wanderte über die Runde der Männer, die vor dem Fenster lehnten, müde am Tisch saßen oder am Computer arbeiteten. »Selbst euer Watson weiß, was ihm guttut«, murmelte sie mit Blick auf Hartwig.

»Ja, der weiß immer, was gut für ihn ist«, antwortete Thomas, fixierte sie mit blauen Augen, presste die Lippen zusammen und schenkte sich Kaffee ein. Rasmussen griff nach einem Becher und hielt ihn Hartwig entgegen. Dabei schmunzelte sie ihn an.

»Wenn der so schmeckt, wie er aussieht, dann Prost Mahlzeit.« Sie betrachtete den Kaffee in ihrem Becher. Dann setzte sie sich. »Ich bin unter der Dusche immer wieder in mich gegangen.«

Hartwig lachte laut und legte augenblicklich die Hand über seine Lippen.

»Sorry!«, antwortete er. Ein auffälliges Kinngrübchen wurde sichtbar, als er versuchte, sich das Lachen zu verkneifen. Das Gesagte hatte spontan Assoziationen von der nackten Kollegin unter der Dusche in ihm geweckt. Thomas griente.

»Das soll wahrscheinlich witzig sein. Aber Ihrem Gedankengang muss ich nicht folgen können, oder?« Jetzt grinste der Rest der Männer. Sonja Rasmussen errötete. »Können wir endlich mal zur Sache kommen, meine Herren?« Ihr Ton wurde rauer. Sie atmete heftig. Ihre wohlgeformten Brüste brachten die anwesenden Männer offensichtlich auf abstruse Gedanken. »Ich darf doch jetzt mal bitten«, entgegnete sie scharf. »Folgen Sie lieber meinen Ausführungen. Setzen Sie sich und stehen Sie mir nicht im Rücken. Das kann ich überhaupt nicht leiden!« Sie deutete mit fahrigen Handbewegungen Richtung Tisch und forderte die Männer auf, sich zu setzen. Sina Hansen verweilte im Büro des Dienststellenleiters, behielt konzentriert die Fäden des täglichen Geschäftes in der Hand. Sie wäre die Einzige gewesen, die den Männern Einhalt geboten hätte. Becker fuhr mit einem Kollegen Streife. Sie kümmerten sich darum, dass niemand den Tatort betrat, und unterstützten die Beamten des Kampfmittelräumdienstes, der Spurensicherung und Sprengstoffexperten. Alle warteten gespannt auf erste Ergebnisse der andauernden Untersuchungen. »Na, dann kann es ja endlich losgehen. Vielen Dank. Meine Kollegen sind am Tatort und versuchen, sich auch hier ein genaues Bild der Lage zu machen. Nachdem ich mir den Tatort gestern Abend allein angesehen habe, bin ich zu dem Fazit gelangt, dass unser Täter weitermachen wird. Er hat nach diesem Anschlag nichts mehr zu verlieren. Wir können Gott und dem jungen Mann danken, dass nicht mehr passiert ist! Ich sage es mit aller Deutlichkeit: Ich bin nicht mehr sicher, ob es sich nicht doch um einen politisch motivierten Täter handelt. Dieser Mann sinnt auf Rache. Ich kann bisher nicht beantworten, auf wen sich diese richtet und warum. Aber ich bin davon überzeugt, dass sein Ansinnen im persönlichen wie im politischen Bereich zu suchen ist. Haben Sie klären können, um was für Leute es sich bei den Gästen handelte, die um die explodierte Hütte versammelt waren? Ganz offensichtlich war sie das Ziel der Detonation. Sie sollten als Erstes herausbekommen, in welchem Bezug der Täter zu diesen Menschen stand. Gibt es eine Verbindung, wenn ja, welche? Gab es Streit zwischen unserem Täter und Leuten dieser Gruppe? Kannten sich die Gäste, die sich um die Hütte versammelt haben, oder waren es zufällig zusammengewürfelte Leute? Diese Fragen sollten wir schnellstens beantworten.« Rasmussen bemerkte, dass sich die Männer Notizen machten. Sie verschränkte die Arme vor der Brust, wirkte aufgeräumt und klar in ihren Gedanken.

»Zum Tathergang. Soviel mir die Kollegen berichteten, ist ein Sprengsatz in einem Rucksack explodiert, der mit einem Fernzünder, sprich einem Handy gezündet wurde. Es wurden Fäden einer Glühbirne gefunden, und wie es aussieht, sind Zündköpfe von Streichhölzern zum Einsatz gekommen. Sehr wahrscheinlich wurde eine Verstärkerschaltung benutzt.«

»Verstärkerschaltung?«, fragte Hartwig.

»Die Verstärkung des Signals kann durch einen Vibrationsalarm ausgelöst werden«, antwortete Malick. »Jedenfalls sind Teile des Handys sichergestellt worden, die mit Sicherheit zur Sprengladung gehörten. Die Sprengstoffexperten versuchen, anhand der aufgefundenen Teile zu rekonstruieren, um was für einen Sprengsatz es sich handelte. Dieses Mal hat der Täter ein Stahlbehältnis verwendet, um schwerere Verletzungen herbeizuführen. Dieses hat er zusätzlich mit Nägeln bestückt, um die Wirkung zu erhöhen. Die Splitter richteten immensen Schaden an. Mehr als eine herkömmliche Sprengladung in einem PET-Gefäß. Nur gut, dass der junge Maurer die Anwesenden vor der Hütte größtenteils warnen konnte. Sie wissen alle, was passiert wäre, wenn die Leute dort verblieben wären. Nicht auszudenken!« Malick holte Luft und ließ den kalten Kaffee die Kehle hinunterlaufen.

»Der Sprengsatz wurde in einem Rucksack transportiert. Hat jemand einen Mann mit einem braunen Backpack bemerkt? Gibt es Kameras, die ihn aufgenommen haben? Obwohl ich glaube, dass er nicht den Fehler macht, sich filmen zu lassen. Soweit ich informiert bin, zeichnen die Webcams auf dem Marktplatz nicht auf, sondern übertragen nur live. Ich werde das überprüfen. Wir müssen uns daher eingehender mit der Motivstruktur befassen. Der Täter hat durch den missglückten Anschlag mit Sicherheit an Aggression zugelegt, davon können wir ausgehen. Er hat es in Kauf genommen, eine große Menschenmenge zu treffen, um sie zu töten. Es ist ihm nicht gelungen, sein Ziel zu erreichen, meine Herren. Das nächste Mal werden wir nicht so viel Glück haben. Wir sollten ihn verdammt ernst nehmen! Ich gehe davon aus, dass eine weitere Ankündigung folgen wird, die seine Forderungen untermauern. Ein weiterer Anschlag wird übel ausgehen, wenn wir ihn nicht vorher aufhalten. Wir müssen seinem nächsten Schritt voraus sein. Welches könnten weitere Ziele sein? Wir sollten schnellstens die Kontrolle übernehmen.«

»Er muss etwas Maßgebliches verloren haben, dass er sich derart rächt! Aber *was* war es, das ihn zu diesen Maßnahmen zwingt? Der Job? Hat er in einem der Tunnelgremien gearbeitet? Ist er entlassen worden? Gehört er zu den Menschen, die für oder gegen das Tunnelbauprojekt arbeiten?« Leises Raunen schwang durch die Versammlung, als Sonja Rasmussen ihre Ausführungen beendete.

»Wir sollten schleunigst herausfinden, ob jemand, der in eines der Projekte involviert war, auffällig wurde oder seinen Job verloren hat«, sagte Hartwig und machte Anstalten aufzustehen. Malick winkte ab.

»Das besprechen wir gleich im Anschluss mit dem Leiter der SOKO, wer welche Aufgaben übernehmen wird. Bitte noch mal zum Tathergang. Nach unseren Ermittlungen hat er den Rucksack sehr wahrscheinlich unmittelbar vor der Tat am Tatort platziert, damit dieser nicht vorzeitig entdeckt wird. Heißt: Sein Stresslevel ist gering. Er hat sich nicht davon abschrecken lassen, dass viele Leute ihn bei seiner Tätigkeit hätten beobachten können. Er ist sich seiner *sehr* sicher.« Malick nahm einen Schluck Wasser. Wieder ergriff die Fallanalytikerin das Wort.

»Das bedeutet, dass er emotionslos an die Vorgänge herangeht. Möglicherweise hat ein traumatisches Erlebnis ihn zu dem gemacht, der er heute ist. Fakt ist, der Täter hat keine Angst vor Menschen, meidet sie jedoch, wo er kann. Er manipuliert, spielt seinem Umfeld etwas vor. Nach außen hin freundlich und unauffällig und in seinem Inneren emotionslos oder aber genau das Gegenteil. Etwas in ihm wütet derart, dass er jeden Weg nimmt, um seinen Schmerz abzufedern. Das lässt den Schluss zu, dass er eiskalt zu dieser Hütte marschiert ist, den Sprengsatz abgeladen und dann genauso unglamourös verschwunden ist. Hat er sich *diese* Weihnachtshütte gezielt ausgesucht? Ich bin absolut sicher, dass er die Explosion aus gesicherter Entfernung beobachtet hat.« Sonja Rasmussen holte Luft und sah die Kollegen an.

»Sie meinen, er stand abseits und hat sich alles angesehen? Abgewichst! Aber viel sehen konnte er nicht. Die Einzäunung und die Tannen haben die freie Sicht versperrt. Er hat also nicht einmal mitbekommen, dass niemand getötet wurde. Der wird fuchsteufelswild, wenn er erfährt, dass seine Aktion in die Hose gegangen ist«, sagte Veit und betrachtete seine Fingernägel.

»Das muss nicht sein. Wenn er genau wusste, was er tat, konnte er sich so platzieren, dass er zusehen konnte, ohne gesehen zu werden. Vielleicht finden wir doch etwas auf Kameras, die Geschäftsinhaber installiert haben. Ich kümmere mich darum«, sagte Westermann stirnrunzelnd und machte sich Notizen.

»Sie können sich gern alles ansehen, aber finden werden Sie nichts. Wie ich ihn einschätze, ist er zu schlau, um sich von Aufnahmegeräten einfangen zu lassen. Wenn es welche gibt, weiß er mit Sicherheit, dass die existieren. Den sichten Sie auf keiner Aufnahme, und wenn, dann nur von hinten. Es ist wie auf den Bahnhöfen. Er hat alles genauestens ausgekundschaftet.« Sonja Rasmussen leerte ihren Becher. Sie schnalzte mit der Zunge. »Könnte mir noch mal jemand …« Sie hielt den Keramikbecher in die Höhe. Thomas Hartwig erhob sich und füllte nach. Watson sprang auf und stand ohne Aufforderung hechelnd vor der Tür.

»Geht gleich los«, sagte der Kommissar und lotste den Hund zurück in seinen Korb.

»Sehr wahrscheinlich ist er mit einem unbefriedigten Gefühl verschwunden. Wir sollten schleunigst überlegen, welche Ziele er als Nächstes ansteuern könnte und wie wir seine Forderungen erfüllen können. Sonst gnade uns Gott!«

*

Mit knirschenden Zähnen saß er im Wagen und schäumte vor Wut. Sein Kopf neigte sich wie das Pendel einer Uhr von einer Seite zur anderen, während er unablässig mit glasigem Blick durch die Frontscheibe starrte. »Nein, nein, nein!«, schrie er und schlug die Hand fortwährend gegen das Lenkrad. »Fuck. Wieso?«, brüllte er, während Speichel aus den Mundwinkeln triefte. Er raste trotz Schneefalls mit überhöhter Geschwindigkeit über die Autobahn. Sein Gesicht wirkte vom Hass verzerrt, als er die Abfahrt Hannover verließ. »Alles geplant, ich hatte alles perfekt geplant«, fluchte er.

Der Mann, der fluchte, als hätte er einen Pakt mit dem Teufel, steuerte auf sein gewähltes Ziel zu. Die Eilenriede mitten im Stadtgebiet von Hannover. Es erschien ihm perfekt. Er würde schnell genug verschwinden und in Hannover in der Menge untertauchen können, bevor sie sein Handy orten konnten.

Langsam rollte er die Landstraße entlang, bis das endlose Waldgebiet vor ihm auftauchte. Sein Kinn stach hart hervor, als er die Zähne zusammenbiss. In seinem Blick lag ein Ausdruck, der jedem normalen Menschen Angst einflößen würde. Einem inneren Zwang folgend, fuhr er sich mit einer Hand dauernd durch die nackenlangen, strohig wirkenden Haare und überprüfte Handy und Netz. Ein Balken. »Verdammt!«, geiferte er, fuhr langsam weiter und knibbelte an seinem Daumennagel. Auf seiner Stirn bildeten sich tiefe Einkerbungen, und seine

Augenlider zuckten nervös. Seine Anspannung übertrug sich auf den Fahrstil. Fahrig ließ er die Hände über das Steuer gleiten. Zwei Balken. Er schluckte und fragte sich, wieso dieser Typ im falschen Moment aufgetaucht war. Wie um alles in der Welt er den Rucksack gefunden hatte. Seine Augen verengten sich. Drei Balken. Er nahm den Fuß vom Gaspedal. Das muss reichen, überlegte er und fuhr in einen Waldweg. Er rollte auf dem steif gefrorenen, mit Schlaglöchern durchsetzten Weg weiter, bis man ihn von der Straße aus nicht mehr sehen konnte. Sein Gesichtsausdruck zeigte das Böse, das ihn veranlasst hatte, diesen Weg einzuschlagen. Der harte Zug um seine schmalen Lippen demonstrierte grenzenlosen Hass. Der Mann in schwarzer Hose und gleichfarbigem Hoodie stoppte den Wagen und stellte den Motor aus. Langsam öffnete er die Fahrertür, atmete tief ein und stieg aus. Suchend hielt er das Handy in sämtliche Himmelsrichtungen, bis er genügend Signal empfing, um seinen nächsten Coup durchzuführen. Ein Lächeln huschte plötzlich über sein Gesicht, und die entgleisten Gesichtszüge entspannten sich. Dann wählte er die Nummer, die er bereits auswendig kannte.

*

Kurz nach 8 Uhr am nächsten Morgen. Sämtliche Mitarbeiter saßen im Arbeitsraum der Sonderkommission. André Malick und Dirk Westermann telefonierten, als hinge ihr Leben davon ab, während Nico Schäfer mit einem weiteren Techniker diverse Geräte installierte. Der Rest saß konzentriert über Aktenbergen. Der Innenraum bestand schon jetzt um diese Uhrzeit aus abgestandener Luft und war zum Schneiden dick. Die Anspannung war körperlich spürbar. Malick stand, eine Hand in der Hosentasche, die andere am Handy, vor dem Fenster, zog die Hand aus der Tasche und öffnete es, weil ihm die bedrückende Atmosphäre die Kehle zuschnürte. Er guckte in die Dunkelheit und nagte an seiner Unterlippe. Mit kurzen Anweisungen forderte der Kriminaloberrat ein weiteres Team von Spezialisten an, um gemeinsam mit ihnen Plätze aufzuspüren, die für einen erneuten Anschlag infrage kämen. Viel Auswahl an Orten gab es zu dieser Jahreszeit auf der Insel nicht.

Viereinhalb Stunden später saßen sie mit dem neu aufgestellten Team der SOKO »Phantom« am Tisch und erstellten Pläne. Die Gespräche liefen routiniert und zügig. Malick versprühte eine Autorität, die fraglos hingenommen wurde. Selbst Westermann und Hartwig traten ohne Probleme in die zweite Reihe zurück. Die Kommissare aus Oldenburg hatten herausgefunden, dass außer ein paar kleinen Weihnachtsmärkten in Cafés keine großen Veranstaltungen anstanden. Malick ergriff das Wort:

»So, meine Herren, die Fakten sind klar, unser Plan steht! Aufsitzen! Wir fahren ohne Blaulicht und Sirenen zuerst zur Brücke, danach nach Puttgarden nacheinander die über den Belt querenden Schiffe inspizieren. Die Fährschiffe werden laut Information der Reederei nicht allzu viele Personen und Fahrzeuge befördern, sodass es uns leichter fallen sollte, die Untersuchungen präzise durchzuführen. Zuerst die Lkws, dann die Privatfahrzeuge, schlussendlich die sich auf der Fähre befindlichen Personen. Die Fahrzeuge im Schienendeck sind unbemannt. Die Hundestaffel ist komplett?«, fragte er und erhob sich. Der Einsatzermittlungsleiter Nico Schäfer, der die aus Schleswig-Holstein zusammengestellte Einheit leitete, nickte.

»Wir warten nur auf deinen Startschuss!«

»Dann los. Uhrenvergleich. Es ist genau 12.30 Uhr«, sagte Malick und streifte seine Jacke über. In dem Moment klingelte das Telefon. Sämtliche Beamten verharrten augenblicklich in ihren Bewegungen und beobachteten das Mobiltelefon. Von einer Sekunde zur anderen wurde es totenstill im Raum. Die Weiterleitung funktionierte. Nur dass in diesem Moment niemand mit einem Anruf gerechnet hatte.

»Das ist eine unterdrückte Nummer … das ist er!«, bekundete Schäfer, und auf einmal kam Bewegung in die Truppe. Der Technikspezialist schaltete die aufgestellte Anlage ein und zeigte mit dem Daumen nach oben. Malick legte den Finger über seine Lippen und nahm das Gespräch entgegen.

»Polizeirevier Burg, Malick«, seine Stimmlage klang betont deutlich und tief. Er sprach langsam. Der Lautsprecher war angestellt, damit jeder im Raum hörte, was gesprochen wurde. Die Stimme am anderen Ende der Leitung hingegen klang mechanisch und blechern.

»Sie haben meine Forderungen ignoriert. Die Maschinen laufen weiter! Und das Geld war nicht am vorgegebenen Ort. Offensichtlich war mein Geschenk nicht Warnung genug! Ihre letzte Chance: Bis Samstag 10 Uhr Erfolge, dann fahre ich meine Absichten zurück. Falls nicht – *ich* habe nichts zu verlieren. Eine Million in unnummerierten Scheinen, im Mülleimer am Westparkplatz hinter der Grundschule, und sofortiger Stopp der Maschinen! Ich erwarte Taten! Es wird viele Tote geben, wenn Sie nicht sofort …« Dann war das Gespräch unterbrochen.

Die Männer starrten André Malick an. Der Kriminaloberrat schluckte: »Es wird eng. Der macht ernst! Es gibt nichts mehr zu verhandeln.«

*

Charlotte Hagedorn ahnte nichts von dem Aufruhr, den die zweite Explosion verursacht hatte. Sie verinnerlichte das Gefühl, dass sie gemeinsam mit Dirk und Thomas und, wenn's unbedingt sein musste, auch mit Schütt, Becker und Konsorten diesen Fall lösen würde. Dass halb Schleswig-Holstein auf den Beinen war, um diesen Täter zu stellen, wusste sie nicht. Jetzt stapfte sie in dicken Winterstiefeln und undurchdringlichem Wollmantel durch die Straßen der Altstadt. Die Kamera baumelte vor ihrer Brust, und die Mütze entfernte sich bei jedem Schritt weiter von ihren Ohren. Die Stadt erschien auf seltsame Weise wie ausgestorben. »Und das am Vormittag«, murmelte sie, als sie in die Hauptstraße zum Rathaus einbog und plötzlich, wie vom Blitz getroffen, direkt vor dem Juweliergeschäft stehen blieb. Der gesamte Bürgersteig rund um den Marktplatz war von Menschen übersät. Mit ungeheurer Energie aufgeladen, überquerte sie die verschneite Straße. Die Kamera vor ihrer Brust pendelte von einer Seite zur anderen. Die drängeln sich ja wie Sardinen in der Dose, stellte sie fest und hatte Mühe, sich durch die Leute zu schieben. Damit hatte sie nicht gerechnet.

»*Tageblatt*, lassen Sie mich bitte durch. Ich muss da durch!«, knuffte sie einen Mann in dicker Daunenjacke, der die Arme vor der Brust verschränkt hielt und keinen Zentimeter zur Seite wich. »Nun lassen Sie mich endlich vorbei. Ich bin von der Presse!«, hielt sie demonstrativ ihre Nikon in die Höhe. »Oder wollen Sie verhindern, dass die Welt von diesem Unglück erfährt?« Der Mann drehte sich in ihre Richtung, sah sie erstaunt an und fing laut an zu lachen. Seine Augenbrauen schnellten in die Höhe, worauf er mit tiefer Baritonstimme brummte:

»Na, dann los. Berichten Sie von diesem Unglück, damit alle Welt davon erfährt!« Er rückte zur Seite und rief: »Platz da, die Weltpresse ist auf dem Vormarsch!«

»Wenn das witzig sein soll, sind Sie bei mir auf dem falschen Dampfer. Gehen Sie lieber zurück in Ihre Ferienunterkunft und spielen *Mau-Mau*. Respektlos!« Charlotte Hagedorn reckte die Nase in die Höhe, zupfte ihre Mütze zurecht und ließ den Mann wortlos hinter sich. Die Umstehenden warfen dem Störenfried vernichtende Blicke zu. Charlotte hingegen quetschte sich durch bis zur vordersten Reihe und fand sich vor dem Flatterband der Polizeiabsperrung wieder. Unzählige Polizeibeamte bevölkerten den großflächig abgesperrten Marktplatz. Charlotte blieb stehen. Ihr Puls stieg. Was ist denn hier los, fragte sie sich, als sie die unzähligen Polizeibeamten am Tatort entdeckte. Sie zog die Handschuhe aus und richtete ihre Kamera auf das Chaos vor sich. Durch die Linse suchte sie nach jemandem, den sie kannte und für sich einnehmen konnte. Ihre Mimik wirkte zunehmend ernüchtert. Nur unbekannte Gesichter, stellte sie fest und ließ enttäuscht die Kamera sinken. Sie sog die nach Schnee riechende Luft tief in ihre Lungen und betrachtete die Aktion, die sich direkt vor ihren Augen abspielte. Die Künstlerin knetete ihre Finger und überlegte, während sie unentwegt mit den Zähnen knirschte. Nur Personen in weißen Anzügen, mit undefinierbaren Gerätschaften und Hunden, die etwas suchen, stellte sie fest, und ihre Mundwinkel sanken.

Die vermeintliche Zeitungsreporterin kratzte sich an der Wange und überlegte, wie sie weiter vorgehen sollte. Wie in Trance hielt sie die Kamera vor die Augen und schoss unzählige Fotos. Einer der Beamten, der sie seit geraumer Zeit beobachtete, baute sich direkt vor ihr auf und musterte sie abschätzend.

»Können Sie mir erzählen, was genau Sie hier fotografieren? Dies ist ein Tatort, und ich bitte Sie, augenblicklich Ihre Tätigkeit einzustellen. Ansonsten sehe ich mich gezwungen, Ihnen Ihre Kamera abzunehmen. Sie behindern Polizeiarbeit. Löschen Sie bitte umgehend die Fotos!« Während er sprach, bildete sich bei jedem Atemzug eine milchige Fahne vor seinem Mund, die zeigte, wie kalt es war. Der etwa 40-Jährige mit hageren Gesichtszügen und weißer Kapuze auf dem Kopf hielt den Blick unnachgiebig auf sie gerichtet. Die Gespräche um sie herum verstummten, und einige der Anwesenden beobachteten die Szene. Charlotte schwieg plötzlich. Sie versuchte, ihre Fassung wiederzuerlangen, während sich das Rot in ihrem Gesicht vertiefte. Dann fand sie ihre Sprache wieder:

»Warum sollte ich das tun? Ich, ich bin von der Zeitung und habe das Recht zu informieren. Sie dürfen mich nicht daran hindern! Freie Berichterstattung«, log sie, während sie sich größer machte, als sie in Wirklichkeit war.

»Welches Blatt? Weisen Sie sich bitte aus!«, forderte der Beamte. Eine steile Falte erschien zwischen seinen Augenbrauen.

»D… d… das *Fehmarnsche Tageblatt*!«, flüsterte sie, in der Hoffnung, er würde nicht nach einem …

»Presseausweis bitte! Ich möchte Ihren Berechtigungsausweis sehen.« Betroffen sanken ihre Schultern.

»Den habe ich in der Eile zu Hause vergessen. Aber ich bin bestens bekannt und verwandt mit dem leitenden Chef der Mordkommission«, murmelte sie und hoffte, er würde sich damit zufriedengeben.

»Na, dann werde ich das für den Moment als gegeben hinnehmen und mich bei Ihrem Verlag über Sie informieren. Einen Personalausweis haben Sie sicher bei sich, oder?« Charlotte schüttelte in einem Anflug von Verzweiflung den Kopf. Es schien, als wusste der Beamte, dass sie nicht die Wahrheit gesagt hatte. »Wie heißen Sie?«

»Ch… Charlotte … Hagedorn«, stotterte sie. Der Mann in weißem Anzug deutete mit zwei Fingern in Richtung seiner Augen, was so viel heißen sollte wie: »Ich habe dich im Blick«, und wandte sich ab.

»A… aber ich brauche Informationen …«, stotterte sie. Erneut drehte er sich zu ihr, und sein Blick verfinsterte sich weiter. Er schob die Kapuze vom Kopf. »Mitnichten! Wir halten heute Nachmittag eine Pressekonferenz ab, an der Sie als Teil der Medienbranche sicher teilnehmen. Also, meine liebe Frau Hagedorn, bis hierhin und nicht weiter! Bewegt sich die Kamera noch einmal, ist sie weg!« Der Beamte zog die dunklen Augenbrauen hoch. Entschlossen verließ er den Standort. Charlotte wähnte sich ertappt, hoffte, dass niemand, den sie kannte, diesen peinlichen Auftritt miterlebt hatte. Viele der Anwesenden gafften sie an und wandten sich dann der Arbeit der Polizeibeamten zu.

»*Du* bist beim *Tageblatt*? Seit wann das denn?« Lautes Gelächter unterbrach das anschwellende Gerede um sie herum. Diese Stimme und das dazugehörige Lachen kannte Charlotte nur zu gut. Wie unangenehm! Sie wandte sich hölzern um. Peinlich berührt sah sie in zwei strahlend blaue Augen.

»Nele, w… was machst du denn hier?«, stotterte die selbsternannte Pressemitarbeiterin.

»Ich wollte zum Bäcker, habe deinen unverwechselbaren Ausführungen gelauscht und bin schnurstracks in diese Richtung. Das konnte ich mir doch nicht entgehen lassen«, lachte Nele Martin und klopfte Charlotte die Schulter.

»Hast du keine Gäste?«, knurrte die Künstlerin und fegte die Hand ihrer Freundin vom Mantel.

»Doch, Haus ist voll, aber ich muss ja auch mal raus. Langsam wird mir das alles zu anstrengend. Hast du Zeit, dann könnten wir einen schnellen Kaffee bei Susanne trinken.«

»Einen Tee gerne. Hast du mitbekommen, was passiert ist?«, fragte Charlotte ohne Übergang, als sie über die schneebedeckte Kopfsteinpflasterstraße zum ersten Hotel am Platz stapften. Nele nickte, ließ die Frage allerdings unbeantwortet und trat in den Eingangsbereich des Restaurants.

»Moin«, sagte sie und schwenkte nach links. Vor der erhöhten Sitzgelegenheit am bodentiefen Fenster blieb sie stehen, zog den Schal vom Hals und entledigte sich des wadenlangen Daunenmantels. Sie schob sich auf eine der gepolsterten Bänke. Der Kellner, der Gläser polierte, warf den Frauen einen Blick zu und hob fragend den Kopf. »Dennis, können wir einen ordentlichen Tee bekommen?

Du weißt schon!« Nele zwinkerte ihm zu. Er wusste, was ihr vorschwebte.

Charlotte setzte sich ihrer Freundin gegenüber auf einen Hocker. Sie hatte Mühe, den Stuhl zu erklimmen, dessen Sitzfläche ihr bis zur Hüfte reichte.

»Na, zu klein geraten?«, flachste Nele und lachte. Sie hatte wie immer den Schalk im Nacken. Ihre strohblonden, schulterlangen Locken standen wie gezwirbelte Pfeifenreiniger vom Kopf ab.

»Nele, ich muss dir ein Kompliment machen. Du wirst aus mir unerfindlichen Gründen überhaupt nicht älter«, stellte die Künstlerin bewundernd fest und zog ihren Teebecher zu sich.

»Na ja, ich bin bald Ende 50. Deshalb haben wir uns entschlossen aufzugeben.« Sie schwieg, presste die Lippen zusammen und sah Charlotte an. »Ich, das heißt, wir …« Charlotte vergaß für den Augenblick den Marktplatz. Ihr schwante nichts Gutes, als sie ihre Freundin stottern hörte. »Wir, wir … aber das musst du bitte für dich behalten.« Sie druckste.

»Wir verkaufen die Pension.«

»Waaas? Neiiin!«, rief Charlotte und der groß gewachsene Kellner warf einen erstaunten Blick auf die Frauen. »Das könnt ihr nicht! Ihr seid eine Institution in der Stadt. Genau wie das Hotel hier. Ihr könnt nicht!«

»Doch, wir können und wir werden. Wir wollen noch etwas vom Leben haben. Es ist alles toll mit der Pension, aber wir werden nicht jünger. Die viele Arbeit mit drei Häusern ist für zwei Personen zu heftig. Es ist genug! Wir haben einen dynamischen Makler eingeschaltet, der alles wunderbar regelt. Wir warten ab, was passiert. Es ist nur ein erster Versuch. Wenn nicht, arbeiten wir halt weiter. Ich würde so gern ein Freigeist sein, noch mal richtig neu durchstarten.« Nele nahm einen Schluck Tee. Ihre Wangen fingen an zu glühen. Ob dies am Tee lag oder am Rum im heißen Getränk?

»Aber das *Kajüthus* ohne euch – wie soll das funktionieren?«

»Da wird zur richtigen Zeit jemand kommen, der genau dort hineinpasst. Glaube mir. Der passende Käufer wird uns finden. Er muss nur genauso viel Leidenschaft entwickeln, wie wir es getan haben. Dann funktioniert das wunderbar.« Sie zwinkerte und nahm einen weiteren Schluck Tee.

»Na, du bist ja optimistisch. Wenn das man gutgeht! Auf der anderen Seite hast du dann endlich mehr Zeit für mich«, griente Charlotte. »Irgendwie schmeckt der Tee heute aber komisch«, sagte sie und schlürfte weiter.

»Meinen Geschmack trifft er. Nimm noch einen Kandis«, lachte Nele und leerte ihren Becher. »Dennis, können wir?«, sie deutete auf die leeren Becher und der Kellner nickte augenzwinkernd.

»Aber mal ehrlich, was wolltest du auf dem Marktplatz? Du hast doch die Informationsquelle direkt zu Hause. Wird dir das nicht langsam zu viel mit deiner Ermittlerei?«

»Nee! Wo denkst du hin. Ohne mich würde das alles gar nicht funktionieren. Dirk ist seit den Explosionen im Belt und auf dem Marktplatz überhaupt nicht mehr ansprechbar und Katrin fürchterlich hibbelig. Sie hat sogar leichte Wehen bekommen. Gott sei Dank sind die wieder vorbei. Die Hebamme ist extra gekommen und hat Entwarnung gegeben. Das wäre eindeutig zu früh. Sie hat noch ein paar Wochen Zeit. Ich muss mich also selbst um den Fall kümmern«, stöhnte sie und bewegte ihren Oberkörper gefährlich zur Seite, als Dennis neuen Tee auf den Tisch stellte.

»Kipp man nicht runter von deinem Hocker«, lachte Nele und hielt sie am Arm fest.

»Danke, Jung, der Tee schmeckt heute komisch, wenn ich das mal anmerken darf.«

»Dürfen Sie, aber wenn Sie schnuppern, kommen Sie vielleicht drauf«, sagte der Kellner mit tiefer Stimme. »Geheimrezept!« Er zwinkerte ihr zu und verschwand wieder.

»Sach mal, der wird auch immer frecher«, bemerkte Charlotte. »Aber zurück. Ich muss die Hintergründe dieses Falles herausfinden. Warum jemand zuerst einen Kutter, dann einen Marktplatz in die Luft jagt. Ich muss wissen, was für Leute das waren, die sich am Tatort aufgehalten haben und auf wen von ihnen es der oder die Täter abgesehen haben.«

»Das kann ich dir sofort erzählen. Bin ich dann auch Ermittlerin?«, Nele griente. »Hättest du mich mal gleich gefragt, dann hättest du dir deinen peinlichen Auftritt auf dem Marktplatz ersparen können.«

Charlotte setzte den Becher auf den Unterteller und trommelte mit den Fingerspitzen auf die Tischplatte. »Mach es nicht so spannend!«

»Nu verpütscher man nicht das gute Zeug! Ja, ich habe heute Morgen vorm Bäcker mit Michael von der Feuerwehr gesprochen. Du weißt, wen ich meine? Wir haben uns über die Explosionen unterhalten. Er hat mir erzählt, dass sich gestern Abend eine Gruppe der Beltretter dort auf einen Absacker getroffen hatte. Die hielten vorher in dem jugoslawischen Restaurant eine Versammlung ab und sind dann runter auf den Marktplatz an die Glühweinhütte.« Charlotte überlegte, klopfte mit dem Zeigefinger gegen ihre Unterlippe und schnippte mit den Fingern. In ihr schwelte ein Gedanke, der so absurd wirkte, dass er ihr schon wieder genial erschien. Sie erinnerte sich daran, dass auch der Taucher ein Beltretter gewesen war. Gab es da eine Verbindung oder war alles nur Zufall? Sie schluckte, nahm einen weiteren Schluck Tee und spürte eine schleichende Veränderung in ihrem Körper. Nele beobachtete die Freundin und versuchte erst gar nicht, hinter das Wechselspiel ihrer Anwandlungen zu kommen. Charlotte schien auf einmal völlig versunken zu sein.

»Das ist alles ein bisschen wirr. Das muss ich erst mal sortieren. Aber vielleicht ist das gar nicht so abwegig«, murmelte sie und leerte den Becher.

»Was ist nicht abwegig?«, fragte Nele.

»Na, dass das alles mit der Beltquerung zusammenhängt. Es ist die zweite Explosion, die Leute trifft, die gegen diesen vermaledeiten Tunnelbau sind. Verstehst du?«

»Ach, das ist doch Quatsch. Warum sollte jemand Menschen umbringen, die dagegen sind? Dieses Ding wird doch sowieso gebaut. Ob die nun demonstrieren und immer wieder Klagen einreichen und den Bau für eine gewisse Zeit stoppen können oder nicht. Das bringt doch alles nichts mehr. Wenn ich mehr Zeit gehabt hätte, wäre ich auch Beltretter geworden.«

»Kannst du nach wie vor. Es gibt viele Veranstaltungen, du kannst sie finanziell unterstützen, Leserbriefe verfassen und jedem deiner Gäste erzählen, was die Politiker mit unserer wunderschönen Region vorhaben. Wenn ich sehe, was die mit der Natur anstellen, um so einen blöden Tunnel zu bauen, den anscheinend nur eine Handvoll Menschen braucht, macht mich das ganz rammdösig. Als ich letztens Fotos von den Bauarbeiten am Strand von Marienleuchte gemacht habe, war da jemand, der meinte, dass die Kinder durch den Tunnelbau viel mehr Arbeitsplätze auf dem Festland erhalten würden, somit auf der Insel wohnen bleiben. Was glaubst du?«

»Weiß ich nicht. Glaube ich zwar auch nicht, aber das führt zu weit, das auszudiskutieren. Und im Übrigen bezahlen doch die Dänen den Tunnel.«

»Bist du wirklich sicher? Und alles, damit man Kopenhagen und Hamburg, das Tor zur Welt, dichter zusammenbringt? Blödsinn. Ich habe gelesen, dass Fahrzeuge, die später durch diesen Tunnel fahren, richtig hohe Maut bezahlen müssen. Und davon soll das Projekt finanziert werden. Völlig unrentabel, wenn du mich fragst. Und warum wird der so überdimensioniert gebaut? Da steckt ganz etwas anderes dahinter. Mal ehrlich, möchtest *du* durch einen 18 Kilometer langen Unterwassertunnel fahren?« Charlotte schüttelte sich.

»Ich nicht. Das wäre ein Graus. Da lob ich mir die Überfahrt auf den Fährschiffen mit frischer Luft und einem Tee auf dem Oberdeck. Außerdem nimmt man den Lkw-Fahrern die Möglichkeit, ihre ohnehin sehr knapp bemessenen Pausen einzuhalten. Das kann, nein, das darf nicht sein.« Charlotte Hagedorn schnappte nach Luft und schüttelte ihre eisgraue Mähne. Nele stützte sich auf ihre Arme und lauschte den Ausführungen ihrer Freundin. Dann brabbelte die Künstlerin weiter. Es schien, als hätte ein Zug Fahrt aufgenommen, der nicht mehr zu stoppen war. »Die Fährlinie hat, meinen Informationen nach, nur noch Hybridschiffe. Also umweltfreundlich und völlig ausreichend. Letztlich handelt es sich nur bei den Kosten für den Belttunnel um dänische Belange. Was ist mit der Anbindung ans Festland? Mit dem Sundtunnel? Die wird der deutsche Steuerzahler berappen müssen und das nicht zu knapp, ich kann dir sagen. Allein bei dem Gedanken wird mir schlecht. Nee, das alles ist mir ein Gräuel, das sag ich dir. Ich kann kaum ertragen, was mit unserer Ostsee und der gesamten Region veranstaltet wird. Ich glaube, die Leute wissen gar nicht, worauf wir uns da eingelassen haben. Die werden sich umgucken, wenn die Endabrechnung kommt. Bei den Preissteigerungen. Nee, ich will das nicht!« Das Lokal füllte sich. Immer mehr Gäste saßen um die Freundinnen herum und lauschten dem Gespräch.

»Danach fragt aber niemand, was *du* willst oder was *wir* wollen. Reg dich nicht so auf. Du bekommst ja kaum noch Luft. Wenn du nicht aufpasst, kriegst du einen Herzinfarkt«, flüsterte Nele und schüttelte den Kopf.

»Nee, ich nicht, aber die Insel! Jaja, immer schön ruhig bleiben. Nur nichts sagen. Und machst du den Mund auf … krrrz!«, knurrte sie und fuhr mit der Handkante an ihrer Kehle entlang. »Und das sage ich dir, das Ganze wird erst richtig übel. Denk nur mal an die Tier- und Pflanzenwelt, die im Belt vernichtet wird. Überall bauen sie Brücken und Wege für Frösche, Fledermäuse und irgendwelches Getier. Unsere Fische, Schweinswale, Kegelrobben und Pflanzen gehen bei diesem Projekt drauf. Und die Riffe schütten sie einfach mal so zu. Das macht mich wahnsinnig. Diese Verbrecher! Und die, die sich wehren, bringt man …« Plötzlich hielt Charlotte inne. »Ich glaube, ich weiß, wer die Leute in die Luft gejagt hat!« Die Künstlerin wurde blass. Nele starrte sie fassungslos an.

»Charlotte! Wer?«

*

Eine halbe Stunde später war die Fehmarnsund-Brücke beidseitig gesperrt. Niemand überquerte das weit über die Grenzen Schleswig-Holsteins bekannte Bauwerk. 40 Leute der SOKO »Phantom« verteilten sich auf der Fahrbahn, dem Brückenbogen und zwei Schlauchbooten der Wasserschutzpolizei. Sie hatten sich die Baupläne der Brücke geben lassen und sie inspiziert. Acht der Männer ließen sich an Seilen unter den Brückenkopf gleiten und untersuchten die Konstruktion unterhalb der Fahrbahn von beiden Seiten. Zehn Personen stiegen die schmale Eisentreppe in den Brückenbogen hinauf. Immer wieder vernahm man lautstark das Wort »gesichert.«

Zwei Sprengstoffspürhunde wurden hoch in den Brückenkopf getragen, vier liefen mit ihren Trainern über die Fahrbahn der Brücke. Weitere Polizeibeamte stiefelten den Wall hinunter, um die Brückenpfeiler an Land von allen Seiten zu inspizieren. Eine Drohne flog über die Sundbrücke und anschließend unter ihr hindurch. Erste Pkws standen beidseitig der gesperrten Fahrbahn und beobachteten das Geschehen auf der Querung. Ein derartiges Spektakel hatte niemand von ihnen vorher zu Gesicht bekommen. Einer der Fahrer, der vom Festland auf die Insel wollte und in der zunehmenden Schlange wartete, drückte ununterbrochen auf die Hupe und trommelte gegen das Lenkrad, als könnte sein Handeln das Vorankommen beschleunigen.

Unzählige Taschenlampen ließen Lichtsäulen kreisen, um Hinweise sichtbar zu machen. Nach einer gefühlten Ewigkeit tönte plötzlich ein langgezogener Pfiff aus dem Brückenbogen. Ein Hund schlug lautstark an. Das Zeichen für eine Entdeckung. Westermann und Malick hetzten die Stufen in den Brückenkopf hinauf.

»Was habt ihr?«, schrie Malick und sah den Einsatzleiter beunruhigt an.

*

Die sind ja angestrengt bei der Sache. Jetzt kommt Bewegung in ihre Abläufe. Der Oberboss handelt endlich. Ob das Geld bereitliegt? Eine steile Falte wurde auf seiner Stirn sichtbar. Diese Idioten! Er grinste. Das unkontrollierbare Zucken seiner Augenlider verstärkte sich. Der Denkzettel, den ich vorbereitet habe, wird sie endgültig aus ihrem Tiefschlaf reißen. Den vergessen sie niemals.

Die Person, die sich in der eisigen Kälte aufhielt und die Zähne aufeinanderschlug, beobachtete die Aktivitäten der Polizeibeamten im Bereich der Brücke genau. Ein Auge geschlossen, saß er auf dem eiskalten Sitz, lugte durch sein Monokular und bewegte den Kopf von einer Seite zur anderen, als quälte ihn ein steifer Nacken. Konzentriert justierte er sein Fernglas. Seine Gedanken konnte man nur erahnen, als seine Lippen sich zu schmalen Strichen zusammenzogen. Sie scheinen was aufgespürt zu haben. Aber das kann nicht sein, dachte er und glotzte angestrengt Richtung Brücke. Die bibbernde Figur kannte offensichtlich jeden einzelnen Schritt, den sie veranlassten, und grinste befriedigt. Ich gehe jede Wette ein, dass ihr nächstes Ziel der Fährhafen sein wird. Liegt nahe, welche Strategie sie verfolgen. Sie sind so durchschaubar. Diese Affen. Sie wollen mir einen Schritt voraus sein und ahnen nicht, dass ich ihnen um Längen voraus bin. Ich bin mir absolut sicher, dass sie im Anschluss an diese Aktion nach Puttgarden fahren. Wieder nickte er, als musste er seine eigenen Gedanken bestätigen.

Die dunkle Gestalt startete den Motor. Langsam fuhr sie aus der kleinen Bucht unweit des Leuchtturms Strukkamp Huk und steuerte auf die offene See Richtung Hohwacht. Dann werde ich jetzt einen wichtigen Besuch abstatten, der die Jungs endgültig aufschrecken wird. Lautes Lachen drang über den Sund und wurde vom Wind verschluckt. Er wischte sich Schneeflocken aus dem Gesicht und durchdrang die Dunkelheit.

Als er außer Hörweite war, gab er Gas. Es war genauso gekommen, wie er es geplant hatte. Jetzt war der Weg frei! Der eisige Wind blies ihm ins Gesicht und gefror das Lächeln.

*

Westermann hoffte, dass der Fund im Brückenbogen sie bei ihren Untersuchungen weiterbringen würde. Eine grüne Sporttasche mit Werkzeug, sonst nichts. Die Überprüfung durch die KT würde ihnen hoffentlich helfen.

André Malick steuerte den schwarzen BMW, in dem sich auch der Leiter der Mordkommission aus Oldenburg befand. Wie sich bei der anschließenden Analyse und Nachforschung herausstellte, handelte es sich bei dem Fund allerdings um das Werkzeug eines Bauarbeiters der Firma, die sich um die Instandsetzung der Fehmarnsund-Brücke kümmerte. Dieser war einen Tag vor dem Fund in den Urlaub gegangen. Die Kollegen würden die Tasche bei Gelegenheit in der Dienststelle abholen. »Er hat sie mit Sicherheit vergessen und wird sie suchen, wenn er wieder anfängt. Der Schussel«, bestätigte der Chef lapidar.

»Deprimierend. Nirgends Fingerabdrücke. Das ist sehr merkwürdig und eigentlich kaum vorstellbar«, sagte Westermann und warf einen Blick aus dem Seitenfenster.

»Na, die Jungs tragen doch meistens Handschuhe auf dem Bau. Bei der Kälte allemal! Außerdem sah das Werkzeug aus, als hätte er es sich gerade erst gekauft.«

»Ja, aber findest du nicht gerade das merkwürdig?« Malick schüttelte den Kopf. Hartwig fuhr im eigenen Wagen, damit Watson seinen gewohnten Platz einnehmen konnte. Sie kutschierten die Landstraße Richtung Puttgarden entlang. Malick fuhr mit hoher Geschwindigkeit über die schlierige Fahrbahn, während Westermann ununterbrochen aus dem Seitenfenster guckte. In seinem Kopf überschlugen sich andere Gedanken. Zu allem Durcheinander über die ungelöste Situation in ihrem Fall kamen die Sorgen um Katrin. Er hatte sich gerade jetzt in der Endphase ihrer Schwangerschaft intensiv um sie kümmern wollen, und nun rissen ihn perfide Anschläge aus der Zweisamkeit, die seine volle Aufmerksamkeit benötigten. Westermann ließ die Schultern sinken. Er wirkte deprimiert. Normalerweise hatten private Dinge nichts in einer Ermittlung zu suchen, aber in diesem Fall konnte er sie nicht zur Seite schieben. In weniger als drei Wochen würden sie ihr erstes gemeinsames Kind in den Armen halten. Der Erste Hauptkommissar schnaufte kaum hörbar. Ein Lächeln umspielte die Lippen, als er sie in Gedanken vor sich sah. Ein warmes Gefühl durchströmte seinen Körper.

»Na, wie sieht's aus? Du hörst dich an, als wenn dir der Fall arges Kopfzerbrechen bereitet.« Malick sah ihn von der Seite an.

»Nein, ist alles okay. Obwohl mich die Geschichte schon mitnimmt. Etwas Derartiges habe ich in meiner Laufbahn noch nicht erlebt. Wir haben es mit einigen Mordfällen auf dieser Insel zu tun gehabt, die wahrhaftig nicht ohne waren. Da kamen manches Mal die dunkelsten Seiten absolut kranker Typen zum Vorschein. Da rollten im wahrsten Sinne des Wortes Köpfe. Dieser Fall ist so anders. Ich weiß nicht, wie ich dir das erklären soll, aber die ersten Gedanken, die ich bei der ganzen Sache hatte, passen nicht mit dem zusammen, was wir bis hierhin zusammengetragen haben.«

»Wie meinst du das?«, fragte Malick und guckte erstaunt in Westermanns Richtung.

»Wie soll ich das genau definieren? Zuerst dachte ich, ein simpler Mord wurde begangen aus Hass, Rache, was weiß ich. Aber nach dem zweiten brutalen Anschlag auf dem Weihnachtsmarkt bin ich mir nicht sicher, ob wir es nicht doch mit einem politisch engagierten Täter zu tun haben, der eine Botschaft überbringen will. Ein Terroranschlag? Vielleicht bin ich auch komplett auf dem Holzweg, wahrscheinlich einfach nur zu alt für diesen Job.« Westermann zuckte die Schultern und richtete seine Brille. Immer wieder kratzte er sich über die Bartstoppeln, die sein Gesicht noch schmaler erscheinen ließen. Auf einmal wirkte er um Jahre gealtert. Malick starrte weiter auf die Straße, registrierte jedoch die Ruhelosigkeit seines Kollegen. »Jemand, der den Tunnelbau stoppen lassen will und dabei Menschen tötet, ist in meinen Augen ein klassischer Terrorist. Ich bin irritiert.« Der Leiter der

Mordkommission Oldenburg seufzte und runzelte die Stirn. Er, der mit klarem Verstand an jeden Fall heranging, hing abstrusen Fragen nach, die er nicht im Ansatz beantworten konnte.

»Jetzt atme tief durch und lass die Gedanken aus deinem Kopf. Ich bin sicher, es handelt sich um einen Mordanschlag, der *nicht* politisch motiviert ist. Terroranschläge werden eindeutig präziser geplant *und* ausgeführt. Wenngleich unser Täter schlau vorgeht, so ist er doch nicht schlau genug. Wir als Staatsschutz observieren täglich Attentäter, verfolgen ihre Gedankengänge und ihre Abläufe über Monate und Jahre. Dieser Täter gehört meines Wissens eindeutig in eine andere Kategorie. Ich weiß nur nicht, in welche. Und weil mich der hiesige Fall persönlich aufs Äußerste in seinen Bann zieht, behandeln wir ihn mit Sorgfalt und bleiben vor Ort, falls ich mich täusche. Wir untersuchen gleich gründlich die Fährschiffe und setzen uns dann zusammen, um einen Plan zu erstellen, der unseren Täter in die Falle lockt. Glaub mir, ich denke nicht, dass dieser Mann den Tunnelbau stoppen wird. Niemand lässt sich von einer einzelnen Person von einem derartigen Projekt abhalten. Ich schon gar nicht. Wir werden ihn bei der Übergabe des Geldes schnappen. Meine Leute sind instruiert. Sie werden nachts auf der Lauer liegen. Wir haben den Übergabeort und die Zeit. Also kriegen wir ihn, verlass dich drauf. Nein, der spielt Katz und Maus mit uns.« Malick schüttelte den Kopf.

»Dein Wort in Gottes Gehörgang«, entgegnete Westermann und sagte: »Dann lass uns eine perfekte Falle stellen, damit dieser Irrsinn so schnell wie möglich ein Ende hat. Ich werde nämlich bald Vater.«

Malick lachte laut und antwortete: »Dann will ich mal auf die Tube drücken, damit wir schnellstens Ergebnisse erhalten. Wir packen das!«

»Sind die nicht mehr ganz dicht«, knurrte Hartwig, der hinter ihnen fuhr und einen Blick auf den laut schnarchenden Watson warf, der unbesorgt auf dem Beifahrersitz lag. »Wieso gibt der Kerl jetzt auf einmal Gas?« Der Kommissar folgte seinen Kollegen mit 100 Stundenkilometern auf der Landstraße nach Puttgarden. Erst wenige Meter vor dem Ortsschild bremste der Wagen ab. »Der hat sie nicht mehr alle. Kann nur froh sein, dass ich Winterreifen drauf habe«, murmelte der Kommissar. Sie fuhren durch Puttgarden, bis sie den Fährhafen erreicht hatten. Hartwig stoppte neben dem Wagen des Kollegen und stellte den Motor aus. Watson saß plötzlich senkrecht auf dem Sitz. Er fiepte kaum hörbar. »Geht gleich los, mein Kleiner. Geht gleich los.«

Der Kommissar aus Lütjenbrode stieg aus und ließ den Hund auf der anderen Seite aus dem Wagen springen. Als Erstes suchte der Tschechoslowake einen Busch, um das Nötigste zu erledigen. Westermann stand abseits und telefonierte.

»Was ist denn in euch gefahren? Rast wie gesengte Säue durch die Gegend! Geht gar nicht!«

André Malick schmunzelte und steckte sich eine Zigarette an. »Bleib ruhig, alles in Ordnung. Ich wollte nur mal sehen, ob die Winterreifen was taugen«, feixte er. »Aber ob *ich* welche aufgezogen habe, interessiert wohl nicht, oder?«

»Haste nicht?«

»Natürlich habe ich.«

»Und warum regst du dich dann so auf?«

»Ich reg mich gar nicht auf. Aber der Hund …«

»Was ist damit?«

»Na, der wird seekrank!«

Malick lachte laut.

Dirk Westermann kehrte zurück. Er hatte sich bei Katrin rückversichert, dass es ihr gutging, nachdem er von ihren Wehen gehört hatte, wollte wissen, ob Charlotte sich um sie kümmerte.

Katrin hatte ihn beruhigt. Er solle sich keine Sorgen machen, alles wäre okay. Ihr Statement hatte seinen Puls zumindest für den Moment runtergefahren. Jetzt lagen etliche Stunden vor ihnen, in denen sie die Fähren nach Sprengsätzen durchsuchen mussten. Westermann zog die Pfeife aus der Jackentasche, nahm das Feuerzeug und entzündete den Tabak. Sein Blick richtete sich zum Himmel, wo dunkle schwere Wolken darauf hinwiesen, dass es bald wieder zu schneien anfangen würde. Der Erste Hauptkommissar schlug den Kragen seines Caban hoch und inhalierte den Rauch seiner Pfeife.

»So, sind jetzt alle so weit? Dann können wir ja endlich. Hund, bist du auch bald mal fertig?«, richtete Westermann seine Worte an Watson, der schnüffelnd von einem Busch zum anderen lief.

»Und der ist topp ausgebildet?«, fragte der Leiter der SOKO den Kollegen Hartwig, während er gierig an seiner Zigarette zog.

»Der ist erstklassig! Und nicht nur auf Leichenfund und Drogen geschult. Der hat noch ganz andere Qualitäten.«

»Und was will er dann hier auf dieser Insel? So ein Tier gehört ins Sonderdezernat.«

»Nee, der ist hier schon ganz richtig«, murmelte Hartwig und pfiff. Sofort kam der Wolfshund angerannt und setzte sich neben sein Herrchen.

»Ja, Sherlock und Watson, ein perfektes Duo«, schmunzelte Westermann. »Ich denke, wir sollten in die Gänge kommen, damit die Kollegen nicht allein auf die Schiffe müssen. Die warten sicher schon auf uns. Aber euren Super-Cop müsst ihr hierlassen. Das geht nicht. Er verwirrt die Arbeit unserer Hundestaffel.«

Hartwigs Gesichtsausdruck verfinsterte sich, als er ohne jede Anwandlung von Eile die Wagentür öffnete. Er ließ Watson auf dem Beifahrersitz Platz nehmen und schlang die Leine mehrfach um den Griff unter dem Sitz.

»Watson, schön liegen bleiben. Mach mir keinen Ärger! Du weißt ja, dann mach ich Hackfleisch aus dir.« Der Kommissar klopfte ihm die grauschwarze Flanke und gab ihm ein Leckerli. Dann schloss er die Tür.

»Glaubst du, dass das gutgeht?«, murmelte Westermann, blies den Qualm in die Luft und betrachtete den Hund auf dem Beifahrersitz. Er erinnerte sich nur zu genau an das letzte Mal, als ein Auto Watsons überschäumendes Temperament aushalten musste.

Etwa 30 schwer bewaffnete und vermummte Leute des Sondereinsatzkommandos rückten auf die erste Fähre, die im Hafen lag. Sie hatten sich mit der dänischen und der deutschen Leitung kurzgeschlossen, Durchsuchungsbeschlüsse und Amtshilfen angefordert, damit die Suche nach Sprengsätzen zügig über die Bühne gehen konnte. Eine Fähre, zwei Stunden. Das musste reichen, um sich davon zu überzeugen, dass sich kein Sprengstoff auf dem jeweiligen Schiff befand. Zuerst betraten die Männer mit der Hundestaffel das Eisenbahndeck. Dann folgten die Kollegen der SOKO und zum Schluss Malick, Westermann und Hartwig. Der erste Ingenieur aus dem technischen Bereich führte die Polizeibeamten mit seinem Lageplan durch das Schiff. Das fast 170 Meter lange Fährschiff bot viele uneinsichtige Verstecke für Sprengstoff. Sie mussten äußerst präzise vorgehen. Zuerst inspizierten sie das Eisenbahndeck, auf dem sich exakt 14 Pkws sowie 4 Lkws befanden, die nach Rødby übersetzten. Die Ladeklappe blieb weit geöffnet und gab genügend Licht von außen. Sie bewegten sich mit den Hunden zwischen den Fahrzeugen, die gänzlich leer vorgefunden wurden. Niemand durfte sich während der Überfahrt in diesen Bereichen aufhalten. Die Ladefläche wurde gründlich und ohne große Zwischenfälle untersucht. Die Bahn fuhr schon seit Jahren nicht mehr von Puttgarden nach Kopenhagen, und somit fiel die Durchsuchung diverser Eisenbahnwaggons weg. Sie fanden ... nichts! Dann folgte ebenso gewissenhaft das Personendeck, auf dem Kraftwagenfahrer müde in Sesseln dösten, Kaffee schlürften oder die Augen geschlossen hielten. Einige lasen Zeitung, andere warteten auf die Überfahrt. Die Restaurants wurden in Augenschein genommen, die Shops und Toilettenräume durchleuchtet. Die Hunde schnüffelten unruhig durch die Räumlichkeiten. Die Personenbefragung behielten die Beamten sich bis zum Schluss vor. Es dauerte jetzt schon mehr als eine Stunde, bis sie zum Steuerstand des Kapitäns vorgedrungen waren. Nach einer weiteren Stunde war die Untersuchung der deutschen Fähre abgeschlossen. Sie würden mit der zweiten Hybridfähre, die zwischen Puttgarden und Rødby verkehrte, ähnlich verfahren. Die Fährschiffe der dänischen Seite wurden von deren Landespolizei auf gleichem Weg inspiziert. Die Beamten verließen das Schiff. Westermann war erleichtert, dass sie nichts gefunden hatten. Er hoffte, dass es sich auf den weiteren Fähren ebenso verhielt. Sie blieben in ständigem Kontakt mit den dänischen Kollegen. Es würde ein langer Tag und eine kurze Nacht werden. Nachdem sie von Bord gegangen waren, trafen sie sich im kleinen Bistro *Molenblick*. Dort hatten sie sich angekündigt, um die Zeit bis zur nächsten Fähre zu überbrücken. Dirk Westermann folgte den anderen nicht ins Restaurant. Er lief ein Stück auf dem Deich Richtung Grüner Brink und telefonierte mit Katrin, die ihm aufmunternde Worte zuflüsterte.

»Ach, mein Schatz, ihr findet den Täter, da bin ich zu hundert Prozent sicher. Charlotte ist dabei, euch mit ihren Ermittlungen zu unterstützen. Ich denke, der Erfolg wird sich bald einstellen«, flüsterte sie und schloss die Tür zum Badezimmer, um ihrer Tante nicht die Gelegenheit zu ermöglichen, selbst mit dem Kommissar zu sprechen.

»Ach, Süße, wenn das alles hier vorbei ist, kümmere ich mich erst mal nur um dich … euch. Du glaubst gar nicht, wie ich mich freue.«

»Ich war übrigens heute beim Arzt, hatte leichte Wehen – nein, nein, keine Angst, alles in Ordnung. Deinem *Sohn* und mir geht es gut.« Es entstand eine Pause.

»Ja, das kriegen wir alles hin. Wenn wir diesen Kerl bloß bald festnageln«, antwortete Dirk und wurde jäh unterbrochen.

»Ja, das schafft ihr, und deinem *Sohn* geht es wirklich gut.«

»Ich denke auch, wenn das Baby erst mal da ist … Was sagtest du gerade?«, fragte Dirk Westermann und blieb abrupt stehen. Der große, schlanke Mann starrte ungläubig auf das aschgraue Meer, dessen Wellen, vom Wind aufgewühlt, an Land gespült wurden. Westermann blies den Rauch seiner Pfeife in den Wind, und ohne dass er etwas dagegen tun konnte, stiegen Tränen in seine Augen. Er nahm die Brille ab und entfernte sie verstohlen mit dem Handrücken. Am anderen Ende der Telefonleitung hörte er Katrins erfrischendes Lachen.

»Na, du hast aber eine lange Leitung. Ja, du hast richtig gehört. Unserem Sohn geht es gut! Ich weiß, wir wollten uns überraschen lassen, aber der Doc hat sich verplappert. Ich bin unfassbar glücklich. Du hast dir so sehr einen Jungen gewünscht.«

Dirk Westermann betrachtete die schweren Wolken am Himmel und fing an, sich im Kreis zu drehen, als erste Schneeflocken fielen. Entschlossen streckte er die Arme in die Luft. »Ja, ja, ja, ein Sohn!« Dann öffnete er die Augen, beruhigte sich wieder und hielt in der Bewegung inne. Eine Böe blies ihm eiskalt ins Gesicht. Er zog den Schal um seinen Hals enger zusammen. Ein lauter Seufzer entrang sich seiner Kehle. »Katrin, nicht dass du das falsch verstehst. Eine süße Prinzessin wäre mir genauso lieb gewesen. Mir ist es egal, Hauptsache, gesund. Aber insgeheim habe ich mir schon einen Jungen gewünscht und jetzt … ach Katrin, ich liebe dich. Ich freue mich darauf, dich in den Arm nehmen zu können. Leider muss ich jetzt zurück. Ich wäre jetzt so gern bei dir, aber die Kollegen warten. Tschüss, min Deern, halt die Ohren steif! Alles wird gut und – ich liebe dich!« Katrin hatte keine Gelegenheit mehr, ihm noch etwas mitzuteilen, und hielt erstaunt den Hörer in der Hand. Dirk hatte das Gespräch unterbrochen.

Langsam zog der Kommissar die Pfeife aus der Jackentasche und zündete den Tabak an, während Tränen in den

Augen seinen Blick verschleierten. Der Ostwind nahm zu und trieb die Schneeflocken in sein Gesicht. Er blies den Rauch in die Luft und stapfte ohne Eile auf dem Deich zurück zum Fährhafen.

*

Enrico Mantei kauerte auf einem Stuhl vor dem Bett seines besten Freundes. Sein Gesicht wirkte kreidebleich und stand in hartem Kontrast zu den dunkelbraunen, nackenlangen Locken. Um die Augen hatten sich tiefe dunkle Schatten eingebrannt. Der schmächtige Maurer beobachtete Max, der mit dicken Verbänden um Kopf und Hände unter der weißen Decke lag.

»Ich hätte es wissen müssen. Ich habe Schuld«, flüsterte er mit brüchiger Stimme. »Max, das habe ich nicht gewollt. Du bist mein bester Freund.« Seine Schultern zuckten. »Ich wollte das nicht«, schluchzte er.

Seit der Explosion und Befragung des Polizeibeamten auf der Dienststelle hockte er auf dem Stuhl und wachte über Max. Niemand konnte ihn seither davon abbringen, diesen Platz zu verlassen. Selbst Max' Eltern, Tim und Anna Heimann, die ohne Pause am Bett ihres Sohnes ausharrten, gelang es nicht, Enrico zu bewegen, nach Hause zu fahren, um wenigstens ein paar Stunden auszuruhen. »Ich muss hierbleiben. Ich bin schuld!«, krächzte er immer wieder und schlug die Hände vors Gesicht. Der Vater von Max konnte sich keinen Reim darauf machen. Ihm war nur wichtig, dass sein Sohn die Explosion überlebt hatte. Er hätte ebenso gut tot sein können. In den Augen des übernächtigten Mannes schimmerten Tränen, seine Lippen zitterten. Auch er nahm die Brille von den

Augen und wischte sie sich verstohlen von den Wangen. Wäre Enrico nicht gewesen … Deshalb verstand er die wirren Aussagen des Freundes nicht. Er hielt das konfuse Gebrabbel für eine Schockreaktion. Max' Mutter Anna saß auf der anderen Seite des Bettes und streichelte ohne Pause den bandagierten Arm ihres Sohnes. Aus rot geränderten Augen liefen salzige Rinnsale über ihre Wangen. Sie schob mit einer Hand eine blonde Strähne aus ihrem Gesicht, die aus der halblangen Bobfrisur vor die Augen gerutscht war, und trocknete gleichzeitig die herunterlaufende Tränenflüssigkeit. Sie war eine starke Frau, die ihre Kinder mit Liebe und Konsequenz erzog und sie mehr liebte als ihr eigenes Leben. Aber das hier überstieg ihre Kraft. Sie wirkte zerbrechlich. Die Tür öffnete sich, der behandelnde Arzt trat ins Zimmer. Der etwa 60-jährige, vollschlanke Mediziner mit dem väterlichen Blick und dem silberweißen Haar blieb vor Max' Bett stehen, betrachtete den Monitor und nickte.

»Das sieht gut aus. Seine Werte sind stabil. Wir werden ihn morgen früh aus dem künstlichen Koma holen und sehen, wie sich das Ganze entwickelt.« Der Stationsarzt warf einen Blick auf die Gruppe, die auf harten Stühlen ausharrte. »Seien Sie froh, er hat es überlebt. Und Gott sei Dank sind nur der Ring- und der kleine Finger in Mitleidenschaft gezogen worden. Wir mussten amputieren, aber er wird weiterhin alles greifen können. Wir haben die Extremitäten erstklassig versorgt, und bei einem jungen Menschen wie Max werden die Wunden schnell verheilen.« Zuversichtlich blinzelte er die Eltern von Max an. Enrico bekam von all dem nichts mit. Er war so in Gedanken versunken, dass er nicht registrierte, was der Arzt von sich gab.

»Ich bin schuld«, murmelte er. »Ich bin schuld!«

Erneut öffnete sich die Tür. Malick und Westermann betraten nacheinander das Krankenzimmer. Der Kriminaloberrat war erstaunt, wie viele Menschen sich im Zimmer des Schwerverletzten aufhielten.

»Moin, Malick, LKA. Mein Kollege Westermann, Mordkommission Oldenburg. Wie geht es ihm?«, fragte Malick, fixierte den Mediziner mit seinem Blick und deutete auf Max.

»So weit sind sämtliche Werte stabil. Der Patient liegt im künstlichen Koma und wird aller Voraussicht nach morgen früh herausgeholt. Es geht ihm den Umständen entsprechend. Wir haben die Mittel- und Endgliedmaßen zweier Finger amputieren müssen und die schweren Verbrennungen versorgt. Sein Gehör ist beeinträchtigt. Die Brandwunden machen fast fünf Prozent seiner Haut aus.« Malick nickte. Westermann fragte, an den jungen Mann gewandt, der neben dem Krankenbett auf dem Stuhl hockte:

»Enrico Mantei? Sie sind doch der Freund des Verletzten? Sie sind nach der Explosion in der Dienststelle befragt worden.« Westermann ließ ihn nicht aus den Augen. Enrico richtete sich auf, sah die Männer erstaunt an und schniefte.

»Und, was wollen Sie von mir? Ich weiß nichts. Aber das habe ich Ihnen doch alles gesagt.«

»Es wäre nett, wenn Sie uns über den Hergang der Explosion mehr berichten könnten. Laut meiner Informationen haben Sie in der Dienststelle zuerst geschwiegen und dann herumgebrüllt. Sie waren der Einzige, der sich im Bereich des Sprengsatzes aufgehalten hat. Wir haben ein paar äußerst wichtige Fragen an Sie.« Malicks Blick verriet keinerlei Kompromissbereitschaft.

»Nein, ich kann nicht. Ich muss bei meinem Freund bleiben. Er braucht mich. Ich bin schuld, dass er hier liegt. Ich kann nicht«, krächzte er und richtete sein Augenmerk auf den komatösen Freund. Die Eltern von Max schienen über die Aussagen des Polizeibeamten irritiert zu sein.

»Was heißt das, er wäre der Einzige, der sich in der Nähe des Sprengsatzes aufgehalten hat?«, fragte Tim Heimann und erhob sich. Der Mann von 1,90 Metern Größe steckte die Hände in die Taschen seiner Anzughose und starrte die Polizisten fragend an.

»Erst mal heißt das gar nichts. Wir versuchen nur herauszufinden, was genau auf dem Marktplatz passiert ist. Und wie wir wissen, war Enrico der Erste, der die Bombe entdeckt hat. Er könnte wichtige Informationen für uns haben, die uns weiterhelfen. Stimmt doch, oder?« Der junge Maurer nickte und beseitigte mit dem Ärmel seines Sweatshirts den Schnodder unter der Nase. »Hier passiert im Moment nichts, was Sie versäumen könnten. Falls sich unser Verdacht in Luft auflöst, können Sie selbstverständlich zurück. Aber für den Augenblick begleiten Sie uns bitte auf die Dienststelle« Enrico wirkte verunsichert.

»Nein, das werde ich mit Sicherheit nicht tun. Dürfen Sie das überhaupt?«

»Wir dürfen das. Und um das zu bestätigen, haben wir einen Durchsuchungsbeschluss für Ihre Wohnung. Sie stehen unter Verdacht, die Explosion verursacht zu haben mit der Absicht, einen Anschlag zu verüben und den Tod mehrerer Menschen in Kauf zu nehmen. Sie sind vorläufig festgenommen!«

*

Als er wusste, dass die Polizeibeamten über viele Stunden beschäftigt waren, verließ er den Hafen von Puttgarden und steuerte auf die offene See. Die eisige Luft bohrte sich wie Nadelstiche tief in seine Haut. Die Kälte drang selbst durch die dicken Handschuhe. Er schien das alles nicht wahrzunehmen. Die Wellen schlugen ununterbrochen gegen die Außenwände des Schlauchbootes und schwappten darüber. Das aufgepeitschte Wasser landete in seinem Gesicht. Immer wieder spie er Salzwasser aus. Der Stoff der Hosenbeine klebte mittlerweile wie ein frostiger Panzer an seiner Haut. Er nahm es mit Gelassenheit hin, selbst als die eiskalte Feuchtigkeit bis zum Nacken hochkroch. Der Mann im Boot steuerte die kleine Marina an. Das Hausboot, das im Hafen neben zwei anderen vor Anker lag und das er für seine Pläne ausgewählt hatte, befand sich am Ende des letzten Steges. Er hatte es unter falschem Namen gebucht und war froh, dass niemand sich darum kümmerte. Beim Einfahren zog ein Lächeln über seinen Mund. Er wäre Texter, hatte er erklärt, und bräuchte Zeit sowie einen ungewöhnlichen Ort zum Schreiben. Grinsend warf er einen Blick durch das Hafengelände, alles wirkte ausgestorben. Die Jahreszeit war sinnvoll gewählt. Kaum ein Boot im Hafen, keine Besucher, und auch sonst schien er sich völlig allein im gesamten Gebiet der Marina aufzuhalten. Eine gehörige Ackerei lag vor ihm, und er hatte nur wenig Zeit, sein Vorhaben zu beenden. Umständlich stieg er aus dem Boot, schlich über den Holzsteg und öffnete mit verfrorenen Händen eine verschlossene Glastür, die zur Wasserseite zeigte. Niemand würde ihn beobachten, so viel war sicher. Wochenlang hatte er sich auf die Lauer gelegt, um die Tages- und Nachtabläufe des Hafens zu verinnerlichen.

Der Zeitpunkt war perfekt. Nacheinander schleppte er Sack für Sack aus dem Hausboot und hievte sie in das fast sieben Meter lange Schlauchboot. Nach genauester Überlegung und Suche hatte er den hochkonzentrierten Dünger mit falschen Papieren und einem gemieteten Kleinlastwagen aus einem der Nachbarländer herbeigeschafft. Es war ein Riesenaufwand, nach Belgien zu fahren, um *einzukaufen*. Eine halbe Stunde später waren sämtliche Säcke im Schlauchboot verstaut. Es folgten 40 Kanister. Zehn Liter der öligen Flüssigkeit in jedem von ihnen, 40 Mal aufs Neue, schwang er sich aus dem immer tiefer sinkenden Boot und wieder hinein. Für einen Moment bekam er Bedenken, all die Substanzen mitzubekommen. Dann war es vollbracht. Er hatte überlegt, alles in einem Lieferwagen zu transportieren, aber die Gefahr, entdeckt zu werden, war zu groß. Ungewohnter Glanz benetzte seine Augen. Seine Mundwinkel zuckten. Vorsichtig sah er sich nach allen Seiten um. Nicht ein Auto in der Nähe. Es war stockdunkel. Er schob die Glastür ins Schloss, bis sie zuschnappte. Aber die schwerste Arbeit stand ihm noch bevor. Seine Stirn legte sich in Falten, als er an die folgenden Stunden dachte. Es war weit nach Mitternacht. Er hatte noch so viel zu tun. Langsam zog er die Wollmütze über die Augenbrauen, drückte den Hebel hinunter und fuhr aus der Hafeneinfahrt.

*

Enrico kauerte schlotternd auf dem Stuhl. Ihm gegenüber saß André Malick und sah ihm in die Augen. Dirk Westermann hatte sich hinter dem Leiter der SOKO »Phantom« gegen die Wand gelehnt und beobachtete die Befragung. »Wie oft soll ich Ihnen noch sagen, dass ich keine Ahnung habe, woher dieser Rucksack kam. Der stand einfach da. War mit Tannenzweigen abgedeckt. Ich musste pissen und bin hinter die Hütte. Ich war total voll, Alter, und habe nichts mit der ganzen Sache zu tun«, flüsterte der Maurer, dessen Knie zitterten. »Warum glauben Sie mir nicht? Meinen Sie, ich hätte versucht, die Leute von der Hütte zu vertreiben, wenn ich die Bombe dort abgestellt hätte? Für wie blöd halten Sie mich?«

»Hören Sie. Wir müssen herausfinden, wie es zu der Detonation kam. Sie sind für uns ein wichtiger Zeuge. Helfen Sie uns, ungeklärte Fragen aufzulösen. Noch einmal, wann genau haben Sie den Rucksack entdeckt? Wenn Sie mit der Sache nichts zu tun haben, wollen Sie doch sicher, dass wir den Schuldigen finden, der Ihrem Freund das angetan hat, oder nicht?«

»Ich kann Ihnen nicht helfen. Ich habe nichts mit dem Irrsinn zu tun. Ich war den ganzen Abend mit meinen Leuten zusammen. Sie können jeden fragen! Und Sie können gerne in meine Wohnung. Sie werden dort nichts finden als ein paar Bierdosen. Und ich hatte überhaupt keinen Rucksack bei mir!«

»Unsere Leute sind bereits vor Ort, keine Sorge. Aber warum sind Sie genau hinter *dieser* Hütte verschwunden?«, fragte Malick. Enricos bleiches Gesicht starrte den Kriminaloberrat an. Seine Stimme vibrierte, als er antwortete.

»Max selbst hat mich hinter die verdammte Holzhütte geschickt. Ich hatte keine Lust, zu der überfüllten Toilette am Rathaus zu laufen, da fand ich seine Idee gut. Fragen Sie ihn, er wird das bestätigen. Und wir waren an dieser Hütte, weil unsere Leute da waren«, jaulte Enrico. »Ja, fragen Sie Max, der wird Ihnen erzählen, wie es wirklich war.«

»Das werden wir tun, sobald er aus dem Koma zurückgeholt ist. Aber wie es aussieht, werden Sie uns bis dahin Gesellschaft leisten. Sie sind unser wichtigster Zeuge!«

KAPITEL 9

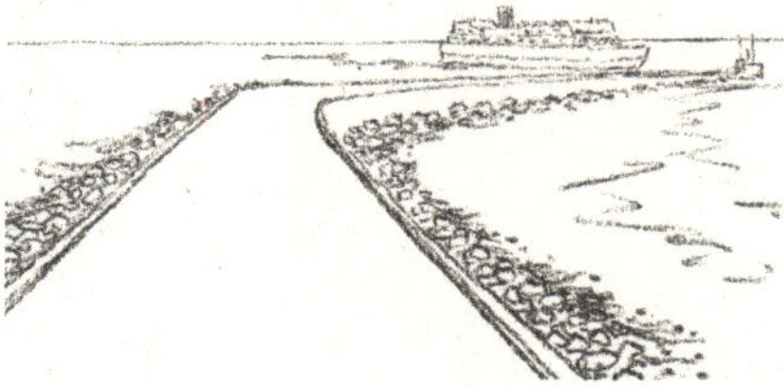

Freitag

»Neiiin!« Der Schrei hallte über den Parkplatz. »Watson! Was hast du angerichtet?« Westermann ahnte Böses, Malick zog die Augenbrauen hoch und sah die Männer erstaunt an.

»Was ist denn hier los?«, wollte er von Westermann wissen.

»Das willst du gar nicht wissen. Ich hab da so eine Vermutung und die wird richtig teuer!« Der Hauptkommissar machte ein angesäuertes Gesicht, das Malick nicht deuten konnte, zog die Pfeife aus seiner Jackentasche und zündete den Tabak an. »Das muss ich mir nicht antun. Vielleicht solltest du mich wieder mit zurücknehmen«, sagte er.

»Aber *ich* will sehen, was passiert ist«, murmelte Malick und steuerte auf Hartwigs Wagen zu, der direkt unter einer Laterne stand und gut einsehbar war. »Ach, du Scheiße!«, entfuhr es ihm, er hielt die Hand vor den Mund und warf einen Blick auf das Chaos, das der Hund verursacht hatte. »Das gibt's doch gar nicht.«

»Und ob es das gibt«, schnaubte Hartwig und zerrte den knurrenden Hund am Halsband aus dem Auto. »Jetzt ist Schluss, das passiert mir nicht noch einmal. Ich hab die Faxen dicke. Nie, nie wieder sitzt du neben mir, ist das klar?«, fluchte Hartwig und zerrte den mit den Zähnen fletschenden Watson zum Fond des Wagens. Er öffnete die hintere Klappe des Audis und schob den Hund, der mit allen Pfoten Widerstand gegen den Gewaltakt zeigte, in seinen Käfig. »Das hast du jetzt davon, du … du …«

Malick lachte aus vollem Hals. »Ist anscheinend nicht das erste Mal«, stellte er fest und schüttelte den Kopf. »Herausragender Polizeihund«, wieherte er noch lauter.

»Das soll wohl witzig sein, oder? Weißt du, was so ein Anfall mich kostet? Dieser verdammte …«, den Rest schluckte er mit hochrotem Kopf hinunter. Malick betrachtete das Innere des Wagens. Sämtliche Polster waren zerfetzt. Überall quoll Schaumstoff heraus. Die Handschuhklappe – herausgebrochen. Die Gurte zerbissen, das Lenkrad ebenso. Das Innere des Wagens glich einem Schlachtfeld.

»Warum macht er das?«, wollte der Leiter der SOKO wissen.

»Frag du ihn. Ja, frag ihn selbst, vielleicht bekommst du ja eine Antwort. Mir reicht's, ich muss jetzt nach Hause. Wenn du willst, kannst du ihn gerne haben.«

»Wen, den Wolf? Nein, danke. Ich liebe mein Auto! Und willst du mit *dem* Wagen losfahren?«

»Natürlich mit dem Wagen. Soll ich mit der Bahn

fahren? Dann zerlegt der Kerl wahrscheinlich noch den Eisenbahnwaggon.« Hartwigs Kopf schwoll puterrot an. Der sonst so entspannte Kommissar schnaubte wie ein Stier kurz vor dem Angriff. Der Polizeihund hatte sich im Hundekäfig zusammengerollt und seine Augen fiepend mit den Pfoten bedeckt. Hartwig stieg in den Wagen, ließ sich auf den völlig ramponierten Sitz fallen, startete und fuhr ohne einen weiteren Blick zu den Kollegen mit quietschenden Reifen vom Parkplatz.

»Na, der ist aber mal richtig sauer«, murmelte Malick und blieb fassungslos stehen. »Ist der öfter so?«

»Wer, der Hund oder das Herrchen?«

*

Die Überfahrt nach Stakendorf, einem kleinen 500-Seelen-Ort direkt an der Ostseeküste, verlief ohne große Komplikationen. Seine Knochen schmerzten. Die Plackerei hatte richtig Kraft gekostet. Dazu die eiskalte Luft und der bissige Wind, der ihm fortwährend ins Gesicht peitschte. Bei jeder Welle schlug das Boot aufs Wasser. Ihm blieb nicht mehr viel Zeit. Er drückte den Gashebel bis zum Anschlag, um seine Aktion noch in dieser Nacht zu vollenden. Das Navigationsgerät wies ihm den richtigen Weg. Etliche Male hatte er sich die Lage und den Ort auf der Karte eingeprägt. Weglänge und Fahrzeiten berechnet. Zweimal war er die Strecke im Dunkeln gefahren, um sein riskantes Unterfangen ohne große Probleme durchziehen zu können. Er war froh über das Schlauchboot, das er in Hamburg privat gekauft und bar bezahlt hatte und sofort mitnehmen konnte. Niemand würde es jemals mit ihm in Verbindung bringen. Er nieste und hoffte, dass er sich keine Erkältung eingefangen hatte. Mit einer Hand zerrte er den Schal fester um seinen Hals und zog den Rotz in seiner Nase hoch. Trotz aller Widrigkeiten passte das Wetter perfekt in seinen Plan. Nebel lag über der See. Der Wind brachte gerade zur richtigen Zeit feuchte, warme Luftmassen aus dem Süden mit sich, breitete sie auf der kalten Ostseeoberfläche aus und wirbelte deren Kaltluft auf. Dies brachte diesen vielversprechenden Dunst mit sich. Beobachtet hatte er das Phänomen schon mal im Herbst oder wie jetzt im Winter an der Ostseeküste. Immer dann, wenn der Wind vom Meer gen Küste wehte und sich die Landfläche abgekühlt hatte, kam der Nebel. Es ist fast wie in dem Film »Fog«, dachte er und zog einen Mundwinkel hoch. Ihm machte diese unheimliche Atmosphäre anscheinend nichts aus. Dieses Mal unterstützte der Nebel *sein* Vorhaben und gab ihm die nötige Deckung.

Der Mann im Boot fuhr im küstennahen Gewässer und hielt eisern die Lenkstange umklammert. Seine Finger kribbelten, als er sich mit langsamer Fahrt dem Strand näherte. Er kannte die Umgebung sowohl von der Land- als auch der Seeseite. Hatte sie etliche Male aufgesucht, um sich zu orientieren. Bisher schien die Durchführung seines Plans simpel, fast zu einfach für seinen Geschmack. Das Boot wurde vom Wind an Land getrieben, als er den Motor ausstellte. Mit einem Ruck zog er ihn zu sich und sprang aus der offenen Feststoffschale ins knöcheltiefe Wasser. Mit aller ihm noch zur Verfügung stehenden Kraft zerrte er das Schlauchboot an den Strand. Es kostete immense Anstrengung, das Boot so weit aus der Ostsee zu ziehen, dass es von der starken Strömung nicht zurück in die See gezogen wurde. Es war stockdunkel, er erkannte kaum die Hand vor Augen. Mit schweren Schritten bewegte er sich durch den Dunst auf das direkt am Meer liegende, völlig eingewachsene Grundstück zu. Seine Knochen schmerzten höllisch, aber zumindest waren sie nicht taub. Das Geschleppe der Säcke und Kanister hatte weitaus mehr Kraft gekostet, als er geahnt hatte. Nun bekam er die Quittung dafür. Der Nacken und die Schultern des durchtrainierten Mannes brannten wie Feuer. Selbst seine muskulös ausgebildeten Oberarme wiesen Ermüdungserscheinungen auf. Er blieb stehen und schüttelte sich. Das alles ist nichts gegen das, was die anderen erwartet, dachte er und stapfte weiter. Es gab kein Zurück. Er würde es beenden. Lauernd blieb er vor der großen Hecke aus Buschwerk stehen, drängte sich zwischen die kahlen Äste hindurch und verharrte für einen Augenblick in der Kälte. In der Ferne nahm er diffuses, gedämmtes Licht wahr. Das Grundstück war lang gezogen, das wusste er. Die Arme um den Oberkörper schlagend, versuchte er, seine Körpertemperatur nach oben zu zwingen. Die Temperaturen, die kaum über null Grad lagen, setzten ihm zu. Seine in derben Gummistiefeln steckenden Füße bewegten sich wie bei einem Fußmarsch auf gleicher Stelle auf und ab. Seine Zehen spürte er seit geraumer Zeit nicht mehr. Selbst die Handschuhe konnten nicht darüber hinwegtäuschen, dass die Finger langsam, aber sicher abstarben. Er zog den Schal vom Mund, hauchte seinen warmen Atem in die hohlen Hände und hoffte, dass es besser wurde. Die feinen Haare, die unter seiner Mütze hervorlugten, schienen steif gefroren. Die Öljacke ist eindeutig zu dünn. Ich hätte eine dicke Jacke darunter anziehen sollen, stellte er bibbernd fest und setzte sich wieder in Bewegung. Er würde es überleben – die anderen nicht! Und auf einmal strömte Wärme durch seinen zitternden Körper. Die Gedanken an sein Ziel weckten neue Energie und ließen Adrenalin durch seine Blutgefäße schießen. Auf einmal konnte er befreit atmen. Sein rechter Mundwinkel verzog sich. Das verächtliche Grinsen wirkte abstoßend. Nur das andauernde Zucken seiner Augenlider ließ darauf schließen, dass er angespannt war. Schnelle Blicke wanderten über das Grundstück, scannten es in Sekundenschnelle. Dann warf er einen Blick auf das rote Backsteinhaus mit den üppigen Gauben und Fensterläden. Es stand am Ende des eingewachsenen Areals, wurde vom Licht eines großen Fensters klarer erkennbar. Wer hier wohnt, hat es eindeutig geschafft, was für ein Protzbau, bemerkte er und schnaufte. Das hat bald ein Ende, sinnierte er und schob sich entlang der Hecke.

Einzig das Wohnzimmer war beleuchtet. Das Licht fiel durch das bodentiefe Panoramafenster. Es erhellte einen Teil des Rasengrundstückes, das von einer dünnen Schneedecke überzogen war. Er zog sein Monokular aus der Jackentasche, hielt es vors linke Auge und lauschte seinem eigenen Atem. Schleim hatte sich auf die Bronchien gelegt und verursachte ein rasselndes Geräusch. Er räusperte sich, weil er Angst hatte, dass man ihn hören konnte. Dann bemerkte er, dass die Ehefrau des Mannes, um den sich seit Monaten sein Denken und Handeln drehte, den Abend offensichtlich beenden wollte. Die große, schlanke Frau um die 40 erhob sich vom Sofa, gähnte, hauchte dem Mann auf dem Sessel einen Kuss auf die Lippen und verließ das Zimmer. Er kannte das Prozedere und schaute an der Fassade hoch. Es glich den anderen Abenden zuvor. Wenig später flammte im oberen Stockwerk ein Licht auf. Sein bösartiges Grinsen verstärkte sich. Auf einmal lag der Fokus nicht mehr auf der Kälte in seinem Körper. Die attraktive Frau hatte ihre langen, honigblonden Haare aus dem Knoten gelöst und blickte, in einen seidenen Nachtpyjama gekleidet, für einen Augenblick aus dem Fenster in die Dunkelheit. Dann zog sie die maritim gestreiften Vorhänge zu. Wenige Augenblicke später erlosch die Lichtquelle im Raum. Jetzt konzentrierte er sich auf die Stehlampe im Wohnzimmer, die spärliches Licht auf das Buch warf, das der Mann in der Hand hielt. Puls und rasende Wut stiegen wie bei jeder vorherigen Observierung der beiden in ihm hoch. Er hat alles, ich habe nichts! Das wird sich bald ändern, dachte er und ballte die Hände. Dich werde ich vernichten! Dieses Hassgefühl fraß sich durch seine Eingeweide und trieb ihn an. Er ballte die Hände zu Fäusten.

Jetzt griff der Mann im Inneren des Hauses zu dem tulpenförmigen Cognac-Schwenker, der zu einem Drittel mit goldfarbener Flüssigkeit gefüllt war, leerte es und stellte es zurück auf das antike Tischchen neben dem Sessel. Der Mann klappte das Buch zu und gähnte. Mit beiden Händen fuhr er sich durch den akkuraten, ergrauten Kurzhaarschnitt. Das wird dein letzter sein, dachte er und atmete tief durch. Der Moment war gekommen. Sein Opfer würde aufstehen, sämtliche Türen verriegeln und für einen Augenblick auf der Terrasse ausharren, um eine letzte Zigarette zu rauchen. Er musste sich verbergen, bevor der Mann entdeckte, dass sich ein Fremder auf seinem Grundstück aufhielt. Er wusste, dass die Alarmanlage erst dann eingeschaltet wurde, wenn der verhasste Kerl die Tür verschlossen hatte, um ebenfalls ins Bett zu gehen. Mit schnellen Schritten schlich er an der Reihe hoher Koniferen entlang und blieb unweit der Terrasse im Schatten der Bäume stehen. Erste Flocken rieselten wie bestellt vom Nachthimmel. Sie würden seine Spuren verschwinden lassen. Niemand würde herausfinden, was in dieser Nacht auf diesem Grundstück passiert war. Erneut räusperte er sich, um das verräterische Rasseln in seinen Atemwegen loszuwerden. Er stellte sich vor, wie viele Menschen sich sicher in ihren Häusern wähnten, obwohl andere außerhalb ihrer vier Wände im Dunkeln deren Leben verfolgten und ihnen gefährlich werden konnten. Er fing an zu schwitzen und zog den Schal vom Gesicht. Der Moment forderte höchste Konzentration. Sein Adrenalinspiegel stieg weiter. Die Schmerzen, die er vor wenigen Minuten in jedem Knochen verspürte, waren verflogen. Sein Puls hämmerte gegen die Halsschlagader. Er folgte jeder Bewegung des Mannes, der nicht im Geringsten ahnte, was ihm bevorstand. Endlich stand der Mann auf, dimmte die Lampe, entnahm eine Zigarette aus der auf dem Tisch stehenden Messingschatulle und bewegte sich zur Terrassentür. Bedächtig zog er die Verriegelung zur Seite, trat ins Freie und warf einen Blick über das Gelände. Der einsetzende Schneefall verdichtete die weiße Decke auf dem Rasen. Rund um das Grundstück herrschte Finsternis. Kein Mondlicht und kein einziger Stern waren sichtbar. Nur tosende Brandung, die sämtliche Geräusche verschluckte. Die Frau wird längst schlafen, mutmaßte er. Sein überwachtes Ziel zog ein Feuerzeug aus der Hosentasche und zündete die Zigarette an. Es wird deine letzte sein. Nur nicht laut atmen, dachte er und ließ keinen Blick von seinem Opfer. Der Angreifer zog mit den Lippen den Handschuh von den Fingern, steckte die Hand in die Jackentasche und tastete nach der Spritze. Mit erhöhtem Pulsschlag griff er danach und umklammerte sie wie einen kostbaren Schatz. Nur noch wenige Augenblicke, dann ... Erneut verzerrte sich sein Gesicht zu einer Fratze. Der rasselnde Atem klang zunehmend hektischer.

Mit dem Daumen strich er über den zylindrischen Hohlraum, der mit M99 gefüllt war. Dieser halbsynthetische Verwandte des Morphins mit seiner außergewöhnlich hohen Potenz befördert sogar größte Elefanten in kürzester Zeit in Tiefschlaf, erinnerte er sich an die Ausführungen über diesen Stoff im Internet.

Die Fernsehserie um einen Serienkiller hatte ihn auf die Idee gebracht. Der Protagonist und Serienmörder, Dexter Morgan, verwendete das Beruhigungsmittel, um seine Opfer mit einer Injektion in den Hals innerhalb weniger Sekunden ins Reich der Träume zu schicken. Es ermöglichte ihm, seine Beute für etliche Stunden ruhigzustellen. Er fühlte sich mit dem Schauspieler auf eine befremdliche Art verbunden. Langsam beschlich ihn das Gefühl, dass er der Figur mit jedem taktischen Zug ähnlicher wurde. Die Bösen würden zur Rechenschaft gezogen werden. Jetzt brauchte er sein Verlangen, sie zu entsorgen, nur noch in die Tat umzusetzen. Hasserfüllte Gedanken kreisten in seinem Schädel, seine Nasenlöcher blähten sich auf. Dieser Kerl ist schuldig. Der Taucher – schuldig. Die Menschen auf dem Marktplatz – sie alle sind schuldig, schnaubte er und zog die Hand mit der Spritze aus der Jackentasche. Behutsam klemmte er sie zwischen seine Lippen, streifte den Handschuh wieder über die Finger und nahm die Kanüle in die Hand.

In weniger als einer Minute würde seine Zigarette aufgeraucht sein. Und der Schnee seine Spuren verwischen.

*

Charlotte hatte äußerst schlecht geschlafen. In ihrem Kopf rauchte es ohne Unterlass. Sie schlug mit fahrigen Bewegungen die Decke zurück und schleppte sich aus dem Bett. Es war bereits nach 7 Uhr. Sie wollte wissen, ob Dirk endlich nach Hause gekommen war. Sie brauchte Informationen und musste ihn mit ihrer Hypothese konfrontieren. Der Duft von frisch aufgebrühtem Kaffee zog in ihre Nase. Dann ist er sicher da, folgerte sie. Katrin trank nur Wasser, Tee und Sojamilch. Leise huschte sie in ihrem Pyjama ins Wohnzimmer. Es war wider Erwarten leer. Sie schlich zur Küchentür und entdeckte, dass ihre Nichte auf dem Schoß von Dirk saß. Er hielt sie fest umschlungen und hatte seinen Kopf gegen ihre Brust gelegt. Charlotte schmunzelte. Sie wollte eigentlich nicht stören, eigentlich. Allerdings überwogen ihre Neugierde und der Drang, sich mitzuteilen. Sie hätte sich nicht einfach zurückziehen können. Sie musste herausfinden, wie weit die Ermittlungen gediehen waren und was für Leute sich wie ein Schwarm Bienen über dem Marktplatz verteilt hatten. Ihr Herz fing an zu klopfen, als sie die Küche betrat.

»Oh, ich habe euch hier gar nicht vermutet! Dirk, dass du auch da bist. Wie schön! Da geh ich doch gleich wieder zu Bett«, murmelte sie in der Hoffnung …

»Nun bleib schon da. Ich habe dich genau gesehen und bemerkt, dass du uns beobachtest.« Katrin sah ihre Tante an und zog Dirk fester an sich. »Setz dich endlich. Ich weiß, wie neugierig du bist, und denke, dass du platzt, wenn dein Kommissar dich nicht schnellstens informiert.« Sie lachte und fuhr mit der Hand über Dirks Haare.

»Na, moin, Charlotte. Ich freue mich, dich zu sehen. Ich muss zwar gleich los, aber bevor du eine Herzattacke bekommst, will ich dich zumindest kurz über den Stand der Ermittlungen unterrichten. Ist dir doch recht, oder?« Dirk Westermann zwinkerte und richtete sich auf. Charlotte Hagedorn errötete und setzte sich den beiden gegenüber.

»Ich wollte wirklich nicht stören«, log sie, blickte zu Boden und versuchte umständlich, ihre wirren Haare zu ordnen.

»Tee, Tantchen?«, fragte Katrin und schob sich von Dirks Schoß, wobei ihre langen karamellfarbenen Haare in weichen Wellen über ihre Schultern fielen. Sie ordnete ihren flaschengrünen weihnachtlich bedruckten Pyjama, der in perfektem Kontrast zu ihren Haaren stand. Ihre Augen leuchteten, und Charlotte bemerkte, wie glücklich ihre Nichte war. Sie betrachtete die Kugel, die Katrin leise schnaufend vor sich herschob. Als sie ihrer Tante einen Tee zubereitete, nahm sie die schmale Silhouette ihrer Nichte wahr. Das wird garantiert ein Junge, überlegte sie. Bei einem Mädchen wäre sie rundherum rund. Charlotte Hagedorn freute sich und rieb sich die Hände. Dirk sah sie an:

»Wie hast du geschlafen?«, fragte er und leerte den Kaffeebecher.

»Um ehrlich zu sein, ziemlich schlecht. Ich habe die halbe Nacht wachgelegen und …«, sie musste es geschickt anstellen, »und gegrübelt.«

»Worüber hast du denn gegrübelt?«, fragte er.

»Ja, diese Unfälle oder Anschläge, wie immer du sie nennen willst. Irgendwas stimmt da nicht«, sagte sie. Dirk kratzte sich mit der Hand den Fünftagebart und schob die Brille über seine Augenränder.

»Also, wie meinst du das, da stimmt was nicht?«

»Ja, ich hab mich ein bisschen umgehört.«

»Aha, Miss Marple ermittelt bereits«, lachte er und schenkte sich aus der silbernen Kanne nach.

»Mir ist aufgefallen, dass Personen angegriffen wurden, die alle mit der Beltquerung zu tun hatten. Der Taucher aus Heiligenhafen war ein Beltretter, genau wie die Gäste, die sich um die Weihnachtshütte versammelt hatten. Das ist doch sehr eigenartig, oder etwa nicht?« Charlotte wippte mit den Füßen. Dirk bemerkte, wie aufgeregt sie war.

»Findest du das nicht ein bisschen weit hergeholt? Charlotte, das erscheint mir unwahrscheinlich.« Dirk schüttelte den Kopf, aber im selben Moment fing es in ihm an zu arbeiten. Was, wenn sie recht hatte? Was, wenn es tatsächlich diese Gemeinsamkeit unter den Opfern gab? Die Nachfragen bei den Firmenbetreibern rund um den Tunnelbau waren ohne Ergebnis geblieben. Niemand, der dort beschäftigt war oder ist, hatte Ambitionen, ein derartiges Fiasko in Gang zu setzen. Die Ermittlungen waren bislang ein Schuss ins Leere. »Woher hast du deine Informationen, wenn ich fragen darf?«

»Ich war in Wallnau im Vogelreservat und habe mit einer Mitarbeiterin über den Taucher gesprochen. Er war ein absoluter Aktivist und Gegner der Querung. Deshalb hat er sich vermutlich im Belt aufgehalten. Und dann hat mir eine Freundin verraten, dass eine Gruppe von Beltrettern, die sich vor der explodierten Hütte getroffen hatte, vorab eine Versammlung in einem Restaurant am Markt abgehalten hatte.« Dirk zog seine Augenbrauen so intensiv zusammen, dass sich eine steile Falte auf der Stirn zeigte. Er grübelte, und seine Mimik verriet Charlotte, dass sie ins Schwarze getroffen hatte.

»Das ist eine nicht uninteressante Theorie, die wir auf jeden Fall weiterverfolgen werden. Aber warum sollte jemand Beltretter töten? Er hat gefordert, sofort die Baumaßnahmen einzustellen. Also kann er nur zur Fraktion der Beltretter gehören. Das widerspricht sich! Ein Beltretter, der die eigenen Leute umbringt? Nicht sehr sinnvoll.«

»Ja, da hast du recht. Aber es hat etwas damit zu tun, da bin ich mir absolut sicher und finde es heraus.« Sie nickte und nahm einen weiteren Schluck Tee. Da war etwas Größeres am Wirken.

»Es erschien mir eigenartig, dass sämtliche Verletzte und der Tote auf dem Kutter zur Fraktion der Beltretter gehörten. Die Frage ist doch nur, wer hat es auf sie abgesehen und warum? Vielleicht handelt es sich um jemanden, der für die Aktivisten nichts übrig hat. Ein sogenannter Befürworter oder jemand, der diese Leute aus anderem Grund hasst. Ihr müsst doch in dieser Hinsicht etwas herausbekommen haben, oder weshalb lief auf dem Weihnachtsmarkt ein ganzer Trupp Polizisten mit Spürhunden durch die Gegend? Hm?« Katrin, die sich wieder auf Dirks Schoß gesetzt hatte, sah beide abwechselnd an. Dirk schwieg auf ihre Frage. »Erscheint dir das alles zu weit hergeholt?«, fragte sie an den Kommissar gerichtet und runzelte ebenfalls die Stirn. Westermann schüttelte den Kopf.

»Habe ich nicht gesagt. Aber das ist ein neuer Ansatz, und diese Gedankengänge muss ich erst einmal im Kopf sortieren. Es wäre immerhin ein ernstzunehmender Hinweis, um das Umfeld dieser Personen zu durchleuchten. Warum aber sollte der Täter als Befürworter den Tunnelbau stoppen lassen? Das ist ein Widerspruch. Wie ich mittlerweile herausgefunden habe, war Enno Hagelstein ein äußerst beliebter Mensch.«

»Gerade weil er gegen den Tunnelbau gewesen ist, war er wahrscheinlich bekannt und beliebt und für gewisse Menschen gefährlich. Vielleicht, und das ist meine nächste Vermutung, ist er tatsächlich Befürwortern des Tunnelprojektes in die Hände gefallen, die auf dem Markt weitere Gegner ausschalten wollten, damit das Projekt vorangeht.«

»Charlotte Hagedorn. Das hört sich nach einem Politthriller an, das ist nicht möglich.« Er schüttelte den Kopf, lachte, aber man erkannte, dass sich die steile Falte zwischen den Augenbrauen nicht auflöste. »Und zu deiner Frage, was für Leute da auf dem Weihnachtsmarkt gearbeitet haben. Du weißt doch, dass wir ab und zu die Spezis von der Polizeischule aus Eutin heranziehen. Mehr ist da nicht. Und da sie gerade vor Ort waren …« Er log, aber er musste absolutes Stillschweigen bewahren. Da konnte er selbst Charlotte Hagedorn nicht einweihen. Das waren strikte Anweisungen von Malick. Die Künstlerin nickte. Die Antworten, die er ihr gab, stellten sie aber keineswegs zufrieden.

»Habt ihr keine Idee, um was es sich bei den Explosionen handeln könnte und wer dafür verantwortlich ist?«

»Nein, Charlotte, haben wir nicht. Wir arbeiten dran, und jetzt«, er schob Katrin von seinem Schoß, »muss ich wirklich los. Die Jungs warten auf mich.« Er nahm Katrin in den Arm, gab ihr einen langen Kuss, beugte sich zu ihrem kugelrunden Bauch und küsste diesen ebenfalls. »Tschüss, mein Fröschlein, und pass mir schön auf deine Mama auf. Auf Wiedersehen, meine liebe Charlotte. Mach mal Urlaub vom Verbrechen!« Er lächelte, zwinkerte ihr zu, sah die Frauen an und verließ die maritime Landhausküche. Zurück blieben eine verklärt lächelnde Katrin und eine verstört stöhnende Tante. Ich werde es euch beweisen, mein Lieber. Da sind größere Mächte am Werk, sinnierte diese.

*

Dirk Westermann schüttelte den Schnee von seinen Schultern und öffnete die Tür zur Dienststelle. Der eisige Wind zog in den Kragen seiner Jacke und hinterließ ein unangenehmes Gefühl auf seiner Haut. Ein Schwall warmer Luft umhüllte ihn, als er eintrat, während gleichzeitig ein anregender Geruch von frisch aufgebrühtem Kaffee durch den Flur waberte. Der Erste Hauptkommissar inhalierte den Kaffeeduft.

»Na, moin, Schütt. Habt ihr etwas Neues?«, wollte er wissen und lugte in das Büro des Dienststellenleiters. Der Beamte schüttelte den Kopf und stand auf.

»Nee, alles friedlich, wenn man das überhaupt so nennen kann. Weder ein Anruf noch eine weitere Explosion. Die Kollegen sitzen in deinem Büro und halten Kriegsrat. Ich muss erst meine Arbeit vom Tisch bekommen, dann geselle ich mich zu euch.«

»Ist recht«, antwortete Westermann und stiefelte den Flur zu seinem provisorischen Büro entlang, in dem er sich mittlerweile fast genauso heimisch fühlte wie in der

Oldenburger Dienststelle. Als er die Tür öffnete, stand André Malick am Flipchart. Um den Tisch herum saßen gedrängt zehn Leute der Sonderkommission. Thomas hockte an seinem Schreibtisch und Watson harrte still im Hundekorb aus. Mit traurigem Blick starrte der Wolfshund den Hauptkommissar an und wagte nicht, sich zu bewegen, obwohl sein Stert anzeigte, wie sehr er sich über die Ankunft Westermanns freute. Oh, der ist ja ganz klein mit Hut. Das hat richtig Ärger mit seinem Herrchen gegeben, dachte er und begrüßte die Kollegen.

»Moin, wie ich sehe, habt ihr alle Hände voll zu tun. Tut mir leid, musste erst mal eine Runde schlafen. Neue Hinweise?«

»Ich habe alle Fakten zusammengefasst, sowohl die Fähren als auch die Brücke und den Marktplatz betreffend.«

»Und?«

»Nichts. Wir haben bisher weder DNA gefunden noch Fingerabdrücke an Rucksack und Plastikteilen sichergestellt. Selbst an den Bestandteilen des Sprengsatzes keinerlei Spuren. Wir sind genau genommen genauso weit wie vorher. Das Krankenhaus hat angerufen und mir mitgeteilt, dass es den beiden verletzten Personen besser geht und sie keine schweren Blessuren davongetragen haben. Es handelt sich um Bürger der Insel. Anders verhält es sich mit Max Heimann. Der 21-Jährige liegt noch im künstlichen Koma und wird heute langsam herausgeholt. Die Ärzte informieren uns, sobald er vernehmungsfähig ist.«

»Wir warten darauf, dass er uns Informationen über seinen Freund, diesen Enrico Mantei, geben kann. Wir haben ihn ja gestern befragt, aber das hat nichts Eindeutiges ergeben. Wir brauchen die Aussage von Max Heimann. Außerdem müssen wir diesen Maurer gehen lassen, wenn er nicht bald mit der Sprache rausrückt. Der Staatsanwalt sah keine Veranlassung, ihn weiter bei uns zu behalten ohne einen relevanten Beweis. Die Wohnung war sauber. Unsere Vermutungen reichen leider nicht aus.« Dirk Westermann kratzte erneut sein Kinn.

»Gott sei Dank gab es bei diesem Anschlag auf dem Weihnachtsmarkt keine Toten. Ein bisher gutes Ergebnis, wenn man bedenkt, mit welcher Wucht der Sprengsatz detoniert ist«, murmelte Westermann. »Dies haben wir meiner Meinung nach diesem Enrico Mantei zu verdanken. Ich habe ihn von Anfang an für unschuldig gehalten.«

»Wieso habt ihr ihn überhaupt festgenommen? Er war doch derjenige, der Schlimmeres verhindert hat«, sagte Sina Hansen erstaunt.

»Der wird von Hollerbeck befragt. Er ist, wie es aussieht, der einzige Zeuge, der uns mehr über diesen Rucksack und die darin enthaltene Bombe erzählen kann. Wir mussten ihn befragen. Ich werde mich gleich mit dem Kollegen Westermann in den Befragungsraum begeben, um zu sehen, ob er noch irgendwas zu erzählen hat, was wir nicht wissen«, sagte Kriminaloberrat Malick.

»Nun zum Taucher. Hier gibt es ebenfalls weder Fingerabdrücke noch DNA-Spuren. Die Tatsache bei dieser Explosion ist, dass dies kein Unfall war, sondern wie auf dem Marktplatz absichtlich herbeigeführt wurde. Wir wissen, um wen es sich bei dem Toten handelt, dass ihm das Boot gehörte und er aus Heiligenhafen stammt. Dieser Mann hatte mit den Personen auf dem Weihnachtsmarkt nichts gemeinsam.«

»Entschuldige, wenn ich dich unterbreche.« Malick warf Westermann einen Blick zu.

»Sprich. Ich bin für jeden Gedanken, der uns weiterbringt, dankbar.«

»Das wird sich rausstellen. Ich hatte heute früh ein aufschlussreiches Gespräch, und dieser Enno Hagelstein hatte sehr wohl etwas mit den Leuten auf dem Marktplatz zu tun.« Ein Raunen brummte durch den Raum.

»Sag nicht, du hast Charlotte getroffen«, knurrte Olaf Schütt, der das Büro betreten hatte.

»Und wenn? Sie hat mir eine Hypothese offeriert, die ich nicht ignorieren kann. Sie hat von mir keinerlei Hinweise erhalten und ist mit eigenen Recherchen zu einem Resultat gelangt.« Dirk guckte mit Entschiedenheit in die Runde und nahm einen Schluck Kaffee zu sich.

»Um wen handelt es sich bei dieser Charlotte?«, wollte Malick wissen.

»Das ist die selbsternannte Schnüfflerin der Insel«, knurrte Schütt herablassend.

»Schnüfflerin?«, fragte er erstaunt.

»Lass *mich* das erklären«, antwortete Westermann. In wenigen Sätzen erklärte er den Kollegen des LKA, um wen es sich bei der Tante seiner Lebensgefährtin handelte und welche Stellung sie im Polizeiumfeld innehatte. Schütt lachte laut.

»Sie ist eine Nervensäge ersten Ranges. So viel zur Miss Marple unserer Insel«, murrte der Dienststellenleiter und setzte sich auf den letzten freien Stuhl.

»Ganz sinnig, Olaf. Sie hat uns bisher hilfreiche Dienste erwiesen, oder nicht?«, entgegnete Westermann, und man erkannte, dass er nicht gut auf die ungehobelten Sätze Schütts zu sprechen war. »Ich bin ihr bis heute dankbar für jede Hilfe.«

»Dann soll es so sein. Was hat sie dir erzählt?«, wollte Malick wissen.

»Sie geht davon aus, dass es sich bei den Personen, die an den Explosionen beteiligt waren, um Beltretter handelt. Die Gegner des Tunnelbaus sind unseres Wissens als Opfer in die Anschläge involviert gewesen. Sowohl auf dem Schiff als auch dem Marktplatz. Jetzt war ihre Theorie, dass sich eventuell unter den Befürwortern dieses Tunnelprojektes der Täter befinden könnte oder jemand die Tunnelgegner hasst. Sie hat, wie sie mir mitteilte, einige Informationen erhalten, die darauf schließen lassen könnten. Es ist nur eine Annahme. Nicht auszuschließen ist, dass zwischen den Opfern eine Verbindung besteht.« Dirk Westermann hob die Hand, zuckte die Schultern und leerte den Becher.

Malick nickte, dann schrieb er »Beltretter« auf das Flipchart. »Jetzt müssen wir herausfinden, wer alles zu dieser Gruppierung gehört und was sie uns zu berichten haben.« Er sah auf die Gruppe der Sonderermittler. Nico Schäfer, der 37-jährige Oberkommissar, nickte und forderte den wenig älteren Kollegen, Sven Dietrich, auf, ihm nach der Besprechung zu folgen. »Des Weiteren müssen wir auf neue Instruktionen und Anweisungen des Täters warten. Dieses wird meine Aufgabe sein. Wir werden alles daransetzen, uns auf ihn und seine Forderungen einzustellen, um sie zu erfüllen. Wir wissen mittlerweile, dass der Mann keinen Spaß macht und wir mit weiteren Anschlägen rechnen müssen. Ich denke, fürs Erste haben wir genügend zu tun. Als letzte Option lasse ich den Bau stoppen. Lasst uns den Kerl vorher dingfest machen. Ich wünsche uns viel Glück und Erfolg!« Malick presste die Lippen zusammen und warf seinem Oldenburger Kollegen einen vielsagenden Blick zu.

»Wir gehen jetzt zu unserem Youngster und hören, was der junge Mann uns noch zu erzählen hat.« Westermann nickte, und sie verließen den Raum. Malick folgte ihm. Hartwig blieb ratlos auf seinem Stuhl sitzen. Er fühlte sich fehl am Platz. Malick an der Seite seines Vorgesetzten – das gefiel ihm nicht sonderlich. Erneut machte sich dieses blöde Gefühl in seiner Magengegend breit.

Die beiden Männer betraten den Raum, in dem der schlaksige, dunkelhaarige Maurer bleich auf dem Stuhl kauerte. Hollerbeck unterhielt sich mit Enrico Mantei. Es lag eine spürbar geladene Spannung im Raum. Draußen schneite es dicke Flocken. Der Wind pfiff durch die Fensterritzen, während die getauten Schneeflocken an der Scheibe herunterliefen. Der Mittzwanziger berichtete in diesem Augenblick von der Warnung der Gäste und dem fast aussichtslosen Versuch, sie vom Marktplatz zu verscheuchen. Er saß da und hatte die Hände auf dem kahlen Tisch gefaltet. Die Männer im Zimmer machten ihm Angst. Erneut öffnete sich die Tür, und Sonja Rasmussen betrat den Raum. Sie stellte sich schweigend neben Westermann. Panisch guckte er von einem zum anderen.

»Es war so schrecklich. Ich hatte tierische Panik, aber die Leute wollten nicht abhauen«, stotterte er und hielt sich die rauen Handflächen vor die Augen.

»Was heißt, die Leute wollten nicht abhauen?«, spiegelte Hollerbeck den Maurer.

»Max und ich haben versucht, ihnen klarzumachen, dass hinter der Hütte eine Bombe liegt. Die haben uns ausgelacht und waren angepisst. Uns hat keiner von denen ernst genommen!«, schrie er. »Wissen Sie, wie das ist?« Der hagere Maurer knibbelte an seinen Fingernägeln. Der Blick wanderte durch den nüchtern eingerichteten Raum. Er hockte da, verschränkte die Hände, nahm sie wieder auseinander und ließ einen Finger im Mund verschwinden. »Was ist, wenn Max stirbt? Dann sind die Idioten schuld an seinem Tod, und ich kann nicht beweisen, dass ich unschuldig bin.« Seine Stimme bebte. »Ich wollte das nicht!«, schrie er und flennte. »Die kill ich persönlich, das verspreche ich Ihnen. Sie können mich in den Knast schicken, ist mir egal.« Sein Blick wirkte plötzlich abwesend. Die Emotionen veränderten sich von einer Minute zur anderen und fuhren mit ihm Achterbahn.

»Sie sind also zufällig in die Situation geraten und haben mit dem Rucksack nichts zu tun, stimmt das so?« Enrico schüttelte den Kopf.

»Warum fragen Sie eigentlich nicht nach den anderen Personen, die auf dem Fest verletzt wurden? Interessiert es Sie nicht, was mit ihnen passiert ist?«, wollte Hollerbeck wissen.

»Natürlich interessiert mich das, aber mein Freund liegt im Krankenhaus, und ich weiß nicht, ob er überlebt. Verstehen Sie das nicht?« Er legte den Kopf auf die Tischplatte und schluchzte. Ein Kerl von Mitte 20, der zwischen all den Fremden saß und unangenehmen Fragen ausgesetzt war, heulte wie ein Kind. Ich glaube immer noch nicht, dass er es war, überlegte Westermann und beobachtete ihn. Er hatte genug Erfahrung, um zu erkennen, wenn ihm ein Täter gegenübersaß.

»Eine Frage noch. Warum sagen Sie immer wieder, Sie wollten es nicht? *Was* wollten Sie nicht? Dass die Bombe hochgeht und Ihr Freund dabei draufgeht?« Enrico drehte sich um und schüttelte den Kopf.

»Nein, ich, was wollen Sie mir jetzt wieder unterstellen?«

»Erst mal gar nichts. Aber Sie waren hinter der Holzhütte, haben nach Ihren Aussagen diesen Rucksack entdeckt. Wo stand er und wie sind Sie auf ihn gestoßen? Der stand doch sicherlich nicht einfach so rum? Und nachdem Sie ihn entdeckten, wollten Sie die Leute von der Hütte entfernen. War das so?«

»Ja, natürlich war das so. Der Rucksack stand hinter der Hütte unter Tannenzweigen versteckt. Ich hab das Ding bemerkt, als ich pinkeln war. Mir war schlecht, weshalb ich mich an der Wand abgestützt habe. Dabei ...« Sein planloser Blick irrte durch den Raum. Dann schwieg er wieder.

»Was genau wollten Sie nicht?« Diese Frage wollte Malick geklärt wissen.

»Dass Max etwas passiert! Er hätte nicht bei der Hütte bleiben dürfen, er sollte ... ich hätte aufpassen müssen, dass er wie die anderen von der Hütte abhaut, das meinte ich damit.«

Westermann wusste, dass sie ihn nicht weiter festhalten konnten. Es gab einfach keine eindeutigen Beweise.

»Sie können gleich gehen. Halten Sie sich aber weiterhin zur Verfügung, bis wir mit Ihrem Freund gesprochen haben.« Hollerbeck guckte ihn durchdringend an. Erschöpft nickte der junge Mann und zitterte.

»Wir haben gute Psychologen. Wenn Sie Hilfe brauchen, werden wir Ihnen gerne jemanden zur Seite stellen«, mischte Malick sich erneut in die Befragung und guckte dem Maurer ins verheulte Gesicht. »Und zu Ihrem

Freund kann ich Ihnen mitteilen: Er ist mittlerweile außer Lebensgefahr und wird aus dem Koma geholt. Folglich wird er das Attentat überleben. Sobald er ansprechbar ist, werden wir ihm ein paar Fragen stellen.«

»Kann ich jetzt endlich gehen? Ich habe Ihnen alles erzählt, was ich weiß«, flüsterte Enrico gequält. »Ich muss zu Max!«

»Wenn das Gespräch beendet ist, können Sie gehen. Zu Ihrem Freund können Sie allerdings erst, wenn *wir* ihn befragt haben«, sagte der Hauptkommissar.

»Hat das Gespräch jetzt etwas Neues ergeben?«, wollte Malick von seinen Kollegen wissen, als Enrico den Raum verlassen hatte.

»Nichts, was uns auch nur einen Schritt weitergebracht hätte. Der Mann war meiner Meinung nach völlig durch den Wind«, sagte Hollerbeck und klappte den Aktendeckel zu. »Wir werden sehen. Das erschien mir alles echt. Falls nicht, observieren wir ihn am besten. Könnte sein, dass er uns sein Versteck verrät und wir ihn festnageln können, bevor …« Hollerbeck presste die Lippen zusammen.

»Ja, ich kümmere mich darum«, erwiderte der Kriminaloberrat und nickte.

»Hat irgendjemand von den anderen Gästen etwas Verdächtiges bemerkt? Eine Person, die mit einem Rucksack hinter der Holzhütte verschwand?«

Malick schüttelte den Kopf, während er die Akte öffnete und den Schriftsatz durchblätterte.

»Nein, niemand. Alle Gespräche führen bisher ins Leere.«

»Wir werden diesen Enrico auf jeden Fall im Auge behalten.«

»Er ist es nicht gewesen«, murmelte Sonja Rasmussen. Alle Blicke waren auf sie gerichtet. »Der Täter ist ein Einzelgänger. Das mit dem Freund passt nicht ins Bild. Und so, wie ich die Sache sehe, ist der Kerl zwar nach außen hart wie Stahl, aber nach diesem Gespräch war er völlig zusammengebrochen. Der hätte niemals solche Taten vorbereiten können. Das alles war nicht gespielt. Der junge Mann ist, auch wenn er Maurer ist, butterweich.«

»Vielleicht hat er den Freund nur als Alibi benutzt. Deshalb müssen wir diesen Max zuerst befragen. Haben wir sämtliche Namen und Adressen der Marktgäste?«, fragte Malick.

»Ich werde das mit Thomas erledigen«, antwortete Westermann, der sich bisher zurückgehalten hatte. »Standen die Jungs unmittelbar an der Bude, hinter der der Sprengsatz hochging?«, wollte der Hauptkommissar wissen.

Hollerbeck nickte. »Ja, sie haben mit ihren Leuten einen Absacker getrunken.«

»Ihren Leuten?«, fragte Westermann und wurde hellhörig. Maik Hollerbeck blätterte in seinen Unterlagen und informierte darüber, dass die beiden zur Gemeinschaft der aktiven Beltretter gehörten.

Malick und Westermann warfen sich einen vielsagenden Blick zu.

*

Es war fast zu leicht gewesen. Wie eine Schattengestalt hatte er sich hinter die mit Schnee bedeckte Konifere gezwängt und gewartet, bis der große Kerl seine Zigarette im Aschenbecher ausgedrückt hatte. Er wagte kaum zu atmen. Seine Zähne knirschten. Diesen einen Moment hatte er sich immer wieder ausgemalt, nun war es endlich so weit, seine Tat auszuführen. Ein Blick auf den Hals des Opfers entfachte ein Grinsen auf seinem Gesicht, als er mit den Zähnen die Plastiktülle von der Hohlnadel zog. Er liegt frei wie ein nackter Arsch, stellte er fest, und das Adrenalin in seinem Körper brodelte. Er spürte die Enge in seiner Brust. Konzentriert atmete er ein letztes Mal ein, zählte lautlos bis vier und absolvierte einen Sprung auf den Mann zu, der sich verblüfft umdrehte. Die Gestalt aus dem Dunkeln nutzte den Überraschungseffekt und jagte ihm die Kanüle genau in diesem Moment in den Hals. Ein verstörter Blick traf ihn, dann sackte sein Opfer bewusstlos zusammen. Geräuschlos sank er in seine Arme. Niemand hatte die Aktion bemerkt. Auf dem Nachbargrundstück war es dunkel, und vor ihnen lag nur die Ostsee. Der Wind blies eisig in ihre Richtung, und es fing heftig an zu schneien, als er ihn anhob. Ihn zu betäuben war der erste Akt. Ein zweiter, den Bewusstlosen ungesehen zum Boot zu transportieren. Aber auch diese Möglichkeit hatte er mehrfach im Kopf durchgespielt. Bis zur Tannenhecke schleifte er ihn an beiden Handgelenken hinter sich her. Morgen früh wären sämtliche Spuren ausnahmslos unter einer dichten Schneedecke verschwunden. Einen Moment lang verschnaufte er, zerrte ihn durch die Hecke und wuchtete den Mann anschließend mit der Kraftanstrengung eines Gewichthebers über die Schulter. Der Kerl wiegt sicher um die 100 Kilo, überlegte er und stöhnte. Das Einzige, was ihn an der ganzen Sache positiv stimmte, war der anschwellende Schneefall, der die Sicht auf ihn und sein *Gepäck* unmöglich machte. Er lächelte und spürte im gleichen

Atemzug die Schmerzen in jedem seiner Knochen. Wankend schleppte er sich Meter für Meter über den holperigen Sandweg durch das Schneegestöber. Der einzige Vorteil an der ganzen Aktion ist, dass der Kerl ein Haus am Strand hat, stellte er fest und quälte sich voran. Seine Muskeln brannten wie Feuer, und das Gewicht des Mannes presste seinen Brustkorb zusammen. Das Atmen fiel ihm immer schwerer. Er benötigte für den Weg, der vorhin gerade mal zwei Minuten in Anspruch genommen hatte, fast das Zehnfache. Ich brauche eine Pause, dachte er und ließ den Mann laut stöhnend von der Schulter fallen. Der Kerl wird es überleben, grinste er und versetzte ihm einen Tritt in die Seite. So ätzend habe ich mir das nicht vorgestellt. »Das macht mich richtig sauer«, zischte er und wischte sich winzige Schweißperlen von der Stirn. Anschließend zog er die Mütze bis zu den Augenbrauen und verpasste dem am Boden liegenden einen weiteren Tritt. Noch einmal nahm er alle Kraft zusammen, griff mit seinen Händen unter die Achseln des bewusstlosen Mannes und versuchte, ihn hochzuhieven. Nach mehreren Versuchen musste er sich eingestehen, dass die Kraft für das Gewicht des anderen nicht mehr ausreichte. Seine Aggression wuchs. Erneut versetzte er dem Mann am Boden einen Tritt, schnaubte und packte die Handgelenke des Bewusstlosen. Keuchend zerrte er ihn hinter sich her. Noch ungefähr 30 Meter, dann hatte er das Boot erreicht. Mit einem Mal entdeckte er das Licht einer Taschenlampe auf dem Nachbargrundstück, das unruhig hin und her wanderte, als sondierte jemand das Grundstück. Er konnte nicht sehen, ob derjenige sich näherte. Eine böse Vorahnung beschlich ihn und ließ ihn sekundenlang bewegungslos verharren. Der frostige Wind, der den Schnee zu einem Schneesturm antrieb, jaulte mittlerweile furchteinflößend über die freien Flächen. Es schien, als wollte er sein Opfer nicht hergeben. Das Licht verlöschte. Befreit atmete er aus. Bevor es erneut aufleuchtete, musste er verschwunden sein. Mit eisernem Willen packte er die Handgelenke des Bewusstlosen und zerrte ihn auf steinigem Grund bis zur Kante der Steilküste. Die Treppe lag im Dunkel und verschneit vor ihm. Mit einer gehörigen Portion Wut im Bauch schleifte er ihn die Holztreppe hinunter. Der Nebel war dem Schnee gewichen. Er sah kaum die Hand vor Augen. Perfekt, bewertete er die Lage und zerrte den leblosen Mann weiter. Bei jeder Stufe, die er im Rückwärtsgang bewältigte, schlug der Körper des Mannes gegen das Holz der Treppenstufen. Ihm selbst lief Schweiß über das Gesicht, bis er an das untere Ende der steilen Treppe gelangte. Ein letztes Aufstöhnen, dann hatte er endlich das Schlauchboot erreicht. Völlig außer Atem ließ er die Arme seines Opfers fallen und versuchte, Luft in seine Lungen zu pumpen. Dann entdeckte er erneut den Strahl der Taschenlampe, der näher zu kommen schien. Mit rasendem Puls bündelte er sämtliche Energiereserven und hievte sein Opfer über die Bordwand. Dann stiefelte er, so schnell seine Kraftreserven es zuließen, ins Wasser und manövrierte das Schlauchboot am Tampen in die knietiefe Ostsee, bis es sich von allein mit der Strömung vom Ufer wegbewegte. Ohne sich umzusehen, kletterte er ins Boot. Als er sich in sicherer Entfernung wähnte, betätigte er den Choke, startete den Motor und schob den Hebel nach vorn. Gegen Wind und Schnee ankämpfend, wendete er das Boot und presste den Kraftstoffhebel weiter vorwärts.

»Hallo? Ist da jemand?«, hörte er eine tiefe männliche Stimme in der Ferne. Er drehte sich um und sah das flackernde Licht der Taschenlampe, das sich auf die Steilküste zubewegt hatte und über die Kante leuchtete. Der Lichtstrahl zielte durch die Schneewand genau in seine Richtung. Hastig zog er den Kopf auf die Knie und hoffte, dass die Person am Ufer das Schlauchboot nicht entdecken würde.

*

Die Augenlider geschlossen, den Kopf in die Hände gelegt, saß er aufgestützt am Tisch und ließ die vergangene Nacht wie einen Film vor seinem inneren Auge ablaufen. Es war wesentlich schwerer, als er es sich vorgestellt hatte. Wie ein nasser Sack war sein Opfer zusammengebrochen. Die wirkliche Hürde war, ihn unbeobachtet ins Boot zu schaffen. Trotz des plötzlichen Auftauchens eines Mannes war es ihm gelungen, unerkannt mit seiner Beute zu verschwinden. Spätestens heute Abend würden sie nach dem Entführten suchen. Er reckte seinen Kopf gegen die Decke und sog die muffig riechende Luft im Raum tief in seine Lungen. Ihm war kalt. Die Nacht im Boot mit durchnässten Klamotten und das Geschleppe des schweren Mannes waren ihm dermaßen in die Knochen gefahren, dass selbst die starken Schmerztabletten nicht halfen. Für einen Moment öffnete er die Augen. Sein Blick fiel auf das Regal vor ihm. Dort standen unzählige leere Kanister. Er reckte sich und grinste. 40 Mal Glück pur. Sein Grinsen verstärkte sich, als er an die Ackerei dachte, die diese Behältnisse verursacht hatten. Leises Seufzen entwich seinem Mund. Es war an der Zeit, den nächsten Anruf zu tätigen. Langsam müssten sie verstanden haben, dass es ihm *todernst* war.

Er stand auf und bewegte sich auf eine Tür zu, die sich hinter ihm befand. Mit Gelassenheit drehte er den Schlüssel im Vorhängeschloss und öffnete es. Ohne auch nur eine Miene zu verziehen, zog er die Eisentür auf. In dem winzigen Kellerraum war es kalt und stockdunkel. Mit der Taschenlampe leuchtete er den Raum aus, der von innen mit Dämmmaterial ausgekleidet war. Er betrachtete das kleine, mit einer Holzplatte verrammelte Kellerfenster. Auf dem Boden lag eine Matratze. Daneben ein Eimer und eine Flasche Wasser am Kopfende der Matte, auf der angekettet der Mann lag, den er unter schwierigsten Bedingungen hierhergeschafft hatte. Ansonsten war der Raum leer. Jetzt musste er nur noch die Dunkelheit abwarten für seinen nächsten Schritt. Dieser Kerl würde schon bald ein Zeichen setzen, das niemand mehr vergessen würde.

*

Mit letzten Kraftreserven schaffte er zwei Stunden später seine Geisel aus dem Heck des Wagens und zog ihn hinter einen Container. Bewegungslos lag der Mann auf gefrorenem Betongrund vor ihm. Seine Kleidung war verdreckt und wies Beschädigungen auf. Der Peiniger leuchtete mit der Taschenlampe über den zerschundenen Körper. Blutige Schürfwunden hatten das hellblaue Hemd in Blut getränkt. Die Haut in seinem Gesicht wirkte leichenblass. Mit Genugtuung betrachtete er die klaffenden Wunden auf Wangen und Kinn. Für einen Moment beugte der Entführer sich keuchend nach vorn, um sein Opfer anschließend zur Eisenluke zu ziehen.

Erschöpft ließ der Mann im schwarzen Hoodie die Arme des Bewusstlosen auf den Boden fallen. Er sah sich immer wieder um, während er sich feuchte Haarsträhnen aus dem Gesicht wischte. Entschlossen zog er einen Schlüssel aus der Hosentasche und musterte die Luke am Boden. Der Wind heulte, während der Lichtkegel über die von Rost zerfressene Bodenluke wanderte. Er wusste, dass sie seit Jahren nicht mehr geöffnet worden war, und hatte diesen Ort aus genau diesen Gründen für sein Vorhaben auserwählt. Niemand würde seine Geisel hier vermuten. Die schwere Kiste, die vorab genau an dieser Stelle den Zugang versperrte, hatte er beiseitegeschoben. Der schwarz gekleidete Mann ließ den fingerdicken Tampen los, den er unter den Achseln seines Opfers festgezurrt hatte. Angespannt steckte er den Dreikant in die Vorrichtung der Luke, um sie zu öffnen. Es kostete Kraft, die bleischwere Klappe anzuheben. Ein Schwall Dieselgeruch strömte ihm entgegen, als er sie aufstellte. Niemand störte ihn trotz diffuser Umgebungsbeleuchtung bei seinem Vorhaben. Keine Menschenseele weit und breit. Er kaute auf seiner Unterlippe, bis sie blutete. Mit der Zunge leckte er die warmen Tropfen von der Lippe und nahm den geflochtenen Strang wieder auf. Entschlossen zog er sein Opfer zu sich und hangelte ihn über die Kante. Die Anstrengungen der vergangenen Stunden und Tage zerrten nicht nur an seiner körperlichen Energie, sondern auch an den Nerven. Das permanente Zucken seiner Augenlider verstärkte sich und zeigte, dass er am Ende seiner Kraft angelangt war. Zentimeter für Zentimeter seilte er den bewusstlosen Mann in die Tiefe, bis er Bodenberührung hatte. Erleichtert ließ er den Tampen los und zog zwei Wattebäuschchen aus der Hosentasche. Er stopfte sie in seine Nasenlöcher, kletterte selbst in den engen Schacht und schloss die Luke hinter sich. Der Abstieg über rostige Eisensprossen in das finstere Nichts war anstrengend. Ohne die Taschenlampe zwischen seinen Lippen wäre er aufgeschmissen gewesen.

Das Betäubungsmittel leistet bis jetzt hundertprozentige Arbeit, stellte er beruhigt fest, als er den Leuchtkegel über die am Boden liegende Person kreisen ließ. Als er selbst am Grund anlangte, ließ er sich neben sein Opfer auf den harten Betonboden gleiten, winkelte die Beine an, nahm die Lampe aus dem Mund und schloss für einen Moment die Augen. Er gähnte und öffnete die Lider, als er das flackernde Licht der Taschenlampe bemerkte. Dann erlosch der helle Strahl und absolute Dunkelheit herrschte. Wie benommen starrte er in die Finsternis. Das Einzige, das er wahrnahm, waren wiederkehrende abgestumpfte Geräusche. Ein unregelmäßiges Aufheulen, unterstützt von einem gleichmäßigen Rauschen, das auf merkwürdige Art beruhigend auf ihn wirkte. Das Licht flammte auf. Anscheinend hat die Lampe einen Wackelkontakt. Nicht auszudenken, wenn die Batterien leer gewesen wären, grübelte er und quälte sich auf die Beine. Der Mann neben ihm lag wie tot auf dem Betonboden.

Eine Viertelstunde später hatte er seine Arbeit vollendet. Der Dieselgestank nahm zu. Dieses Mal hatte er vorgesorgt und sich mit Pfefferminzöl getränkte Watte in die Nasenlöcher gestopft. Er hasste den Geruch von Dieselöl. Sein Gefangener lag auf einer harten, schmalen Holzunterlage. Sie reichte gerade für seine Größe und Statur aus. Sein Opfer trug Kabelbinder, die auf dem Rücken angebracht und mit einer Kette an der Holzplatte befestigt waren. Ein letzter Blick, dann ließ er ihn ohne jegliche Gefühlsregung am Boden liegend zurück. Niemand würde ihn hören, wenn er erwachte. Falls er erwachte! Morgen würde er wiederkommen und ihm einen letzten Dienst erweisen.

Da war es wieder, dieses diabolische Grinsen in seinem Gesicht.

KAPITEL 10

Samstag

Als Bernhard Borgward vor Schmerzen stöhnend zu sich kam, spürte er als Erstes die unsagbare Kälte, die in jede Faser seines Körpers eingedrungen war. Sein Leib zitterte und verkrampfte sich. Die Zähne schlugen so hart aufeinander, dass er Angst hatte, sie würden jeden Moment zerbrechen. In seinem Schädel glaubte er, einen Amboss hämmern zu hören, solche Kopfschmerzen traktierten ihn. Es musste der Geruch sein, der tief in seine Atemwege gesickert war. Unsäglicher Hustenreiz, der Brechreiz auslöste, quälte ihn. Der schlanke, hochgewachsene Mann würgte, als würde er sich jeden Moment übergeben. So muss sich die Hölle anfühlen, dachte er und stöhnte erneut, als er versuchte, die Arme anzuheben. Sein eigener Aufschrei lähmte die Bewegung, weil die Knochen vor Schmerzen brannten. Ob es an der Eiseskälte oder der Unterlage lag, konnte er nicht einordnen. Der entführte Mann lag auf der Seite und zwang sich, die schweren Lider zu öffnen. Da war nichts als Finsternis.

Bernhard Borgward lag gefesselt auf hartem Boden und lauschte. Um ihn herum nur diese verdammte Dunkelheit. Seine Bewegungsfreiheit war komplett eingeschränkt. Nicht einmal die Beine konnte er auseinanderbekommen. Sie waren ebenso aneinandergefesselt wie die Hände. Allmählich klärten sich seine Gedanken. Er spürte seine Zunge gegen einen Widerstand im Mund stoßen, der ihm die ganze Zeit über kaum Platz zum Luftholen gelassen hatte. Er würgte erneut und hustete. Ihm wurde klar, dass ein Knebel ihn daran hinderte, richtig einatmen zu können. Von Beklemmung und zunehmender Todesangst getrieben, sog er die eisige Luft durch seine aufgeblähten Nasenflügel und versuchte, sich durch die schmalen Öffnungen Sauerstoff zu verschaffen. Borgward versuchte zu schreien. Dann hielt er inne, weil er spürte, dass sich Flusen aus dem Knebel in der Luftröhre verirrten, die weiteren Brechreiz auslösten. Außer gequältem Ächzen drang kein Laut aus seinem Mund. Er würgte wiederholt und hielt die Luft an. Ihm war klar, dass ihn niemand hören konnte, dazu dröhnten die Nebengeräusche zu gewaltig. Der Gefangene hatte keine Ahnung, wo er sich befand und um was für Geräusche es sich handelte. Borgward brauchte eine Weile, dann wurden seine Gedanken klarer, sein Lebenswille kehrte zurück. Er versuchte, die Atmung zu kontrollieren, weil seine Nasenschleimhäute anschwollen. Ein immer wiederkehrendes Dodong, Dodong setzte sich in seinem Kopf fest.

Es machte überhaupt keinen Sinn, sich Gehör verschaffen zu wollen. Er wälzte sich auf den Rücken und registrierte, dass er mit den Füßen an die Kante seiner Unterlage geraten war. Vorsichtig schob er die verschnürten Fußspitzen voran und bemerkte, dass sie keinen Widerstand mehr ertasteten. Hastig schnellten seine Beine zurück. Erneut gierte er nach Sauerstoff. Er schloss die Augen, konzentrierte sich auf die Geräusche und beruhigte seinen Puls. Was für ein Scheiß ist das hier, fragte sich Borgward und versuchte, die Fesseln hinter seinem Rücken zu lösen. Immer wieder zog er die Hände auseinander. Aber je mehr er zerrte, desto tiefer schnitten die Handfesseln in die Haut seiner Handgelenke und verursachten neue Schmerzen. Borgwards Körper sank zurück auf die Holzplatte. Er ließ seinen Tränen freien Lauf. Seine Schultern zuckten, bis er erschöpft aufgab und in die Dunkelheit horchte. Die Geräusche irritierten ihn. Er vernahm anschwellendes Brummen, gefolgt von einem dumpfen Scheppern, das er nicht zuordnen konnte. Dann das immer wieder steigende Rauschen und Dröhnen. Es hatte den Anschein, als schwappte permanent Wasser gegen Wände. Seine Unterlage war trocken. Folglich musste es sich um ihn herum oder unter ihm befinden, tiefer! Der Gedanke erschreckte ihn. Wo bin ich, verdammt noch mal? Dann ertönte erneut dieses Brummen und kurz danach dieses dumpfe Scheppern … Dodong, Dodong. Bernhard Borgward riss die tränenden Augen auf und versuchte, wenigstens den Hauch einer Umgebung wahrzunehmen. Aber da war nichts als Dunkelheit, abartiger Geruch von Diesel und dieses Scheppern. Was für eine gequirlte Scheiße ist das hier? Die Angst kehrte zurück und mit ihr das panische

Atmen. Er sog angsterfüllt den üblen Geruch in Nase und Mund und verlor die Besinnung.

Dodong, Dodong.

*

Westermann und Hartwig nahmen erneut sämtliche Besucher des Weihnachtsmarktes ins Visier. Die zum Teil ausführlichen Gespräche endeten allerdings im Nichts. Auch die Frage, warum sich die sogenannten Beltretter genau vor *dieser* Weihnachtsbude getroffen hatten, ergab nichts Neues.

»Bei Hansen gibt es den besten Glühwein«, war die wiederkehrende Antwort. Es war also reiner Zufall. War es dem Täter bekannt, dass die Insulaner bevorzugte Stände aufsuchten? Er musste gewusst haben, dass sie sich dort trafen, oder nicht? Westermann notierte sich den Hinweis in seinem schwarzen Buch. Nach dem letzten Gespräch fuhren sie in seinem Wagen zurück zum Revier. Es war kurz vor 11 Uhr, als sie die Dienststelle betraten. Und es war auffällig ruhig im Flur.

»Was ist denn hier los?«, fragte Hartwig seinen Vorgesetzten und löste die Leine von Watsons Halsband.

Westermann zog die Schultern hoch und öffnete die Tür zu seinem Büro, als er sah, dass sämtliche Kollegen um das Telefon herumstanden. Nico Schäfer, Technikspezialist des LKA, legte den Finger über seine Lippen. André Malick sprach offensichtlich mit dem Täter.

»Wie ich Ihnen erzählte, sind wir mit den Politikern höchster Stelle in Verhandlungen. Sie können sich vorstellen, dass es Zeit kostet, ein derartiges Unterfangen zu unter… nein, abzubrechen. Es handelt sich um ein

Projekt, das von zwei Ländern durchgeführt wird. Wir sind mit den dänischen Projektleitern und Politikern im Gespräch. Aber es wird weitere Zeit in Anspruch nehmen. Wir reden nicht von Geldbeschaffung. Ihre Million Euro liegt vor Ort und wartet darauf, von Ihnen in Empfang genommen zu werden. Nennen Sie uns die Zeit, dann ist das Geld für Sie verfügbar. Keine Polizei! Wir sind bemüht, Ihnen all Ihre Forderungen zu erfüllen. Sie waren bisher leider nicht sehr kooperativ. Ich bitte Sie, keine weiteren Maßnahmen zu ergreifen. Ihr Statement ist angekommen. Lassen Sie uns kooperieren! Wir finden mit Sicherheit eine Lösung.« Die Fallermittlerin Sonja Rasmussen gab Malick ein Zeichen, weitere Informationen aus dem Mann am anderen Ende der Leitung herauszukitzeln, als der antwortete.

»Ich habe das Gefühl, Sie verarschen mich und glauben, mich hinhalten zu können! Ich hatte Ihnen und Ihren Leuten genügend Zeit verschafft, meine Forderungen zu erfüllen. Ich weiß, dass Sie den Bau hätten längst stoppen können. Sie haben die Befugnis! Halten Sie mich nicht für blöd. Warum haben Sie das Geld nicht längst deponiert? Wenn Sie d… d… denken, dass Sie und Ihr aufgebauschtes Team mich mit dämlichen Floskeln abschrecken und von meinem Vorhaben abhalten können, l… liegen Sie falsch. Ihr Geld können Sie sich in den Arsch stecken! Ich werde sämtliche Verbindungen abbrechen. Das wird Ihnen noch leidtun!«, schrie er. Es klickte. Das Gespräch war unterbrochen.

»Habt ihr ihn?«, fragte Malick und stierte auf das Mobiltelefon. Jens Brammann nickte. »Der ist so gerissen.«

»Das ist ein Sendemast in Lübeck. Mehr habe ich nicht«, sagte Brammann, zuckte die Schultern und griff nach seiner Jacke. »War das nicht schon das zweite Mal aus Lübeck? Wir überprüfen das sofort«, sagte Schäfer und verschwand mit Brammann.

»Könnte sein, glaube ich aber nicht«, warf Rasmussen ein, als die beiden längst den Raum verlassen hatten. »Er ist gerissen genug zu wissen, dass wir ihm auf den Fersen sind. Der verarscht uns und lebt sehr wahrscheinlich auf der Insel oder im näheren Umfeld.«

Sonja Rasmussen nickte, während sie sprach. Sie stand neben ihrem Teamkollegen Erik Bode und überlegte. Sie hatte ein Profil des Mannes erstellt, der für die Explosionen verantwortlich war, und wusste, dass er es ablehnte zu verhandeln. »Der hat euch mit den bisherigen Aktionen nur gewarnt. Ihm geht es darum zu zerstören. Der hat längst begriffen, dass ihr ihn hinhaltet. Wenn nicht bald etwas von unserer Seite passiert, wird er tatsächlich einen nächsten und vielleicht letzten Schritt gehen. Und ich glaube, der wird schrecklich ablaufen. Dieser Mann hat nichts zu verlieren und sehr wahrscheinlich längst alle Brücken hinter sich abgebrochen.« Westermann wurde blass.

»Das ist unser Stichwort! Die Brücke, wir müssen unbedingt zur Sundbrücke. Wenn Sie sagen, dass er nichts mehr zu verlieren hat, welchen Ort würden Sie wählen?«, folgerte der Erste Hauptkommissar.

»Dirk, wir haben die Brücke auf den Kopf gestellt, dort war absolut nichts«, antwortete Malick und schüttelte den Kopf.

»Der Kerl macht uns irre!«, knurrte Hartwig. Watson saß neben ihm und fing an zu knurren.

»Lasst uns zur Brücke fahren. Er sagte, er würde unsere Verbindungen abbrechen. Ich nehme das als eine

Art Metapher. Wir haben eine Verbindung nach Dänemark und eine zum Festland. Ich könnte mir vorstellen, dass die Brücke im übertragenen Sinn sein nächstes Ziel sein wird«, sagte Westermann erneut. Malick steckte die Hände in die Taschen seiner Jeans, betrachtete die Aufzeichnungen auf dem Flipchart mit ernster Miene.

»Ist gut. Wir fahren. Ich hoffe, du irrst dich.« Eine tiefe Falte entstand auf seiner Stirn.

*

»Bernhard, wo bist du?«, rief Lena Borgward und warf einen Blick in den verschneiten Garten. Sie konnte ihren Mann nirgends entdecken. Selbst im Keller, in dem er sich nur aufhielt, wenn er seine Golfschläger holen wollte, war er nicht aufzufinden. »Das gibt's doch nicht. Du bist noch nie gefahren, ohne dich zu verabschieden«, murmelte sie und stellte die Kaffeemaschine an. Lena huschte im Schlafanzug die Holzstufen zum Schlafzimmer hinauf. Ihr war unerklärlich, was in ihn gefahren war.

In Gedanken ließ sie die seidene Pyjamahose fallen und zog das Oberteil aus. Sie warf beides aufs Bett und schlich ins angrenzende Badezimmer. Mit einem mulmigen Gefühl in der Brust nahm sie ihre schulterlangen Haare in die Hände, drehte einen Knoten und schlang ein Gummiband darum. Ich habe ihn nicht mal zu Bett kommen hören, überlegte sie. Wenig später hatte sie sich angezogen und saß am vier Meter langen Eichentisch, der direkt vor dem bodentiefen Fenster stand. Lena warf einen Blick in den Garten und nahm einen Schluck Milchkaffee. Was ist bloß in ihn gefahren? Sie wählte die Nummer seines Handys. Die Mailbox war dran. Sitzt wahrscheinlich längst in einer Besprechung. Wollte mich mit Sicherheit nicht wecken. Komm du nach Hause. Lena Borgward stand auf und steckte die cremefarbene Seidenbluse in die dunkle Stoffhose. Sie war eine elegante Erscheinung, die sich mit ihrem Mann auf jedem Parkett bewegen konnte. Unmut machte sich in ihr breit. Mürrisch streifte sie die zur Hose passende Jacke über, griff nach ihrer Lederaktentasche und verließ das Haus. Sie wusste, dass ihr Mann ständig in Eile war und von einem Termin zum anderen hetzte. Aber so hatte er sich ihr gegenüber noch nie verhalten. Ich rufe gleich vom Büro seine Assistentin an. Als sie den schwarzen Audi aus der Garage fuhr, stand der Nachbar nebenan in der Auffahrt. Sie ließ mit der Fernbedienung das Garagentor zugleiten und öffnete das Seitenfenster. Es schien, als wollte er ihr etwas mitteilen, während er seine modische Brille zurechtrückte.

»Guten Morgen, Lena. Hast du das heute Nacht auch mitbekommen?« Lena Borgward warf ihrem Freund und Nachbarn, der unschlüssig im Anzug vor seiner Garageneinfahrt stand, einen fragenden Blick zu.

»Was mitbekommen?« Sie schaltete den Motor aus.

»Ich hatte das Gefühl, als wäre heute Nacht jemand in unseren Gärten unterwegs gewesen. Ich habe aber keine Fußspuren entdeckt. Hat wie verrückt geschneit heute Nacht. Und dann habe ich ein Boot gehört. Ich habe deutlich einen Außenbordmotor wahrgenommen. Gesehen habe ich nichts.« Lena stutzte und stieg aus. Sie wurde blass. Das ungute Gefühl in ihr schien sich zu bestätigen.

»Kommst du mit mir in den Garten?«, fragte sie.

»Sicher.« Gemeinsam traten sie durch die Garage ins Haus. Lena ging zur riesigen Fensterfront und zog mit einem Ruck die Glastür zur Seite. Sie wusste nicht, was sie suchen sollte, aber etwas stimmte nicht. Ihr Nachbar Erik Wender stellte sich neben sie auf die Terrasse. Sie entdeckte den Aschenbecher auf dem Tisch, die Zigarette darin.

»Ich sehe nichts. Er hat hier draußen seine Zigarette geraucht, aber sonst …«, sagte sie leise. »Keine Spuren. Ist alles zugeschneit.«

Erik untersuchte mit wachem Blick jeden Meter des Grundstücks. Dann deutete er zu den Koniferen und schluckte.

»Lena, da sind Fußspuren bei den Tannen.« Er stapfte am Rand des Rasengrundstücks in Lederschuhen durch den Schnee. Ohne wichtige Spuren zu vernichten, blieb er in gesichertem Abstand zur Hecke stehen, zog sein Handy aus der Tasche und schoss Fotos. »Wo ist Bernhard?«, wollte er wissen.

»Das weiß ich nicht. Er ist nicht da. Das hat er noch nie gemacht, wegzufahren, ohne sich zu verabschieden. Und sein Bett war unberührt. Er schläft zwar manchmal auf der Couch, wenn er vorm Fernseher einschläft, aber auch da war alles irgendwie zu ordentlich.« In Lenas Stimme schwang Angst mit.

»Lena, ich will dich nicht beunruhigen, aber ich glaube, dass ihm etwas zugestoßen sein könnte, er vielleicht entführt wurde. Du weißt, dass er ein bedeutender Politiker ist.« Die Politikerfrau Lena Borgward starrte ihren Nachbarn fassungslos an.

*

Charlotte hatte es satt, sich die Finger auf dem Fahrrad abzufrieren. Sie entschloss sich, mit dem Käfer ihrer

Nichte auf Verbrecherjagd zu gehen. Letztlich hatte sie in einem für Katrin lebenswichtigen Moment bewiesen, dass sie auch nach jahrelanger Abstinenz eines nicht verlernt hatte: das Autofahren. Sie musste unbedingt mehr über die Querelen der Beltquerung herausbekommen. Mit dem Rad war sie nicht schnell genug bei dieser Witterung. Sie saß in Mantel und Mütze hinter dem Steuer, nachdem Katrin ihr mindestens hundertmal eingebläut hatte, wie sie ihren Käfer zu behandeln hatte. In ihrem Kopf rauchte es. Fortwährend befreite sie mit dem Handrücken die Scheibe vom Beschlag. »Dass diese Autos immer erst warm werden, wenn man in Timbuktu angekommen ist«, grummelte sie, hielt das Lenkrad fest und hauchte gegen die Windschutzscheibe. Charlotte glaubte nicht an einen terroristischen Anschlag, obwohl es im Moment für die Polizei den Anschein haben könnte. Wenn es sich um Berlin, Frankfurt oder Hamburg handeln würde, könnte sie es verstehen. Aber auf Fehmarn? Es waren zu viele Ungereimtheiten aufgetaucht, die nicht im mindesten etwas mit einem politischen Angriff zu tun hatten. Für sie wirkte es so, als wollte jemand einen persönlichen Rachefeldzug durchziehen. Der Täter versuchte ihrer Meinung nach nur, es als Attentat darzustellen. Charlotte trommelte gegen das Lenkrad und starrte stur geradeaus. Ihre Mütze saß genauso unaufgeräumt auf ihrem Kopf wie ihre Gedanken eine Etage tiefer. »Terroristen auf unserer Insel, dass ich nicht lache«, murrte sie und knetete ihr rechtes Ohrläppchen, bis es tiefrot angelaufen war. Sie hatte heute Morgen von Nele gehört, dass ein Großteil ihrer Gäste überstürzt abgereist war. Es konnte nicht sein, dass erneut ein Irrer die Insel leer fegte. Gerade jetzt in der idyllischen Vorweihnachtszeit. Sie rollte an das Grundstück von Edeltraut Habermann und ihrem Mann Horst. Die gemütliche Reetdachkate war geschmackvoll dekoriert. Vor den schneeweiß gestrichenen Fenstern hingen Blumenkästen, in denen unzählige Lichterketten in Miniatur-Koniferen leuchteten. Geschmack hatte sie schon immer, dachte Charlotte. Edeltraut Habermann gehörte zu den Beltrettern erster Stunde und würde ihr weiterhelfen können. Sie parkte den Wagen vor dem hell lasierten Gartenzaun und stiefelte den 20 Meter langen geschwungenen Plattenweg entlang. Er war mit einer Schneeschicht überzogen, auf der noch niemand seinen Fußabdruck hinterlassen hatte. Charlotte inhalierte die nach Schnee riechende Luft und streckte die Nase in den grau verhangenen Himmel. Im Moment war es windstill und schneite nicht. Als sie in Erwartung der erhofften Hinweise ihren Gang beschleunigte, rutschte sie plötzlich ohne ersichtlichen Grund auf der verschneiten Fläche aus und landete unsanft auf dem Hintern.

»Aauaa! E-del-traut!« Mit ausgestreckten Beinen saß sie wie eine Käthe-Kruse-Puppe auf dem Boden und rieb sich mit der Hand die schmerzende rechte Pobacke. Ihre Mütze saß jetzt noch windschiefer auf ihrem Kopf, und ein Ohr lugte heraus. »E-del-traut!«, jaulte sie. Die graue Landhaustür öffnete sich. Eine 1,75 Meter große, schlanke Frau in Jeans und Bluse mit ergrauter Kurzhaarfrisur stand im Türrahmen, presste die Hand vor den Mund und starrte die am Boden sitzende Künstlerin an.

»Charlotte, was ist denn mit dir passiert? Mensch, Deern!«, rief sie krächzend und stapfte in Hausschuhen die Betonstufen hinunter. Sie eilte zu der Frau, die wie ein Häufchen Elend dasaß und darauf wartete, dass jemand sie erlöste.

»Nun hilf mir schon endlich«, entgegnete Charlotte wehleidig, wedelte mit der Hand und hielt sie Edeltraut entgegen. Mühsam bekam sie die Künstlerin auf die Beine. »Mein Po, mein armer Po«, jammerte Charlotte und rieb sich ihr Hinterteil.

»Was machst du denn hier?«, wollte die Landfrau wissen, als sie gemeinsam zum Haus zurückhumpelten.

»Ich, ich wollte dich einfach mal besuchen«, schnurrte Charlotte. Der veränderte Tonfall ihrer Stimme sagte Edeltraut Habermann, dass dies nicht der Wahrheit entsprach. Sie kannte die Künstlerin, der jedes Mittel recht war, um an Informationen zu gelangen. Sie musste heute noch schmunzeln, wenn sie daran dachte, wie sie dem Bürgermeister bei einer Vernissage im Senator-Thomsen-Haus gehörig die Leviten gelesen hatte. Der ganze Saal hatte das Fiasko mitbekommen.

»Na, dann komm mal rein«, sagte sie und schloss hinter sich die Tür. »Ich mach uns einen Tee. Leg deinen Mantel ab und zieh die Stiefel aus. Du verteilst sonst den ganzen Matsch im Haus.« Brav und ohne Widerworte tat Charlotte, was ihr gesagt wurde, und folgte der resoluten Frau in die geräumige Landhausküche. Altweiße Küchenschränke und ein einladender Eichenholztisch, der den Raum dominierte, fügten sich zu einem harmonischen Ganzen. Charlotte schlich auf dicken Socken über die betagten Bodenfliesen und setzte sich auf einen der acht Stühle. Es roch nach Äpfeln und Zimt.

»Backst du?«

»Ja, Apfelkuchen. Wir haben heute Nachmittag ein Treffen der Landfrauen, da muss genügend Kuchen da sein.« Sie zwinkerte Charlotte Hagedorn zu, während sie zwei Teegläser mit frischer Pfefferminze befüllte und heißes Wasser darübergoss. Dann setzte sie sich ihrem Gast gegenüber. »Nun, min Deern, nu vertell mal. Wat willst du wirklich?« Charlotte Hagedorn fühlte sich ertappt und griff nach dem Schälchen mit Kandis. Langsam ließ sie zwei davon in den Becher gleiten.

»Hast du Sahne?«, fragte sie, um von ihrem eigentlichen Vorhaben abzulenken.

»Hab ich, trotzdem: Was machst du um diese Uhrzeit in Dänschendorf?«

Charlotte druckste und war erstaunt, dass Edeltraut den Braten schon gerochen hatte.

»Ich sehe doch, dass dir etwas auf dem Herzen liegt.«

»Du hast recht. Ich bin nicht ganz uneigennützig hier. Mir gehen ein paar Sachen nicht aus dem Kopf, und du bist diejenige, die mir weiterhelfen könnte.«

Jetzt wurde Edeltraut neugierig und setzte sich aufrecht auf ihren Stuhl.

»Was meinst du?«

»Du hast mit Sicherheit von den Explosionen gehört.«

»Wer nicht!«

»Ich glaube, dass einer der Beltbefürworter den Toten und die Verletzten auf dem Gewissen hat. Dass er den Taucher um die Ecke gebracht hat, weil er dabei war, als die Riffe entdeckt und kartiert wurden. Das hätte das Tunnelbauprojekt eventuell stoppen können. Er war einer der Verantwortlichen im Kampf gegen dieses Projekt.«

»Und was ist mit dem Anschlag auf dem Marktplatz? Meinst du, das war derselbe?«

»Na ja, das habe ich noch nicht so richtig raus. Waren

alles Gäste, die ihren Spaß haben wollten.« Sie wollte nicht zu viel preisgeben und lauerte.

Edeltraut fuhr sich mit der Hand über das Kinn und überlegte.

»Du könntest sogar recht haben. Die Leute, die sich an dem Stand aufhielten, der in die Luft ging, waren nicht nur einfach Gäste. Das waren alles unsere Leute.«

»Wie, eure Leute?« Charlotte Hagedorn tat erstaunt.

»Ach, meine Liebe, du weißt doch, dass ich seit Jahren für den Belt kämpfe. Also, unsere Aktivisten hatten sich an genau diesem Abend zu einer Versammlung im jugoslawischen Restaurant getroffen und sind dann abschließend zu Hansen an die Bude. Enno war den Beltbefürwortern mit der Entdeckung neuer Habitate in die Quere gekommen, und das haben die Beltretter zum Anlass genommen, erneut Klage einzureichen. Und das Schlimmste ist, dass die jetzt, wo endlich ein vorübergehender Baustopp erwirkt wurde, fast komplett verschwunden sind.«

»Was? Das kann nicht sein.«

»Ja, genau darum ging es. Die Taucher, zu denen Enno gehörte, waren aufgebracht über den neuesten Stand der Dinge.«

»Das gibt's doch gar nicht!«

»Und ob es das gibt. Da siehst du schon mal, dass die Existenz sämtlicher Schutzgebiete erst unter den Teppich gekehrt und dann ignoriert wurde.«

»Dann war das mit den Riffen alles nicht so dramatisch, wie darüber berichtet wurde?«

»Oh doch, liebe Charlotte, denn die waren äußerst artenreich und Lebensraum für viele Tiere und Pflanzen. Und besonders schützenswert und notwendig für den gesamten Ostseeraum. Jetzt sind sie fast komplett zugeschüttet worden. Das ganze Klagen hat nichts geholfen. Und dieser Borgward tritt dem Ganzen auch noch positiv gegenüber.«

»Da wird gezielt gegen Hindernisse, die das Bauprojekt stoppen könnten, vorgegangen. Das Projekt steht seit dem Staatsvertrag so fest wie das Amen in der Kirche. Also ich hätte gedacht, dass du als Schnüfflerin das alles längst weißt. Liest du denn kein *Tageblatt*?«

»Ich gebe zu, ich habe einige Berichte mehr überflogen.« Sie ruderte wild mit den Armen. Natürlich wusste sie mehr, als sie zugab. Aber dass die Riffe quasi ausradiert wurden, wusste sie nicht. »Das ist so schrecklich! Wir sind normale Bürger, die die Machenschaften bestimmter Personen nicht durchschauen können und müssen alles als gegeben hinnehmen. Das ist eine richtige Katastrophe! Nicht zu fassen«, knurrte die Künstlerin. Immer wieder raufte sie sich die Haare, sodass mittlerweile unzählige silbergraue Strähnen aus dem Zopfband hervorlugten und über die Schulter fielen.

»Charlotte, du solltest dich entweder mal kämmen oder aber endlich deine graue Mähne abschneiden lassen. Du siehst fürchterlich aus«, kicherte Edeltraut und schüttelte den Kopf. »Damit ich so aussehe wie du? Nee.«

»Was soll das denn heißen?«, mokierte sich die Beltretterin und schaute zu ihrer Bekannten.

»Nein, alles gut. Ich will nun mal meine Künstlermähne. Aber mal ehrlich. Hättet ihr den Dänen nicht von Anfang an mehr Feuer unterm Hintern machen müssen?«

»Wie denn, wenn die Gerichte alles vom Tisch wischen und die Riffe in den Gutachten schon vorher nicht vorgekommen sind? Und sie auf einmal im Zuge der Baugenehmigung die Riffe einfach zuschütten.«

»Aber wie konnten sie das tun?«, murmelte Charlotte.

»Ja, diese Frage stellten wir uns auch. Daraufhin ist Enno erneut getaucht und hat alles haarklein dokumentiert. Das konnte nicht mehr unter den Teppich gekehrt werden. Und jetzt kommst du mit deiner Hypothese. Da bin ich fast geneigt, dir zu glauben.« Edeltraut Habermann stand auf und trat ans Fenster. »Dann haben die Riffe mittlerweile zwei Opfer gefunden.«

»Wie meinst du das?« Charlotte rutschte auf dem Stuhl von einer Seite auf die andere. Da war wieder dieses Gefühl, das ihr eine Gänsehaut über den Rücken jagte. Sie kam möglicherweise ihrem Ziel näher.

»Erinnerst du dich an Kerstin Mielke? Die ist damals beim Tauchen ertrunken. Ich weiß, dass Enno ein paarmal mit ihr gemeinsam zu den Riffen getaucht ist und nach Hinweisen gesucht hat. Die Frau war regelrecht besessen. Sie wollte die Riffe selbst untersuchen und ist mit Ennos Boot raus zum Belt. Ich glaube, er hatte an dem Tag einen Gerichtstermin in Lübeck und wusste nichts von ihrer Aktion. Sie hat sich den Schlüssel besorgt und ist alleine raus. Und dabei ist sie ertrunken. Das ist schon mindestens drei Jahre her.« Edeltraut sah aus dem Fenster in den verschneiten Vorgarten.

»Oh, ja, das habe ich gelesen, das war schrecklich. Wie ist das damals noch genau passiert?«

»Sie hatte sich in einem Netz verheddert, das von einem Kutter abgerissen war und sich im Riff verfangen hatte. Sie konnte sich nicht mehr befreien. Zu allem Übel war irgendwann die Sauerstoffflasche leer. Die arme Deern. Aber das wusstest du doch.« Charlotte nickte.

»Und wie geht das mit den Riffen jetzt weiter?« Traute zuckte die Schultern.

»Nichts, da passiert rein gar nichts mehr. Kein Schaden, keine Riffe, kein Umweltfrevel.« Edeltraut wandte sich der Künstlerin zu und zuckte resigniert die Schultern. »Da müssen wir jetzt durch. Die Dänen sind längst dabei, ihren Scheiß-Tunnel auszuschachten, und wir müssen hilflos zusehen. Die Riffe sind verschwunden. Was könnten wir noch verhindern? Das lässt sich nicht mehr aufhalten. Auf jeden Fall kriege ich einen dicken Hals, wenn ich an die Geschichte denke. Wir brauchen keinen Tunnel. Und schon gar nicht zwei davon.«

*

»Polizeistation Schönberg«, meldete sich eine dunkle Stimme am anderen Ende der Leitung.

»Hier spricht Lena Borgward«, sagte die Frau des Politikers mit zittriger Stimme und erzählte von ihrem verschwundenen Mann und der Entdeckung ihres Nachbarn.

»Beruhigen Sie sich. Ich schicke Ihnen gleich einen Wagen.«

Der 52-jährige Kommissar Mark Wohlberg und sein Kollege Hauptmeister Klaus Momsen standen von ihren Stühlen auf, während Wohlberg weiter mit der Frau des Politikers sprach und versuchte, sie zu beruhigen.

»Wir machen uns sofort auf den Weg und sind schnellstens bei Ihnen.«

Die Polizeibeamten guckten sich an. »Müssen wir nicht sofort den Staatsschutz informieren?«, fragte Momsen seinen Kollegen. »Machen wir, aber zuerst fahren wir zu ihr. Wer weiß, was da wirklich los ist. Ich mach mich doch nicht lächerlich.«

*

Die Untersuchung der Brücke endete erfolglos. Es gab weder einen Sprengsatz noch andere verdächtige Spuren.

»Wir brauchen eine lokale und eine überregionale Pressemitteilung. Wir müssen ihm sofort etwas Greifbares liefern, sonst dreht der am Rad«, knurrte Malick und nahm sein Handy in die Hand. »Gebt mir mal die Nummer eures Blattes.« Der Leiter der Sonderkommission wählte. Kurz danach wussten sämtliche Bedienstete der Dienststelle und der SOKO, dass in einer Stunde vor Ort eine Pressekonferenz stattfinden würde.

Dirk Westermann, Leiter der Mordkommission Oldenburg, war erstaunt über das Tempo, das die SOKO vorlegte. Überall arbeiteten Polizeibeamte am Fall »Phantom«. Acht Beamte des Teams fuhren auf den Fährschiffen als sichtbares Begleitpersonal von Rødby nach Puttgarden und zurück. Zwei Beamte kontrollierten in regelmäßigen Abständen die Brücke, und weitere Kollegen in Zivil mischten sich unauffällig rund um den abgesperrten Weihnachtsmarkt unter die Leute. Es schien, als stände die gesamte Insel unter Kontrolle. Die erhöhten Patrouillen sorgten dafür, dass sich Urlauber einerseits sicher fühlten, andererseits ihre Urlaubsfreude aufgrund der angespannten Situation immer mehr abnahm. Der Fluss der Abreisenden steigerte sich mit jeder Aktion, die von Seiten der Polizei durchgeführt wurde. Angst vor einem Anschlag machte sich breit. Die Männer und Frauen der Presse versammelten sich im größten Büro der Dienststelle und warteten spannungsgeladen auf die Berichterstattung des Leiters der Sonderkommission André Malick, der die Pressekonferenz einberufen hatte.

Dann trat der Kriminaloberrat in den Raum, gefolgt von zweien seiner Kollegen, sowie Dirk Westermann, Thomas Hartwig und Olaf Schütt. Schütt trat als Erstes ans Fenster und öffnete eines von ihnen. Die aufgeheizte Luft im Raum war stickig. Malick postierte sich hinter dem Mikrofon und zog am Kragen seines Pullovers. Sonja Rasmussen betrat als Letzte den Raum. Sie zwängte sich zwischen den Presseleuten hindurch und gesellte sich zu Westermann. »Na, da bin ich ja mal gespannt, ob es hilft«, flüsterte sie leise. Ihre dunkelbraunen kurzen Haare standen gegelt vom Kopf und gaben ihrer äußeren Erscheinung einen ungezwungenen Ausdruck. Mit routinierter Gelassenheit steckte sie die Hände in die Taschen ihrer verwaschenen Jeans. Der brombeerfarbene Wollpullover brachte sie in dem kleinen Raum in wenigen Augenblicken zum Schwitzen.

»Ganz schön warm hier, oder?«, murmelte Westermann und schob die Ärmel seines Baumwollpullovers hoch. Er zwinkerte ihr zu. Hartwig beobachtete sie. Auf eigenartige Weise fühlte er sich allein. Er hatte Watson bei Stina zu Hause gelassen, um ihm Ruhe zu gönnen. Die Arbeit der Hundestaffel irritierte den Hund und machte ihn nervös. Er war es gewohnt, als Rudelchef das alleinige Regiment zu führen. Konkurrenz lag ihm nicht sonderlich. Hartwig war es lieber, wenn er sich für eine Weile stressfrei im Garten austobte. Er schnaufte und bemerkte die aufkeimende Unruhe im Raum.

Jan Becker und Sina Hansen saßen im Büro ihres Vorgesetzten und hielten die Stellung in der Dienststelle, als

Malick im Nebenraum gegen das Mikrofon klopfte und sich räusperte.

»Moin, meine Damen und Herren. Wir geben aufgrund der wiederholten Vorkommnisse und der jetzigen Sachlage ein Statement im Fall ›Phantom‹ ab. Wir fühlen uns veranlasst, den Bürgern wichtige Informationen nicht vorzuenthalten. Folgendes zur ersten Explosion im Fehmarnbelt. Hierbei kam es am letzten Samstag gegen 11.30 Uhr nach Zeugenaussagen zu einer Detonation auf einem ehemaligen Fischkutter. Dieser gehörte einem Taucher aus Heiligenhafen, der bei der Explosion ums Leben kam. Die Umstände lassen darauf schließen, dass es sich bei der Detonation nicht um einen Unfall, sondern um einen gezielten Anschlag handelte.«

»Könnte es sich um einen politisch motivierten Terroranschlag handeln?«, fragte einer der Journalisten.

»Wir schließen nach bisherigen Ermittlungen einen terroristischen Anschlag nicht aus.« Ein Raunen ging durch die Menge. Kameras blitzten auf. Ein Mann um die 40 stand mit laufender Kamera direkt vor Malick und hielt ohne Pause auf den Leiter der Sonderkommission. »Des Weiteren ermitteln wir zeitgleich in der Sache einer zweiten Explosion auf dem Weihnachtsmarkt am vergangenen Mittwoch, bei der es sich mit großer Wahrscheinlichkeit um den gleichen Täter handelt.«

»Glauben Sie, dass es weitere Anschläge geben könnte?«, wollte der gleiche Berichterstatter wissen.

»Wir können zu diesem Zeitpunkt keine weiteren Informationen herausgeben, da es sich um ein laufendes Verfahren handelt. Wir bitten die Bevölkerung dennoch, äußerst wachsam zu sein, belebte Orte zu meiden und uns selbst die unbedeutendsten Hinweise zu melden.« Erneutes Raunen, dann einige Zwischenfragen, die Malick allerdings überhörte. Er hob die Hand. »Meine Damen und Herren, ich bitte Sie, mich meine Ausführungen zu Ende führen zu lassen. Wir sind im Gespräch mit einer verdächtigen Person und setzen alles daran, den Forderungen des mutmaßlichen Täters gerecht zu werden und mit ihm im Gespräch zu bleiben. Wir führen mehrere Konferenzen mit wichtigen Politikern des In- und Auslandes durch. Wir benötigen Zeit, um an uns herangetragene Forderungen zu erfüllen.« Malick versuchte, das laute Raunen der Pressemitarbeiter zu ignorieren. Er richtete seine weiteren Worte an den Verdächtigen.

»Ich bitte Sie, geben Sie uns die Zeit, die wir brauchen, um Ihnen ein vertrauenswürdiges Angebot vorlegen zu können. Bitte keine weiteren Aktionen!« Malick machte eine Pause. Dann sprach er emotionslos weiter. »Ich übergebe an meine Kollegin und Fallanalytikerin Sonja Rasmussen, die ein Statement zum Täter abgeben wird. Vielen Dank.«

Die Fallanalytikerin räusperte sich, nahm die Hände aus den Hosentaschen und faltete sie.

»Bei dem Täter handelt es sich voraussichtlich um einen Mann von 35 bis Mitte 50. Er ist ein Einzelgänger, von sportlicher Natur und verhält sich dementsprechend zurückhaltend. Aller Wahrscheinlichkeit nach lebt er zurückgezogen, was ihm die Möglichkeit offeriert, völlig unbeobachtet zu agieren. Der Täter besitzt oder hat sich ein kleineres Boot, eventuell ein Schlauchboot, geliehen. Falls Sie jemanden kennen oder gesehen haben, auf den dieses Profil hindeuten könnte, setzen Sie sich bitte mit uns in Verbindung. Hat der Täter ein Boot gechartert oder gibt es jemanden in Ihrem Umfeld, der ein eigenes besitzt, das in das gesuchte Profil passt? Wir werden alle Informationen mit äußerster Diskretion behandeln. Vielen Dank.«

Dann prasselten Fragen auf die Polizeibeamten herab, die in knappen Erläuterungen beantwortet wurden.

Wenig später war die Pressekonferenz beendet und die Mitarbeiter der verschiedenen Medien hatten es eilig, das Büro zu verlassen.

In der Dienststelle wurden kurz darauf weitere Pläne erstellt. Hartwig und Westermann erläuterten mit Malick die nächsten Schritte, als sich die Tür des Büros öffnete.

Eine blonde junge Frau mit frechem Kurzhaarschnitt stand unangemeldet im Türrahmen und griente über das ganze Gesicht.

»Stina, was machst du denn hier?«, fragte Hartwig erstaunt und trat auf seine Freundin zu. Sie zog eine Box aus einer um ihre Schultern hängenden Leinentasche und reichte sie ihm.

»Ich bring dir etwas zu essen. Du musst Hunger haben, da dachte ich mir, dass ich dir ein paar Sandwiches vorbeibringe.« Die Kollegen betrachteten das Pärchen verschmitzt, wandten sich dann aber wieder ihrer eigenen Arbeit zu.

»Stina, du kannst nicht einfach hier reinschneien, auch wenn ich das süß von dir finde«, flüsterte er und wurde rot.

»Wir haben zu arbeiten. An Essen ist überhaupt nicht zu denken.« Stina schmollte und entzog ihm die Kunststoffbox.

»Dann eben nicht«, sagte sie und verzog ihren Mund zu einer Schnute. Sie drehte sich um und wollte gehen, als Hartwig ihr verdattert nachsah und beiläufig fragte:

»Wo ist eigentlich Watson? Im Auto? Ich hoffe, im Hundekäfig. Nach der Attacke, die er veranstaltet hat, bin ich total bedient. Stina?« Er zog sie mit sich in den Flur. Stina Christiansen sah ihn mit gesenktem Blick an.

Sie schüttelte den Kopf und wurde rot.

»Du weißt doch, dass mein Auto keinen Hundekäfig hat.« Sie sah ihn betreten an und hoffte, er würde nicht weiter nachbohren. In ihren Augen schimmerten Tränen.

»Hast du ihn ordentlich angebunden?«, fragte er schroff.

»Nein, ich habe Watson zu Hause gelassen. Du hast selbst gesagt, er ist gestresst.« Die Kollegen hatten aufgehört zu arbeiten und verfolgten den Dialog. Hartwig verschloss die Tür. Jetzt standen sie allein im Flur. »Hast du wenigstens die Türen vom Zwinger verriegelt?«, knurrte er.

»Was glaubst du denn? Ich bin zwar blond, aber nicht blöd!« Stina wurde stinksauer. Es war ihr egal, dass die Männer im Nebenraum alles mitanhörten. Sie tippte sich mit dem Finger gegen die Stirn und schnaufte. So hatte sie sich diesen Ausflug, der als liebevolle Geste gedacht war, nicht vorgestellt. Sie wollte ihrem Freund an ihrem freien Tag eine Freude bereiten und jetzt fuhr er sie mit einer Stimme an, die ihr einen kalten Schauer über den Rücken jagte. Sein Blick erschreckte sie. Die zusammengezogenen Augenbrauen und der eisige Ausdruck in seinen blauen Husky-Augen machten sie sichtlich nervös. »Was ist mit der Hundeklappe?«, knurrte er laut und hoffte, dass die richtige Antwort folgte.

Der Hauptkommissar machte einen Schritt auf die Tür zu und öffnete sie. »Thomas, nun krieg dich mal wieder ein.«

»Du hältst dich bitte schön raus«, fauchte er seinen Vorgesetzten an und schlug die Tür vor seiner Nase zu.

»D… die … habe ich …«, Stina stockte und senkte den Kopf. »Die habe ich vergessen.«

»Bist du wahnsinnig?«

*

Bernhard Borgward kam erneut zu sich. Sein Hals kratzte, und bei jedem Atemzug überkam ihn Würgereiz. Die Zunge klebte am Knebel wie ein ausgelutschtes Kaugummi. Er verspürte Durst. Der war mittlerweile so quälend, dass er ihm schlimmer vorkam als jeder Schmerz, den er bisher erlebt hatte. Sein Blutdruck war im Keller, und ihm war übel. Der Politiker atmete schwach und konnte sich nicht konzentrieren. Seine Haut fing an zu jucken, und er sah keine Möglichkeit, den Reiz zu lindern. Er wunderte sich nicht einmal mehr, dass der wenige Urin, den er ausschied, neben dem Gestank von Diesel extrem streng roch. Wenn ich nicht bald etwas zu trinken bekomme … Ihm war schwindelig, sein Kopf schien zu platzen. Borgward erinnerte sich an sein letztes Glas Cognac. Er versuchte, sich den Geschmack vorzustellen, sah die goldgelbe Flüssigkeit seine Kehle hinunterrinnen. Seine Lunge brannte. Kraftlos wälzte er seinen Körper von einer Seite zur anderen. Sämtliche Knochen fühlten sich an, als würden sie auseinanderplatzen. Das taube Gefühl in Händen und Füßen versetzte ihn in Panik. Ich werde hier verrecken, lautete seine Prognose. Wer immer mich hergebracht hat, will meinen Tod. Aber warum? Er wollte schreien, brachte jedoch nicht einen Ton zustande. Seine Augen, in denen sich keinerlei Tränenflüssigkeit mehr befand, brannten von den Ausdünstungen des Diesels wie Feuer. So muss es in der Hölle zugehen, mutmaßte er und ließ resigniert den Kopf sinken. Immer wieder versuchte er kraftlos, an seinen Fesseln zu zerren. Aber je mehr er zog, umso schmerzhafter quälten ihn die tiefen Einschnitte, die bis auf die Knochen vorgedrungen waren. Borgward vernahm wie aus weiter Entfernung die wiederkehrenden Geräusche, die sich in seinem Gedächtnis eingebrannt hatten. Erneut hörte er dieses von einem Scheppern gefolgte Brummen, das sich nicht zuordnen ließ. Er streckte seinen Kopf in die Höhe. Dann folgte das gleichbleibende Rauschen, als füllte jemand ein Bassin mit Flüssigkeit. »Hilfe«, krächzte er, und sein Schädel sank zurück auf die Holzplatte. Dodong, Dodong.

*

Es war spät und dunkel. Vorsichtig stieg er die Stufen hinauf. Als er sein Ziel erreicht hatte, griff er mit der Hand in seine Hosentasche. Leer!

»Verdammt, wo ist ... ich habe ihn ganz sicher hier.« Er schnaubte, und seine Augenlider flatterten unkontrolliert. Gereizt lief er die Stufen wieder hinunter und verschwand im Dunkeln, ohne dass man ihn bemerkte. Der Ostwind blies ihm stiemende Schneekristalle ins Gesicht. Im Kofferraum liegt ein Kuhfuß, damit muss es gehen. Seine Halsschlagader hämmerte, als er mit zitternden Fingern den Kofferraumdeckel öffnete. Er wusste, dass er vorsichtiger hätte sein müssen. Es war sein Fehler, den Dreikantschlüssel zu verlieren. Mit dem Brecheisen wird es funktionieren, dachte er und schlich zurück. Er musste sich beeilen. Immer wieder sah er sich um. Niemand, der ihm gefährlich werden könnte. Mit kräftezehrenden Handgriffen hebelte er den Einstieg auf. Unauffällig guckte er sich ein letztes Mal um und verschwand im Dunkeln. Als sich die Luke hinter ihm schloss, knipste er die Lampe in seinem Mund an. Der Leuchtkegel genügte, um die Anordnung der Räumlichkeiten auszumachen. Er stopfte sich die mit Pfefferminzöl getränkten Wattebäuschchen in die Nasenlöcher, öffnete eine weitere Tür und guckte auf den Boden. Der Kerl lag in einer Embryohaltung auf der harten Unterlage. In dem Moment, als er die Plattform erreichte, kam Bewegung in den Politiker. Aufbäumendes Krächzen drang zu ihm, und Borgward fing an, sich zu winden.

»Hife, hefen Sie mir. Ich in überfaen worden«, hauchte er unverständlich. Der Mann, der ihn eigens hierher gebracht hatte, grinste. Er verstand jedes seiner Worte.

»Ich helfe dir so, wie du uns geholfen hast. Jetzt werden wir sehen, wie es dir ergeht, wenn sich niemand um dich kümmert und dir applaudiert.«

»Ich … Durst …«

Die Figur im Dunkeln zog ohne einen Anflug von Emotionen eine kleine Wasserflasche aus der Jackentasche. Er hatte sich überlegt, ihn jetzt und hier verrecken zu lassen, aber noch brauchte er ihn. Ein bösartiger Zug legte sich um seine Lippen. Ohne die geringste Spur von Eile drehte er den Verschluss der Plastikflasche auf und ließ Wasser in die eigene Kehle laufen. Der flehende Blick seines Opfers bereitete ihm Genugtuung. Dann kniete er sich hin und zog dem Politiker den Knebel aus dem Mund. Ihm stieg neben dem eindringlichen Dieselgestank der Geruch von Urin in die Nase. Angewidert hielt er die Luft an und flößte ihm das Wasser ein. Als die Flasche leer war, steckte er sie zurück in die Jackentasche. Borgward wollte schreien und stammelte kaum hörbar:

»Lassen Sie mich los! Was wollen Sie von mir? Wollen Sie Geld? Ich habe Geld. Was habe ich Ihnen getan?« Die dunkle Gestalt presste den Knebel zwischen die Lippen seines Opfers. Der rutschte, ohne es zu wollen, an die Kante der Plattform.

»Was du mir getan hast?«, er lächelte. »Das wirst du erfahren. Deine Kohle brauche ich nicht. Du kannst hier quäken, so laut du willst. Niemand wird dich hören. Ich kann dich verrecken lassen, oder du tust, was ich dir sage, hast du verstanden?« Der Entführer beugte sich zu Borgward herunter und flüsterte ihm etwas ins Ohr, was den Politiker erstarren ließ. Verängstigt flüsterte er:

»Wa woen ie vo ir?«

»Ich werde dir sagen, was ich von dir will. Du sorgst dafür, dass dieser Scheißtunnelbau sofort gestoppt wird. Wie viele Opfer soll dieses Projekt noch kosten? Du hast doch in deinem Interview davon gesprochen, wie toll alles wird, wie eng wir zusammenrücken. Dieses Projekt wird dein Untergang sein! Stopp das sofort! Hast du gehört? Sonst wirst du für alles bezahlen, was du angerichtet hast. *Du* bist schuldig!«

Entsetzt streckte Borgward seinen Kopf Richtung Lichtschein. Die dunkle Gestalt hinter dem Licht erkannte, dass der Politiker am Ende war.

»Du wirst für alles bezahlen«, sagte der Mann im Dunkeln und sprang auf. Er zog ein Handy aus der Hosentasche und filmte den Mann am Boden.

»Bitte schön lächeln! Ich komme morgen wieder, und du wirst ihnen erzählen, was sie zu tun haben, hast du verstanden?«

Bernhard Borgward hatte verstanden. Er hielt es für überlebenswichtig, sich an die Spielregeln des Mannes zu halten. Er war sich sicher, dass er ihn töten würde, falls er nicht tat, was er verlangte. Das hatte er am Tonfall seiner Stimme festgestellt. Sein Entführer war eiskalt! Sie werden mich suchen, hoffte er und nickte. Dann registrierte er einen Stich in den Hals und wurde bewusstlos.

*

Charlotte Hagedorn vernahm unüberhörbares Rumoren in ihrem Bauch. Sie hielt sich am dritten Becher Tee fest, in der Hoffnung, bei ihrer Bekannten die Erleuchtung zu erfahren.

»Edeltraut, was denkst du, wer hätte einen Grund, die Leute umzubringen? Kannst du dir vorstellen, dass jemand, der politisch motiviert ist, sich rächen will?«

»Wofür sollte er sich rächen? Ist doch alles längst abgesegnet. Daran ist nicht mehr zu rütteln.«

»Also würdest du einen Machtkampf zwischen den Beltbefürwortern und den Beltrettern für ausgeschlossen halten?«

Edeltraut Habermann nickte. »Ja, das bringt alles nichts mehr. Ich glaube, das Ganze hat einen völlig anderen Hintergrund. Denk dich mal weg von dieser Beltgeschichte. Wer könnte einen Grund haben, Menschenleben auszulöschen, ohne dass es mit dem Belt zu tun hat? Hast du über Rache oder Hass, einen feurigen verprellten Liebhaber oder Ehemann nachgedacht? *Du* bist doch die Miss Marple hier, oder nicht?«

»Feuriger Liebhaber? Was du dir so ausgrübelst. Hass auf wen oder was? Rache wofür?«

»Es tut mir leid. Ich kenne niemanden, der so etwas Böses anstellen würde. Außerdem sollte ich gleich los und mich endlich mal fertig machen.« Sie stand auf und wollte Charlotte Hagedorn hinauskomplimentieren.

»Ja, ich muss auch«, war ihre enttäuschte Antwort.

*

»Wir können nichts weiter tun«, sagte Malick und schüttelte den Kopf. »Wir müssen abwarten, bis er sich meldet.«

»Meinst du, dass er sich überhaupt noch mal bemerkbar macht?«, fragte Westermann. Malick nickte.

»Er wird sich wieder melden, keine Angst«, antwortete die Fallanalytikerin Rasmussen. »Er hat eine Forderung, die er verstärken wird. Bevor er einen weiteren Sprengsatz hochgehen lässt, wird er seinem Anspruch mit einer für uns unerwarteten Aktion Nachdruck verleihen. Er wird nicht aufgeben. Sein Ziel ist es, den Bau zu stoppen. Etwas Maßgebliches, das ihn zutiefst verstört, veranlasst ihn zu diesen Taten. Das Geld scheint nur Mittel zum Zweck zu sein. Nach unserer Pressemitteilung muss er reagieren. Wenn er etwas hochgehen lässt, muss er damit rechnen, dass sich für ihn nichts ändert.« Sonja Rasmussen redete ununterbrochen, als hätte sie Angst, etwas könnte ihren Gedankenflug stoppen. »Dem Täter ist klar, dass seine Erwartungen nicht ohne Probleme zu erfüllen sind und dass wir dafür Zeit brauchen. Ich bin davon überzeugt, dass die Motive im privaten Bereich liegen.« Sie konnte an den Gesichtern ihrer Kollegen ablesen, dass nicht alle ihrer Meinung zu sein schienen.

»Ich habe mit meinem Team am Tatort den Ablauf des Tatherganges genauestens konstruiert. Ich weiß, dass sein Verhalten auf eine bestimmte Menschengruppe ausgerichtet ist. Die Auswahl der Tatorte und der Personen zeigt uns, dass der Täter gezielt an die Sache herangegangen ist und nicht wahllos Menschen tötete. Er gibt sich zugegebenermaßen auf seiner Gefühlsebene abgestumpft, aber seine Nerven werden, je weiter er voranschreitet, gefährlich dünn. Erinnert euch an seine Telefonate. Sie werden aggressiver und abstruser. Er fing an zu stottern. Langsam, aber sicher verliert er die Kontrolle. Die Zeit wird knapp. Auch für ihn. Wir müssen sichergehen. Der nächste Anruf wird zeigen, ob ich recht habe.« Sonja Rasmussen atmete tief ein und blickte gleichmütig in die Runde.

»Was sollen wir deiner Meinung nach tun?«, wollte Malick wissen.

»Abwarten, wir können nur abwarten. Ich bin keine Hellseherin!«

»Ihr könnt weiter sinnieren, die nächsten Schritte einleiten oder abwarten. Ich muss dringend für eine Stunde nach Hause«, brummte Hartwig. Stina Christiansen hatte sich stillschweigend zurückgezogen. Der Erste Hauptkommissar und alle anderen Kollegen hatten mitbekommen, wie barsch der Kommissar mit seiner Freundin umgegangen war. Und er hatte Tränen in ihren Augen entdeckt.

»Thomas, egal was sich zu Hause abspielt, bleib nett zu dem Mädchen. Ich habe es dir vorhin schon gesagt. Sie ist nicht die Verursacherin *deiner* Probleme, sondern wie ein Sechser im Lotto für dich.« Dirk Westermann sah seinen Kollegen mit ernstem Blick an. »Egal, was passiert!«

Hartwig schlich aus dem Büro. Wild entschlossen zog er den Kragen seiner schwarzen Lederjacke enger zusammen, als er vor die Tür trat. Es schneite schon seit Stunden. Eine Schicht der weißen Eiskristalle hatte sich eine Handbreit dick auf den Wagen gelegt. Der Wind jaulte über den Parkplatz, wehte ungestüm die Flocken in seine Richtung. Der Kiefer des Kommissars knirschte, als er mit einer Hand wütend den Schnee von der Windschutzscheibe fegte. »Verdammt! Hartwig, du bist ein Esel. Warum habe ich sie so angebrüllt? Hornochse! Dirk hat recht. Stina ist das Beste, was mir passieren konnte.«

Er warf einen Blick in das Innere des Wagens, runzelte die Stirn und schwang sich mit dem festen Willen, sich bei Stina für sein Verhalten zu entschuldigen, auf den von Watson zerfetzten Wagensitz. Sie konnte nichts dafür, dass er sich einen Wolf angeschafft hatte, bei dem ab und zu die Sicherungen durchbrannten. Während der Fahrt trommelte er unentwegt mit den Fingern gegen das Lenkrad. In Großenbrode fuhr er mit überhöhter Geschwindigkeit auf die Tankstelle, sprang aus dem Wagen, kaufte einen Strauß Blumen und eine Flasche Sekt. Seine Laune besserte sich mit jedem weiteren Kilometer. Hoffnungsvoll verließ er wenig später in Lütjenbrode das Auto, steckte den Schlüssel ins Schloss und öffnete die Tür. Sein Gesicht wurde aschfahl und die Blumen fielen ihm aus der Hand.

*

Er hatte keine Lust, in der Weltgeschichte herumzueiern. Da er nach Oldenburg musste, um letztes Material zu kaufen, konnte er genauso gut von dort aus telefonieren. Bis sie herausgefunden hatten, woher der Anruf kam, war er längst auf dem Rückweg. Er stieg in den Wagen, setzte zurück und fuhr die Straße entlang. Das Salz auf der Fahrbahn ließ seine Frontscheibe erblinden und erschwerte seine Sicht. Fortwährend pumpte er Wasser aus der Scheibenwaschanlage. Seine Bewegungen wurden hektischer. Immer wieder drückte er auf den Knopf, der das Wasser verteilte. Es roch im Inneren des Wagens nach Frostschutzmittel, weshalb er angewidert die Nase krauste. Seine Augenlider zuckten, während er anfing, sich einzelne Haare auszureißen. »Sie werden sich wundern«, schnaubte er und gab Gas. Eine halbe Stunde später parkte er seinen Wagen. Er hatte Oldenburg in Richtung Göhl verlassen, fuhr einen Landwirtschaftsweg ab und parkte direkt neben ein paar zugefrorenen Teichen, die unscheinbar hinter Buschwerk unter einer Schneedecke verborgen lagen. Der Mann, der eine ganze Insel in Angst und Schrecken versetzte, zog das Prepaidhandy aus seiner Hosentasche und versuchte, eine neue SIM-Karte einzulegen. Die Chipkarte glitt ihm aus den Händen und fiel auf seinen Schoß. Er fluchte. Winzige Schweißperlen benetzten seine Stirn. Er kniff die Augen zusammen, um das Zucken zu unterdrücken, und führte seine zitternden Finger wiederholt zum Handy. Dann endlich saß der kleine Miniprozessor, von denen er mehrere in verschiedenen Portalen im Internet erstanden hatte. Und es gab Gott sei Dank LAN-Cafés, in denen er sie unauffällig bestellen konnte. Die Karten kamen per Nachnahme, und niemand würde seine Käufe jemals nachvollziehen können. Und wenn doch, dann war er längst verschwunden. Er konzentrierte sich und sog die Luft tief in seine Lungen. Sein Blickfeld war durch den Schneefall eingeschränkt. Im Wagen wurde es zunehmend kälter. Er zog den Kragen der Jacke zusammen, lächelte frostig und wählte.

*

Charlotte musste ständig über Edeltrauts Worte nachdenken, als sie längst wieder in der Wohnung ihrer Nichte angekommen war. Katrin lag auf dem Sofa, hatte eine Wolldecke bis zum Kinn gezogen und schlief. Charlotte lächelte, als sie auf Socken, in Jeans und selbst gestricktem Pullover vor ihr stand. Sie hauchte sich warmen Atem in ihre Handflächen und neigte den Kopf. Auf ihrem Gesicht breitete sich ein Lächeln aus. Wat für 'ne seute Deern, sinnierte sie und warf einen Blick auf die fast vollständig heruntergebrannten Holzscheite im Kaminofen. Sie bückte sich, öffnete die Glastür und legte drei Buchenscheite auf die übrig gebliebene Glut. Auf leisen Sohlen verließ sie das Wohnzimmer, griff ihren Rucksack und betrat die Küche. Summend befüllte sie den Wasserkessel und nahm zwei Keramikbecher aus dem Schrank. Sie hatte vom Lebensmittelmarkt frische Minze mitgebracht und zog den Topf mit den wohlriechenden Blättern aus dem Rucksack. Sie hielt die Pflanze vors Gesicht, inhalierte das Aroma der Kräuter und zupfte die feinen Blättchen vom Gewächs. Anschließend stellte sie den Topf auf die Fensterbank. Sie würden gemeinsam eine Tasse Tee trinken und dann ein paar Meter an die frische Luft gehen, solang es hell war. Vielleicht rückte frischer Wind die Gedanken in ihrem Kopf zurecht. Charlotte summte eine Melodie: »An de Eck steiht 'n Jung mit 'n Tüddelband, in de anner Hand 'n Bodderbrod mit Kees.« Sie zog ein Päckchen mit gefülltem Honigkuchen aus dem Backpack und legte es auf einen weißen verzierten Teller, der direkt vor ihr auf dem Tisch stand.

Charlotte nahm das Tablett, verstaute ihre Kostbarkeiten darauf und bewegte sich zurück ins Wohnzimmer. Katrin lag noch immer auf dem Sofa, nur dieses Mal hatte sie ihre Augenlider geöffnet und lächelte ihre Tante an.

»Na, Tantchen, es riecht so lecker. Ich habe richtig Hunger.« Katrins braune Augen glänzten, sie fuhr sich mit der Zunge über ihre Lippen, während sie den kugelrunden Bauch unter ihrer Bluse streichelte. Sie schloss die Augenlider und inhalierte den Duft der Pfefferminze. »Riecht so verführerisch«, murmelte sie, richtete sich gähnend auf und reckte die Arme in die Höhe.

»Sollst mal sehen, das wird dir richtig gut schmecken.« Charlotte stellte den Teller mit dem Honigkuchen auf den Tisch und reichte Katrin einen Becher. »Pass auf, Deern, ist verdammt heiß!«

»Oh, Tantchen, das ist ja der Kuchen, wie ihn der Bäcker bei uns zu Hause immer gemacht hat.« Sie klatschte in die Hände. »Was meinst du, wie oft ich schon versucht habe, ihn nachzubacken. Ist schier unmöglich!«

»Ich kann dir sicher das Rezept besorgen, hab da so meine Verbindungen«, zwinkerte sie ihrer Nichte zu, die mit einer Gabel ein Stück des Kuchens abnahm und im Mund verschwinden ließ. Zwischen dem dunklen Boden, der nach Lebkuchengewürzen roch, quoll cremige Füllung, die von hauchdünner, knackiger Schokoladenglasur umhüllt war.

»Hmm, einmalig«, brummelte Katrin mit vollem Mund.

»Was hältst du davon, später 'ne Runde am Sund spazieren zu gehen. Ein bisschen frische Luft täte dir gut. Du bist blass, Mädchen.« Der sorgenvolle Blick ihrer Tante blieb Katrin nicht verborgen.

»Ich weiß nicht. Ich habe immer wieder undeutliches Ziehen im Rücken. Da möchte ich lieber nichts riskieren.« Sie sah Charlotte an, die sich ans Fußende des Sofas gesetzt und ihre Hand auf die Beine ihrer Nichte gelegt hatte.

»Dass ich das nicht für gut halte, weißt du ja. Du solltest das abklären lassen.« Sie schaute über den Rand ihrer Brille und warf Katrin einen fürsorglichen Blick zu.

»Tantchen, meine Hebamme hat mir versichert, dass alles in bester Ordnung ist und ich mich halt schonen soll.«

»Papperlapapp! Die kann gut sabbeln. Eine ärztliche Untersuchung sollte sein. Du hast schließlich noch ein paar Wochen, und jeder Tag ist wichtig fürs Kind.« Charlotte Hagedorn betrachtete ihre Nichte und ließ ein großes Stück Kuchen in ihrem Mund verschwinden. Katrin lachte, schwang die Decke zurück und wollte aufstehen, als heftiges Ziehen im Unterleib durch ihren Körper schoss.

*

Thomas Hartwig blieb mit offenem Mund und schreckgeweiteten Augen wie angewurzelt im geräumigen Flur stehen. Seine Handschuhe fielen aus der Hand und lagen nun neben den Blumen. Die betonfarbene Kommode, auf der er seinen Schlüssel ablegen wollte, lag umgekippt und angefressen am Boden. Scherben bedeckten den Holzdielenboden, und Kratzer hatten tiefe Riefen verursacht. Hartwig schluckte und wirkte plötzlich aschfahl. Er keuchte, und seine Kehle war wie zugeschnürt. Fassungslos hielt er krampfhaft die Flasche Sekt, die er zur Versöhnung mitgebracht hatte. Ihm wurde übel, und seine Lippen fingen an zu zittern. Tränen verschleierten seinen Blick, als wollten die das Bild verschwimmen lassen, das sein Herz zum Rasen brachte. Das Szenario glich dem seiner damaligen Wohnung. Die heruntergerissene Jalousie des Flurfensters war völlig zerfetzt, genau wie der Garderobenständer, dessen Holz in seine Einzelteile zerlegt war. Ihm graute davor, das Wohnzimmer zu betreten. Er ahnte, was ihn erwartete. Dann hörte er leises Wimmern aus dem angrenzenden Zimmer. Hartwigs Beine bewegten sich bleischwer auf die Tür zu. Sein Puls hämmerte, dann schob er die aus der Zarge herausgebrochene Holztür auf, die sich nur noch in einer der Zapfen hielt. Sein Blick wanderte von einer Ecke zur anderen, bis er auf der schluchzenden Stina haften blieb, die laut schluchzend auf dem Boden kauerte. Sie hatte die Beine angewinkelt und umklammerte sie mit beiden Händen. Ihr Kopf lag auf den Knien. Unaufhörlich tropften dicke Tränen. Sie passte inmitten des verursachten Chaos ins Bild. Aber das Unwirklichste an diesem Kuddelmuddel war Watson, der unschuldig neben Stina lag und sie aus großen Augen anstarrte. Als er den Kommissar bemerkte, legte er auf der Stelle den Kopf auf eine seiner Pfoten und schob die andere über die Augen, als wollte er das Tohuwabohu und das Donnerwetter, das ihn erwartete, nicht mitbekommen. Er machte sich quasi unsichtbar. Thomas presste die Finger vor seinen Mund, betrachtete das Schlachtfeld, nahm die Hand herunter und fing lauthals an zu lachen.

KAPITEL 11

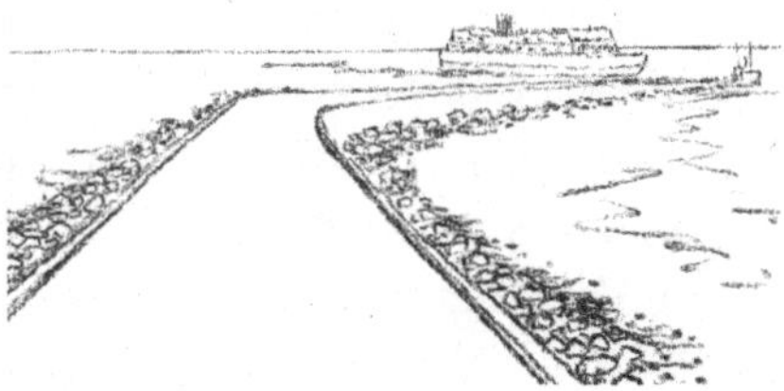

Sonntag

Etwa zur gleichen Zeit klingelte in der Dienststelle das Telefon. Jeder im Raum starrte auf den Apparat, als würde er in wenigen Augenblicken explodieren. Der Technikspezialist Nico Schäfer registrierte die unterdrückte Rufnummer, hielt den Daumen hoch, drückte den Knopf einer Apparatur und zählte herunter. Malick nahm beim vierten Klingeln das Gespräch entgegen.

»Polizeidienststelle Burg, Malick!« Nachdem sich der Anrufer zu erkennen gegeben hatte, erklärte der Kriminaloberrat: »Danke, dass Sie unseren Rat angenommen haben und mit uns kooperieren. Wie sollen wir weiter verfahren? Wir haben das Geld vor Ort. Sie müssen uns nur sagen, wann wir es ablegen sollen. Unsere Männer sind bereit.« Die Antwort war kurz.

»Das werde ich Ihnen vielleicht mitteilen, sobald meine

andere Forderung erfüllt ist. Ich hoffe, das funktioniert. Bisher habe ich keinen Stillstand feststellen können.«

»Ja, die Geldübergabe wird reibungslos in Ihrem Sinne über die Bühne gehen. Die Verhandlungen mit den Verantwortlichen des Tunnelbauprojektes laufen, aber es wird dauern. Aber das sagte ich Ihnen bereits«, entgegnete Malick und hoffte, er könnte ihn mit vertrauensvollen Worten und seiner sonoren Stimme beruhigen und Zeit gewinnen. »Wir sind gewillt, Ihren Bitten nachzukommen. Aber wir brauchen mehr Zeit!«

»Ich weiß, dass Sie allein in dieser Hinsicht die Entscheidungsgewalt haben. Ein Wort von Ihnen, und der Bau steht still! Ich habe einen hochrangigen Politiker in meiner Gewalt. Er wird sterben, wenn Sie nicht unverzüglich handeln! Schauen Sie in Ihre E-Mails. Dort finden Sie den Beweis!«

»Um wen handelt es sich?«

»Ich sagte: Schaut in die Mail! Ein hochrangiger Politiker, und ich werde ihn töten, wenn ihr meinen Forderungen nicht umgehend nachkommt.«

»Lassen Sie uns in Ruhe weitersprechen. Wir finden mit Sicherheit eine Lösung. Hallo? Hallo, bleiben Sie dran!« Es rauschte im Lautsprecher, dann:

»Bis Mittwoch, 16 Uhr, habt ihr Zeit. Das ist meine letzte Option. Falls bis dahin nicht alles erledigt ist, jage ich alles in die Luft. Dies ist die letzte Warnung!« Malick schluckte, warf einen Blick auf die Kollegen und sagte:

»Aufgelegt, der Mistkerl hat das Gespräch abgebrochen. Wir müssen ihn schnellstens finden. Verdammte Scheiße!«, fauchte der Kriminaloberrat und warf das Telefon auf den Schreibtisch. »Hast du den Anruf zurückverfolgen können?«, wollte er von Schäfer wissen.

»Sendemast in Göhl. Keine Nummer!«

»Es ist unsere letzte Chance. Ihr habt es gehört. Wir müssen sofort die Mails checken.«

»Wo, verdammt, ist Göhl?« Malick drehte sich um, trat an den Schreibtisch und blickte versteinert in die Runde.

»Das ist ein Ort hinter Oldenburg. Aber was können wir jetzt tun? Sämtliche Befragungen sind ins Leere gelaufen. Keine Spur, die in irgendeine Richtung läuft. Nicht einmal die Befragung von Max Heimann hat etwas Neues ergeben«, sagte Westermann.

»Was wir tun können? Der hat einen Politiker entführt, und wenn bis Mittwoch nicht alles gestoppt ist, sind wir am Arsch! Dann jagt er alles samt Volksvertreter in die Luft, das habt ihr doch alle verstanden, oder? Ich wundere mich nur, dass er uns plötzlich drei Tage einräumt. Wir müssen ihn finden.« Malick startete seinen Laptop und suchte nach der angekündigten Mail. Es gab nur eine im Spamordner mit dem Namen ›Endzeit‹. Der Kriminaloberrat öffnete die Mail. Alle starrten auf das Video, das anfing zu laufen. Durch die Dunkelheit war kaum etwas zu erkennen. Eine Person lag am Boden und versuchte, sich aufzurichten. Ein Grunzen war zu vernehmen und eine undeutliche Stimme im Hintergrund. Durch die Nebengeräusche war der Sprecher allerdings kaum zu verstehen. »Handeln Sie, oder er stirbt! – Helfen Sie mir, ich will nicht sterben«, krächzte der Mann am Boden. »Das reicht. Halten Sie sich an m… meine Regeln, sonst ist es v… v… vorbei! Sie haben mir Leid zugefügt, jetzt füge ich Ihnen Leid zu«, knurrte die zweite Stimme heiser und versetzte dem Mann am Boden einen Tritt. Das Video brach ab.

»Aber um wen handelt es sich?«, fragte Sven Dietrich, der 42-jährige Sprengstoffexperte aus Eutin, der zur

SOKO gerufen wurde, weil er wie Schäfer Spezialist auf seinem Gebiet war.

»Den Namen hat er nicht genannt, und ich habe ihn in der Dunkelheit auch nicht erkennen können. Der Mann sah ziemlich zugerichtet aus. Der Täter gibt uns bis Mittwoch, 16 Uhr, Zeit. Um welchen Politiker handelt es sich? Und was meinte er damit, dass wir ihm Leid zugefügt hätten? Der Typ läuft Amok, aber warum?«

»Aber wo sollen wir ansetzen?«, fragte Maik Hollerbeck, der die Fangschaltung installiert hatte.

»Das weiß ich nicht. Fahrt zu dem Sendemast nach Göhl. Vielleicht findet ihr etwas. Wir müssen feststellen, wer gefangen gehalten wird, wer vermisst wird. So eine Persönlichkeit wird nicht entführt, ohne dass irgendjemand es mitbekommt.«

»Ich glaube, es ist eine Person, die in seinem Revier lebt«, antwortete die Fallanalytikerin. »Er hat keine Zeit, nach Berlin, Hamburg oder sonst wohin zu fahren, um jemanden zu kidnappen. Außerdem hat dieser entführte Mann zu hundert Prozent mit dem Tunnelbauprojekt zu tun, so viel ist klar. Hier geht es um etwas Größeres.« Sie schüttelte den Kopf. »Der Radius unseres Täters allerdings ist begrenzt. Welchen Zeitrahmen hatte er, um den Mann in seine Gewalt zu bringen? Denkt an die Zeiten, in denen er mit uns Telefonkontakt hatte und von wo aus er die Gespräche führte. Soweit ich verstanden habe, gab es die entführte Person vorgestern noch nicht. Er wirkt trotz seiner Persönlichkeitsstörung selbstbewusst und brillant, aber wir stellen erste Anzeichen von Unsicherheit fest. Das Stottern und die krächzende Stimme zeigen mir das. Er wird nervös. Ein Trauma wird diese Reaktionen in ihm ausgelöst haben. Also, welche Entfernung kommt infrage und wie ist er an das Opfer herangetreten? Die entführte Person ist jemand, dessen Worte Bedeutung bei dem Mammutprojekt haben. Wir brauchen sämtliche Politiker, die etwas Gewichtiges im Zusammenhang mit dem Tunnelbau bewegt haben. Er gibt uns genau drei Tage. Nutzen wir sie!«, sagte Sonja Rasmussen und kritzelte die neuen Informationen auf den Flipchart.

»Was ist, wenn der entführte Politiker alleine lebt? Es ist Wochenende. Wenn er den Tagesablauf und die Gewohnheiten des Mannes kennt, hat er die passende Gelegenheit abgewartet. Dann vermisst ihn bisher niemand«, warf Dirk Westermann ein.

»Könnte sein, muss aber nicht. Wir müssen die Datenbanken der Dienststellen abfragen«, erwiderte Rasmussen.

»Ich schätze, wir könnten einen Radius von 100 Kilometern als realistisch eingrenzen. Das würde im Höchstfall etwa ein und eine halbe Stunde Fahrzeit bedeuten«, sagte Malick beim Ausbreiten einer Landkarte und zeichnete mit einem Stift einen Kreis um das angegebene Gebiet mit Kiel, Flintbek, Lübeck, Leezen und Segeberg. »Das entspräche dem Radius dieser Fahrzeit mit dem Wagen. Nico und Sven, ihr setzt euch ans Telefon und ruft sämtliche in diesem Kreis befindlichen Dienststellen an, falls die Datenbanken nichts ergeben. Wir brauchen Unterstützung. Falls die Kollegen irgendetwas hören oder bereits Informationen erhalten haben, erfahren wir es auf diesem Weg. Es ist dringend!«

»Wie kommst du darauf, dass er mit dem Auto unterwegs ist? Ist es nicht zu gefährlich, einen Wagen abzustellen, jemanden zu überwältigen und eventuell dabei beobachtet zu werden? Könnte es nicht genauso gut sein, dass unser Täter sich auf dem Wasserweg fortbewegt?«, warf Westermann in den Raum und blickte in die Runde. Malick guckte ihn verwundert an und zog die Augenbrauen hoch. »An diese Möglichkeit habe ich noch gar nicht gedacht. Du könntest recht haben. So kommt er im Dunkeln ungesehen an die Orte, die er im Visier hat. Konzentriert euch auch auf die Gebiete, die an der Küste liegen«, sagte er und zeichnete die Küstenlinie von Heiligenhafen bis Kiel nach.

»Ich könnte mir vorstellen, dass einige Politiker Domizile am Wasser besitzen.« Sonja Rasmussen sprach nicht weiter, betrachtete die Karte, die vor ihr auf dem Tisch ausgebreitet lag, nickte und murmelte: »Wir kriegen dich, verlass dich drauf! Du bist nicht so schlau, wie du glaubst.«

*

Jetzt, wo sie ihn am dringendsten bräuchte, muss er auf Verbrecherjagd gehen, stellte Charlotte fest und betrachtete Katrin, die nach dem kurzen Spaziergang auf dem Sofa lag und schweigend an die Decke starrte. Sie hatte nichts von ihren Schmerzen verlauten lassen, aber die Künstlerin mit ihrem sechsten Sinn bemerkte, dass etwas ihre Nichte quälte. Die ungelenken Bewegungen deuteten darauf hin, dass es ihr nicht gutging. Sie unterdrückte ihr Stöhnen und wandte sich ab, wenn die Beschwerden ihren Körper durchzogen. Charlotte Hagedorn hoffte, dass es keine Wehen waren. Sie ärgerte sich über sich selbst, dass sie Katrin ermuntert hatte, in ihrem Zustand doch noch einen Spaziergang am Sund zu unternehmen.

Auf einmal durchzog erneut ein stechender Schmerz Katrins Rücken, den sie nicht verbergen konnte.

»Ooah«, versuchte sie gequält, den Schmerz zu unterdrücken. Charlotte reagierte sofort.

»So, min Deern. Jetzt reicht es! Ich versuche, Dirk zu erreichen, und er soll dich in die Klinik bringen.« Charlotte wirkte entschlossen, als sie zum Handy griff und die Nummer des Kommissars wählte.

»Lass, Tantchen, nicht. Er hat einen wirklich schweren Fall zu lösen. Das kriegen wir alleine hin, oder nicht?« Katrins Stimme klang jämmerlich, als ihre Tante das Handy zurück auf den Tisch legte.

»Aber dann fahre ich augenblicklich mit dir nach Eutin in die Klinik. Ich habe die Befürchtung, dass das Baby nicht länger warten will.«

»Aber Charlotte, ich will nicht«, stieß sie einen erneuten Seufzer aus, als eine weitere Welle ihren Körper durchströmte.

»Papperlapapp! Sonst rufe ich den Notarzt und einen Krankenwagen. Kannst du dir aussuchen«, schimpfte Charlotte, obwohl ihr im Herzen nicht danach zumute war. Sie hatte viel mehr Angst, dass sie es nicht bis zur Klinik schafften, die eine knappe Stunde entfernt von der Insel lag. Es wäre nicht das erste Mal, dass ein Baby auf dem Weg zum Krankenhaus kurz hinter Fehmarn im Krankenwagen zur Welt kam. Seitdem die Kliniken im Umfeld keine Geburtsstation mehr hatten, war es ein Graus. »Ich pack deine Sachen und dann fahren wir, keine Widerrede«, sagte sie mit forscher Stimme und eilte in Katrins Schlafzimmer, um die Reisetasche zu holen, die seit Wochen bereitstand. »Aaahh, Charlotteeee!«

*

Montag

In der Burger Polizeidienststelle herrschte am nächsten Morgen hektisches Treiben. Die Nacht war extrem kurz, niemand hatte richtig geschlafen. Vier große Kannen Kaffee standen auf dem Tisch. Zwei Beamte saßen an ihren Schreibtischen und telefonierten mit den Dienststellen der umliegenden Polizeireviere. In den Datenbanken hatte es keinerlei Hinweise auf eine Entführung gegeben. Dirk Westermann hielt es für nötig, sich mit der Vorsitzenden des Aktionsbündnisses zu treffen, um ungeklärte Punkte zu besprechen. Er hatte sich mit der Pressesprecherin der Beltretter, Jutta Thomsen, verabredet. Sie würde ihm und Malick über die politischen Ambitionen ihrer Aktionsgruppe genügend Material liefern können. Eine halbe Stunde später standen die Männer vor ihrer Tür. Malick registrierte die abblätternde Farbe der zweiflügeligen Holztür und nickte Westermann zu. Der betätigte den Löwenkopf-Klopfer, dessen Geräusch des Metalls auf Holz im Inneren des Hauses einen hallenden Klang verursachte. Dirk wiederholte das Prozedere zweimal, bis er eine Stimme hörte, die:

»Ja, ja, ich komm ja schon«, rief. Eine Frau um die 50, in abgewetzten Jeans und Pullover, stand den Männern mit fragendem Blick gegenüber. »Na, meine Herren, was kann ich für Sie tun? Sieht offiziell aus«, knurrte sie mit rauchiger Stimme und musterte die beiden Unbekannten. Ihr stechender Blick fiel den Männern auf, während sie mit ihrem mittelblonden geflochtenen Zopf spielte, der lässig über ihre Schulter fiel und bis zur Brust reichte. Eine Strähne hatte sich aus dem Geflecht gelöst, sie pustete sie aus dem Gesicht. Sie wirkte selbstbewusst und besaß markante Gesichtszüge. Unzählige Falten hatten ihre lederne Haut durchfurcht und gaben der Erscheinung eine herbe Note. Interessante Frau, stellte Westermann fest.

»André Malick, LKA Kiel, und das ist mein Kollege, Kriminalhauptkommissar Westermann, Mordkommission Oldenburg.« Malick steckte die Karte zurück in die Jackentasche. »Wir haben ein paar Fragen und hoffen, dass Sie uns behilflich sein können.« Jutta Thomsen verengte die Augen und taxierte die Polizeibeamten eingehend.

»So wichtig, dass Sie gleich zu zweit und hochrangig hier auftauchen? Es muss ja von großer Tragweite sein. Hat das etwas mit den Explosionen zu tun?«, wollte die schlanke Frau wissen und bat die Männer ins Haus. Der Eingangsbereich wirkte genauso abgewirtschaftet wie der gesamte Resthof.

Sie schlurfte auf dicken, selbst gestrickten Socken über den Terrazzoboden durch die alte Diele und verschwand im Wohnzimmer. Ohne Eile raffte sie unzählige Zeitungen zusammen, die auf Stühlen und dem Wohnzimmertisch ausgebreitet lagen.

»'tschuldigung für die Unordnung. Ich bin sehr beschäftigt.« Der Blick, den Malick seinem Kollegen zuwarf, sprach Bände. Der LKA-Beamte zog die Augenbrauen hoch und deutete auf die Sitzecke. Dort lagen durchwühlte Decken und Kissen, eine schwarze Katze, die sich inmitten der Wolldecke einen Platz gesucht hatte und leise vor sich hin schnurrte. Vor dem Sofa auf dem Couchtisch stand ein aus Stein geformter, bis zum Rand mit Kippen gefüllter Aschenbecher. Ein Zigarettenstummel lag obenauf und glimmte qualmend vor sich hin. Daneben ein Kaffeebecher und weitere Zeitungen. Dieser Raum war vollgestopft mit Medien. »Sie sehen ja, ich bin schwer beschäftigt«, lächelte sie. »Nehmen Sie doch endlich Platz«, sagte sie und deutete auf die leer geräumten Stühle. Sie griff einen Zeitschriftenstapel und platzierte ihn neben sich auf dem Boden. »Kaffee?«, fragte sie, und den Beamten war klar, dass die Frage nur der Höflichkeit diente.

»Nein, danke. Wir haben nur ein paar Fragen, die Sie uns hoffentlich beantworten können.« Malick öffnete seinen Mantel und setzte sich. Er lockerte seinen Schal und warf einen Blick auf Westermann, der die Mütze vom Kopf zog, die Knöpfe seines Cabans öffnete und sich ebenfalls setzte.

»Dann schießen Sie mal los. Was habe ich verbrochen?« Sie grinste und griff nach der Zigarettenpackung auf dem Tisch. Lässig zog sie eine heraus und entzündete sie. Sie paffte den Qualm in die Luft und kniff ein Auge zu, weil der Rauch offensichtlich darin brannte. Dann schlürfte sie aus dem Becher ihren tiefschwarzen Kaffee.

»Sie sind doch die Sprecherin des Aktionsbündnisses Beltquerung, ist das richtig?«, wollte Malick wissen.

»Ja, wenn Sie es sagen!«

Dirk Westermann zog sein Notizbuch aus der Jackentasche und wartete auf Hinweise.

»Was wollen Sie aufschreiben? Ein Geständnis?« Sie lachte ein tiefes, kehliges Lachen und zog gierig an der Zigarette. Um den Mund zeichneten sich vielsagende Runzeln ab.

»Nein, wir möchten wissen, ob Sie uns sagen können, welche Politiker mit der Beltquerung in engem Verhältnis stehen.« Sie lachte erneut.

»Wer denn nicht?«, wollte sie wissen. »Der Kampf um dieses fürchterliche Projekt dauert bereits Jahrzehnte, und wenn Sie genau hinsehen würden, sogar weit über 100 Jahre. Was glauben Sie, wer von den Politikern sich davon freisprechen kann, mitverantwortlich zu sein für diese elende Schweinerei?«

Westermann warf seinem Kollegen einen vielsagenden Blick zu. Sie ließen sich nicht anmerken, unter welchem Druck sie standen.

»Die Frage lautet nicht, wie lange der Kampf um die Beltquerung dauert, sondern wer großes Interesse daran hat, diesen Bau zu forcieren. Wer befürwortet das Projekt, ohne Rücksicht auf Verluste, wenn ich es mal so ausdrücken darf?«

»Sie dürfen. Da gehen Leute über Leichen, so viel ist sicher. Nur um diese Querung auf Biegen und Brechen durchzusetzen. Hier geht es um Machtspiele und jede Menge Kohle! Um Umwelt und Kostenersparnis geht's sicher nicht.«

»Aber wer hat besonderes Augenmerk auf die Beltquerung gelegt?«

»Die Dänen! Das ist doch aber alles bekannt. Sie können das jederzeit nachlesen.« Sie zog erneut gierig an der Zigarette, um sie im Anschluss mit ihrem gelb verfärbten Finger im Aschenbecher auszudrücken. Dann deutete sie auf die unzähligen Zeitungen, die den Raum dominierten. »Können Sie alle mitnehmen. Was glauben Sie, wie lange ich mich schon mit diesem Thema auseinandersetze? Meine Nerven sind am Ende, und die …« Sie verzerrte ihre Mimik zu einer Fratze, »machen sowieso, was sie sich vorgenommen haben. Die setzen ihre Geschichte durch, komme, was wolle. Sprechen davon, dass sich

Dänemark und Deutschland annähern, nur Vorteile für den Arbeitsbereich und den Tourismus erzielen und es eine Win-Win-Situation sei. Es wäre genügend Geld vorhanden, dieses Projekt umzusetzen. Die Natur würde so gut wie keinen Schaden nehmen. Dass ich nicht lache!« Ihr ausgezehrtes Gesicht wurde noch schmaler, und die tiefen Schatten unter ihren Augen wirkten wie verlaufene Wimperntusche. »Ich habe sogar meinen elterlichen Hof für diese Sauerei hergeben müssen. Dafür haben Sie mir diese verdammte Bruchbude angeboten.« Sie lachte und klang verbittert. Dirk Westermann hatte das Gefühl, als hätte der Bau des Belttunnels weitaus mehr Opfer gefordert, als nach ersten Ermittlungen zu erkennen waren. Welche Abgründe würden sie im weiteren Verlauf entdecken?

»Einer von den perfiden Übeltätern ist der Politiker Bernhard Borgward. Dieses Schwein hat in sämtlichen Medien üble Propaganda für den Tunnel verbreitet. Er hat allen, die es hören wollten oder auch nicht, erzählt, wie vielversprechend es sei, Kopenhagen und Hamburg zu verbinden, dadurch dass die Querung die Wege immens verkürzt und wir näher an Skandinavien heranrücken. Er redet davon, unsere dünn besiedelte Region zu stärken, Arbeitskräfte aus dem Norden ins Land zu holen, um unsere Probleme auf dem Arbeitsmarkt zu verbessern und mehr Industrie in Ostholstein anzusiedeln. Das Hinzimmern von einigen Betonklötzen hilft noch niemandem. Das alles ist totaler Blödsinn! Wir sind eine strukturschwache Region. Was soll hier viel passieren? Die Vorteile für die Umwelt, von denen sie sprechen, weil Güter vermehrt auf Züge verlagert würden und Lkws von der Straße verschwinden, sind hanebüchen. Das soll mir mal einer erklären. Da haben sie in den 90ern für viele Milliarden den Güterverkehr von hier nach Flensburg verlagert, um ihn jetzt, wo die Trasse augenscheinlich bezahlt ist, wieder zurückzuholen? Was für ein Quatsch! Haben Sie mal die Menschen in den Bäderregionen befragt, ob die damit einverstanden sind, dass später mindestens 30 bis 50, wenn nicht sogar mehr, Güterzüge täglich durch die gesamte Region rollen? Tolle Urlaubsgebiete! Und das sind nur einige Punkte. Sie reden davon, die Urlaubsregionen zu verbinden, um gemeinsam neue Märkte im Tourismus aufzutun.« Sie lachte und zündete eine weitere Zigarette an. »Dass ich nicht lache! Wirklich keinen Kaffee? Bisher sind so gut wie keine Dänen in unserem Bundesland und machen hier Urlaub. Sie kommen in unsere Gegend, um ihren Schnaps günstig zu kaufen oder fahren weiter zum nächsten Flughafen, um in den Süden zu gelangen. Schweden? Na ja, da gilt das Gleiche, kommen zum Shoppen, weil es für sie hier äußerst günstig ist, bleiben ein, zwei Tage und fahren wieder nach Hause. Oder auch die fahren weiter Richtung Süden. Unsere Region geht leer aus und hat am Ende das Nachsehen«, sagte sie und blies den Qualm aus. »Wir werden zum Brückenpfeiler für Skandinavien. Ich glaube nicht, dass wir vom großen Kuchen etwas abbekommen. Die verarschen uns. Wer, bitte schön, kommt hierher, um zu arbeiten? Blödsinn! Wir müssen uns vielmehr darum kümmern, dass die Beschäftigung in unserer Region endlich wieder Spaß macht und angemessen bezahlt wird. Arbeitsplätze schaffen – für wen? Wir haben nicht einmal genügend Wohnraum, um die Leute vor Ort zu beherbergen, und sollen uns mehr Menschen herholen, die den Wohnungsmarkt noch enger gestalten? Das funktioniert nicht! Die Wirtschaft wird sich nicht weiter ausbreiten, sie wird sich allenfalls verlagern. Aber nicht in unsere Richtung. Und dieser Borgward ist einer von denen, die hier in dieser Region leben und so einen Scheiß propagieren! Der hat mit Sicherheit sein großes Stück des Kuchens bereits eingesackt. Nee, den sollte man einbuchten. Diesen Verbrecher! Und das ist nur die wirtschaftliche Seite. Von den Tieren und der Umwelt ganz zu schweigen. Ich frage mich nur, wo die Grünen und Friday-Leute jetzt sind, wo es wirklich ans Eingemachte geht.« Die Aktivistin redete sich in Rage. Westermann hob die Hand und stoppte ihren Redeschwall.

»Ich denke, da gäbe es jede Menge Redebedarf, nach allem, was wir bisher herausgefunden haben, aber wir brauchen Fakten, und zwar schnell. Sie sind also der Meinung, dass dieser Borgward einer der Männer ist, der eine wichtige Rolle im Projekt spielt?« Jutta Thomsen nickte und blies dicken Qualm zwischen ihren gekräuselten Lippen hervor. Ihr Blick wirkte plötzlich leer, so als hätte sie ihre gesamte Energie bereits in diesem Großprojekt verbraucht.

Westermann und Malick sahen sich an. Der Leiter der Mordkommission Oldenburg hatte den Namen Bernhard Borgward längst notiert.

»Ist da sonst noch jemand, auf den die Beltretter nicht gut zu sprechen sind und der in Schleswig-Holstein zu Hause ist?« Malick sah die Aktivistin durchdringend an. »Mir fallen mindestens vier, fünf Leute ein, die Mitschuld an diesem Frevel tragen. Aber er ist bei Weitem der Schlimmste.«

*

Thomas Hartwig hielt Stina fest im Arm. Sie saßen im Wohnzimmer auf dem Boden. Stina schniefte, und der Kommissar hatte alle Mühe, sie zu beruhigen. »Ich bezahle dir den Schaden. Es tut mir so leid. Aber ich konnte doch nicht wissen, was Watson hier anrichtet.«

Hartwig schob sie von sich und guckte ihr in die Augen. »Nein, das konntest du nicht. Du weißt ja nicht, was dieser Po-li-zei-hund in meinem Umfeld schon alles angerichtet hat. Denk nur an mein Auto!« Der Kommissar warf einen wütenden Blick auf Watson, der regungslos in der Ecke auf dem Boden lag und die beiden mit einem Auge beobachtete. Seine Pfote schob sich über die Schnauze, und leises Fiepen drang aus seinem Maul. »Ja, du weißt genau, was du angerichtet hast. Und du willst ein Polizeihund sein? Ich bring dich ins Tierheim!«, fluchte er.

»Nein, Thomas, das kannst du nicht tun. Er hat es doch nicht so gemeint.« Stina befreite sich aus seinen Armen und kroch auf allen vieren zu dem Übeltäter, der sich wie auf Befehl aufrichtete und anfing, mit dem Schwanz zu wedeln. Sie betrachtete seufzend das mitleiderregende Fellwesen und kraulte ihn sanft hinter dem Ohr. Augenblicklich gewann Watson sein Selbstvertrauen zurück und schleckte der jungen Frau über das Gesicht. »Ja, du bist doch mein Bester«, raunte sie.

»Na, das ist ja fantastisch! Der zerlegt mir die komplette Bude und du lobst ihn dafür obendrein.« Hartwig stand auf. »Ich bin fassungslos«, schnaubte er, schüttelte den Kopf und begab sich zähneknirschend zum Küchentresen. Er betätigte die Espressomaschine, die wenig später anfing, brummende Geräusche von sich zu geben. Stina hatte sich lautlos hinter ihn gestellt und umfasste mit beiden Armen die Taille des hochgewachsenen, schlanken Mannes.

»Ich bezahle den Schaden, aber sei bitte nicht mehr böse«, flüsterte sie und lehnte ihren Kopf gegen seinen Rücken. Ihr blonder Pixie-Cut stand wie elektrisiert von der Kopfhaut ab. Die letzten Stunden hatten ihr Gemüt und ihre neue Kurzhaarfrisur zum Stehen gebracht.

Der Kommissar drehte sich zu ihr und guckte in ihre meerblauen verweinten Augen. Auf einmal schien alle Verstimmtheit verschwunden. Mit beiden Händen hob er sie auf die Arbeitsplatte. Stina schlang ihre Beine um seine Hüften und küsste ihn leidenschaftlich. Erregt schob der Kommissar seine Hand unter ihren Pullover, bis sie stöhnte. Im Anschluss schob er sich mit ihr die Treppe ins Schlafzimmer hoch. Sie ließen sich aufs Bett fallen, und er zerrte ihr wie von Sinnen das T-Shirt über den Kopf. Sie wälzten sich laut stöhnend auf dem Laken, bis das letzte Kleidungsstück auf dem Boden lag. Wie zwei Ertrinkende klammerten sie sich aneinander und liebten sich bis zum erlösenden Höhepunkt. Sie bemerkten nicht, dass Watson sich auf leisen Pfoten ins Zimmer geschlichen und es sich auf dem Haufen Kleidung gemütlich gemacht hatte. Mit großen Augen beobachtete er das Paar.

*

Zwei Stunden später saß Charlotte Hagedorn noch genauso in Mantel und Mütze auf dem Stuhl an Katrins Krankenbett, wie sie gekommen waren. Sie beobachtete die Ärztin der gynäkologischen Station, die ihre Nichte eingehend untersucht und beruhigt hatte, mit Argusaugen.

»Mit ihrem Baby ist so weit alles in bester Ordnung«, sagte die dunkelhaarige Medizinerin. »Sie haben sogenannte Senkwehen. Was für ein Gefühl haben Sie, wenn die Wehen kommen?«

»Es ist, als wenn ich meine Tage bekomme, nur deutlich intensiver.«

»Sie sollten sich ein wenig mehr in Watte packen. Genießen Sie die restliche Zeit. Meist helfen ein warmes Bad und Ruhe! Lassen Sie Ihren Mann die Hausarbeit erledigen.« Sie lachte. »Keine ausgiebigen Spaziergänge mehr und Anstrengungen vermeiden. Sie sind in der 36. Woche, da kann es schon mal zwicken. Das Kind liegt goldrichtig und sein kleines Herz schlägt quietschfidel«, zwinkerte die Ärztin. »Die Messwerte sind ein wenig unregelmäßig, aber das muss nichts bedeuten. Wir werden Sie daher zur Sicherheit bis morgen hierbehalten und am Wehenschreiber angeschlossen lassen. Wir wollen ja nicht, dass das Baby zu früh auf die Welt kommt, oder?«, lächelte die Ärztin, und an Charlotte gewandt: »Sie können sie morgen nach der Visite abholen.«

»Wir werden das Kind schon schaukeln«, tätschelte Charlotte ihrer Nichte die Wange und zwinkerte ihr zu. »Wir wollen den werdenden Vater nicht beunruhigen. Ruh dich aus und genieße dein Bett.« Sie schüttelte ihre graue Mähne, richtete ihre Frisur und verließ ebenfalls das Zimmer.

*

Zur gleichen Zeit, als Westermann und Malick sich mit der Pressesprecherin der Beltretter unterhielten, versuchten die Kollegen vor Ort in der Polizeistation, die umliegenden Dienststellen in den Fall zu involvieren, ohne zu viel von den Ermittlungen preiszugeben, um die Ermittlungen nicht zu gefährden. Nico Schäfer stöhnte leise, als er zum gefühlt hundertsten Mal eine Telefonnummer in sein Handy eingab. Er hätte nicht erwartet, dass es dermaßen viele Dienststellen allein in Kiel und Umgebung gab. Ihm knurrte der Magen, und er gähnte, als er das Freizeichen vernahm.

»Zentral-Polizeistation Schönberg, Momsen?«

»Jo, moin, LKA Kiel, Schäfer am Apparat.« Der sportliche Oberkommissar spulte seinen Text herunter und erklärte dem Beamten, was es mit seinem Anruf auf sich hatte. Der 37-Jährige wartete und lauschte den Worten am anderen Ende, bis er sich blitzartig im Stuhl aufrichtete und die Kollegen im Raum mit einem bedeutungsvollen Schnipsen zu sich lotste. Er stellte den Lautsprecher seines Handys an und zeichnete das Gespräch auf.

»Doch, wir haben tatsächlich einen vermissten Politiker«, sagte der unbekannte Beamte. »Seine Frau rief gestern Morgen an, um uns mitzuteilen, dass ihr Mann verschwunden wäre. Wir sind zu ihr nach Hause gefahren und haben ausgiebig mit ihr gesprochen, haben allerdings nichts Verdächtiges feststellen können. Wir haben in der Partei nachgeforscht. Der Mann ist nicht im Büro erschienen, so viel ist sicher. Es gab weder Einbruch- noch andere Spuren auf dem Grundstück. Nur ein paar wenige Fußspuren, die wir unterhalb einer Tanne fanden, weil dort kein Schnee lag.«

»Haben Sie den Staatsschutz informiert? Wir gehen davon aus, dass es sich bei dem vermissten Politiker und der gesuchten Person um ein und dieselbe handelt und er nach unseren bisherigen Ermittlungen entführt wurde. Sie hätten diesen Fall wesentlich sensibler behandeln müssen.«

»Nein, wir hielten es nicht für nötig. Dachten eher an eine Beziehungsgesch… An Entführung haben wir nicht gedacht. Und nun?«, wollte Klaus Momsen wissen, als er bemerkte, welchen Fehler er begangen hatte.

»Nun ist es so! Sie haben eindeutig falsch gedacht. Es handelt sich hier nicht um eine Privatperson und Sie hätten eine Entführung zumindest in Betracht ziehen müssen. Wir fahren sofort los. Nennen Sie uns die genaue Adresse. Wir übernehmen. Sofort!« Nico Schäfer notierte sich Namen und die Anschrift des Politikers und wollte gerade das Gespräch beenden, als Momsen kleinlaut weitersprach.

»Bevor ich es vergesse: Der Nachbar will bemerkt haben, dass irgendjemand auf den Grundstücken rumgespökelt ist und ein Boot, ja ein Boot will er gehört haben.« Schäfer beendete das Gespräch und betrachtete die Karte, die auf dem Nebentisch ausgebreitet lag. Mit dem Zeigefinger deutete er auf den kleinen Ort an der Ostsee.

»Genau wie vermutet. So, Jungs, auf geht's. Wir fahren mit einer Einheit von vier Leuten nach Stakendorf an der Küste. Sattelt die Hühner!« In hohem Tempo bestiegen die Männer ihre Fahrzeuge und rasten nacheinander vom Parkplatz der Dienststelle. Olaf Schütt stand mit Jan Becker in seinem Büro. Dann murmelte der Dienststellenleiter:

»Bin ich froh, hier Inselsheriff zu sein und im richtigen Moment Verantwortung abgeben zu können«, und schaute den Fahrzeugen nach.

Nico Schäfer und die Kollegen steuerten ihre Dienstwagen Richtung Oldenburg. Sie ließen Lütjenburg, Panker und Hohenfelde hinter sich, bis sie auf einer schmalen Straße zu einer kleinen Häusergruppe direkt an der Wasserkante gelangten. Hier endete der Weg abrupt. Dahinter breitete sich das aschfarbene Meer aus. Wie ein Schleier zog es an ihnen vorbei und schob seichte Wellen gegen den Strand. Es war windstill und roch nach Salz und Algen. Die Beamten stoppten ihre Fahrzeuge vor der angekündigten Adresse und stiegen aus. Die winzigen Eiskristalle bissen sich sofort im Gesicht fest. Eine Häusergruppe von vier Häusern lag eingehüllt von Bäumen und Büschen versteckt. Jedes der Grundstücke besaß einen direkten Strandzugang.

»Fantastisch! Das könnte mir gefallen«, murmelte Schäfer und stapfte als Erster um das eingezäunte Gelände auf den Eingangsbereich der Walmdachvilla zu. Die anderen folgten ihm schweigend. Nico Schäfer trat zur Tür, klingelte und wartete, bis sie geöffnet wurde. Ein etwa 50 Jahre alter Mann in Jeans und maritimem Pullover öffnete und sah die Polizeibeamten unverwandt an.

»Ja?«

»Wir möchten bitte mit Frau Borgward sprechen. Wir sind wegen des vermissten Ehemanns hier.« Er hielt dem Mann seinen Dienstausweis entgegen.

»Wer sind Sie?«, wollte Schäfer wissen.

»Ich, ich bin der Nachbar«, stotterte er. Schäfer schob sich, ohne eine Antwort abzuwarten, am Nachbarn vorbei auf die geöffnete Wohnzimmertür zu. »Sie können doch nicht einfach so …«

»Und wie ich kann!« Am Esstisch vor dem Kamin saß eine Frau in einer beigen Stoffhose und einer gleichfarbigen Seidenbluse, die den Beamten mit verweinten Augen ansah.

»Frau Borgward?«, fragte Nico Schäfer und zog erneut seine Karte aus der Tasche seiner dunklen Lederjacke.

»Ja, ich bin Lena Borgward. Haben Sie meinen Mann gefunden? Ist ihm etwas zugestoßen?«, fragte sie. Sie fingerte an ihrer Perlenkette herum und starrte die Männer an, die zu viert in ihrem Wohnzimmer standen.

»Nein. Wir verfolgen mehrere Spuren, die darauf hindeuten, dass Ihr Mann entführt wurde.« Lena Borgward presste geschockt ihre Hand vor den Mund. Ihre Lippen zitterten, und Tränen stiegen in ihre Augen.

»Ich habe gleich gewusst, dass etwas Schlimmes passiert ist«, weinte sie. Hilflos sah sie den Mann an, der ihr die Botschaft überbrachte. Nico blieb sachlich. Er kannte die verschiedenen Reaktionen, die eine derartige Aussage hervorriefen.

»Er befindet sich wahrscheinlich in der Gewalt eines Mannes, dessen Identität wir bisher nicht kennen. Bitte überlegen Sie genau, wie der letzte Abend mit Ihrem Ehemann verlaufen ist. Ist Ihnen oder Ihrem Mann irgendetwas aufgefallen, was uns weiterhelfen könnte. Seltsame Anrufe oder Personen, die sich in Ihrem Umfeld oder an Ihrem Haus aufgehalten haben und die Ihnen merkwürdig erschienen sind. Auffällige Begegnungen. Jedes noch so kleine Detail könnte hilfreich sein.« Die Frau stierte ins Leere.

»Wer sollte ihn entführen? Es war alles wie immer«, schniefte sie. »Bis auf …« Sie stockte.

*

Charlotte Hagedorn entschied sich, in ihrem eigenen Haus nach dem Rechten zu sehen und sich Gedanken darüber zu machen, wie sie weiter verfahren wollte. Klar war, dass sich die Anschläge auf die Beltretter bezogen. Sie musste dringend ein Gespräch mit ihrem Kommissar führen, nahm deshalb das Mobiltelefon in die Hand und schlurfte in Mantel und Stiefeln ins Wohnzimmer. Nachdem es dreimal geklingelt hatte, hörte sie:

»Westermann?«

»Hallo, Dirk, hier ist Charlotte. Ich muss dich dringend sprechen. Mach dir keine Sorgen, aber Katrin ist im Krankenhaus.«

»Was ist passiert? Wo liegt sie?«

»Hol mich am besten bei mir zu Hause ab, ich erzähle dir auf dem Weg, was passiert ist. Mach dir keine Sorgen. Mutter und Kind geht es gut, nur zur Sicherheit. Wir fahren zusammen, ja?«

*

Jens Brammann, der 47-jährige Hauptkommissar aus Lübeck, sah die Frau des Politikers an, als sie ihn bleich wie die Wand anstarrte. Die beiden anderen Kollegen untersuchten das Grundstück und versuchten, bei den Nachbarn etwas herauszubekommen.

»Bis diese Anrufe kamen. In der letzten Woche mindestens einmal pro Nacht. Aber immer, wenn Bernhard ranging, nur leises Atmen. Wir haben uns aber nichts weiter dabei gedacht. Spinner gibt es ja immer wieder, wenn man prominent ist. Bis unser Nachbar gehört hat, wie ein Boot weggefahren ist. Er konnte aber in der Dunkelheit nicht erkennen, wer«, schniefte sie. Der schlaksige,

1,95 Meter große Polizeibeamte mit den eisgrauen Haaren drehte sich zu dem Nachbarn, der mit verschränkten Armen direkt hinter ihm stand.

»Was genau haben Sie gehört oder gesehen?«, wollte der Kommissar wissen, der sich bisher zurückgehalten hatte, um Schäfer nicht zu unterbrechen. Ihm lief die Befragung nicht schnell genug. Der Nachbar stöhnte, als ginge ihm das ganze Prozedere entsetzlich auf die Nerven.

»Dann erkläre ich es Ihnen, damit das hier für die arme Frau ein Ende hat. Vorgestern Nacht, also von Freitag auf Samstag, so kurz nach Mitternacht, bin ich im Garten gewesen. Ich muss, bevor ich schlafen gehe, immer frische Luft schnappen. Ich stand auf der Terrasse und bemerkte einen Lichtschein am Strand. Ich hatte das Gefühl, als würde sich jemand an den Tannen im Garten von Bernhard und Lena vorbeischieben. Ich hörte einen Bootsmotor aufheulen, der sich in der Folge ziemlich schnell vom Ufer entfernt hat. Aber es hat immens geschneit und ich konnte nichts erkennen.«

»Dürfen wir uns ein wenig umsehen?«, fragte Maik Hollerbeck die Frau, die verzweifelt am Tisch saß und weinte. Sie nickte.

»Sie können hier von mir aus alles untersuchen, wenn es mir meinen Mann zurückbringt.«

Brammann sah durch die Scheibe der Eingangstür Malick und Westermann den Weg hinaufkommen.

»Na, was habt ihr?«, fragte Malick Schäfer.

»Wir wissen bisher, dass Fußspuren gesichtet wurden. Maik nimmt just mit den Kollegen in diesem Moment Abdrücke. Der Nachbar hat jemanden im Garten der Borgwards mit einer Taschenlampe rumfuchteln sehen und danach ein Boot wegfahren hören. Das bestätigt die Vermutung, dass der Kerl sich auf dem Seeweg bewegt hat. Er hat wahrscheinlich nachts bei Borgwards angerufen, um zu hören, ob jemand zu Hause ist.« Westermann und Malick nickten.

»Habt ihr die Ehefrau befragt?«, wollte der Leiter der Oldenburger Dienststelle wissen.

»Soweit es möglich war.«

»Wir übernehmen hier«, sagte Malick. Nico Schäfer führte die Beamten ins Wohnzimmer, wo Lena Borgward nach wie vor mit verweintem Gesicht auf dem Stuhl hockte und ihre Hände knetete.

Er reichte der Frau die Hand und stellte sich und Westermann vor.

»Hatte Ihr Mann Feinde? Kann es sein, dass jemand es gezielt auf ihn abgesehen hat?«

Die Ehefrau des entführten Politikers schüttelte den Kopf.

»Ich kann nur sagen, dass mein Mann respektiert wurde. Nur diese Gegenbewegung der Beltquerung, die hat ihm das Leben schwer gemacht. Sie wissen doch selbst, dass ein Politiker auch Gegner hat«, betonte sie. Malick reichte ihr ein Taschentuch.

Die Kollegen, die sich auf dem Grundstück aufgehalten hatten, kamen zurück. Schäfer hielt den undeutlichen Gipsabdruck einer Fußspur in den Händen und wartete. Die Frau des Politikers kauerte auf dem Stuhl und hielt ihren Kopf.

»Wir werden Ihre Telefondaten auswerten. Brauchen Sie einen Arzt, der Ihnen etwas zur Beruhigung verabreicht?«, fragte Malick und legte seine Hand auf ihre Schulter. Lena Borgward schüttelte kraftlos den Kopf.

»Nein, ich möchte mich hinlegen.«

Malick nickte. »Wenn Ihnen noch irgendetwas Wichtiges einfällt, können Sie mich jederzeit anrufen.« Er reichte ihr eine Visitenkarte. »Jederzeit.«

Die Männer verließen das Haus. Auf einmal blieb Malick stehen, drehte sich um und stiefelte zurück. Er hielt die Haustür auf, als Lena Borgward sie gerade ins Schloss drücken wollte. »Eine Frage hätte ich noch: Könnte es sein, dass jemand es auf ihn abgesehen hat, weil er ein Verhältnis mit dessen Frau hatte und dieser sich vielleicht rächen wollte?« Lena Borgward sah den Kriminaloberrat entsetzt an.

»Wir waren glücklich. Er hat mich nicht betrogen!« Sie schlug Malick die Tür vor der Nase zu.

Als er sich den Kollegen an den Fahrzeugen zuwandte, sagte Malick:

»Das war wohl ein Fettnäpfchen. Oder aber sie wollte es uns nicht sagen.« Westermann sah ihn fragend an.

»Was wollte sie uns nicht erzählen?«

»Ich habe sie gefragt, ob die Möglichkeit bestände, dass ihr Mann ein Verhältnis hat und der gehörnte Ehemann abrechnen wollte.«

»Verfolgen wir auf jeden Fall weiter. Maik, du hakst in seinem Büro und im Freundes- und Bekanntenkreis nach. Und lasst umgehend die Fußspuren prüfen! Dirk und ich nehmen mit den Leuten der Wasserschutz die Küstenlinie und die umliegenden Häfen ins Auge. Eventuell ist ein Boot aufgefallen, das in letzter Zeit übermäßig häufig den Hafen verlassen hat. Ist im Winter ja nicht üblich.«

Malick und Westermann stiegen in ihren Wagen.

»André, ich kann dich nicht begleiten. Nimm einen der Jungs mit oder Thomas, der kennt sich in der Gegend richtig gut aus.«

»Was ist denn los?« Malick legte seine Hand auf Westermanns Schulter. Der werdende Vater rieb sich den grau melierten Bart.

»Meine Verlobte liegt im Krankenhaus, und ich muss zu ihr. Es lässt mir einfach keine Ruhe, nicht zu wissen, wie es ihr geht.«

»Was ist denn passiert?«

»Sie ist schwanger und hat Probleme mit der Schwangerschaft.« Es war nicht zu übersehen, wie schwer es ihm fiel, über private Schwierigkeiten zu sprechen.

»Eh, Dirk, mach dir keinen Kopf. Du fährst jetzt ins Krankenhaus, rufst deinen Kollegen Thomas an und gut ist. Wo steckt der überhaupt? Den habe ich seit gestern nicht mehr gesehen.«

»Der hat ebenfalls einiges zu klären. Wir sind schon ein komisches Team, oder?«, verzog Dirk Westermann sein Gesicht zu einem gequälten Lächeln.

»Ist seine Frau auch schwanger?« Malick wirkte verwundert.

»Nein, aber der hat unseren Watson. Und der ist mit allen Wassern gewaschen. Du hast ja den Wagen von Thomas gesehen. Ich denke, dem werden just in diesem Moment gehörig die Ohren lang gezogen.«

Malick lachte: »Na, dann kann ja nichts mehr schiefgehen. Aber wir müssen uns beeilen, der Kerl, den wir suchen, wartet nicht lange, bis er *uns* das Fell über die Ohren zieht.«

KAPITEL 12

Montag

Es war nachts um 3 Uhr, als er sich ein weiteres Mal durch die Luke zwängte. Mit seinem neuen Spezialwerkzeug Hatte er die dürftig reparierte Luke in kürzester Zeit geöffnet. Niemand hatte ihn bemerkt. Dazu war es zu dunkel, und die Bauteile gaben ihm zusätzlichen Sichtschutz. Er gelangte in den ersten Raum und schlich weiter. Tief unter sich vernahm er das Plätschern von Wasser. Alles lief nach Plan. In wenigen Tagen hatte er, was er wollte, und würde endlich frei sein. Seine Qualen wären gerächt und er könnte von vorn beginnen.

Jetzt starrte er auf den Mann, den er hierhergeschleppt hatte. Der lag regungslos auf der Holzplatte, die er genau über der Öffnung zum Abgrund platziert hatte. Mit der Fußspitze des Stiefels stieß er dem Politiker gegen die Schulter. Der stöhnte und wandte kaum merklich den

Kopf. Es war feucht und eiskalt im Verlies. Nur der schwache Schein der Taschenlampe erhellte den Raum. Der flache, kaum hörbare Atem seines Gefangenen berührte ihn nicht. Es beruhigte ihn festzustellen, dass er noch lebte.

Borgward wiederum versuchte, sich die Umgebung einzuprägen. Er erfasste den quadratischen, mit Betonwänden ausgekleideten Raum, sonst nichts. Kahle, feuchte Wände. Seine ausgedörrte Kehle löste immer wieder Würgereize aus. Der Speichel reichte nicht mehr aus, um die Schleimhäute zu benetzen. Nicht einmal Tränenflüssigkeit erreichte seine Augen, die wie Feuer brannten und verklebten. Borgward vermutete, dass der Kerl, wer immer es war, ihn verrecken lassen würde.

»Bald hast du es geschafft«, hörte er die Stimme seines Peinigers wie durch Watte, als er ihm den Knebel aus dem Mund zog. »So, jetzt sagst du ihnen, dass sie den Tunnelbau sofort einstellen sollen, ich dich ansonsten töte! Wenn du tust, was ich von dir verlange, bist du bald danach frei!«

Borgward konnte das Grinsen, das über das Gesicht des Mannes huschte, der ihn an diesen teuflischen Ort gebracht hatte, nicht sehen. Der Politiker erkannte langsam Zusammenhänge. Was hatte dieser Teufel im Sinn? Er würde den Tod finden, wenn das hier schiefging. Borgward schloss müde die Augen. Er wollte nicht mehr sehen, was um ihn herum passierte, und krächzte die Worte ins Handy, die er von ihm verlangt hatte, nachdem er ihm den Knebel aus dem Mund gezogen hatte. Dann spürte er einen erlösenden Stich an seinem Hals.

*

Charlotte lief ungeduldig im Wohnzimmer auf und ab. Sie hoffte, dass Dirk sie bald abholen würde. Sie musste ihm unbedingt von ihren Vermutungen berichten. Ganz bewusst hatte sie ihm die Adresse der Klinik verschwiegen. Dirk brauchte sie also, um in das richtige Krankenhaus zu fahren. Dann registrierte sie den schwarzen Audi, der die Einfahrt hinauffuhr. Erleichtert atmete sie aus und fasste sich mit der Hand gegen die Brust. In diesem Augenblick klingelte das Telefon. Widerwillig nahm sie das Gespräch entgegen.

»Ja, Hagedorn?« Sie öffnete mit einer Hand die Haustür und bat den Kommissar in die Diele. »Wie, sie muss noch dableiben? Das geht nicht! Oh ... ja, dann ... Hm, ich sage es ihm. Ja, danke.« Charlotte Hagedorn stellte das Mobiltelefon zurück in die Station.

»Na, meine liebe Charlotte, bist du abfahrbereit?«

»Nun komm erst mal rein.« Sie zog am Ärmel seines Caban und dirigierte ihn ins Wohnzimmer.

»Ich möchte so schnell wie möglich zu Katrin.«

»Sie wollen die Deern noch zwei Tage zur Beobachtung dabehalten.« Dirk sprang auf.

»Wie bitte? Nee, ich muss sofort los. In welcher Klinik liegt sie?«

»Das erzähle ich dir gleich. Nimm mich ein Stück mit und ich erzähle dir, was los ist. Es ist wohl eine reine Vorsichtsmaßnahme«, entgegnete Charlotte und zog ihren Mantel über. »Katrin hat seit Tagen immer mal wieder leichte Wehen. Nichts Schlimmes, aber sie wollen sichergehen. Jeder Tag, den das Baby länger im Bauch der Mutter bleibt, ist für beide wichtig. Deshalb soll sie bis Mittwoch im Krankenhaus bleiben.«

»Ich muss schnellstens zu ihr«, drängte Dirk. Charlotte Hagedorn hielt ihn am Arm. »Das kannst du doch auch. Ich muss dir aber vorher etwas sehr Wesentliches erzählen.«

»Charlotte, ich habe keine Zeit für deine Hinweise«, murrte er härter als beabsichtigt. Charlotte senkte den Kopf. »Tut mir leid«, entschuldigte er sich und legte seine Hand auf ihre. Dann verließen sie das Haus.

»Wir sind am Ende, wenn wir diesen Kerl nicht bald finden, und haben absolut keine Ahnung, wer es ist, wo er sich aufhält und was der Hintergrund ist. Auch nicht, was er als Nächstes vorhat. Dazu die Probleme bei Katrin. Ich habe das Gefühl, ich drehe bald durch.« Sie legte ihre Hand auf seine und sagte: »Alles wird gut, mein Jung, glaub mir. Du fährst gleich zu deiner Katrin nach Eutin und wirst sehen, dass alles halb so schlimm ist. Ich werde sie am Mittwoch vom Krankenhaus abholen, so ist es besprochen. Aber ich muss dir noch was sagen. Danach kannst du mich beim Kreisel rauslassen, denn ich will zum Arzt und mein Rezept abholen.«

Dirk Westermann startete den Motor und verließ das Grundstück.

»Bisher sind nur Personen der Beltretter angegriffen worden, und ich könnte mir vorstellen, dass einer der Beltbefürworter für die ganze Geschichte verantwortlich ist. Der Taucher gehörte genauso zu ihnen wie die Menschen am Stand auf dem Weihnachtsmarkt. Jemand versucht, die Retter der Beltquerung von ihren Aktionen abzuhalten. Ich weiß, dass der NABU und später das Umweltministerium in Kiel die Existenz mehrerer Quadratkilometer großer Riffe zwischen Lolland und Fehmarn durch Taucher hat feststellen lassen. Die lagen genau im Baugebiet. Und sie waren ein nicht zu ersetzendes Ökosystem in der Ostsee. Jetzt haben sie diese unwiederbringlich zerstört. Einfach zugeschüttet. Dieser Taucher, Enno Hagelstein, war einer der Personen, die das herausgefunden haben. Mit diesen Erkenntnissen hätten sie das Projekt stoppen können. Was ja auch kurzfristig passiert ist. Und die Leute, die auf dem Weihnachtsmarkt verletzt wurden, kämpfen seit Jahren für den Baustopp. Es war auf jeden Fall ein Befürworter der Beltquerung.«

Dirk Westermann überlegte.

»Das weiß ich doch mittlerweile alles. Aber was du nicht weißt, ich dürfte es dir überhaupt nicht sagen. Und du musst mir versprechen, es wirklich für dich zu behalten. Es geht wohl wirklich um den Belttunnel. Das LKA arbeitet gemeinsam mit uns an diesem Fall. Ein Verdächtiger, der sehr wahrscheinlich mit dem Tunnelbau zu tun hat, ist im Visier. Der Täter fordert den sofortigen Baustopp des Tunnels und hat eine horrende Geldforderung. Wir haben dies bereits der Presse mitgeteilt. Wir kommen allerdings nicht wirklich weiter.«

»Aber es kann nur so sein.« Charlotte Hagedorn sah ihn von der Seite an.

»Charlotte, sei nicht niedergeschlagen. Deine Ermittlungen in allen Ehren. Ich finde es großartig, wie du uns unterstützt, aber deine Hypothese, dass ein Beltbefürworter für die Todesfälle verantwortlich ist, widerspricht unserem derzeitigen Ermittlungsstand. Wie erklärst du dir sonst, dass er einen Politiker entführt hat? Und zwar jemanden, der den Tunnelbau hofiert. Der ein hochmotiviertes Video verbreitet hat, welches augenscheinlich Vorteile für die gesamte Region und ganz Europa bietet.«

»Aber dann passen ja meine gesamten Untersuchungen nicht mehr zusammen. Um wen handelt es sich?«

»Bernhard Borgward.« Sie schwieg.

»Da muss ich noch einmal drüber nachdenken. Du fährst erst mal zu deiner Katrin nach Eutin. Sie liegt in Zimmer 24, auf der Geburtsstation.« Westermann parkte vor der Apotheke und hielt Charlottes Hand.

»Ich verstehe all deine Überlegungen und deinen vehementen Einsatz und weiß, dass du ein absoluter Gegner dieser Querung bist. Obwohl ich nicht wirklich weiß, warum ihr euch alle so gegen diesen Tunnelbau auflehnt. Ich habe eher die Befürchtung, dass unsere Kinder und Enkelkinder uns eines Tages vorwerfen werden, dass wir ihre Zukunft boykottiert haben. Die Bürger der Insel haben sich sicherlich auch beim Bau der Fehmarnsund-Brücke gewehrt – und jetzt? Irgendwann spricht niemand mehr über diesen Tunnelbau und er wird hingenommen wie alle anderen zukunftsweisenden Projekte auch.«

»Das waren damals ganz andere Voraussetzungen. Die Insel wurde an das Festland gekoppelt. Das hat für die Insulaner vieles verändert, was positiv war. Das kann man überhaupt nicht vergleichen. Die Brücke wird übrigens am 30. April 60 Jahre alt.«

»Warum wehrst du dich gegen die Zukunft? Alles hat seine Zeit. Ich fahre jetzt zügig über die in die Jahre gekommene Brücke zu Katrin, und du holst sie am Mittwoch wieder ab, ja?« Sie verabschiedeten sich, und Charlotte stieg schweigend aus. Westermann sah ihr nach, bis sie im Eingang der Arztpraxis verschwunden war.

*

Im Raum war es eiskalt. Die Heizung funktionierte nicht. Er, der Bomben baute und hochkomplexe Sprengladungen konstruierte, hatte nichts von dem knappen Heizöl bekommen, das er so dringend benötigte. Mit dicker Jacke und Handschuhen saß er im Keller und starrte auf die leeren Kanister. Ich sollte sie dringend entsorgen, damit sie mir nicht noch einen Strick draus drehen. Das verächtliche Lächeln, das zu den Temperaturen im Keller passte, verstärkte sich bei dem Gedanken an die letzten Schritte. Selbst das Zucken seiner Augenlider hatte etwas Furchterregendes. Sie alle haben meine Intelligenz unterschätzt. Er grinste erneut und wiegte den Kopf zu einer imaginären Melodie, die sich nur in seinem Kopf abspielte. Bisher laufen sie mit ihrem Gewäsch und ihren Ermittlungen ins Leere und werden es weiter tun. Die Fährten, die ich gelegt habe, sind perfekt. Bis sie meinem Geheimnis auf die Spur kommen, bin ich längst nicht mehr da.

Der Mann zog den Reißverschluss seiner dunklen Jacke hoch, streifte die schwarzen Lederhandschuhe über und griff mit beiden Händen nach den ersten Kanistern. Langsam stieg er die Treppenstufen hoch, huschte durch den Hintereingang zu seinem Fahrzeug und verstaute sie im Fond des Wagens. Niemand würde seine Machenschaften durchkreuzen. Schweißperlen standen auf seiner Stirn, als er die letzten Plastikkanister im Fond verstaut hatte. Sein Blick wanderte über das Grundstück, als er die schwarze Plane über die Kanister spannte und festzurrte. Dann verschwand er wieder im Haus.

*

Sämtliche Häfen der Insel lagen in Polizeihand. Sie suchten nach einem Boot, das in den letzten Wochen mehr als einmal den Hafen verlassen hatte, was im Winter unüblich war. Einzig die Beschreibung eines Außenbordmotors sollte sie auf den Täter bringen. Im Orther Hafen lagen zwei Segelschoner, ein Schiff, das für Fernsehaufnahmen der Sendung »Nord bei Nordwest« vor Anker lag und nicht in Betracht kam. Einzig zwei Motorboote gerieten in die engere Wahl. Allerdings stellte sich nach kürzester Zeit heraus, dass diese monatelang nicht in Betrieb genommen worden waren. Die Motoren waren abmontiert, die Boote mit Plane abgedeckt und seit Langem nicht entfernt worden. Dies wurde durch Moosbesatz und unzähliges Blattwerk offensichtlich. Das gleiche Prozedere im kleinen Hafen Lemkenhafen. Keines der dort noch liegenden Schiffe kam in Betracht. Die Hoffnung der Männer sank.

Hartwig, der wieder voll einsatzfähig war und sich mit Watson ausgesöhnt hatte, war mit Schäfer stundenlang die gesamte Küstenlinie von Großenbrode über Heiligenhafen bis hinauf zum Jachthafen hinter der Hohwachter Bucht abgefahren, ohne Erfolg. Der LKA-Beamte fuhr zurück zur Dienststelle, während Hartwig mit seinem Begleithund die kleine Marina im Sund aufsuchte. Der Hafeneigner des Geländes hatte ihm versichert, dass sich sämtliche Boote und Schiffe unter seiner Obhut befanden und niemand seit Wochen den Hafen verlassen hätte. Fehlanzeige. Selbst die Kameraaufnahmen zeigten nichts Unauffälliges. Dass er nur sporadisch vor Ort war und auch die Aufzeichnungen Lücken aufwiesen, verschwieg er. Hartwig schlitterte mit Watson die verschneiten Stege entlang. Der Wind blies scharf aus Nordost und hatte die

Holzstege in gefährliche Eisbahnen verwandelt. Thomas schlitterte vorsichtig voran und hoffte, nicht zu stürzen, während Watsons Tritte ein leise klickerndes Geräusch verursachten. Zwei Kajütboote mit Innenbordmotoren schaukelten im Hafenbecken und ließen die Ösen der Verankerungen bei jedem Wellenschlag leise quietschen. Ansonsten war auch dieser Hafen verwaist. Die drei Hausboote, die am letzten Steg vertäut waren, kamen nicht in Betracht, sie würden das Hafengelände sicher nicht verlassen. Hartwig musste bei dem Gedanken schmunzeln.

»Da sind wir mal wieder richtig am Arsch, was Watson?« Der Hund setzte sich neben sein Herrchen und guckte ihn hechelnd an. »Braver Hund. Ich weiß ja, dass du nicht anders kannst. Aber so ein Desaster nie mehr, hörst du?« Watson fiepte und legte sich, der Worte bewusst, flach auf den Boden. Thomas hockte sich hin, kraulte den Hund und betrachtete die Brücke, die vom Steg aus fast überdimensioniert erschien und hinter der ein dunkles, schweres Wolkenband aufzog. »Die ist wirklich fantastisch. Ich bin so froh, dass sie nicht abgerissen wird. Was für ein überragendes Bauwerk. Das gibt sicher 'ne riesen Geburtstagsparty im nächsten Jahr. Komm, mein Freund, lass uns los.« Leise vernahm er die Fahrzeuge, die die Brücke überquerten. Es folgte eine Eisenbahn, die sich vom Festland auf die Insel zubewegte. »So leise ist das aber auch nicht«, murmelte er und taxierte den Zug, der in Sekundenschnelle verschwand. »Hier werden wir nichts weiter ausrichten. Außerdem fängt es gleich wieder an zu schneien. Komm, mein Bester. Wir verschwinden!« Hartwig erhob sich, zog den Schal eng um seinen Hals und machte Anstalten, zum Auto zurückzustiefeln. Watson stand sekundenschnell auf seinen Pfoten.

Die Blicke, die hinter Vorhängen lauerten und jede Bewegung genaustens beobachteten, nahmen sie nicht wahr.

*

Er beobachtete den Mann, seinen großgewachsenen Schäferhund und schnüffelte an seiner Kleidung, die entsetzlich nach Diesel stank. Er musste nach Hause, sich duschen und die Klamotten wechseln. Ihn hatte das glucksende Geräusch der dickflüssigen Masse zwar fasziniert, als er sie in die mit Dünger gefüllten Säcke laufen ließ, aber dass die Flüssigkeit dermaßen stinken würde, hatte er nicht vermutet. Jedes Mal, wenn er den Schacht betrat, stank er hinterher wie die Pestilenz. Er warf einen letzten Blick durch das Fenster. Sie waren verschwunden. Eine Weile wollte er noch ausharren, dann sich endgültig selbst aus dem Staub machen. Es dämmerte und hatte erneut angefangen zu schneien. Das Wetter spielte ihm seit Tagen in die Karten, würde auch die letzte Hürde in seinem Sinne ablaufen lassen. Als er mit gesenktem Kopf, einem Schatten gleich, das Holzhaus verließ, durchzog ihn ein Schauer, der ihn sonderbar wärmte und ein Lächeln in sein Gesicht projizierte. Er senkte seinen Kopf. Die Kameras, die überall im Hafengelände installiert waren, würden ihn nicht auffliegen lassen, so viel war sicher. Nur wenige Hundert Meter entfernt stieg er in seinen Wagen, den er in einem Feldweg abgestellt hatte. Die dunkle Gestalt startete den Motor und rollte die schmale Straße entlang. Nichts konnte ihn aufhalten. Pfeifend trommelte er gegen das Lenkrad. Das Zucken seiner Augenlider verstärkte sich.

*

Benommen hustete er. Das immer wiederkehrende dumpfe Dodong nahm er kaum mehr wahr. Alles wirkte verschwommen, auf unheimliche Art surreal. Die Geräusche in seinem Kopf waren zu einer Melodie verschmolzen, die seine Sinne beruhigte und ihm klarmachte, dass er zumindest noch lebte. Er durfte die Hoffnung nicht aufgeben, gefunden zu werden, auch wenn es ihm fast aussichtslos erschien. Wie sollte ihn irgendwer finden, wenn er sich nicht einmal bemerkbar machen konnte. Mittlerweile hielt er es für sinnvoller, mit seinen schwindenden Kräften hauszuhalten. Dass er sich nicht befreien konnte, war ihm mittlerweile klar. Vielleicht bekam er die Gelegenheit, seinen Peiniger auszutricksen. Der Politiker röchelte kaum hörbar. Dann vernahm er ein Geräusch, das sich von den anderen unterschied. Borgwards Puls beschleunigte sich. Der Schein einer Taschenlampe leuchtete plötzlich sein Verlies aus. Der erhöhte Herzschlag ließ ihn tiefer atmen. Der Politiker hoffte, dass sie ihn gefunden hatten und Hilfe kam. Aber im Innersten wusste er, dass *er* es war. Seine Hoffnung zerschlug sich. Der Entführer, der seinem Leben ein Ende bereiten würde, trat zu ihm. Der Mann, dessen Motiv so abstrakt war, dass er es nicht fassen konnte, kniete sich schweigend neben ihn, zog den Knebel vom Mund und träufelte ihm Wasser in die Kehle. Borgward schluckte es gierig, verschluckte sich und hustete. Die Schattengestalt legte eine Hand unter seinen Rücken und richtete ihn auf, damit er abhusten konnte. »Ich muss zur Toilette. Bitte, dringend«, bettelte er flüsternd. Seitdem er in diesem Verlies eingepfercht war, hatte er sich immer wieder eingenässt und war sich sicher, dass sein Entführer den Uringeruch trotz des intensiven Dieselgestanks längst wahrgenommen hatte. Nur eine List konnte ihm hier heraushelfen. Die Person im Dunkel fluchte, schob den Knebel zurück in den Mund seines Opfers und verschwand. Borgward schnaufte und jaulte, so laut er konnte. Er wand sich wie eine Schlange auf der harten Unterlage. Er hoffte, dass er ihn nicht so zurückließ. Der Politiker resignierte. Sein Kopf sank zu Boden. Wenig später nahm er erneut Licht wahr. Der kommt zurück und holt mich hier raus! Ein leiser Hoffnungsschimmer durchströmte seinen Körper. Sein Herz fing an zu rasen, als der harte Lichtstrahl der Taschenlampe ihn blendete. Seine vereiterten Augen brannten höllisch, und er schloss die Lider. Bring mich endlich hier raus, bettelte er schweigend und öffnete die Augenlider.

»Mach die Augen zu. Mach verdammt noch mal die Augen zu, Scheißkerl, oder ich drück dir die Luft ab!« Borgward spürte einen schmerzhaften Stoß in die Seite und senkte die Lider. Er blieb regungslos liegen, weil er nicht wusste, wozu der Mann noch fähig sein würde. Der Politiker spürte das Klebeband, das sein Gegenspieler über seine Augenpartie pappte. Jetzt besaß er nur noch sein Gehör. Sein Innerstes vibrierte, und der ganze Körper schlotterte vor Angst. Würde er ihn jetzt umbringen? Der Mann, der laut schnaufend neben ihm kniete, nestelte an seinem Gürtel. Borgward versuchte zu schreien und wehrte sich. Ein harter Schlag ins Gesicht stoppte ihn. Für einen Moment verlor er das Bewusstsein. Der Entführer öffnete seinem Opfer den Reißverschluss der Hose und zerrte sie mitsamt seiner Unterhose bis zu den Oberschenkeln herunter. Der Politiker kam wieder zu sich und wagte nicht, sich zu bewegen. Seine Angst, hier und jetzt getötet zu werden, stieg. Sein gesamter Körper schlotterte, ohne dass er es unter Kontrolle bekam. Sein Gegner stand offensichtlich direkt über ihm. Der Politiker spürte die Stiefel seines Peinigers an beiden Seiten seiner nackten Taille. Plötzlich wurde seine Körpermitte ruckartig nach oben gezogen und etwas Kaltes unter seinen nackten Hintern geschoben. »Beeil dich, ich habe nicht ewig Zeit«, flüsterte die heisere Stimme seines Entführers. Borgward bekam mit, dass der Mann sich entfernte. Er hörte das Geräusch der ins Schloss fallenden Eisentür. Damit hatte der Politiker nicht gerechnet. Der lässt mich hier nicht raus. Die Polizei muss das Video längst gesichtet haben. Sie werden nach mir suchen, es kann nicht so schwer sein, mich zu finden. Seine Gedanken fuhren Achterbahn zwischen Hoffnung und der Angst, hier elendig zu verrecken.

Obwohl er sich in diesem Moment abscheulich fühlte, gab er dem Drang nach und entleerte seinen Darm. Sein Körper zuckte, als er sich erleichtert hatte. »Dodong, Dodong.« Er zählte mit. Zweimal. War eine Tötung überhaupt nicht das Ziel seiner Entführung? Hatte der Mann etwas anderes im Sinn? Er war ein hochrangiger Politiker. Der Entführer musste wissen, dass er allein den Tunnelbau niemals würde stoppen können. Vielleicht wollte er Geld erpressen. Dann würde er hier rauskommen, da war er sich sicher. Niemand würde ihn im Stich lassen. Sie setzten sicher bereits alles daran, ihn aus dieser brisanten Situation zu befreien.

Ein knarzendes Geräusch riss ihn aus seinen Gedanken. Die Tür öffnete sich ein weiteres Mal. Borgward lauerte. Das Gefäß unter seinem Hintern wurde herausgezogen und die Hosen hochgezogen. Der Politiker ließ es geschehen und verinnerlichte sämtliche Töne und dumpfe Laute, um sich zu beruhigen. »Dodong, Dodong, Dodong, Dodong.« Dann ebbte das Geräusch wieder ab. Borgward registrierte, dass die Unterlage, auf der er sich befand, beiseite gerückt wurde. Sein Entführer fluchte lautstark, schließlich wog er fast 100 Kilo, die bewegt werden mussten. Er vernahm seichtes Plätschern. Es klang, als würde er in einer Wanne liegen und sich darin bewegen. »Dodong, Dodong.« Wo war er, verdammt noch mal? Er hörte, wie sein Widersacher etwas heranschleppte. Dann das Öffnen eines Drehverschlusses und letztlich wieder sanftes Plätschern. Es folgte schwerfälliges Blubbern. Als ließe jemand dickflüssigen Saft in ein Glas laufen. Erneut stieg ihm der abartige Geruch von Diesel in die Nase. Borgward schnaufte und fing an, sich heftig auf der Unterlage zu winden. Es stank doch auch so schon genug. Warum noch mehr davon?

»Bleib liegen, oder willst du mir den Spaß verderben?« Das Plätschern wurde lauter, das Blubbern blieb gleichmäßig. Der Gestank unerträglich. Wollte er ihn verbrennen? »Dodong, Dodong, Dodong.«

*

Charlotte Hagedorn hatte Dirks Argwohn hinsichtlich ihrer Vermutungen verarbeitet. Sie entschied sich trotzdem, weitere Gespräche mit den Aktivisten zu führen. Sie ließ sich von ihrem ersten Gefühl nicht abbringen und musste herausfinden, was es damit auf sich hatte. Ihr fiel der Flyer ein, den sie gestern im Briefkasten gefunden hatte. Eine bekannte Politikerin, die sich von Anbeginn gegen die feste Beltquerung erklärt hatte und heute erneut engagiert den Austausch mit den Bürgern der Insel suchte, kam auf die Insel. Sie hatte sich vehement gegen das für die Region fatale Milliardengrab ausgesprochen und nach wie vor um aktive Gespräche mit den großen Naturschutzverbänden, dem Bund und den Bürgern gesucht. Sie war eine der wenigen, die in Schleswig-Holstein aktive Politik betrieben und sich gegen das Projekt eingesetzt hatten. Mit ihr musste Charlotte sich zwingend unterhalten. Unter Umständen bekam sie von ihr einen Hinweis, warum gerade diese Person des öffentlichen Lebens, ein Befürworter des Tunnelbauprojektes, Opfer eines Verbrechers geworden war. Unverdrossen stapfte sie in dicken Winterstiefeln über den verschneiten Marktplatz. Eine unscheinbare Ecke hatten sie den Demonstranten zugestanden. Einen Bereich, der den Verlauf der Untersuchungen des immer noch abgesperrten Tatortes nicht störte. Charlotte war klar, dass der Weihnachtsmarkt dieses Jahr kein Thema mehr sein würde. Der Bürgermeister hatte das Event für beendet erklärt, was angesichts der Lage nicht verwunderlich und das einzig Vernünftige gewesen war. Charlotte Hagedorn begrüßte die Entscheidung, obwohl sie mit dem Chef der Stadt in kaum einer Angelegenheit der gleichen Meinung war. Für sie zeigte der Mann in vielen Belangen zu wenig Kante. Die Künstlerin wunderte sich über die Handvoll Menschen auf dem Demonstrationsplatz. Sie zählte tatsächlich fünf Personen, die sich um die Politikerin geschart hatten. »Dass so wenig Interesse am Tunnelbau besteht, verstehe ich nicht«, murmelte sie und stellte sich neben einen Mann, der mit Helgoländer Lotsenmütze, wie sie auch Helmut Schmidt getragen hatte, aus vollen Rohren seinen Pfeifenqualm in die glasklare Luft schmauchte. Charlotte hustete und wedelte demonstrativ mit der Hand.

»Können Sie nicht mal woanders hinpaffen?«

»Dann goht Se man in de anner eck, Deern.« Irgendwie kam ihr die Stimme bekannt vor. Sie betrachtete den betagten Mann mit dem akkurat geschnittenen weißen Bart, der ledergegerbten braunen Haut, der die 70 überschritten haben musste. Seine Erscheinung in löcherigen Jeans, gestreiftem Sweatshirt und Caban wirkte in ihren Augen viel zu jugendlich. Der in die Jahre gekommene Matrose blieb grinsend und unbeeindruckt von Charlottes bissig versprühtem Charme mit verschränkten Armen neben ihr stehen. Interessiert lauschte er der Ansprache der Politikerin. »Wo ich mich hinbegebe, lassen Sie mal meine Sache sein, Sie … Sie Umweltverschmutzer.« Charlotte Hagedorn war in ihrem Element und hüstelte betont auffällig. Ihre Unzufriedenheit brauchte ein Ventil, warum nicht dieser zerknautscht und verwittert aussehende Seebär. Sie wandte ihren Kopf Richtung Politikerin und versuchte, sich auf deren Vortrag zu konzentrieren. Allerdings hatte auch der Seemann ihr Interesse geweckt. So schielte sie fortwährend zu dem Mann, der ihr auf seltsame Art bekannt vorkam. Sie schüttelte den Kopf. Der Kerl schmauchte weiter, bemerkte sehr wohl ihre Blicke und griente unverhohlen.

»Nun belauern Sie mich nicht ständig so von der Seite«, knurrte sie und warf ihm einen verärgerten Blick zu.

»Warum so böse, junge Deern? Meine liebe Charlotte, früher warst du nicht so bissig.« Charlotte Hagedorn drehte sich abrupt zu ihm und starrte den Mann fassungslos an. Dann fiel es ihr wie Schuppen von den Augen.

»Josch Diekmann, sag nicht, du bist es wirklich? Das

glaube ich jetzt nicht.« Charlotte Hagedorn betrachtete den braunen Seebären. Auf einmal fing ihr Herz an zu klopfen.

»Doch, Charlotte, ich bin es. Du siehst immer noch genauso gut aus wie früher, min Deern. Und bist auch immer noch genauso kratzbürstig«, lachte er und blies den Rauch seiner Pfeife in die eiskalte Luft. Der Himmel hatte sich mittlerweile zugezogen. Die dunklen Wolken, die sich sehr bald entladen könnten, hingen wie vollbeladene Säcke über der Stadt. Charlotte warf einen Blick nach oben. Und als hätte sie es verschrien, begann es tatsächlich zu schneien. Der Seebär schlug den Kragen seiner dunkelblauen Jacke hoch. Charlotte Hagedorn verschloss den obersten Knopf ihres Wollmantels und nestelte am kanariengelben Schal.

»Was machst du hier?«, fragte sie und reichte ihm erstaunt die Hand.

»Ich hab mir hier letzten Sommer ein Häuschen gekauft und verbringe meinen Lebensabend auf der Insel. Ich habe sozusagen abgetakelt und suchte ein Plätzchen, an dem ich jeden Tag aufs Meer schauen kann. So ein schönes Fleckchen Erde, dieses Eiland.« Er zuckte die Schultern und lächelte. »Und du, was machst du hier?«

»Ich lebe schon ziemlich lange hier. Bin verheiratet gewesen und, na ja, hängen geblieben, wie man so schön sagt. Ich bin ein richtiger Rucksackfehmaraner.«

»Und wo wohnt ihr, du und dein Mann?«

Charlotte schüttelte den Kopf. »Er ist verstorben.« Sie schwieg.

»Oh, das tut mir leid.«

»Kannst du ja nichts für. Ist schon eine ganze Weile her. Mir geht's gut. Ich habe meine Nichte in der Nähe und wohne in der Altstadt. Alles wunderbar.« Sie betrachtete den Mann, der trotz seines Alters abenteuerlich auf sie wirkte. In Charlottes Magengegend rumorte es.

»Was hältst du von einer Tasse Kaffee? Wir können doch in ein warmes Café gehen und ein bisschen klönen, Deern.«

»Ich würde ja gern, aber ich muss mich vorher mit der Rednerin unterhalten.«

»Na, dann nach deinem Gespräch. In einer Stunde im Café *Jedermann*?«

»Das klingt famos. Die haben äußerst leckeren Tee!« Die Künstlerin wurde rot. Sie reichte Josch Diekmann die Hand und registrierte die Wärme, die seine ausstrahlte. Wie elektrisiert zog sie ihre Hand zurück.

Was ist denn nur mit mir los, fragte sie sich und eilte auf die Politikerin zu, die in ein Gespräch vertieft war. Sie rückte ihre Kamera zurecht und wartete, bis der Dialog beendet war.

»Moin. Das ist nett, Sie hier anzutreffen. Ich habe Ihnen die ganze Zeit interessiert zugehört und finde, Sie haben recht mit dem, was Sie sagen. Und dass Sie selbst im Gegensatz zu Ihrer Partei so vehement gegen die Beltquerung kämpfen, finde ich erstaunlich und äußerst lobenswert.« Die Politikerin lächelte. Sie kannte Charlotte von anderen Demonstrationen. Der Schneefall verstärkte sich, und scharfer Wind aus Nordost fegte über den Marktplatz, der sich außer ein paar Beamten der Kriminaltechnik zunehmend leerte.

»Liebe Frau Hagedorn, was liegt Ihnen auf der Seele?« Die Politikerin sah Charlotte fragend an.

»Ich weiß nicht, ob Sie mir helfen können, aber es könnte überlebenswichtig sein. Sie haben ja sicherlich von den Explosionen gehört, nehme ich an. Ich darf Ihnen nichts zu unserem Fall sagen, aber ich möchte von Ihnen wissen, ob es einen Politiker in Ihrem Umfeld gibt, der so auf die Beltquerung fixiert ist, dass man ihn beseitigen möchte.«

»Ja, ich habe es mitbekommen. Schrecklich, was da passiert ist. Wie meinen Sie das, ›beseitigen‹? Ich verstehe nicht?«

»Na ja, eine Person, die entführt werden könnte, weil sie für den Tunnelbau ist.«

»Aber wer sollte einen Politiker entführen, weil er für die Beltquerung ist?« Sie schüttelte den Kopf. »Ich glaube, ich muss jetzt weiter.« Sie versuchte, ihren Arm aus Charlottes Hand zu lösen. Kopfschüttelnd wandte sie sich ab, als Charlotte flüsterte:

»Einer Ihrer Kollegen ist entführt worden!« Abrupt blieb sie stehen und drehte sich wieder um.

»Entführt?«, flüsterte sie, als hätte sie Angst, jemand könnte ihr Gespräch mitanhören.

»Ja, wir ermitteln nicht nur wegen dieser Explosionen, sondern auch in einer Entführung. Mittlerweile wissen wir, dass diese zusammenhängen. Und genau deshalb bin ich bei Ihnen. Sie haben Interna und könnten mir wirklich helfen, das Motiv für eine derartige Tat herauszufinden.«

Charlotte Hagedorn guckte die Politikerin an und stemmte die Hände in die Seite. »Also, was ist? Helfen Sie mir? Bitte!«

»Um Gottes willen! Von wem reden wir hier?«

»Sie müssen mir versprechen, mit niemandem, wirklich mit keiner Seele auch nur ein Wort darüber zu verlieren. Falls doch, kommen wir beide in Teufels Küche, ist das klar?«

Die Politikerin nickte. »Ja, nun reden Sie endlich – wer?«

»Bernhard Borgward«, flüsterte Charlotte.

Die Frau blickte sie mit sprachlosem Entsetzen an, nickte erneut und flüsterte der selbsternannten Ermittlerin ins Ohr.

»Er ist der Einzige, der bisher richtig penetrant für dieses Projekt geworben hat. Es hatte fast den Anschein, als ziehe er persönliche Vorteile aus seinem Aktionismus. Den hätten einige auf dem Kieker«, flüsterte die Politikerin. Es hatte den Anschein, als bereute sie im nächsten Moment ihre Worte.

»Dann will sich jemand an ihm rächen. Aber wozu tötet er Beltretter?«

»Das kann ich Ihnen nicht beantworten. Ich glaube, wir brechen das Gespräch hier ab. Vergessen Sie, was ich gesagt habe. Damit will ich nichts zu tun haben. Überlassen wir das der Polizei, die werden wissen, was zu tun ist.« Erneut schüttelte die Politikerin den Kopf und verschwand.

Eine Stunde später trat Charlotte Hagedorn abgekämpft in das gemütliche Café in der Ohrtstraße. Ein Schwall warmer Luft waberte ihr entgegen und lullte sie ein. Der himmlische Duft von Vanille, Zimt und Anis entspannte sie augenblicklich. Suchend blickte sie sich in dem hutzeligen Café um, in dem nur wenige Tische Platz fanden. Der *Seebär* saß am hinteren Ausgang und zwinkerte ihr zu. Sie löste den Schal und knöpfte ihren Mantel auf. Während sie ihm zuwinkte, zog sie die Mütze vom Kopf und zerrte die Handschuhe von den Fingern.

»Tut mir so leid. Ich war in ein äußerst wichtiges Gespräch verwickelt und konnte nicht früher. Ich habe auch eigentlich gar keine Zeit und muss …« Sie zuckte mit den Schultern.

»Alles gut, min Deern, alles gut. Was möchtest du? Tee? Torte?«

»Torte? Ist nicht mal Mittag!«

»Ist doch wurscht. Du isst Torte, wenn es dich danach gelüstet.« Er zuckte die Schultern und schmunzelte.

»Ne, lass mal. Ich möchte einen Tee, und wenn ich ehrlich bin, ist es mir hier viel zu warm.«

»Wir könnten am Meer spazieren gehen. Das lieben wir doch beide«, zwinkerte er erneut, und um seine meerblauen Augen bildeten sich jede Menge Lachfältchen. Sie lächelte. Dass er sich nach so vielen Jahren noch daran erinnerte. Wie oft hatten sie während ihrer gemeinsamen Schulzeit darüber philosophiert, dass alles Leben im Meer begann und wie sich beide danach sehnten, sich eines Tages, irgendwo auf der Welt, am Wasser häuslich niederzulassen. Genauso wollten sie am Meer wieder von dannen gehen. Es erschien ihr wie ein Wink des Schicksals, dass sie genau auf dieser Insel zueinanderfanden. Charlottes Leitspruch war immer gewesen: Wenn ich einmal sterbe, dann streut meine Asche mit dem Wind übers Meer. Sie wunderte sich darüber, dass ihre Gedanken sie in diesem Augenblick an jene Wortspielerei erinnerten. Hatte eine göttliche Fügung ihre Finger im Spiel? Sie schüttelte den Kopf.

»Ja, die Gemeinsamkeiten. Aber gern. Lass uns einen Tee trinken und dann ab von Hoff«, lachte er aus voller Kehle, wobei eine Reihe gepflegt blitzender Zähne zum Vorschein kam. Ob die noch alle echt sind, überlegte sie und kicherte. Sein Anblick und seine humorvolle Art gefielen ihr. Es schien, als hätte er sich überhaupt nicht verändert. Eine halbe Stunde später verließen sie nach angeregtem Ausflug in die Vergangenheit das Café und fuhren in einem 2000er BMW-Oldtimer, der Josch Diekmanns ganzer Stolz war, Richtung Südstrand.

»Hier weht jetzt am wenigsten Wind«, murmelte er und parkte den himmelblauen Wagen direkt am Eingang zum Strand. Josch entzündete seine Pfeife und blies den Rauch in die eiskalte Winterluft. Der Strand war überzogen von einer Decke aus puderzuckerweißem Schnee und knirschte bei jedem Schritt. »Dat klart auf, min Deern«, sagte er und warf einen Blick zum Himmel. Die graue Wolkendecke wies erste Lücken auf. »Wenn wi Glück hefft, kümmt de Sün noch weller.« Charlotte nickte.

»Ja, wenn wir Glück haben, kommt sie.« In ihr hatte sich ein wohliges Gefühl ausgebreitet, das sich ungewohnt anfühlte und sie längst verschüttet glaubte. Selbst die knappen Mitteilungen der Politikerin waren für den Moment aus ihrem Gedächtnis verschwunden. Als Josch neben ihr her stapfte, hakte sie sich wie selbstverständlich bei ihm unter. »Lass uns bis zur Hafeneinfahrt laufen«, schnurrte sie und kicherte plötzlich wie ein junges Mädchen. In ihrer Magengrube rumorte es. Ihr Herz machte winzige Sprünge, wie sie es schon lange nicht mehr wahrgenommen hatte. Sie spazierte beflügelt neben ihm bis zur Hafeneinmündung am Strand entlang und hatte völlig die Zeit vergessen. Josch Diekmann sah dem einfahrenden Kutter nach und seufzte. Sie absolvierten einen Schlenker um das einstige Café *Sorgenfrei* und schlenderten auf der Promenade zurück. Sie hatten sich nach so vielen Jahren normalerweise viel zu erzählen, schwiegen dennoch gedankenversunken. Eine eigenartige Spannung lag zwischen ihnen und löste sich erst, als der Seebär stehen blieb.

»Was ist denn hier passiert?« Er deutete mit dem Kopf zu der einzigen kleinen Reetdachkate am verwaisten Spazierweg. Bauzäune waren aufgestellt, Gebäude und Grundstück in einem desolaten Zustand. In Fenster und Türrahmen verrammelte Spanplatten, wo sich einst gemütlich beleuchtete Sprossenfenster befanden. Über die eingelassene Gaube im Reetdach war eine Plane gespannt, die zum verwüsteten Gesamtbild der ehemals wunderschön dekorierten Kate passte. Das Gras wuchs zwischen den Terrassenplatten hervor und vervollständigte den ungepflegten Gesamteindruck. Es war ein Jammer, dieses Kleinod verfallen sehen zu müssen.

»Ja, das ist wirklich traurig. Und jetzt reißen sie diese wunderschöne letzte Perle auch noch ab. Es ist oder war das einzig übrig gebliebene Reetdachhaus am Südstrand. Und es ist das erste gewesen, das hier gebaut wurde. Darin war viele Jahre ein hutzeliges Restaurant. Das hättest du erleben müssen. Wir sind hier oft sonntags essen gegangen. Es ist ein Elend, dass die schmucken Häuser irgendwelchen Investoren zum Opfer fallen, nur um noch mehr Ferienwohnungen oder grauenhafte Hotels zu errichten. Dieses Haus lag mir immer besonders am Herzen. Es gehörte ursprünglich einer Freya Brünninghaus. Wie gut, dass sie das nicht miterleben muss, sie würde sich im Grab umdrehen. Das macht mich richtig böse und traurig zugleich.« Charlotte Hagedorn presste ihre Lippen aufeinander, als müsste sie nachdenken. »Hier ist vieles im Argen. Was schön und erhaltenswert ist, muss doch nicht immer dem Größenwahn weichen, oder?«, jammerte sie. »Nicht nur, dass sie die Grundstücke hier verkauft haben, nein, die haben vor vielen Jahren hinter der Spielwiese sogar das Wäldchen abgeholzt. Sieh mal, da vorn. Dieser eingeschossige Stahlskelettbau, das total heruntergekommene ehemalige Haus des Gastes. Es gehört zum Arne-Jacobsen-Ensemble. Da soll jetzt wenigstens eine Arne-Jacobsen-Ausstellung eröffnet werden. Eine Schande, wie lange es leer stand. Dabei könnte alles so schön sein wie der neu gestaltete Jachthafen.« Charlotte Hagedorn geriet in Rage und hörte gar nicht auf zu erzählen. Es ärgerte sie jedes Mal, wenn sie sich in Burgtiefe aufhielt, dass dieses Areal nicht mehr gepflegt wurde.

»Wer ist denn dieser Arne Jacobsen?«, wollte Josch wissen und schmauchte seine Pfeife.

»Das war ein berühmter dänischer Architekt. Das Haus des Kurgastes war das erste fertiggestellte Gebäude des von ihm erbauten Ferienzentrums hier in Burgtiefe und stellt ein Kulturdenkmal dar. Dass aber Teile davon zerfallen und nicht instand gesetzt werden, finde ich gruselig. Die Siedlung ist nicht der Hit, aber gehört für mich zur Insel. Leider gibt es vieles, das brachliegt. Wir brauchen keinen neuen Aussichtsturm, die sollen hier lieber das in Ordnung bringen, was vorhanden ist. Das ist wichtiger. Ich habe Fotos von den alten Reetdachgebäuden, bevor sie abgerissen wurden. Ich kann sie dir gerne zeigen. Komm mich doch mal besuchen.« Charlotte schmunzelte und plapperte unbeirrt weiter, als hätte sie alle Zeit der Welt. Josch nickte. »So, nun habe ich aber wahrlich genug geschwafelt. Ich muss wirklich los.« Charlotte war aus der Puste und zog Josch mit sich.

»Was musst du? Ich habe nicht das Gefühl, als hättest du Dringendes zu erledigen«, grummelte der Seebär, und ein Grübchen zeigte sich auf seiner Wange.

»Doch, ich muss ermitteln!«

»Ermitteln?« Josch Diekmann warf ihr einen erstaunten Blick zu.

»Ich ermittle in einem Mordfall.«

»Mordfall? Bist du denn bei der Polizei gelandet?«

»Ach i wo. Ich helfe meinem zukünftigen Neffen, dem Leiter der Mordkommission Oldenburg. Er und meine Nichte Katrin bekommen ihr erstes Baby und werden bald heiraten. Verlobt sind sie schon«, schweifte sie ab.

»Und du bist bei der Polizei?«, fragte er erneut und nahm die Pfeife aus dem Mund. Damit hatte er nicht gerechnet. Er kannte sie als Wippstert, als quirlige Partymaus, aber dass sie diesen Weg zum Recht eingeschlagen hatte, hätte er niemals erwartet. Der Kapitän schüttelte den Kopf und erinnerte sich an eine Begebenheit von 1976. Plötzlich musste er schmunzeln. Gemeinsam hatten sie gegen das Kernkraftwerk Brokdorf demonstriert. In Jeans, Bundeswehrparka und Turnschuhen, lautstarke Parolen rufend, marschierten sie mit mehr als 30.000 Menschen friedlich zum damaligen Baugebiet. Mit dem Frieden war es dann allerdings vorbei, als eine Gruppe radikaler Demonstranten versuchte, Zäune herunterzureißen, und das Gelände stürmte. Damals kamen Wasserwerfer und Hubschrauber zum Einsatz. Josch hatte das Areal eilig mit ihr über Wiesen und Felder verlassen. Auf dem Gelände wurde trotz aller Diskussionen dieses Kernkraftwerk errichtet, an deren Folgen die Menschen noch lange zu knabbern haben würden. Von dem erste Stimmen mittlerweile behaupteten, wir bräuchten die Atomenergie unbedingt, weil die erneuerbaren Energien durch die zunehmende Bevölkerung und den verheerenden Krieg in der Ukraine niemals ausreichten. Dennoch hatten sie das Kraftwerk vor Kurzem endgültig abgestellt.

Der Qualm seiner Pfeife stieg in den Himmel, als sein Blick über die Ostsee und den einsamen Strand glitt. Es hatte aufgefrischt, und eine Böe erfasste sein Gesicht. Josch lächelte, als er sich an die gut aussehende Kämpferin erinnerte.

»Hallo, bist du noch da?«, fragte Charlotte und drängte endgültig zum Aufbruch. Sie musste weiter, auch wenn sie viel lieber mit ihrem Jugendfreund in Erinnerungen schwelgen wollte. Es fiel ihr schwer, sich von ihm zu lösen. »Mach dir keine Sorgen, ich bin nicht bei der Polizei. Aber ich helfe, wo ich kann. Deshalb muss ich dringend zurück. Es tut mir leid. Lass uns, wenn du möchtest, zusammen essen gehen, dann erzähle ich dir aus meinem Leben.« Sie sah ihn verstohlen von der Seite an. Josch schmunzelte und steckte die Pfeife wieder zwischen die Lippen.

»Das ist eine hervorragende Idee, min Deern. Du bist immer noch so ein Wippstert wie damals, unglaublich«, lachte er und schüttelte ungläubig den Kopf.

*

Die SOKO »Phantom« saß versammelt um die Tische.

André Malick warf einen Blick in die Runde. »Wir haben bisher kaum Ansatzpunkte. Keine verwertbaren DNA-Spuren, keine Fingerabdrücke, die etwas ergeben haben. Der Täter ist in keiner der Datenbanken zu finden. Ein unbeschriebenes Blatt. Er hat allerdings nicht alles bedacht und andere Spuren hinterlassen. Wie die Glühfäden an Bord des Schiffes und auch einige Kabel, die für eine Fernzündung vonnöten waren. Die Kollegen prüfen, ob sie adäquate Hinweise auf die Hersteller herausfinden. Sie haben sämtliche Kameraaufnahmen überprüft. Nicht einen wirklichen Hinweis auf unseren Täter. Fingerabdrücke auf dem Boot sind nur vom Toten vorhanden. Er hat also mit Sicherheit Handschuhe getragen. Wir haben auf dem Rucksack Fingerabdrücke gefunden, die dem Maurer zugeordnet werden konnten, und einen Teilabdruck, der bisher nicht identifiziert werden konnte. Unser Täter ist äußerst vorsichtig vorgegangen. Die politische Forderung ist, den Bau des Belttunnels zu stoppen. Als Druckmittel benutzt er den entführten Politiker. Er wird ihn töten, wenn er für ihn nicht mehr von Nutzen ist. Die Geldforderung ist meiner Meinung nach nur ein unwesentliches Merkmal seiner Aktionen, dient wahrscheinlich der Flucht oder aber der Ablenkung. Es geht ihm in erster Linie darum, ein Statement zu setzen und bestimmte Personen einer Gruppierung zu töten. So gesehen hatte er bei seiner Aktion auf dem Marktplatz einfach kein Glück. Andersherum können wir alle froh sein, dass die jungen Männer die Leute rechtzeitig von der Hütte entfernt haben. Anders im Fall des Tauchers: Er hat sein Opfer regelrecht dargestellt, um sein Statement klarzulegen. Er spielt mit uns, auch wenn er nervös wird. Wenn wir nicht schnellstens seine Fährte aufnehmen, sehe ich die nächste Explosion schneller auf uns zukommen, als uns lieb ist.« Malick zog die düster wirkenden Augenbrauen in die Höhe.

»Der entführte Politiker ist sein größtes Druckmittel. Der Täter will eine Machtdemonstration. Was könnte dieser Mann mit seinem Motiv zu tun haben? Was ist derart Gravierendes passiert, das ihn zu diesen Taten verleitet?

Mir kommt es vor, als wäre alles ein Ablenkungsmanöver.« Sonja Rasmussen schüttelte den Kopf.

»Da sind viel Wut und Hass im Spiel. Um seine Vergeltung durchzuführen, benutzt er Menschen. Sie haben mir wehgetan. Sie werden genauso leiden wie ich. Das ist seine Message. Der Entführte hat etwas getan, was unseren Täter verletzt hat.«

Die Kollegen der SOKO schienen, genau wie Malick, unzufrieden mit den bisherigen Ergebnissen. Er, der immer wusste, was zu tun war, geriet bei diesem undurchsichtigen Fall in Schwierigkeiten. Sie hatten keinen Verhandlungsspielraum mehr. Bis Mittwoch musste die Lösung oder der Täter gefunden sein.

Malick stand auf. »Ich habe mit den Leuten der Baufirmen und der entsprechenden Behörden telefoniert. Wir haben versucht herauszufinden, ob es dort jemanden gibt, der Interesse am Baustopp hat, entlassen wurde oder aber Probleme mit einem der Verantwortlichen hatte. Es gab dort niemanden, der in das Profil passte. Ich werde den Bau sofort stillstehen lassen, sonst fliegt uns hier alles um die Ohren!«

KAPITEL 13

Dienstag

Am nächsten Morgen standen sämtliche Bagger und Baukräne still. Weder Baulärm noch Bauarbeiter waren auf dem Gelände auszumachen. Der Bereich, der zu Marienleuchte gehörte, von dem aus die Einfahrt in den Tunnel gegraben wurde, lag brach. Ebenso die Tunneleinfahrt vor der Brücke für die Anbindung im Sund. Wie Malick es geschafft hatte, die Politiker und Projektleiter so schnell zum Stillstand zu bewegen, blieb ein Rätsel. Er wusste, dass jeder Tag, an dem nicht gearbeitet wurde, Millionen kostete, aber hier ging es um Menschenleben. Da draußen war ein Verrückter unterwegs, der nicht einmal Halt vor einer hochrangigen Persönlichkeit des öffentlichen politischen Lebens machte. Und letztendlich traf er die letzte Entscheidung eigenständig!

Westermann betrat die Dienststelle. Die Kollegen der SOKO »Phantom« arbeiteten an Karten, Bauplänen, Hinweisen und Vermutungen. Der Erste Hauptkommissar steuerte auf Malick zu.

»Wie hast du das hinbekommen? Ich war heute Morgen verwundert, dass keinerlei Lärm von der Baustelle zu vernehmen war. Das erschien mir äußerst merkwürdig.« Westermann hatte nach dem Aufstehen im Dunkeln auf dem Balkon gestanden, seine Pfeife geraucht und sich gewundert, dass alle Maschinen auf der Baustelle zum Stillstand gekommen waren. Normalerweise hörten sie die Arbeiten der Maschinen bis hin zu ihrer Wohnung, die direkt am Sund lag.

Malick zog die Schultern hoch und neigte den Kopf. Stoppelig verteilten sich finstere Schatten an Kinn und Wangen, unterstrichen die dunklen Ringe unter seinen Augen.

»Ich musste nicht lange zaubern«, versicherte ihm der jüngere Kollege und zog die Augenbrauen hoch. »Du weißt um meine Rechte. Ich habe meine Muskeln spielen lassen und eine Entscheidung getroffen. So einfach war das«, zwinkerte er ihm zu.

»Richtige Entscheidung! Du siehst nicht gut aus, André.« Westermann trat an den Tisch, griff nach einer der Kaffeekannen, schüttelte sie und befüllte einen Becher mit der heiß dampfenden Flüssigkeit.

»Na ja, dein Anblick wirkt auch nicht optimistischer«, griente Malick und setzte sich neben Westermann. »Es fehlt nach wie vor das Motiv.« Malick raufte sich die walnussbraunen Haare und schwieg.

»Rache vielleicht. Aber gegen wen ist die gerichtet? Konfus, wenn du mich fragst. Wenn ich den Worten

Charlottes folge, gehörten der Taucher und die Leute auf dem Weihnachtsmarkt zu den Beltrettern, der Politiker aber eindeutig zu den Beltbefürwortern. Das ergibt keinen Sinn.«

»Ja, das ist es ja gerade. Es ist absolut widersprüchlich. Das Geld, das er fordert, ist Pillepalle. Das interessiert ihn nicht wirklich. Das scheint nur ein Ablenkungsmanöver von seinem eigentlichen Motiv zu sein. Der besitzt Geld, sonst könnte er Derartiges nicht ableisten. Oder er hat Gönner, die all das finanzieren. Das allerdings widerspräche dem Profiling von Rasmussen. Oder liegt die Rache im privaten Bereich? Wir haben die Firmen, die am Projekt beteiligt sind, befragt. Niemand kennt eine Person, auf die das erstellte Profil passen könnte. Dort gibt und gab es keine personellen Probleme. Und privat? Weder Familienangehörige, Freunde oder Bekannte des Toten, selbst niemand der Beltretter konnte uns Hinweise auf eine Person geben, die Derartiges anrichten würde. Also was tun?«

»Wir müssen tiefer graben. Irgendwo auf der Insel liegt die Wahrheit, da bin ich sicher. Der kann sich nicht in Luft aufgelöst haben. Wir finden ihn«, antwortete Westermann, als die Tür aufsprang und Hartwig mit Watson den Raum betrat.

»In Luft auflösen ist gut. Wir suchen nach einem Phantom.« Watson rannte sofort auf Westermann zu und legte seinen schwarz-weiß-grau gezeichneten Kopf auf die Oberschenkel des Ersten Hauptkommissars.

»Na, mein Bester, biste schmusebedürftig?« Er kraulte den Hund hinter dem Ohr und klopfte ihm die Flanke. »Und so was nennt ihr Polizeihund«, er lachte und fuhr sich über das unrasierte Kinn.

»Ist der Beste, den man an seiner Seite haben kann«, antwortete Hartwig und ließ sich auf seinen Stuhl fallen. »Wo sind die anderen Kollegen?«

»In den Häfen und auf den Fähren. Sie grasen noch einmal alles ab. Vielleicht hat sich ein Boot dazugesellt, das gestern nicht dort war.«

»Und wenn er ein Schlauchboot benutzt und es nach seinen Fahrten aus dem Wasser geholt hat? Der Kerl ist nicht dämlich und kennt sich offensichtlich auf den Gewässern rund um die Insel aus.« Westermann und Malick sahen ihn befremdet an.

»Das ist gar nicht dumm. Wie bist du darauf gekommen?«, wollte Dirk wissen.

»Ich beobachte!«, schmunzelte er und leerte seinen Kaffeebecher in einem Zug, während er auf dem Stuhl von einer Seite zur anderen schwang. »Wenn du dir die Angler ansiehst, haben etliche von ihnen ein Schlauchboot. Es ist leicht transportierbar und schnell im und aus dem Wasser. Da kam mir die Idee, dass es jetzt warm und trocken liegt und auf seinen nächsten, vielleicht letzten Einsatz wartet.«

»Nicht unklug«, murrte Malick. »Aber wie sollen wir an dieses Boot kommen? Wir können ja kaum sämtliche Grundstücke auf dieser Insel durchsuchen. Außerdem haben wir die Zeit nicht mehr.« Malick zog die Stirn kraus.

»Das ist mir auch klar. Aber manchmal hilft der Zufall. Wir müssen die Hafenmeister gezielt nach einem Schlauchboot befragen«, erwiderte Dirk.

»Glaubst du, der ist so naiv und setzt es in irgendeinem Hafen zu Wasser? Niemals! Der kennt Stellen, an denen es nicht auffällt und er sich nicht beobachtet fühlt.«

»Und genau diese Plätze müssen wir finden. Er wird in den nächsten Stunden ein Boot irgendwo ins Wasser lassen, um sein Ziel anzusteuern«, knurrte Malick und stand auf. Er warf einen Blick auf die ausgebreitete Fehmarnkarte. »Zeigt mir die Stellen, die für uns infrage kommen. Das könnte funktionieren.«

*

Charlotte sah auf ihre Armbanduhr. Es war früh am Morgen, als sie sich auf den Weg zur kleinen Pension *Kajüthus* machte. Nele würde ihr sicher einen Tee zubereiten. Vielleicht hatte sie noch einen heißen Tipp für sie. Nach zweimaligem Klingeln öffnete die Freundin. Charlotte sah Nele besorgt an.

»Mädchen, was ist passiert?« Sie trat in den Flur und betrachtete die Pensionsbesitzerin, die abgekämpft auf sie wirkte.

»Wieso, nichts ist. Ich bin nur grottenmüde. Die Saison steckt mir in den Knochen. Man merkt eben doch, dass man nicht mehr 30 ist.« Nele Martin schlich in die Küche. »Und was treibt dich so früh am Morgen her? Ich dachte, du schläfst noch. Es ist nicht einmal 8 Uhr.« Sie gähnte ungeniert.

»Ich habe mir überlegt, mit dir gemeinsam einen Tee zu trinken. Ich weiß doch, dass du seit 5.45 Uhr in der Küche stehst und Frühstück vorbereitest.« Charlotte huschte an ihr vorbei, plierte auf das köstlich dekorierte Frühstücksbuffet und schnupperte. »Ich dachte, dass für deine Freundin sicher etwas abfällt. Alleine schmeckt Frühstück nur halb so gut«, schmatzte sie unüberhörbar und griente.

»Untersteh dich. Fass ja nichts an. Dafür habe ich Stunden gebraucht.« Sie deutete mit erhobenem Finger in Charlottes Richtung.

»Nur ein bisschen Thunfischsalat. Den kann niemand besser als du. Oder von dem Eiersalat, biiitte!« Ihre Freundin bettelte wie ein Hündchen, das seinem Herrchen mit den Augen den Happen aus dem Mund klaubte.

»Du hast vielleicht Nerven.« Nele stellte sich neben die Freundin ans Buffet und griff nach einem weißen Porzellanschälchen. »Thunfisch oder Eiersalat?«

Charlotte klatschte in Erwartung der leckeren Speisen begeistert in die Hände.

»Thunfisch, ja bitte.«

Nele befüllte das Schälchen und bugsierte die Freundin, die noch in Mütze und Mantel dastand, zurück in die Küche.

»Hm«, leckte sie mit der Zunge über die Lippen.

»Nun zieh dich doch wenigstens erst mal aus, Charlotte. Und dann erzählst du mir, warum du wirklich hier bist.« Ihre Freundin sah die Pensionswirtin von der Seite an und wunderte sich, dass diese sie wieder einmal durchschaut hatte.

»Ich bin ratlos, weiß nicht weiter und hatte gehofft, dass du …«

»Ich? Ich fasse es ja nicht. Ermittelst du in einem Mordfall oder ich?« Charlotte Hagedorn nickte und errötete. Sie zerrte den Schal vom Hals, zog den Mantel aus und schwang sich auf die Eckbank. Nele Martin stellte Brot zum Salat und brühte Tee auf. Dann setzte sie sich zu der Freundin. »Und, Miss Marple? Wo ist dein Problem?«

Charlotte schilderte der Pensionswirtin ihre Herangehensweise und die dazugehörigen Probleme. Nele folgte ihren Worten aufmerksam.

»Hm, das ist wirklich verwirrend. Ja, das mit dem Taucher ist eine Tragödie. Es ist wie damals, als die Frau ertrank.« Nele überlegte angestrengt, während sie ihren Tee schlürfte. »Mielke, ja, sie hieß Kerstin Mielke. Das war damals ein grauenvoller Unfall.«

»Was meinst du? Hilf mir auf die Sprünge.« Wieder tat sie, als wüsste sie von nichts. Irgendwo musste die Antwort liegen.

»Hast du das vergessen? Das ist jetzt drei oder vier Jahre her. Die Mielke war eine von den überaus engagierten Beltretterinnen. Sie saß sogar im Vorstand und war Pressesprecherin.« Nele Martin sah Charlotte an und zog die Augenbrauen hoch. »Sie ist damals ertrunken, als sie zu diesen Riffen getaucht ist. Da war doch dieser Taucher dabei, der in die Luft … nee, mit dem war sie … ich muss überlegen.« Charlotte Hagedorn guckte sie an und biss in das Thunfischbrötchen. Sie kannte die Geschichte, wollte aber hören, ob Nele nicht etwas beitragen konnte, was sie noch nicht gehört hatte.

»Mit dem war sie gemeinsam ein paarmal auf Tauchgang, um die Ostsee-Riffe zu kartieren. Später soll sie alleine runtergegangen sein, warum auch immer, und hat sich … Jetzt fällt es mir wieder ein. Sie hat sich in abgerissenen Netzen eines Kutters verfangen und ist jämmerlich ertrunken. Ich wundere mich, dass du das nicht mehr weißt. Stand damals alles haarklein im *Tageblatt*.«

»Jetzt erinnere ich mich«, sagte Charlotte Hagedorn und tat, als ginge ihr ein Licht auf. »War die arme Frau nicht verheiratet und hatte Familie?«

»Ja, mit einem Kerl aus … ach, irgendwo aus dem Ruhrpott. Kinder waren da, soweit ich es in Erinnerung habe, keine«, entgegnete Nele und nickte.

»Ja, und sie war eine Hamburger Deern. War sie nicht Reporterin?«

Charlotte nickte ebenfalls. »Journalistin, wenn du es genau wissen willst. Was hat das aber mit unserem Fall zu tun?«

»Vielleicht hängt es damit zusammen. Späte Rache oder so.« Nele schlürfte ihren heißen Tee und warf ihrer Freundin einen Blick zu.

»Ich sollte mich umgehend drum kümmern. Wie hieß der Kerl gleich, der Mann von der toten Frau?«, wollte Charlotte wissen. Nele schrieb etwas auf einen der kleinen Spickzettel und reichte ihn ihrer Freundin.

»Aber sag, warum siehst du so schlecht aus?«

»Ich? Die Saison steckt mir in den Knochen. Seit Beginn der Corona-Pandemie haben die Leute die Nord- und Ostsee für sich entdeckt. Obendrein sind sie nicht immer alle freundlich gesinnt. Das ganze Corona-Zeugs der letzten Jahre, dazu dieser schreckliche Krieg im Osten. Das alles ist den Leuten aufs Gemüt geschlagen, aber wir können schließlich auch nichts dafür, dass die Welt eine andere geworden ist. Aber lassen wir das. Wird hoffentlich alles wieder gut.«

»Nee, das ist aber nicht alles, ich seh doch, dass dich irgendwas bedrückt. Raus mit der Sprache!« Charlotte sah ihre Freundin auffordernd an. Nele druckste und sagte mit müdem Blick:

»Wir haben unsere Pension verkauft.«

»Waaas? Wann?«

»Wir haben an ein ganz liebes Paar verkauft«, sagte sie.

»Die beiden jungen Leute möchten ihren Traum leben und haben sich dafür unsere Pension ausgeguckt. Die sind erst Anfang 40 und haben jede Menge Energie. Die haben sogar kleinere Kinder. Das passt.« Nele zuckte die Schultern.

»Mutig, in der heutigen Zeit«, antwortete Charlotte. »Und was macht ihr dann mit der vielen Freizeit? Ich meine, so gänzlich ohne Arbeit?«

»Wir sind dann nur noch Freigeister. Henning geht angeln, hat seine Feuerwehr, und ich … Weiß noch nicht. Vielleicht machen wir einen Tanzkurs, oder ich lerne ein Instrument. Keine Ahnung.« Sie zuckte die Schultern und schlürfte ihren Tee.

Charlottes Blick schien besorgt, als sie antwortete: »Ich hoffe, das wird kein Albtraum für euch.«

Das Gespräch mit ihrer Freundin steckte Charlotte noch in den Knochen, als sie sich auf dem Fahrrad Richtung Dänschendorf bewegte, in dem der Mann wohnen sollte, der seine Frau durch einen Tauchunfall verloren hatte. Angestrengt und halb erfroren erreichte sie die knapp 600-Seelen-Gemeinde im Nordwesten der Insel. Sie radelte über verschneite Straßen Richtung Ortsausgang. Hier sollen die Journalistin und ihr Mann einen Resthof besessen haben. »Mann, so lange brauche ich sonst nie!«, knurrte sie, als sie ihr Ziel endlich erreicht hatte. Wenn sie Glück hatte, wohnte der Mann noch dort und sie bekam Antworten. Sie stiefelte auf dem verschneiten Plattenweg zur Haustür des Gebäudes. Ihr fiel auf, wie ungepflegt Haus und Grundstück aussahen. Ein Eimer Farbe würde Wunder bewirken, dachte sie und klingelte. Sie stand fröstelnd im Wollmantel und Mütze vor der zweiflügeligen dunkelgrünen Holztür und wartete. Niemand öffnete. Sie betätigte den Klingelknopf ein weiteres Mal und beäugte den Briefkasten aus verrostetem Eisen. Sie zog ihre Augenbraue hoch und zupfte unentwegt an ihren Handschuhen. Kein überquellender Postkasten. Da muss jemand wohnen. Der Gedanke an eine sofortige Antwort löste sich quasi vor ihren Augen in Luft auf, als auch nach mehrmaligem Klingeln niemand öffnete. Schnaufend machte sie auf dem Absatz kehrt und verließ unverrichteter Dinge das Grundstück. Vielleicht sollte sie das Gelände inspizieren? Sie blieb für einen Moment stehen und überlegte. Letztlich hielt sie ihre Idee für nicht durchführbar. Was, wenn andere Leute dort lebten und sie vom Hof jagten. Sie stapfte murrend zu ihrem Fahrrad, wischte die Feuchtigkeit vom Sattel, als sie etwa 50 Meter weiter eine Frau auf dem Nachbargrundstück entdeckte, die neugierig den Kopf aus der Tür steckte. Sie schob ihr Rad und blieb direkt vor dem Haus stehen. Sie tat, als wenn sie den Reifen ihres Rades überprüfte.

»Da werden Sie niemanden antreffen. Und falls der da ist, wird er Ihnen die Tür nicht aufmachen. Das ist ein richtiger Stiesel. Was wollen Sie denn von dem?« Charlotte sah die mollige Frau um die 60 an und verstand ihre Worte als Aufforderung zu einem kleinen Plausch. Sie bewegte sich auf die Einfahrt des Einfamilienhauses zu.

»Moin erst mal. Wieso ist er ein Stiesel?«, fragte Charlotte die Frau, die ihre Hände an einem Handtuch abwischte und versuchte, so gelassen wie möglich zu wirken.

»Was wollten Sie denn von dem? Der empfängt keinen Besuch. Niemals.« Die erhitzten Wangen der Unbekannten erinnerten sie an die pausbäckige Persiltante aus den 70ern.

»Ich wollte ihn nur etwas fragen«, entgegnete Charlotte Hagedorn und pustete sich eine graue Locke aus dem Gesicht.

»Da werden Sie keine Antwort kriegen. Kann nicht mal grüßen, wenn er hier vorbeigeht. Pah! Der ist wirklich komisch, seit …« Es schien, als wurden ihr ihre Worte bewusst. Sie stoppte ihren Redeschwall und zupfte die bunt bedruckte Bluse zurecht, die ihre runden Hüften umspielte.

»Seit wann ist der komisch?«, wollte Charlotte wissen. Sie empfand ihre Fragerei nicht als dreist und guckte die Frau lächelnd von der Seite an. Die Frau mit dem grauen Kurzhaarschnitt steckte ihre Hand in die Hosentasche.

»Ich will eigentlich gar nicht mit Ihnen reden. Wer sind Sie überhaupt?«, fragte sie skeptisch. Es schien, als wollte sie im nächsten Augenblick die Tür schließen. Charlotte musste das verhindern und stemmte ihre Hand dagegen.

»Ach, ich bin Charlotte Hagedorn. Und es ist wirklich wichtig.« Sie reichte der Frau die Hand, die diese ignorierte. Sie musste die Dame überzeugen und plapperte drauflos. »Ich bräuchte von Ihrem Nachbarn dringend Informationen über das Riff im Belt. Ich habe gehört, dass seine Frau damals an der Erforschung der Ostsee-Riffe mitgearbeitet hat. Ich arbeite bei den Beltrettern, und seine Frau ist damals bei einem dieser Tauchgänge verunglückt. Die neuerlichen Probleme werfen Fragen auf. Frau … Frau …? Wie heißen Sie eigentlich?« Charlotte sah sie bittend an. Sie bemerkte, dass die Neugierde der Frau überwog und ihre vorab skeptischen Gesichtszüge sich entspannten.

»Helga Schröder«, deutete sie auf das messingfarbene Namensschild über dem Klingelknopf. »Da sprechen Sie ihn man gar nicht drauf an. Seitdem seine Frau tot ist, hat er sich ja gerade total verändert.«

»Inwiefern?«

»Seit dem Tag ihres Todes hat er kein einziges Wort mehr mit uns gesprochen. Vorher, ja, vorher war er einigermaßen zugänglich, aber nie so beredsam wie seine Frau. Immer schon ein eher stiller Typ. Aber fleißig. Die hatten ihren Resthof im Griff, sag ich Ihnen. Aber seitdem sie tot ist – alles heruntergekommen. Der macht nichts mehr auf dem Grundstück. Die Pferde sind weg, die Katzen. Sogar der Hund war auf einmal verschwunden. Wir hier im Dorf wussten auch nicht, wie wir ihm hätten helfen können. Er hat seitdem niemanden mehr an sich herangelassen. Sie sehen ja, wie heruntergekommen das Grundstück aussieht. Und das in unserem gepflegten Dorf. Der soll man verkaufen und wieder dahin ziehen, wo er herkommt. So einen können wir hier gar nicht gebrauchen. Komischer Kauz! Wir wollen hier keinen Ärger. Der Kerl ist uns mittlerweile unheimlich.«

»Das riecht aber lecker bei Ihnen«, sagte Charlotte, um das Gespräch nicht abbrechen zu lassen. Sie hoffte, auf diese Weise noch ein paar Informationen aus der Frau herausholen zu können.

»Ja, gibt Kohleintopf. Aber ich muss nun auch wieder. Den lassen Sie man lieber in Ruhe. Der erzählt Ihnen nichts.« Sie schüttelte den Kopf und schlug Charlotte die Tür vor der Nase zu. Sie hatte ihre Karten ausgespielt. Aus der Frau war nichts mehr herauszubekommen. Sie wandte sich zum Rückzug, als sich plötzlich die Tür erneut einen Spalt öffnete. »Ach, hören Sie mal. Da ist tatsächlich was komisch. Der hat vor ein paar Tagen haufenweise Säcke und Kartons aus dem Haus geschleppt, ist neuerdings dauernd mit dem Auto unterwegs. Vielleicht zieht er ja um. Aber ich habe Ihnen das nicht erzählt«, flüsterte sie und verschloss endgültig die Tür.

Jetzt wusste die Künstlerin, was zu tun war. Sie musste so schnell als möglich zurück zum Haus. Irgendwas stimmte mit dem Kerl nicht, da war sie sicher. Sie verließ das Grundstück und schob ihr E-Bike den gleichen Weg zurück. Sie hielt es für sinnvoller, ihr Rad nicht unbedingt vor dem Haus abzustellen, und bewegte es etwa 20 Meter weiter. An einem Holunderbusch stellte sie es ab, verschloss es und stapfte zurück. Ihr Herz klopfte, als sie erneut klingelte. Nach wenigen Minuten wusste sie, dass der Mann nicht zu Hause war. Wie sagte die Nachbarin: Er war dauernd mit einem Wagen unterwegs. Hier stand weit und breit kein Automobil. Sie sah sich immer wieder um und schlich mit klopfendem Herzen über den Hof. Die Farbe der ehemals weißen Holzzäune war an vielen Stellen abgeblättert und hatte moosigen Flächen Platz geschaffen. Die kahlen Apfelbäume waren nicht zurückgeschnitten worden, und etliche Äste lagen gebrochen am Boden. Sie huschte hinter das Gebäude und hoffte, dass niemand ihre Aktionen beobachtete. Sie vermutete die Frau von nebenan hinter den Gardinen, aber das war ihr gleich. Ihr Puls jagte, als sie in eines der Fenster lugte. Sie entdeckte die Küche. Erstaunt hielt sie inne. Im Inneren des Raumes herrschte penible Ordnung. Nichts stand herum, und selbst die Arbeitsflächen waren nahezu klinisch sauber. Nicht einmal ein Becher auf den Ablagen oder dem Tisch. Keine Küchenmaschinen, kein benutztes Geschirr, nichts! Der Esstisch, wie aus dem Katalog, leer. Das widersprach dem Bild, das sie vom Äußeren des Grundstückes gewonnen hatte. Was spielte sich hier ab? Charlotte Hagedorn war sichtlich irritiert. Vorsichtig schlich sie weiter und entdeckte eine Hintertür, die in die Küche führte. Die Sprossenfenster waren geputzt. Das passt überhaupt nicht zu dem, was sie gerade erfahren hatte, stellte Charlotte fest und plierte in die nächsten Fenster. Dort befand sich das Wohnzimmer. Ordentlich angereihte Sofas in hellem Sandton standen sich gegenüber. In der Mitte ein flacher, hölzerner Tisch, auf dem ein paar akkurat angeordnete Zeitschriften lagen. »Picobello«, flüsterte sie und stellte sich auf die Zehenspitzen, um mehr sehen zu können. »Der spielt seiner Nachbarschaft aber mal richtig was vor. Außen pfui, innen hui? Da stimmt etwas ganz und gar nicht«, hauchte sie gegen die Scheibe und hinterließ einen milchigen Kreis ihrer warmen Atemluft.

»Was stimmt hier nicht?«, erschreckte sie plötzlich eine tiefe Stimme hinter sich.

*

Leises Röcheln quälte sich aus seinem Mund. Der Mann schien dem Tod näher zu sein als dem Leben. Er bewegte sich nicht einmal mehr. Die penetranten Dämpfe des Dieselöls hatten zuerst einen permanenten Würgereiz ausgelöst, daraufhin seine Sinne benebelt und letztlich Halluzinationen im Gehirn hervorgerufen. »Dodong, Dodong«, die gleichförmige wiederkehrende Melodie, die ihn scheinbar am Leben gehalten hatte, erreichte ihn nicht mehr. Überhaupt nahm er Geräusche nur noch wie durch einen undurchdringlichen Nebel wahr. Ständig verlor er das Bewusstsein, um dann für einen Moment wieder zu sich zu kommen. Dass seine Hose durchnässt und mit Exkrementen beschmutzt war, schien in dieser aussichtslosen Lage bedeutungslos. Der Politiker registrierte nicht einmal mehr Durst, der ihn noch vor Stunden verrückt zu machen drohte. Alles hatte seinen Sinn verloren. Zeit war nicht bedeutsam. Sein kaum wahrnehmbarer Herzschlag war besorgniserregend, der Adrenalinpegel gen null. Bernhard Borgward spürte nicht, wie der Lebenshauch aus seinem Körper wich. Erneut fiel der Politiker in einen erlösenden Zustand. »Dodong, Dodong.«

*

Katrin Duvenstedt lauschte den pochenden Geräuschen auf dem Monitor. Sie vernahm den pulsierenden Herzschlag ihres ungeborenen Sohnes und lächelte. Plötzlich verspürte sie unbändigen Hunger auf Salzstangen. Sie schnalzte mit der Zunge und starrte aus dem Fenster ihres Krankenzimmers. Kahle Äste einer Eiche trotzten dem Wind. Anhaltender Schneefall hatte eine dicke weiße und unberührte Decke über die Rasenfläche gelegt. Alles wie in Watte gepackt, dachte sie und streichelte ihren kugelrunden Bauch. Plötzlich spürte sie die sanften Bewegungen ihres Kindes, während der Wehenschreiber unübersichtliche Kurven anzeigte. Morgen können wir endlich wieder nach Hause, mein Krümel. Salzstangen, was gäbe ich jetzt für ein paar knusprige Salzstangen, seufzte sie und verfolgte den zunehmenden Schneesturm vor ihrem Fenster. Sie wollte nach Hause.

*

Der Baustopp würde nicht ewig vorhalten. Malick diskutierte aufs Heftigste mit dem zuständigen Verwaltungsrichter, bis der endlich die Bewilligung aussprach, nach Sachlage selbst zu entscheiden. Im Anschluss musste er die Projektleitung sowie Politiker von seinen Argumenten überzeugen, auch wenn er die letzte Entscheidungsgewalt hatte. Der Hinweis auf den entführten Borgward hatte die Entscheidung maßgeblich vorangetrieben. Wenn sie es allerdings nicht schafften, den Verbrecher aufzuhalten, würden die Bauarbeiten weiterlaufen. Malick wunderte sich, wie wenig Anteilnahme die Bauherren am Leben des entführten Politikers zeigten. Ihm wurde bewusst, dass es den Antreibern des Unternehmens in erster Linie um das Projekt und nicht um das Leben einer öffentlichen Persönlichkeit, geschweige denn normaler Bürger ging. Was hatten Machtanspruch und Gier in diesen Menschen ausgelöst, wenn ein Menschenleben so unwichtig erschien? Ein eiskalter Schauer lief ihm über den Rücken.

Er selbst würde alles dafür tun, seine Leute aus einer Gefahrenzone zu retten. Und wenn er eigenhändig dabei draufging. André Malick wusste, dass auch in seinem Umfeld immer öfter mit harten Bandagen gekämpft wurde. Der schlaksige Kriminaloberrat starrte aus dem Fenster und trommelte mit den Fingern auf das Fensterbrett. In seinem Mundwinkel qualmte der Rest seiner Zigarette.

»Dirk, was geht in diesem Menschen vor? Selbst Sonja scheint mit ihrem Latein am Ende zu sein. Das Profil des Täters ist ja schön und gut, aber warum können wir ihn nicht aufspüren? Der Kerl macht keine Fehler. Das gibt es nicht. Er ist doch nicht unsichtbar!«

»Ich komme auf die Hinweise von Charlotte Hagedorn zurück. Halte mich für verrückt, aber ich habe immer mehr das Gefühl, dass sie recht hat ...« Die Tür sprang auf, und eine prustende Frau mit roten Wangen und buntem Wollmantel stürmte in das Büro der SOKO »Phantom«.

»Dirk, wie gut, dass du hier bist. Ich ... ich muss unbedingt mit dir ... ich wurde verschleppt!«, schnaufte sie wie ein Walross, und ihre Stimme klang, als schnürte ihr gerade jemand die Kehle zu. Alle starrten die Frau mit der tiefen Schürfwunde auf der Wange an.

»Wie, du wurdest verschleppt?«, fragte Westermann verwundert.

»Ja, dieser Verbrecher hat mich in seinen Keller geschleppt, mit dicken Seilen an die Heizung gebunden und ist abgehauen. Ich konnte meine Fessel an der Heizungsrippe durchschubbern und bin durchs Fenster abgehauen«, krächzte sie und zog ihre Handschuhe aus.

»Wie, durchs Fenster?« Der Erste Hauptkommissar entdeckte Tränen in ihren Augen. Sie zitterte wie Espenlaub.

»Da stand eine alte Holzkiste. Auf die bin ich rauf und dann durch das kleine Kellerfenster. Ich habe die Platte rausgerissen und ... sieh mal, wie ich aussehe. Fast wäre ich nicht mehr unter den Lebenden. Ich hab geschrien, das kann ich dir sagen, aber die Wände waren mit so komischen Platten zugepflastert«, flüsterte sie weinerlich und zeigte ihm ihre aufgescheuerten Handflächen sowie die verschmutzte Hose.

»Beruhige dich und erzähle uns genau, was passiert ist.« Sie nickte heftig, und Tränen, die sie bis zu diesem Moment zurückgehalten hatte, rannen über ihre Wangen.

»Durst, ich habe Durst.« Sie presste die Hände gegen ihr Herz. Ihre Lippen zitterten, als sie den Schal vom Hals zerrte und die Knöpfe ihres Mantels öffnete. »Hast du bitte ein Glas Wasser für mich?«

Dirk Westermann füllte ein Glas mit Wasser und reichte es Charlotte.

»Was ich erlebt habe? Einen Herzinfarkt habe ich fast bekommen. Der Kerl hat mir Angst eingejagt. Er hat gesagt, dass er mich eigenhändig beseitigt, wenn er zurückkommt. Da musste ich doch sehen, dass ich wegkam, oder?« Ihre Lippen zitterten, als sie die Personengruppe ansah und ihre Energie nur langsam zurückkehrte.

»Charlotte, das ist André Malick, der Leiter der Sonderkommission, der sämtliche Fäden in unserem Fall zusammenhält«, sagte Dirk Westermann und deutete auf den Mann neben sich.

Der Kriminaloberrat betrachtete sie.

»Nun erzählen Sie mal, worum genau es geht. Welcher Mann wollte Sie umbringen?«

Charlotte leerte das Glas.

»Na, dieser Kerl von der Frau, die ertrunken ist.«

Westermann und Malick sahen sich fragend an.

»Welcher Kerl und welche ertrunkene Frau? Du musst schon deutlicher werden«, forderte Westermann.

Charlotte erzählte ihre Geschichte und endete mit den Worten:

»Ihr müsst eine Hausdurchsuchung durchführen. Der Mann hat etwas mit den Anschlägen zu tun, da bin ich sicher. Außerdem hat er Kisten und Säcke geschleppt.« Charlotte nickte und fuhr sich mit der Hand durch ihre verschwitzten grauen Haare.

»Aber aus welchem Grund sollen wir bei einem Mann eine Durchsuchung veranlassen? Was hat er verbrochen? Nicht ein einziger Hinweis führt auf seine Spur.«

»Er wollte mich umbringen, hat mich gefesselt und eingesperrt! Ist das nicht Hinweis genug?«, jaulte Charlotte

Hagedorn. »Seht ihr das nicht? Der Mann hat seine Frau verloren und rächt sich jetzt. Ich weiß, dass er damit zu tun hat. Du hättest seine eiskalten Augen sehen sollen. Ich dachte wirklich, er tötet mich«, flüsterte Charlotte. Dirk sah sie prüfend an und holte Luft.

»Na, nun entspanne dich. Hier bist du in Sicherheit. Aber überlege mal. Du, eine wildfremde Frau, spionierst auf seinem Grundstück herum, da würde ich auch fuchsteufelswild werden, glaube mir.«

»Lass uns Sonja mit einbeziehen. Eventuell hilft uns das weiter«, murmelte Malick. Westermann nickte, stand auf und verließ den Raum. Die Profilerin hatte sich in einem der Büros ausgebreitet und überprüfte mit ihrem Team zusammengetragene Hinweise.

Wenig später saßen sie und ihre Leute gemeinsam mit der kauzigen Künstlerin am Tisch, die ihre abenteuerliche Geschichte erneut vortrug.

»Dies bestätigt all unsere Vermutungen«, sagte die Profilerin, als Charlotte geendet hatte. »Es passt alles zusammen. Einzelgänger, psychopathische Züge, und selbst das Motiv stimmt mit den Hinweisen überein. Der Mann rächt sich an den Personen, die den Tod seiner Frau zu verantworten haben. Das passt auch zu dem Widerspruch, dass Beltretter und Befürworter zu Zielen des Täters werden.« Rasmussens Kollegen nickten.

»Das ist doch an den Haaren herbeigezogen«, antwortete Malick. »Und wie erklärst du dir, dass diese Beltretter umgebracht werden sollten, einer von ihnen tot ist, und ein hoher Politiker, übrigens ein Beltbefürworter, irgendwo gefangen sitzt und vermutlich auf seinen Tod wartet?«

»Das ist gar nicht so abwegig«, fiel Westermann ihm

ins Wort. »Der Mann rächt sich an allen, die im engeren Kreis mit dem Tod seiner Frau zu tun hatten. Sie ist als Erstes mit Hagelstein zu den Riffen getaucht. Hat es in der Folge noch mal alleine getan und ist dabei ums Leben gekommen. Der Mann, der ihr die Ostsee-Riffe gezeigt hat, musste als Erster dafür bezahlen.«

»Aber warum, er war bei dem Tauchgang nicht dabei?«, sagte Malick und schüttelte den Kopf.

»Aber er war verantwortlich dafür, dass sie wusste, wo die Riffe sich befanden, und hat ihr gezeigt, wie sie dorthin kommt. Ergo wusste sie genau, wo sie eintauchen musste, und das hat am Ende ihren Tod zur Folge gehabt. Der Mann gibt ihm die Mitschuld an ihrem Tod«, sagte Sonja Rasmussen. Charlotte leerte ein zweites Glas Wasser. Dieses Gespräch führte absolut in die Richtung ihrer Ermittlungen. Sie fühlte sich bestätigt und nickte erneut.

»Ja, aber warum erst jetzt?«, wollte Malick wissen.

»Weil er sich in einer Trauerphase befand, die ihn für eine ziemlich lange Zeit außer Gefecht gesetzt hatte. Das kann Jahre dauern. Das passt auch zu der Schilderung des heruntergekommenen Grundstücks. Auf seine Trauer folgten Wut und darauf unbändiger Hass, der seine Taten angetrieben hat, all die zur Rechenschaft zu ziehen, die in seinen Augen verantwortlich sind. Schon während der Wutphase wird er seinen Plan ausgebrütet haben. Während der Hassphase wurde er wieder klar und strukturiert«, sagte die Profilerin. Die Tür öffnete sich, und Hartwig trat mit Watson ins Büro. Erstaunt blieb er mitten im Raum stehen und zog den Reißverschluss seiner Lederjacke herunter.

»Was ist hier los? Party?«, grinste er und ließ sich auf

seinen Stuhl fallen. Watson trottete leise knurrend in seinen Korb und ordnete grummelnd und Kreise ziehend seinen Platz. Beide schienen erschöpft zu sein.

»Wo kommt ihr her?«, wollte Westermann wissen und schob seine schwarz gerahmte Brille auf die Haare.

»Wir sind sämtliche Stellen abgefahren, die günstig genug für ein Schlauchboot gelegen wären, um es unbemerkt in die Fluten zu setzen. Aber es war sinnlos! Er hätte überall mit einem derartigen Boot ins Wasser gekonnt. Bei fast 78 Kilometern Küstenlinie ist das Ganze eine Suche nach der berühmten Nadel im Heuhaufen.« Hartwig schwang sich aus dem Stuhl und schenkte sich Kaffee ein. Dann streichelte er Watson über den Kopf und hielt ihm ein Leckerli hin. »Und ihr?«

»Wir sind gerade einem von Charlottes Hinweisen nachgegangen und stellen eine Hypothese auf, die du mit deinem Hilfssheriff unterbrochen hast. Unsere Miss Marple ist dem Täter anscheinend haarscharf entwischt.« Westermann kratzte sich am Kopf und zuckte mit den Schultern.

»Dachte ich mir. Da Charlotte in dieser illustren Runde anwesend ist, muss etwas Wichtiges vorgefallen sein. Bist du gar nicht entführt worden?«, griente er und fing sich einen harschen Blick seines Vorgesetzten ein. »Meine ja nur«, entschuldigte er sich und schlürfte seinen Kaffee.

»Also weiter«, forderte Malick und schüttelte verständnislos den Kopf. »Das mit dem Taucher leuchtet mir ein. Aber was ist mit den Beltrettern? Was haben sie mit der ganzen Geschichte zu tun? Diese Beltgegner haben allesamt an ihrer Seite gestanden und haben mit ihr gemeinsam für die Sache beziehungsweise gegen dieses verdammte Tunnelbauprojekt gekämpft.«

»Könnte es nicht sein, dass er auch diesen Leuten die Schuld an ihrem Tod gibt? Wäre seine Frau nicht zu den Aktivisten gestoßen und hätte nicht so engagiert mitgekämpft, würde sie mit Sicherheit noch leben«, murmelte Charlotte. Ihre Gesichtsfarbe hatte sich normalisiert und selbst ihr pulsierender Herzschlag sich beruhigt. Jetzt saß sie wie eine wichtige Ermittlerin inmitten der Kriminalisten und wurde gehört.

»Ja, und das alles widerspricht sich nicht und wäre aus seiner Sicht verständlich«, antwortete Sonja Rasmussen.

»Ach, das ist doch das Hirngespinst einer, entschuldigen Sie bitte, betagten Dame«, polterte Malick heraus. »Was für eine Rolle spielt dann der Politiker? Er, der ein absoluter Befürworter dieses Tunnelbauprojektes ist und jetzt irgendwo gefangen gehalten wird«, fragte er schroff.

»Dieser Volksvertreter passt genau in sein Schema. Wir müssen sein Denkmuster verstehen. Dieser Mann befürwortet, wogegen die Aktivisten kämpfen. Er hat das Projekt mit angeschoben. Er ist also einer der wichtigsten Personen in diesem perfiden Spiel. Grund genug, ihn zu beseitigen, oder nicht? Wie wir mittlerweile wissen, hat diese Frau sich ungemein eingebracht und sich viele Jahre für das Beltprojekt aufgeopfert. Wir haben nur die Zusammenhänge nicht erkannt. Der Mann ist in seinen Augen der Hauptschuldige.« Sonja Rasmussen schloss ihre Akte. Sie war sich sicher, dass sie den Täter aufgespürt hatten. »Ich denke, dieser …«

»Lars Mielke heißt er«, ergänzte Charlotte und reichte den Männern einen mehrfach gefalteten Zettel, den sie erhalten hatte. »Ich denke, dieser Lars Mielke ist unser Mann. Wir sollten nicht länger warten und retten, was zu retten ist.«

»Wir brauchen sofort einen Durchsuchungsbeschluss für sein Haus. Vielleicht finden wir dort, was wir suchen. Er wird sicher noch einmal zurückkommen, bevor …«

»Wenn es nicht längst zu spät ist«, raunte Hartwig und sprang vom Stuhl.

*

Als Lars Mielke mit seinem Pick-up auf das Grundstück fuhr, war es dunkel. In weniger als 24 Stunden wäre sein Werk vollendet und er auf dem Weg in die dänische Südsee. Von dort aus ergaben sich viele Möglichkeiten, für immer unterzutauchen. Mielke stieg aus und stapfte zum Hintereingang. Er löste den Schal und öffnete den Reißverschluss seiner amerikanischen Canvas-Jacke, die ihm Kerstin vor ihrem Tod zum Geburtstag geschenkt hatte. Sein Kinn stach hart hervor, als er mit den Zähnen knirschte. Ihr Bild in seinem Kopf verblasste nicht. Und je länger er darüber nachdachte, umso wütender machte es ihn, dass ihre Mörder weiterlebten, als wäre nie etwas geschehen. Er schnaubte, zog die Handschuhe aus und zerrte den Schlüssel aus seiner verwaschenen Jeanshosentasche. Sie war der einzige Mensch gewesen, bei dem er sich sicher gefühlt hatte.

Sie hatte ihn mit ihrer unbändigen Liebe aus seiner selbst gewählten Isolation herausgeholt. Jetzt war er wieder genau da, wo er vorher war.

Seit drei Jahren hatte er das Haus nur noch durch diesen Hintereingang verlassen. Er wollte niemanden sehen, geschweige denn mit jemandem reden. Kein Mensch sollte mehr in seine Nähe kommen. Lars holte tief Luft, als er den Schlüssel ins Sicherheitsschloss steckte. Alles war ruhig. So ruhig, dass es ihm körperliche Schmerzen verursachte. Kerstin hatte dermaßen viel Energie in diesen Resthof und sein Leben gesteckt, dass es ihm manchmal unheimlich erschien. Mit ihr war er ein Stück weit lebendiger gewesen. Der quirlige Tausendsassa kam mit immer neuen Ideen nach Hause und wirbelte seine selbst gewählte Einsamkeit wie ein Tornado durcheinander. Er, der es vorzog, sich allein beim Sport auf dem Wasser oder auf verschneiten Bergen aufzuhalten, wo er sich nur mit den Naturgewalten auseinandersetzen musste, geriet durch sie in völlig neue Fahrwasser. Er dachte an den Tag, als sie beschlossen hatte, sich den Beltrettern anzuschließen.

Das Lächeln verschwand aus seinem Gesicht und wurde zur Maske. Er schloss leise die Tür hinter sich. Das Zucken seiner Augenlider verstärkte sich, und er wiegte seinen Kopf, als tauchte er von einer Sekunde zur anderen in eine andere Welt. Plötzlich war er wieder da, der bösartige Zug um seinen Mund, das Rumoren in der Magengegend und das Herzrasen. Mielke stieg die Kellertreppe runter. Er fragte sich, wann sich das Blatt gewendet hatte. Kerstin war für lange Zeit sogar die erste Vorsitzende im Vorstand der Aktivisten. Irgendwann nahm Mielke ihre Erschöpfung wahr. Sie rauchte zu viel und trank mehr, als ihr guttat. Wie oft saß sie nur da, eine Kippe und ein Glas Whisky in der Hand, und stierte ins Nichts. Lars hatte gespürt, dass sie am Ende ihrer Kräfte angelangt war. Dieser elende Tunnel brachte ihre Beziehung in Gefahr. Kerstin vertiefte sich immer öfter in Akten, telefonierte und traf sich zu Diskussionen, die seiner Meinung nach chancenlos waren. Die Politiker hatten sich diese Beltquerung in den Kopf gesetzt und sie würden sie auf Biegen und Brechen durchsetzen, und wenn sie dafür über Leichen gehen mussten. Jetzt würde er über ihre Leichen hinwegsteigen.

Lars Mielke schnaufte, fuhr sich mit der Hand durch seine nackenlangen feinen Haare und öffnete die Tür zum Kellerraum. Was hatte die Alte auf seinem Grundstück gesucht? Waren sie ihm auf den Fersen? Er schaltete das Licht ein und betrat den Raum, der ihm als Labor gedient hatte. Fast sämtliche Beweise hatte er bereits entsorgt. Entschlossen durchschritt er den nächsten Raum, schob das schwarzbraune Billy-Regal zur Seite und entriegelte das Sicherheitsschloss. Was für ein genialer Einfall, zwei Ikea-Borde miteinander zu verbinden, sie mit winzigen Rollen zu versehen und vor die Eisentür zu schieben. Ein paar alte Dosen darauf, fertig! Niemand würde auf die Idee kommen, dass sich dahinter ein weiterer Raum befand. Er lächelte, weil er sicher war, dass sein Plan funktionierte. Sein Gesicht war starr, als er die Feuertür knarzend öffnete. Nur die Alte passte nicht in seinen Ablauf. Er hatte ihr mit Sicherheit einen riesigen Schrecken eingejagt. Sie würde nie mehr auf fremden Grundstücken herumlungern, dafür würde er sorgen. Lars Mielke ballte für einen Moment die Hände. Als er sich beruhigt hatte, betätigte er den Lichtschalter. Die Lampe unter der Decke flammte auf, und er erstarrte. »Sie ist weg, verdammte Scheiße!«, fluchte er und trat gegen die am Boden liegende Matratze. Sein Puls fing an zu rasen. In diesem winzigen Raum konnte sich niemand verstecken. Dann entdeckte er das geöffnete Kellerfenster und die Holzkiste, die darunter stand. »Verflucht! Die hat es tatsächlich geschafft abzuhauen. Dabei habe ich sie gefesselt. So ein Luder. Wie ist die da hochgekommen und durch das kleine Loch? Wie um alles in der Welt, hat die Alte das angestellt?« Dass sie schlank und ein Fliegengewicht war, hatte er bemerkt, als er die widerspenstige Frau die Kellertreppe heruntergeschleppt hatte. Aber dass sie dermaßen sportlich war, sich befreien und aus dem Kellerfenster klettern konnte, hätte er niemals erwartet. »Ich muss auf schnellstem Weg den Keller leer räumen, bevor …« Kalter Schweiß trat auf seine Stirn, als er anfing, Kanister, leere Säcke und andere Utensilien, die ihn verdächtig erscheinen lassen könnten, in den Pick-up zu hieven. Er hatte nicht mehr viel Zeit. Um die Alte würde er sich später kümmern.

*

André Malick beendete das Telefonat.

»Wir bekommen den Durchsuchungsbeschluss. Sie faxen ihn in ein paar Sekunden. Leute, in eure Fahrzeuge! Sie, liebe Frau Hagedorn, kommen mit, damit Sie uns zeigen, wo Sie eingesperrt waren.« Er zeigte mit dem Finger auf die Künstlerin, die heftig nickte. Zuerst hatte er die Anwandlungen Charlottes für Humbug gehalten, aber im weiteren Verlauf passten ihre Informationen mit denen der Profiler zusammen. Die Teile fügten sich zusammen, und er hatte überhaupt keine andere Wahl, als der Frau, die in buntem Wollmantel und mit hochrotem Gesicht vor ihm stand, Glauben zu schenken. »Ihr fahrt voraus und macht euch einsatzbereit! Und vorsichtig, der Mann könnte bewaffnet sein.« Charlotte Hagedorn nickte, und ihre Wangen verrieten die Aufgeregtheit. So hatte sie sich in ihren kühnsten Träumen den weiteren Verlauf ihrer Ermittlungen nicht vorgestellt. Sie zog die Mütze über, knöpfte eilig den Mantel zu und folgte den Kollegen des Sondereinsatzkommandos. Westermann und Malick standen vor dem Faxgerät und lauerten. Wenn sie den Mann stellen konnten, war die Gefahr gebannt, und niemand würde mehr verletzt werden.

*

Sein hilfloses, kaum wahrnehmbares Schnaufen wurde immer wieder von der Geräuschkulisse verdrängt. Die Melodie in seinem Kopf hatte sich in ein Höllenszenario verwandelt. Und dann diese fordernde Stimme im Hinterkopf, die ihn zwang, dieses Fiasko zu überleben. Er bäumte sich gegen immer wiederkehrende Bewusstlosigkeit auf. Ihm war egal, wo er sich befand, er musste hier weg, auch wenn sein Verstand ihm sagte, dass es für ihn kein Entkommen gab, wenn nicht ein Wunder passierte. Borgwards Überlebenswillen kehrte zurück. Er lag auf der Seite und zerrte mit eisernem Willen seine Handgelenke über die Holzkante. In seinen Ohren rauschte das Blut, und der Schädel schien zu platzen, so heftige Kopfschmerzen drangsalierten ihn. Der Politiker spürte bei jeder Bewegung, wie sich Holzsplitter tief in seine Haut bohrten. Kraftlos ließ er immer wieder den Kopf auf die Platte sinken. Lena, es tut mir so leid, dachte er, und plötzlich tauchten Bilder seiner Frau vor ihm auf. Sie lächelte. Bernhard Borgward zitterte am ganzen Körper. Er halluzinierte. Tränen stiegen in seine Augen und brannten wie Feuer. Das Klebeband, das seine Augenlider verklebte, verhinderte das Abfließen und hatte die Haut entzündet. Völlig erschöpft lag er am Boden und versuchte, neue

Kräfte zu mobilisieren. Er lauschte dem unregelmäßig wiederkehrenden »Dodong, Dodong«, das mittlerweile im Schädel an Hammerschläge erinnerte. Er fing erneut an, die gefesselten Hände über die Holzkante gleiten zu lassen. Es schien ein aussichtsloser Kampf gegen die Kälte und die Zeit. Selbst die Stimme in seinem Kopf, die ihn angetrieben hatte, war verschwunden. Borgward zitterte und ließ los. Er wollte nicht mehr und inhalierte die Dämpfe des Diesels tief durch die Nase. Sie benebelten seine Sinne. Borgward drehte sich auf den Rücken, wollte sich der Niederlage hingeben, als er auf einmal spürte, dass die Fessel nachgab. Sein Herzschlag stieg, er hechelte. Mit dem letzten Funken Hoffnung zog er die Handgelenke auseinander, bis das Seil nachgab und riss. Auf einmal waren seine Hände frei. Erleichtert legte er den Kopf auf die Holzplatte. Borgward versuchte, seine benebelten Gedanken zu ordnen. Eiserner Überlebenswille kehrte in seinen Körper zurück. Wenn ich Glück habe, komme ich hier raus, bevor der Kerl zurückkommt. Mit zitternden Fingern zog er den durchnässten Knebel aus dem Mund. Ihm war übel, er drehte sich auf die Seite, würgte und übergab sich. Borgward erbrach sich, bis nichts mehr als Galle seinen Magen verließ. Erschöpft ließ er sich auf die harte Unterlage zurückfallen. Dann siegte sein Wille, aus dieser Hölle zu verschwinden. Er riss mit einem Aufschrei das Klebeband von seinen Augen, der wie der Schrei eines Tieres durch das schwarze Loch hallte. Gierig sog er die nach Diesel stinkende Luft in seine Lungen. Unbändiger Durst quälte ihn, als er versuchte, sich aufzurichten. Er öffnete den Mund, befeuchtete die sich pappig anfühlende Zunge mit Speichel und benetzte seine Lippen. Kraftlos zog er die gefühllosen Beine an, rieb sich die aufgeschürften Handgelenke und spürte das warme Blut, das aus den Wunden sickerte. Borgward schnaufte und presste die Handgelenke gegen seine Lippen. Seine Zunge leckte jeden Tropfen des warmen Lebenssafts von der Haut. Der metallische Geschmack verteilte sich in seinem Mund und er schmatzte. Es war angenehmer als der faulige Geruch aus seinen Eingeweiden. Borgward drehte sich auf den Bauch und untersuchte tastend sein finsteres Umfeld. Er wusste, dass er nur eine *winzige* Chance besaß, hier herauszukommen. Da war diese Holzplatte, auf der er seit Tagen kauerte und die vom Urin aufgequollen unter seinem Körper klebte. Der Politiker fing an zu beten und rieb sich die kribbelnden Waden. »Dodong, dodong!« Kraftlos legte er sich für einen Augenblick zurück auf den Rücken. Er musste seine Kräfte noch mal bündeln. Jetzt oder nie! Langsam drehte er seinen Körper und schob beide Beine über die Kante. Angestachelt von der Hoffnung, sein Gefängnis bald verlassen zu können, schürfte er die gefesselten Knöchel genauso gegen die scharfe Holzkante wie vorher seine Handgelenke. Ohne Pause schob er sie vor und zurück. »Ich darf nicht aufgeben. Ich muss hier raus!« »Dodong, Dodong.«

Es dauerte fast eine Stunde, dann sprang der Kabelbinder auseinander. Immer wieder lauschte er, ob sein Entführer sich näherte. Aber da waren nur Geräusche, die er kannte. »Ich bin frei!« Borgward konnte sein Glück nicht fassen. Er zitterte am ganzen Körper und fuhr sich mit beiden Händen über die schmerzenden Knöchel. Dennoch war die Gefahr nicht vorbei, solange er sich in diesem Kerker befand. Er musste aus diesem verdammten Loch, bevor sein Peiniger zurückkehrte. Der Politiker quälte sich auf die Knie und kauerte wie ein Hund auf der

Platte. Sein Körper war schwach, und er hoffte, dass er auf die Beine kam, um nach dem Ausgang suchen zu können. Irgendwo dort unten gab es Wasser, das hörte er. Er hatte Durst, musste aber genau in die entgegengesetzte Richtung, um am Leben zu bleiben. Borgward bemerkte, dass die Plattform sich unter ihm bewegte. Vorsichtig stellte er sich auf wackelige Beine, versuchte, festen Grund unter seine Füße zu bekommen. Der Politiker schob einen Fuß vor den anderen, dann erfasste er das Ende der Holzplatte. Der Betonboden lag direkt vor ihm. Bald bin ich hier raus. Borgward, du hast es fast geschafft! Die Platte unter seinen Füßen kippelte bei jeder Bewegung, als läge sie auf unebenem Untergrund. Er musste höllisch aufpassen. Ein falscher Schritt, dann war alles aus. Der Mann blieb stehen und wagte nicht zu atmen. Sein Herz raste, und der Pulsschlag hämmerte gegen seine Halsschlagader. Wieder schob er einen Fuß voran. Er konnte die Hand vor Augen nicht sehen. »Dodong, Dodong.« Woher kam dieses verdammte Geräusch? Seine Sinne spielten ihm einen Streich, als er Musik vernahm. Konnte das sein? Ein letzter Schritt, dann stand er auf festem Boden. Sein Herzschlag pumpte Blut in seine Ohren. Es rauschte und dämpfte sämtliche Wahrnehmung. Borgward machte einen Satz nach vorn, als sein einziger Halt unter ihm wegrutschte und ihn mitriss. Das Geräusch, das die Platte verursachte, als sie gegen Metall schlug, klang unnatürlich blechern und nahm ihm von einer Sekunde zur nächsten alle Hoffnung. Borgward wankte, verlor die Balance und stürzte in die Tiefe. »Neiiiiin!«

»Dodong, Dodong!«

*

Die Beamten der SOKO verteilten sich in schnellem Tempo auf dem Grundstück von Lars Mielke. Sie nahmen das Areal von allen Seiten ein. Zwei der Männer besetzten die Vorderfront, zwei weitere den hinteren Ausgang. Die Befehlsbefugnis für diesen Einsatz besaß der 47-jährige blonde Däne, Jens Brammann, dessen blaue Augen mit Scharfsinn aus der Sturmhaube herausblitzten, als er das Kommando zum Stürmen gab. Die Polizeibeamten zogen ihre Waffen und waren in der Dunkelheit nur als dunkle Schatten sichtbar. Der Leiter der SOKO gab lautlose Zeichen. Zwei Kollegen hielten eine Ramme in ihren Händen und stießen mit einem Schlag die Vordertür auf. Sie stürmten ins Haus und sicherten laut schreiend mit gezogenen Waffen jeden einzelnen Raum, bis sie die rückwärtige Tür erreichten, durch die weitere Beamte das Gebäude betreten hatten. In weniger als einer Minute inspizierten sie jedes Zimmer im Haus und stellten fest, dass es leer war. Jens Brammann stieg, gefolgt von zwei Kollegen, die Stufen zum Keller hinunter. Mit dem Fuß stieß er die Tür auf, und sie untersuchten den Kellerraum. Auch er war leer.

»Verdammt, hier ist nichts!«, meldete Brammann über das Funkgerät. Nico Schäfer schlich mit gezogener Waffe auf das Regal zu, auf dem alte Farbdosen standen. Er bückte sich und leuchtete mit der Taschenlampe an die Stelle, die ihm als Erstes ins Auge gefallen war. Unter einem Billy-Regal gab es normalerweise keine Möbelrollen. Schäfer fand es eigenartig. Er kannte die Regalreihe, hatte etliche von diesen Borden in seinem Haus zusammengeschraubt.

»Da sind Rollen unter dem Gestell«, sagte er und richtete sich auf. Er fasste mit einer Hand gegen das dunkle

Bord und ruckelte daran. »Helft mir, das Regal lässt sich bewegen.« Gemeinsam schoben sie es zur Seite, bis es vor der Wand zum Stehen kam. »Ich glaub's ja nicht. Dahinter ist eine Tür. Dieser Mistkerl!«, fluchte Schäfer und rammte das Vorhängeschloss auf. Zwei Kollegen harrten neben der Tür aus und warteten darauf, dass Schäfer die Feuertür öffnete. Malick, Westermann und Hartwig waren zur Gruppe gestoßen und hörten über das Funksprechgerät mit. Schäfer stand mit gezogener Waffe vor der Eisentür, zählte mit den Fingern. Drei, zwei, eins und riss die Tür auf. Angespannt lauerten sie, was sich dahinter offenbarte.

*

Wasser schwappte über seine Lippen, als er zu sich kam. Wo … wo bin ich? Bernhard Borgward erinnerte sich trübe daran, dass seine Arme gegen Metall geschlagen waren und er versucht hatte, sich daran festzukrallen. Er besaß jedoch nicht genügend Kraft, verlor den Halt, rutschte ab und stürzte in die Dunkelheit. Irgendwann prallte er erneut gegen eine der Eisenstufen und fiel weitere Meter in die Tiefe. Von da ab wusste er nichts mehr. Jetzt überkam den Politiker das Gefühl, sein Körper wäre zerschmettert. Er fühlte … nichts!

Die Beine hingen anscheinend im Wasser, der Oberkörper auf einem Steinvorsprung. Erneut schwappte eiskalte Flüssigkeit über seine Lippen. Gierig schluckte er die Flüssigkeit und spuckte sie angewidert wieder aus. Das ist Salzwasser, verdammt. Was ist? Wo bin ich? In seinem Schädel hämmerte es, als würde er jeden Moment zerplatzen. Borgward war wie gelähmt, spürte seine Körperteile nicht mehr. Alles schien leblos. Als er nach ein paar Minuten mit der Hand sein Bein anziehen wollte, bemerkte er einen spitzen Gegenstand, der durch seine Hose gestoßen war und in seine Richtung zeigte. Panik erfasste ihn. Sein Verstand sagte ihm, dass es sich um einen Knochen handelte. Sein Oberschenkelknochen war offensichtlich beim Aufprall zerschmettert. Borgward hielt sich krampfhaft an der Steinkante fest und hoffte, dass der Abgrund nicht noch weiter in die Tiefe führte. Es war finster wie in einer Gruft. War dies sein Grab? Der Politiker zitterte am ganzen Körper wie Espenlaub. Der Schock ließ nach, abscheuliche Schmerzen setzten ein. Sie fluteten sämtliche Nervenbahnen. Er vermutete, dass er jeden Moment bewusstlos werden könnte. Warum bin ich nicht tot? Der Wille, der ihn angetrieben hatte, sich aus diesem Loch zu befreien, hatte ihn nur tiefer in den Abgrund gestürzt. Borgward schluchzte. Sein Gebrüll hallte durch den Raum. Das ganze Leben lief auf einmal wie ein Film vor seinem inneren Auge ab. Er sah sich mit seiner Frau am Meer sitzen, sah, wie die Kollegen im Parlament ihn feierten und wie er glücklich über Felder und Wiesen lief. Die Schmerzen in seinem Bein waren unerträglich und rissen ihn zurück in die Realität. Wie tief ist das Wasser? Ich muss vor dem Aufprall bewusstlos geworden sein. Borgward erinnerte sich an einen Bericht in einer Fachzeitschrift, dass ein Sturz aus drei Metern Höhe bereits lebensgefährlich war. Das kann nicht so tief sein. Der Politiker dachte auch an die Reportage über den Fallschirmspringer Michael Holmes. Der überlebte einen freien Fall aus 3.600 Metern Höhe mit einer Geschwindigkeit von 139 Kilometern pro Stunde. Nur ein Brombeerstrauch hatte seine Landung abgefedert. Er brach sich einen Knöchel und verletzte sich an der Lunge. Ich glaube, ich habe einfach nur verdammtes Glück gehabt und muss froh sein, dass ich noch lebe, überlegte Borgward und ließ sein linkes Bein im Wasser nach unten sinken. Er musste wissen, ob er Grund zu fassen bekam. Ich muss auf jeden Fall mit den Füßen zuerst aufgekommen sein.

Der Schmerz in seinem Oberschenkel betäubte seinen Verstand. Vielleicht bin ich längst tot, versuchte er, Wahrheit und Fiktion zu trennen. Borgward liefen durch körperliche Qualen und Hoffnungslosigkeit Tränen über die Wangen. Immer wieder war er versucht, das eiskalte Salzwasser zu trinken. Nur das letzte bisschen Verstand hielt ihn zurück. Der Politiker legte seinen Kopf auf den Unterarm, atmete die salzige Luft tief in seine Lungen und schloss die Augen. Zumindest dringt der Dieselgestank nicht bis hierher, stellte er fest und betete. Dann übernahm der Schmerz in seinem Körper die Kontrolle, und er verlor erneut das Bewusstsein. Und entfernt, wie in Watte gepackt, vernahm man leises »Dodong, Dodong«.

*

Lautes Gemurmel schwoll durch den Raum, als Malick das Büro betrat und direkt auf das Flipchart zusteuerte.

»Ja, Jungs, das war ein Schlag ins Kontor, oder? Wir haben gar nichts! Dieser verdammte Kellerraum war klinisch rein. Die Kollegen haben weder Fingerabdrücke noch anderweitige Spuren gefunden.« Malick verzog sein Gesicht, als hätte er in eine Zitrone gebissen. »Wir sind quasi wieder am Anfang«, knurrte er und strich Lars Mielkes Namen durch. »Unsere Ermittlerin in spe hat sich wahrscheinlich in der Hausnummer geirrt.« Die Kollegen lachten. Westermann gesellte sich zur Truppe. Er hatte die Tante seiner Verlobten im Anschluss der Hausdurchsuchung nach Hause gefahren. Mit genau dieser Reaktion hatte er gerechnet. Charlotte war deprimiert und hatte fast die gesamte Rückfahrt über eisig geschwiegen. Nichts hatte darauf hingedeutet, dass sie sich überhaupt in diesem Kellerraum aufgehalten hatte. Jede noch so kleine Spur war offensichtlich entfernt worden, wenn es sie denn gegeben hatte. Aber ich bin dort eingesperrt gewesen! Wie hätte ich den Raum sonst so detailliert beschreiben können? Diese Wandverkleidung. Und wieso war der Raum plötzlich so sauber? Das stinkt doch zum Himmel! Ihre Gedanken fuhren Achterbahn. Jetzt hatte sie Gelegenheit bekommen, den Fall zu lösen, und dann das! Westermann hatte, ebenso wie Malick, geschwiegen. Der Hauptkommissar setzte den Kollegen in der Dienststelle ab und chauffierte Charlotte Hagedorn nach Hause. Als sie alleine im Wagen saßen, betrachtete der Mordermittler die Tante seiner Verlobten im Rückspiegel und bemerkte, wie frustriert sie war.

»Charlotte, du hast sicher recht, und ich glaube dir. Aber wir haben nichts gegen den Mann in der Hand. Wenn Mielke zurückkommt und das Siegel entdeckt, hat er sogar die Möglichkeit, uns zur Rechenschaft zu ziehen. Wir sind letztlich ohne eindeutige Beweise in sein Haus eingebrochen. Da steht dein Wort gegen seins. Falls es so war, wie du erzählt hast, hatte er genügend Zeit, um sämtliche Spuren zu beseitigen. Es ist zum Verrücktwerden. Wir behalten ihn im Auge, sofern er das Grundstück wieder betritt, versprochen! Zwei Kollegen bleiben vor Ort.« Charlotte saß auf der Rückbank und ballte die Hände zu

Fäusten, obwohl ihr zum Heulen zumute war. Westermann hielt direkt vor dem Haus. »Lass gut sein. Deine Ermittlungen in Ehren. Aber mit deinem Einbruch bist du weit übers Ziel hinausgeschossen.«

»Und warum ist der Raum dann hinter einem Regal versteckt? Ich werde euch beweisen, dass ich recht hatte. Ihr hättet intensiver nach Spuren suchen sollen. Ich werde herausfinden, was da los ist.«

»Wage es nicht!«

KAPITEL 14

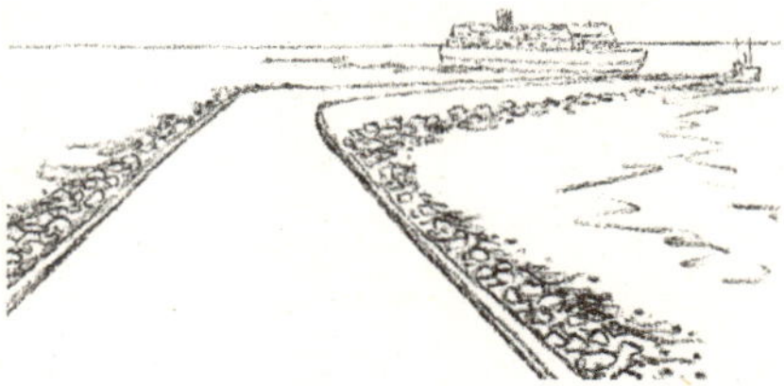

Die Zeit läuft
Mittwoch, 7 Uhr

»Es ist wie verflucht. Ich habe tatsächlich geglaubt, dass wir ihn haben«, knurrte Westermann und starrte durch das Fenster auf die verschneite Straße. Der Wind trieb die Schneeflocken im diffusen Licht der Straßenlaterne vor sich her. Ansonsten war es finster. Einige Reklameleuchten erhellten den Bürgersteig. Die Laune der Polizeibeamten war am Gefrierpunkt angekommen. Westermann nagte an seiner Unterlippe und hoffte, dass heute nicht passierte, was der Täter angedroht hatte. Der Hauptkommissar schob die Ärmel seines grauen Wollpullovers hoch und drehte sich zu Hartwig und Malick.

»Leute, ihr glaubt nicht, wie das an meinen Nerven zehrt. Was, wenn er seine Drohung wahr macht? Wir wissen nicht einmal, wo wir ansetzen sollen. Ob die Observation etwas bringt …?« Westermanns Gesicht war blass, und selbst seine Haare standen wirr vom Kopf.

»Ist schon klar, aber der Hinweis dieser Hagedorn war ja auch ein kompletter Schuss in den Ofen!« Der Leiter der SOKO »Phantom« saß auf dem Stuhl und schlürfte Kaffee. Er hatte die langen Beine unter dem Tisch gekreuzt und wippte mit den Füßen, während er an seinem Glimmstängel zog. In seiner schwarzen Kapuzenjacke wirkte er um Jahre jünger. Auch wenn sein Gesicht etwas anderes erzählte. Er sah nicht aus, als hätte er eine geruhsame Nacht hinter sich gebracht. Seine Bartstoppeln verdunkelten nicht nur seinen Blick. Tiefe Schatten lagen unter seinen Augen. Er trommelte mit den Fingern unablässig auf die Tischplatte und beobachtete Westermann, während er wortlos den Rauch seiner Zigarette inhalierte. Dass das Rauchen im Gebäude verboten war, ignorierte er. Der Einzige, der augenscheinlich erholt am Schreibtisch saß, war Hartwig. Die huskyblauen Augen in seinem jungenhaften Gesicht leuchteten, als hätte er eine fabelhafte Nacht hinter sich gebracht. »Warum grinst du eigentlich die ganze Zeit?«, wollte Malick wissen und sah ihn durch zusammengekniffene Augen an. »Du hast irgendwie den Ernst der Lage nicht kapiert, oder?« Sein schroffer Ton ließ Westermann aufblicken.

»André, wir sind alle angespannt und hoffen, dass dieser Tag ohne Vorkommnisse vorbeigeht. Aber wir können nichts anderes tun als warten. Thomas ist zurzeit der Einzige, der zumindest nach außen hin gelassen bleibt. Wir stehen alle unter Druck, verlass dich drauf. Und was deine Bemerkung über unsere Charlotte Hagedorn angeht. Sie schießt eigentlich selten übers Ziel hinaus. Wenn sie eine Vermutung hatte, dann steckt fast immer etwas Sinnvolles dahinter. Und ich glaube ihr, dass sie dort gefangen gehalten wurde. Wir haben einen Kellerraum untersucht, aber ich habe noch nie einen derart gereinigten Raum im Untergeschoss eines alten Hauses vorgefunden. Kein Staub, nicht eine Spinnwebe, nichts. Dass das nicht normal ist, musst selbst du eingestehen. Dazu diese merkwürdigen Dämmplatten. Ist dir das nicht auch komisch vorgekommen? Ein versteckter Raum, nicht einsehbar, dazu gedämmt. Der Kerl hatte meiner Meinung nach nur genügend Zeit, um sämtliche Spuren zu beseitigen. Ich denke, wir waren auf der richtigen Fährte. Wie hätte sie sonst genau beschreiben können, wo sie war und wie sie fliehen konnte? Sie weiß sich, Gott sei Dank, auch in brenzligen Situationen zu helfen. Ich glaube, wir müssen das Domizil dieses Mielke unbedingt im Auge behalten. Thomas und meine Wenigkeit fahren jetzt zum Haus dieses Mannes und observieren es. Wir lösen die Kollegen ab. Ich habe ein Foto angefordert, damit wir wissen, mit wem wir es zu tun haben. Ich habe die Aufnahme an sämtliche Kollegen weitergeleitet.« Er zeigte Malick die Kopie eines Fotos. »Der Kerl muss irgendwann zu Hause sein. Bevor der verschwindet, muss er sicher wichtige Dinge erledigen. Der kommt garantiert zurück, und dann haben wir die Möglichkeit, ihn zu überrumpeln. Falls er nichts mit der Sache zu tun hat, umso besser. Warte du auf den Anruf und versuche, ein neues Ultimatum herauszuholen. Wir kriegen ihn, da bin ich hundert Prozent sicher.«

André Malick richtete sich auf. In seiner Mimik war keinerlei Gefühlsregung erkennbar.

»Wahrscheinlich hast du recht. Ich lasse meine Leute weiterhin an den anderen Hotspots. Falls er dort auftaucht, haben wir ihn, bevor er irgendetwas Teuflisches anrichten kann. Die Politik und die Projektleiter der Tunnelbaugeschichte haben mich darüber informiert, dass sie die Füße stillhalten, solange ich es für richtig halte. Haben wir ihn bis zu seinem Ultimatum nicht, läuft die Maschinerie einen Tag später weiter. Die sind nicht bereit, sich durch einen Psychopathen von ihrem Vorhaben länger abhalten zu lassen.« Malick stand auf, zündete sich eine neue Zigarette an und schritt im Zimmer von einer Wand zur anderen. »Der Kerl macht mich verrückt. Normalerweise wissen wir genau, mit wem wir es zu tun haben. Diese Leute werden von uns observiert und unter Kontrolle gehalten. Manchmal jahrelang. Aber hier …«

»Na, ganz so ist es ja nun auch nicht«, lenkte plötzlich Hartwig das Interesse auf sich. »Wenn ihr alles unter Kontrolle hättet, warum passiert dann trotzdem so viel?« Er konnte es nicht leiden, wenn Wahrheiten im falschen Licht dargestellt wurden.

»Was verstehst du von unserem Geschäft? Ich glaube nicht, dass du die Arbeit beim Staatsschutz beurteilen kannst. Jeden Tag sitzen Fachleute daran, dieses Land zu schützen. Aber wir können nicht überall sein. Das sollte gerade dir klar sein. Und übrigens ist ein Fall wie dieser uns bisher nicht unter die Augen gekommen. Der Fall ist unklar. Also, wo ist *deine* Lösung?«

»Wenn ich eine hätte, säßen wir nicht hier und müssten Däumchen drehen.« Hartwig schwang sich vom Stuhl und riss die Lederjacke von der Rückenlehne.

»Komm, Watson, ich brauch dringend frische Luft«, knurrte er. Ohne den Leiter der SOKO eines weiteren Blickes zu würdigen, verschwand er mit seinem Hund aus dem Büro. Westermann sah ihm nach, verzog aber keine Miene. Auch wenn er sich nicht richtig verhalten hatte, so hatte er auf der anderen Seite recht mit dem, was er von sich gegeben hatte.

»Jetzt lass uns sachlich bleiben. Wir haben die Chance, ihn heute noch zu stellen, da bin ich sicher. Wir sollten alle die Ruhe bewahren, unsere Nerven schonen und beten, dass er es nicht ernst meint mit seiner Drohung.« Westermann hoffte, dass seine Wort Malick beruhigten. Die Stimmung war extrem aufgeheizt, und es fehlte nur noch der Tropfen, der das Fass zum Überlaufen bringen würde. Der Leiter der Mordkommission holte tief Luft, zog seinen Caban vom Haken, streifte ihn über und verließ wortlos das Büro. Zurück blieb André Malick, der sich das Gehirn zermarterte und nicht wusste, was ihn die nächsten Stunden erwartete. Schweigend blies er den Zigarettenqualm in die Luft.

Sonja Rasmussen saß im Büro nebenan und diskutierte mit ihren Leuten. Sie hatte das lautstarke Gespräch vernommen und betete, dass sie auf der richtigen Spur waren. Sie war sicher, dass Mielke der Täter war. Sie mussten ihn nur finden, bevor …

Die Anspannung in der Dienststelle war greifbar. Olaf Schütt sehnte sich nach seinem ruhigen Revier zurück und hoffte, dass dieser Fall bald zu einem Ende kam. Gott sei Dank waren er und seine Mannschaft von diesem besonderen Einsatz offiziell befreit. Sie erledigten ihr Tagesgeschäft und verfolgten Fahrraddiebe und Verkehrsunfälle. Jasper Veit hatte Dienst und war mit Kalle Jipp im Wagen auf Streife. Eigentlich lief alles wie immer, wären da nicht diese grauenhaften Explosionen gewesen, die die Insel erschütterten. Es war seltsam ruhig auf den Straßen der Insel. Normalerweise flanierten unzählige Menschen durch die weihnachtlich geschmückten Gassen und Straßen und shoppten in den mit glitzernden Auslagen ausstaffierten Geschäften. Olaf Schütt und Kollegin Sina Hansen saßen an ihren Schreibtischen und ließen sich von der Unruhe in der Dienststelle nicht ablenken. Sina spielte mit einer Hand an ihrem dunkelblonden Zopf und strahlte den Dienststellenleiter aus blauen Augen an, während der fortwährend auf die dunkle Straße starrte. »Wenn das man bald vorbei ist«, murmelte er und tippte den Bericht in seinen Computer.

*

Charlotte Hagedorn nahm die Drohung Dirks ernst. Sie hatte sich eigentlich vorgenommen, ein weiteres Mal nach Dänschendorf zum Haus dieses Verbrechers zu fahren, traute sich nun aber nicht mehr, den Polizeibeamten in die Quere zu kommen. Außerdem tat ihr noch der Hintern weh, mit dem sie zuerst unsanft auf dem Boden im Garten ihrer Bekannten landete, später dann noch einmal, als sie von der Kiste in diesem verdammten Keller abrutschte. Der Kerl hat tatsächlich geglaubt, ich sei eine alte Tante, die sich nicht zu helfen weiß, stellte sie mit Genugtuung fest. Dabei hatte sie den Tampen nach wenigen Minuten von ihren Handgelenken lösen können. Sie wollte sich lieber zurückhalten, wusste, dass in diesem Fall große Gefahren lauerten. Hier ging es um weit größere Dimensionen als einen Mord in der Nachbarschaft. Sie wollte sich heute Morgen zum Infozentrum in Burg begeben. Auch wenn es kaum Neues zu berichten gab, hoffte sie doch auf mögliche Hinweise. Irgendwo würde sie den Beweis finden, der ihren Verdacht bestätigte.

Sie musste sich sputen. Katrin wurde heute Mittag aus dem Krankenhaus entlassen. Charlotte freute sich darauf, ihre Nichte abzuholen. Sie war glücklich, bald einen kleinen Erdenbürger in ihren Armen halten zu können. Sie war gespannt, ob es sich um ein Mädchen oder einen Jungen handelte. »Dass die beiden aber auch immer so geheimnisvoll tun«, schnurrte Charlotte und streifte den Wollpullover über ihren Kopf. Draußen war es bitterkalt, und sie konnte sich gerade jetzt keine Erkältung leisten. Wenn sie darüber nachdachte, hatte sie seit Beginn der Corona-Pandemie nicht mal ein Schnupfen ereilt, was sicher mit dem Tragen des Mundschutzes und dem ständigen Händewaschen, Desinfizieren und den Impfungen zusammenhing. Sie schlurfte in ihre offene Küche und stellte den Wasserkocher an. Dann zog sie eine Kunststoffdose mit Haferflocken aus dem Küchenschrank. Sie goss Wasser auf ihren Tee, bestrich eine Scheibe Vollkornbrot mit Kichererbsenmus und legte vegetarischen Aufschnitt darauf. Vor ein paar Jahren hätte sie jeden für verrückt erklärt, der ihr gesagt hätte, sie würde sich zu einem Vegetarier entwickeln. Und na ja, ein perfekt gemachtes Schnitzel und eine leckere selbst gemachte Frikadelle mussten ab und zu auf ihrem Teller liegen, egal, was Katrin davon hielt. Sie schmunzelte und setzte sich an den Esstisch. Eine halbe Stunde später stand sie angezogen im Flur und stieg in ihre Stiefel. Wenige Minuten darauf stapfte sie über die schneebedeckte Straße Richtung Info-Center.

Warme Luft schwang ihr entgegen, als sie die Tür des Centers öffnete. Der Raum war hell erleuchtet und in Glaskästen waren die unterschiedlichen Bauteile zu begutachten. An der Wand hing ein Bildschirm, der über die Zukunft des Tunnels mit eindrucksvollen Bildern informierte. Acht Leute saßen auf Stühlen und verfolgten die Demonstration auf dem Fernsehgerät. Ein Herr blätterte in einem Infoblatt, und ein Pärchen befragte eine Dame mittleren Alters, die zuständig war und mit einem Lächeln auf die Fragen einging. Sie war gespickt mit den passenden Antworten. Was sollte sie auch sonst erzählen? Die Wahrheit?

Charlotte hielt sich bedeckt und beobachtete die Situation. Alles wirkte hell und freundlich. Wichtig für ein perfektes Verkaufsgespräch, dachte sie, und Groll stieg in ihr hoch. Was für ein Blendwerk! Sie sah, dass die Personen, die sich informieren wollten, ihre Ausführungen beeindruckt verfolgten. Warum stellte niemand kritische Fragen? Warum nahmen sie wie Lemminge alles hin, was ihnen dort vorgekaut serviert wurde? Wo waren die Fragen nach Natur und Umweltproblemen, die dieser Bau mit sich brachte? Charlottes Kopf errötete. Sie musste hier augenblicklich raus! Hier würde sie keine vernünftigen Antworten auf ihre Fragen erhalten, so viel war sicher. Wie befreit stand sie wenige Sekunden später vor dem Gebäude und holte tief Luft. Das Paar, das die Mitarbeiterin des Infocenters befragt hatte, kam ebenfalls heraus.

»Toll, oder? Dann sind wir in zehn Minuten in Dänemark. Was für ein Unterschied zur Fährfahrt!«

»Und was ist mit den Schweinswalen und den Fischen, die ums Leben kommen?«, wollte Charlotte wissen und starrte das Paar streitlustig an.

»Ich verstehe nicht«, antwortete die zierliche Frau und betrachtete die resolute Dame.

»Wenn dieser Tunnel gebaut wird, verschwinden Unmengen Tiere und Pflanzen aus dem Belt. Die Sedimente, die dort aufgewühlt werden, legen sich jahrzehntelang auf die Laichgründe von Dorsch und Hering. Sie machen jede Art von Leben unmöglich. Sie haben sogar schützenswerte Riffe einfach so mit Sand überschüttet. Wo also liegt der Vorteil?«

»Glauben Sie das tatsächlich?«, fragte der hochgewachsene grauhaarige Mann.

»Ja, das glaube ich. Was passiert, wenn der Ostseegrund auf einer Länge von 18 Kilometern und einer Breite von 200 Metern 16 Meter tief aufgerissen wird? Die starke Trübung wird das Wachstum der Pflanzen, auf denen zum Beispiel der Hering seinen Laich ablegt, kolossal beeinträchtigen. Die Fischbestände sind schon seit Jahren rückläufig und durch diesen Tunnelbau …«, sie schwieg auf einmal. Zu dem Pärchen hatte sich ein weiteres gesellt.

»Sie hat recht!«, sagte ein Mann um die 50, der ihr zunickte. Auf einmal waren sie in ein angeregtes Gespräch vertieft, das ganz im Sinne von Charlotte Hagedorn ablief. Was nützte es, sich im Infocenter mit einer Mitarbeiterin anzulegen, die auch nur ihren Dienst absolvierte. Sie musste an der Basis kämpfen und hatte die Menschen direkt vor Ort für sich einnehmen können, obwohl sie wusste, dass es für einen Stopp bereits zu spät war.

»Ganz zu schweigen von den Folgen, die diese Insel zu tragen hat.« Charlotte Hagedorn war in ihrem Element und hielt einen Vortrag, der ebenso gut ins Fernsehen gepasst hätte. Am Ende ihres Plädoyers war sie auch am Ende ihrer Kraft und hatte doch nichts Neues erfahren, das ihr in ihrer Ermittlungsarbeit weitergeholfen hätte. »Verbrannte Energie« nannte Katrin es, wenn sie sich wieder einmal dermaßen in etwas hineingesteigert und lautstark Luft abgelassen hatte und niemand außer ihrer Nichte es mitbekam.

*

»Was glaubst du, kommt der Kerl oder verarscht der uns? Wahrscheinlich hat der längst rausbekommen, dass wir ihm auf den Fersen sind, und lacht sich ins Fäustchen.« Hartwig saß auf dem Fahrersitz und hatte sich zurückgelehnt. Sie parkten ihr Fahrzeug auf der anderen Straßenseite in einem Feldweg, der vom Hof aus nicht einsehbar war. Der Resthof lag an der Straße nach Altenteil, und hinter dem Hof erstreckten sich nur noch Wiesen und Felder.

»Keine Ahnung. Ich hoffe bloß, dass der Albtraum bald vorbei ist. Wenn der seine Drohung wahr macht, haben wir wirklich ein weit größeres Problem. Was ist, wenn er weitere Menschen in den Tod reißt? Das werden wir nie mehr los.« Westermann trommelte mit den Fingern nervös auf das Armaturenbrett und stierte auf die Einfahrt des Grundstückes. Es hatte wieder angefangen zu schneien, und der Wind stiemte den Schnee gegen die Windschutzscheibe. Fortgesetzt betätigte Westermann die Scheibenwischer. »Man sieht die Hand vor Augen nicht mehr. Wie wollen wir da den Kerl sehen, wenn er kommt, falls er kommt? Der geht uns durch die Lappen«, fluchte er und öffnete das Seitenfenster, um frische Luft zu schnappen. »Ja, vielleicht sollte ich mit Watson noch mal …«

»Untersteh dich. Wenn du jetzt auf dieses Grundstück läufst, weiß er sofort, was los ist. Bleib einfach hier sitzen und warte.« Hartwig sah seinen Vorgesetzten von der Seite an. »Ist ja gut, aber wie du vielleicht mitbekommen hast, jault Watson seit einiger Zeit. Der muss mal … dringend!«

Der Kommissar presste die Lippen zusammen und zog die Augenbrauen hoch. »Dann mach schon. Lass deinen Hilfssheriff raus und verzieh dich mit ihm hinter die Büsche. Von hier aus kann er uns nicht sehen. Los! Ich rufe in der Zwischenzeit Katrin an, um zu hören, ob alles in Ordnung ist.«

»Wie geht es ihr überhaupt?«, wollte Hartwig die Stimmung besänftigen und Mitgefühl demonstrieren.

»Wie soll's ihr gehen? Sie isst wieder und hat auf alles Mögliche Appetit. Sie vertilgt Eis mit Salzstangen, hast du das schon mal gehört? Ekelig, sag ich dir.« Westermann verzog das Gesicht, und Hartwig musste lachen.

»Werde ich auf jeden Fall mal ausprobieren. Ich mag Eis und Salzstangen. Gute Kombi.« Der Erste Hauptkommissar knuffte seinem Kollegen den Oberarm. Der öffnete die Tür und flüsterte:

»Watson, es geht los.« Der Kommissar verließ den Wagen, zog den Reißverschluss seiner Lederjacke hoch und verknotete seinen schwarz-weiß-blauen Schal. Sekunden später war er mit Watson hinter verschneitem Buschwerk verschwunden. Der Wind blies ihm Schneeflocken ins Gesicht, er fing an, mit den Zähnen zu klappern. Die Kälte drang durch die Jacke, die für diese Jahreszeit nicht geeignet war. Da half auch der Schal nicht mehr. Watson schien das alles nicht zu interessieren. Unablässig schnüffelte er im Schnee und grub seine Schnauze in die weißen Flocken, die einen Teppich auf sämtlichen Feldern in der Umgebung ausgebreitet hatten. Jede Böe stiemte weiteren Schnee über die Fahrbahn und fegte erste Schneewehen gegen die Büsche. Als Hartwig zurück zum Wagen stapfte, sah er Scheinwerfer auf der Straße herannahen. »Watson, sitz!«, befahl er dem Hund und drängte sich ins Gestrüpp. Ein roter Pick-up rollte auf der Straße in ihre Richtung, so viel konnte er selbst im Schneegestöber erkennen. Der Motor des Wagens röhrte fast wie ein Lkw. Ein Dieselfahrzeug, vermutete er. Was, wenn er es tatsächlich war? Der Kommissar verhielt sich still. Nur sein Kopf lugte ein paar Zentimeter aus dem Gebüsch heraus. Er konnte kaum etwas erkennen. Wie Nadelspitzen stachen die Eiskristalle in seine Haut und erzeugten ein unangenehmes Gefühl. Der Wagen rückte näher und verlangsamte seine Geschwindigkeit. »Ich fress einen Besen, das ist er!«, flüsterte er. Sie hatten von Charlotte erfahren, dass Mielke einen roten Pick-up fuhr. »Dirk! Dirk!«, rief er und hoffte, dass sein Vorgesetzter das näher kommende Licht des Pick-ups ebenfalls wahrgenommen hatte.

Westermann telefonierte und bemerkte nicht, was in diesem Moment in seiner unmittelbaren Umgebung passierte. Er lächelte und lachte so laut, dass Hartwig es hörte. »Verdammt, Dirk!« Er wagte nicht, sich aus seinem Versteck zum Wagen zu bewegen. Der Pick-up verlangsamte die Geschwindigkeit und rollte auf ihn und seinen Kollegen zu. Hartwig versuchte, die Person im Inneren des Fahrzeugs auszumachen. Aber er nahm nur die dunkle Kapuze wahr, die das Gesicht des Fahrers verdeckte. Der Fahrer stoppte, warf einen Blick in ihre Richtung und rollte dann mit erhöhtem Tempo weiter. Anscheinend hatte er den Wagen der Polizeibeamten entdeckt. Die Rücklichter verloren sich in wenigen Sekunden aus seinem Blickfeld. Hartwig sprang zum Auto und rief: »Hast du ihn nicht gesehen? Er war es, verdammt, Dirk!«

»Wie? Wer?«, fragte Westermann erstaunt und beendete abrupt das Gespräch.

»Mann, das war Mielke. Hast du den roten Pick-up nicht bemerkt? Das gibt's doch gar nicht. Da fährt der Täter an uns vorbei, und du telefonierst mit deiner Perle!«

Hartwig schob Watson in den Fond, sprang in den Wagen. Westermann startete.

»Fahr, fahr zu!«, schrie Hartwig, und sein Gesicht wurde rot, als er Westermanns Handy mit voller Wucht in die Ablage warf. »Verdammt! Verdammt!«

*

Lars Mielke hatte keine Zeit, sich mit der Polizei herumzuschlagen, wenn er sein geplantes Ziel erreichen wollte. Es wunderte ihn nur, wie sie überhaupt auf seine Spur gekommen waren. Dabei hatte er alles so sorgfältig geplant. Wahrscheinlich hatte diese Tante ... Er fluchte und schlug die Hand auf das Lenkrad.

Mielke bog in einen nicht einsehbaren Feldweg ein und wartete, bis er die Lichter des ihm folgenden schwarzen Wagens an sich vorbeifahren sah. Er grinste, startete seinen Pick-up und fuhr über eine Nebenstrecke zum eigentlichen Ziel. Pfeifend stellte er seine auffällige Karre ab und stiefelte den verschneiten Hang hinauf. Immer wieder rutschte er auf dem glitschigen Boden aus und schlitterte zurück. Der Schneefall und der Wind erschwerten seinen Aufstieg. Seine Augenlider flatterten. Die nervösen Zuckungen häuften sich. Er kniff die Augen zusammen und griff nach Ästen, die auf seinem Weg von kahlen Büschen herunterhingen. Immer wieder suchte er neuen Halt, um nicht abzurutschen. Ein Fahrzeug fuhr auf den Parkplatz unter ihm. Panisch legte er seinen Körper flach auf den Untergrund und versuchte zu erkennen, ob *sie* ihm auf den Fersen waren. Wie angewurzelt blieb er liegen. Minutenlang verharrte er auf dem hart gefrorenen Boden. Seine Hände wurden taub, und er hatte Angst, dass der Ast ihm aus der Hand glitt. Immer wieder packte er zu. Dann hörte er eine Autotür klappen und einen Motor starten. Die Geräusche wurden leiser, verstummten.

Seine Lippen zitterten, als er sich den Wall weiter hinaufschob. Endlich hatte er das Geländer erreicht und zwängte sich durch die Absperrung. Er schob die Kapuze über den Kopf und hastete zur Öffnung. Er bückte sich, zog den Dreikantschlüssel aus seiner Hosentasche. Noch einmal blickte er um sich, dann öffnete er die Eisenluke. Schweißperlen benetzten seine Stirn. Hastig stieg er in den dunklen, eiskalten Raum hinab. Mielke zog die Taschenlampe aus der Jackentasche, stellte sie ein und schob sie zwischen seine Lippen. Er hebelte die mit einem Vorhängeschloss versehene zweite Tür auf und leuchtete in die Mitte des etwa vier Quadratmeter großen Raumes, von dem eine weitere Tür abging. Wie erstarrt blieb er stehen. Sein Adrenalinspiegel stieg, und er schnaufte wie ein Stier, der zum Angriff überging. Die Bodenplatte war verschwunden. Vor ihm klaffte ein rundes Loch von etwa eineinhalb Metern Durchmesser. Mielkes Augenlider zuckten ununterbrochen. Borgward war nicht mehr da! Wie aber konnte er …? Hatten sie sein Spiel durchschaut, sein Opfer befreit und lauerten irgendwo im Dunkeln, um im richtigen Moment zuzuschnappen? Hektisch sah er sich um. Sein Puls raste. Wo verkrochen sie sich? Alles lag noch vorbereitet da. Die Säcke standen unberührt an ihrem Platz, die Zünder wie geplant an ihren Vorrichtungen. Nur die Plattform … Wo war die hölzerne Plattform? Mielke stellte sich an den Rand der Öffnung, die in die Tiefe führte. Er leuchtete den engen Schacht aus und entdeckte erleichtert, was ihn dermaßen in Panik versetzt hatte. Die Platte stand verkeilt im Wasser und Borgward lag halb auf dem Betonvorsprung. Es schien, als wäre er tot. Der Mann bewegte sich nicht. Mielkes Kiefer knirschte. Seine Augenlider hörten auf zu zucken, verengten sich, und er schnaufte. Auf einmal bewegte er sich ungewöhnlich gelassen. Sein Mundwinkel verzog sich zu einem teuflischen Grinsen. »Was soll's. Kollateralschaden. Ist egal. Ich zieh das durch, auch ohne dich.« Mielke wollte sich abwenden, als er aus dem Schacht unter ihm kaum wahrnehmbares Stöhnen vernahm. »Du lebst? Das finde ich umso besser«, lächelte er fast liebevoll.

»Hilfe, helfen Sie mir«, hörte er die krächzende Stimme des Politikers.

»Ja, ich helfe dir. In ein paar Stunden wird dir warm ums Herz, und du wirst am Ende des Tunnels das Licht sehen, das du dir so sehr gewünscht hast.« Mielke lachte, und seine Stimme hallte durch den Raum. Die Metapher gefiel ihm. »Um deine Frau werde ich mich persönlich kümmern, wenn ich hier fertig bin«, grunzte er und drehte sich um. Er kontrollierte die aufgestapelten Säcke und rieb sich die Hände. »Das wird ein Spaß. Niemand vermutet uns hier«, sagte er und verließ den Raum. Sollte er doch da unten verrecken. Es war egal, ob er hier oben seinen Tod fand oder da unten. Überleben würde er dieses Feuerwerk auf keinen Fall. In ein paar Stunden wäre alles vorbei.

*

»Wie konnte uns das passieren?«, knurrte Westermann und rieb die Gläser seiner Brille am Pullover. Er hatte das Gefühl, als wenn er nichts mehr erkennen konnte. Dabei war es der Schnee, der unaufhörlich gegen die Frontscheibe klatschte und ihnen die Sicht erschwerte. »Wieso haben wir ihn aus den Augen verloren? Der ist doch nicht schneller unterwegs gewesen als wir. Das ist unmöglich!« Westermann kratzte seinen Hinterkopf, schob die Brille zurück auf die Nase und suchte nach dem roten Pickup. »Der hat sich auf einem anderen Weg aus dem Staub gemacht oder sich irgendwo versteckt. Ich bin sicher, dass er uns bemerkt hat und jetzt über unsere Dämlichkeit lacht. Nützt nichts, wir müssen zur Wache und beichten. Der kommt jetzt nicht mehr zurück.« Er drückte aufs Gaspedal und schlitterte die schneebedeckte Fahrbahn entlang.

»Willst du uns umbringen?«, schrie Hartwig, als der Wagen ins Schleudern geriet.

*

Katrin Duvenstedt lag in ihrem Krankenbett, als die Tür aufging. Erleichtert registrierte sie den Trupp, der mit dem leitenden Arzt ins Zimmer marschierte.

»Na, da haben wir sie ja«, zwinkerte er ihr aufmunternd zu. »Vorzeitige Wehen, Senkwehen. Laut Wehenschreiber alles im grünen Bereich. Die Patientin hat noch zwei Wochen Zeit, bis sie sich die Nächte um die Ohren schlagen muss. Aber Spaß beiseite. Alles in Ordnung. Ruhen Sie sich die letzten Wochen aus. Gehen Sie spazieren und keine schweren Lasten mehr heben!« Er warf einen Blick auf das Krankenblatt und sagte dann schmunzelnd: »Wenn Sie möchten, dürfen Sie uns jetzt vorerst verlassen.« Er reichte ihr die Hand und verschwand mit seinem Team genauso schnell, wie er gekommen war. Katrin richtete sich auf. Sie blickte auf ihre Uhr. Es war kurz vor Mittag. Charlotte würde bald hier sein. Gemütliche Ruhe sah anders aus. Hier war immer alles in Bewegung, zugig und an Schlaf war, dank der dünnen Matratzen und scheppernden Türen, auch nicht zu denken. Wenn man dann obendrein an die Krankenhauskeime dachte, die überall lauerten. Sie sehnte sich nach ihrem eigenen Bett und nach Dirk. Katrin war so glücklich gewesen, als er gestern unerwartet ins Zimmer gestürmt kam und sie wie ein Ertrinkender im Arm gehalten hatte. Sein Verhalten zeigte ihr, wie sehr er sie liebte.

Katrin seufzte und lächelte. Behäbig setzte sie sich auf die Bettkante. Sie musste warten, bis ihre Tante kam. Die brünette Schwangere starrte auf ihre gepackte Tasche, dann aus dem Fenster. Erneut seufzte sie. Verträumt betrachtete sie die vorbeifliegenden Flocken und sah ihnen bei ihrem winterlichen Tanz zu, während sie mit der Hand über ihren kugelrunden Bauch streichelte.

*

Lars Mielke zog die dunklen Vorhänge zu. Draußen blies noch immer ein eisiger Wind und jaulte durch den verlassenen Hafen der kleinen Marina. Auf seiner Stirn hatten sich tiefe Falten eingegraben. Er durfte den Ofen nicht anzünden, um nicht unnötig auf sich aufmerksam zu machen. Mielke zog den Reißverschluss seiner schwarzen Daunenjacke hoch, die er über den Hoodie gezogen hatte, und hauchte sich warmen Atem in die Handflächen. Die Ostsee waberte, vom Wind angetrieben, aschgrau durch den Sund und plusterte weiße Schaumkronen auf die Wellenkämme. Mielke verließ das Haus und schlitterte auf dem dünnen Schneefilm zum letzten Steg. Das Schlauchboot hatte er vor einer Stunde mit Hilfe des Hafenmeisters zu Wasser gelassen. Er erzählte ihm, dass er fischen gehen wollte. Es wäre die beste Zeit zu angeln. Es hatte die Männer einige Mühe bereitet, das Boot, das sicher in der Bootshalle der Marina gelagert wurde, zu Wasser zu lassen. Dabei war es kein Problem gewesen, das Schlauchboot in einer der Hallen unterzubringen. Platz für ein Festrumpfschlauchboot gab es immer, auch wenn dieses sieben Meter lang war. Jetzt stoppte er vor dem hochwandigen Boot, ließ sich hineingleiten und kontrollierte ein letztes Mal die Technik. Der Motor sprang ohne Probleme an und blubberte leise und sonor vor sich hin. Das Boot besaß einen 250-PS-Außenbordmotor. Letztlich musste er mit seinem Schlauchboot schneller sein als das schlagkräftigste Boot der Wasserschutzpolizei vor Ort. Er hatte sich informiert und wusste, dass sie ihn auf dem Wasserweg nicht verfolgen konnten. Er grinste und wunderte sich zugleich, was man im Internet alles an Wissen und Material erwerben konnte. Obwohl dieses Monstrum von fast sieben Metern ihn eine Stange Geld gekostet hatte. Im Leben war nichts umsonst. Und wenn man es genau nahm, hatten die Beltretter ihm das nötige Kleingeld dafür zukommen lassen. Was für ein Schmierentheater. Seine Rache würde grausam enden, nicht so billig sein wie ihr Trostpflaster. Seine Gesichtsmuskeln spannten sich an, und der Kiefer knirschte, als die Zähne aufeinandermahlten. Er schüttelte den Kopf, als wollte er eine Fliege verscheuchen. Der Mann im Schlauchboot atmete die Winterluft tief in seine Lungen. Seine Augenlider flatterten und sein Nacken zuckte, als er andächtig die Hand auf das kalte Metall des Außenborders legte. Zufrieden streichelte er über die bullige Maschine. Mielke warf einen Blick auf die vollen Dieselkanister, die er für seinen Weg in die dänische Südsee benötigte, und auf die Kiste, in der genügend Proviant und Geld für die nächste Zeit verstaut waren. Es stiemte nach wie vor, und der Wind schwoll weiter an. Seine Verfolgung würde unmöglich sein. Mielke wusste, dass er die Horde so schnell wie möglich abschütteln musste, wenn sie ihn überhaupt entdeckten. Angler waren das ganze Jahr im Sund unterwegs, und er würde im Dunkeln niemandem auffallen. Sie wären so beschäftigt, dass sie keine Zeit bekämen, ihm auf die Pelle zu rücken. Sie würden ihn nicht einmal wahrnehmen. Er stellte den Motor wieder aus, grinste und kletterte aus dem Boot. In ein paar Stunden würde es dunkel sein.

Er zog die Kapuze über den Kopf, stiefelte über den rutschigen Steg, stemmte sich dabei gegen den Wind und verließ das Grundstück. Der Schnee blies ihm mit voller Schärfe ins Gesicht, als er die schmale Straße entlangstapfte. Noch einmal würde er für eine Katastrophe sorgen. So leicht machte er es ihnen nicht. Der Mann, der sich durch die Schneelandschaft bewegte, verschwand hinter einer Baumreihe. Wenig später rollte er mit seinem Pick-up von seinem perfekt getarnten Parkplatz. Zielsicher rollte er die Straße entlang. Nur noch wenige Stunden, dann wäre es vollbracht.

*

Es war gleich Mittag, als in der Burger Polizeidienststelle das Telefon klingelte. Der Leiter der SOKO nahm das Gespräch entgegen. Sie waren sicher, dass *er* es war. Allein die unterdrückte Nummer outete ihn. Nur wenige Sekunden später hatten sie Gewissheit. Malick wartete seit Stunden genau auf diesen Anruf. Sein Team stand um ihn herum, die Geräte wurden eingeschaltet.

»Anscheinend habt ihr das Problem gelöst!«, sagte der Mann am anderen Ende.

»Sie wissen, dass dies nicht unproblematisch war. Dies ist ein Projekt, an dem mehr als ein Land arbeitet. Wir konnten nicht einfach den Tunnelbau stoppen, ohne überhaupt zu wissen, warum.« Malick spielte auf Zeit. Er wollte den Täter zu Erklärungen zwingen. »Erklären Sie uns, warum wir den Bau abbrechen sollten. Die Leute des Projektes wollen Antworten, keine Fragen! Sie müssen uns schon mehr liefern als ein paar Drohungen. Es gibt für Sie sicher adäquate Gründe, die Forderungen durchzudrücken. Schildern Sie uns Ihre Beweggründe. Wir brauchen etwas Handfestes, damit der Zustand nicht zurückgenommen wird.« Malick setzte alles auf eine Karte. Er versuchte, ihn so lange wie möglich in der Telefonleitung zu halten. Sie mussten den genauen Standort erfahren. »Geben Sie uns einen wirklichen Anstoß, dann sind die Leute bereit, weiter mit Ihnen zu verhandeln«, sagte er und wartete. Am anderen Ende der Leitung war es still. »Hallo, lassen Sie uns reden. Wie darf ich Sie nennen?« Er bemerkte das Schweigen und hoffte, dass er sich ihm endlich offenbarte. »Legen Sie nicht auf. Bringen wir das gemeinsam vernünftig zu Ende, bitte!« Sven Dietrich hob plötzlich den Daumen.

»Ich habe ihn. Ein Sendemast in Heiligenhafen«, flüsterte er und riss seine Jacke vom Stuhl. Drei seiner Kollegen folgten ihm. Sie rannten zu ihren Fahrzeugen und rasten mit rotierendem Blaulicht vom Parkplatz. Malick wirkte extrem angespannt.

»Ich höre, dass Sie noch da sind. Sie wollen das alles sicher nicht! Sie wissen, dass Sie Ihre Ziele auf diesem Weg nicht durchsetzen. Was ist Ihr wirkliches Anliegen? Worum geht es Ihnen in Wahrheit? Was hat der Bau des Belttunnels mit all dem zu tun? Erklären Sie es mir. Wir finden eine Lösung!«

»Sie haben Schuld. Sie alle sind schuld, dass sie tot ist«, schrie der Mann am anderen Ende.

»Wer ist schuld, dass wer tot ist?«

»Sie haben sie getötet«, schrie die Stimme unkontrolliert. »Ich werde nicht zulassen, dass ihr Tod umsonst gewesen ist.«

Westermann stand neben Malick. »Frag ihn, warum ihr Tod umsonst gewesen sein soll«, flüsterte Westermann.

»Warum, glauben Sie, ist ihr Tod umsonst gewesen?«

»Weil ihr ihren Tod ignoriert habt. Sie ist nur wegen der Aktivisten zu diesen verdammten Riffen getaucht. Sie wollte nicht, dass dieser Tunnel gebaut wird. Hat sich jahrelang für die Beltretter aufgeopfert. Sie alle sind schuld an ihrem Tod! Wären sie nicht gewesen, würde Kerstin noch leben«, flüsterte er. Westermann wählte eine Nummer. Wenig später beendete er das Gespräch.

»Er ist es. Nenne ihn bei seinem Namen: Lars Mielke.« Charlotte hatte recht mit ihrer Behauptung. Sie hatte die ganze Zeit recht gehabt. Noch bevor Malick ein Wort sagen konnte, sprach Mielke weiter.

»Nicht ein Wort der Entschuldigung, als sie vom Tauchgang nicht zurückkehrte. Dabei wollte sie nur Beweise sammeln, die eine neue Prüfung veranlasst hätten. Verreckt ist sie da unten in dem verdammten Netz. Sie alle haben Schuld an ihrem qualvollen Ende. Und dieser Hagelstein, dieser beschissene Taucher. Er war schuld, dass sie allein runtergetaucht ist. Dieses Schwein hatte es verdient zu sterben.« Er schrie die Worte heraus. »Wieso hat sie sich darauf eingelassen? Ich habe alles für sie getan. Ohne diese ganze Scheiße wäre sie heute noch am Leben. Sie alle sind schuld am Tod meiner Frau.« Auf einmal fing er an, laut zu lachen. »Die haben mich mit lächerlichen 50.000 Euro abgefunden, um mir meinen Verlust zu schmälern. Genau das waren ihre Worte. Meinen Verlust schmälern. Mehr war sie ihnen nicht wert.« Er lachte abfällig. »Ich habe sie gut angelegt und werde es ihnen jetzt samt Zinsen zurückerstatten.«

»Lars, ich darf Sie doch Lars nennen? Es ist schmerzlich, so einen Verlust hinzunehmen. Aber was hat der Politiker damit zu tun?« Das Gespräch verstummte. Mielke wusste, dass sie herausgefunden hatten, wer er war. Es war egal. Auf einmal wurde seine Stimme ruhig.

»Durch sein Statement hat er die ganze Geschichte erst richtig ins Rollen gebracht. Er hat dafür gesorgt, dass dieser Tunnel die Zukunft unserer Kinder und der gesamten Region ruiniert. Durch seine Kampagne in den Medien hat er alles vorangetrieben und Kerstin und ihre Leute gezwungen, tiefer zu graben, um den Bau überhaupt noch aufhalten zu können. Dabei hatten sie überhaupt keine Chance. Der Mann ist schuldig. Und ich spreche Recht! Es ist zu spät. Ich breche jetzt alle Brücken hinter mir ab.« Das Gespräch wurde unterbrochen.

»Charlotte hat die Wahrheit gesagt«, sagte Westermann. »Sie hatte mit allem recht. Mielke, der Kellerraum. Sie war dort, und wir haben es als Spinnerei abgetan.«

»Es gab aber keinen einzigen Hinweis in diesem Haus. Nichts, was uns auf eine brauchbare Spur gebracht hätte«, entgegnete Malick.

Der Erste Hauptkommissar sah dem Leiter der SOKO seine Enttäuschung an. »Deine Kollegen wissen, wo er sich aufhält. Sie kriegen ihn. Sie müssen!«

»Wahrscheinlich zu spät. Er benutzt ausschließlich Prepaidhandys und ändert nach jedem Telefonat die SIM-Karte. Bevor wir ihn finden, ist er längst wieder unsichtbar.«

»Habt ihr einen Computer bei ihm im Haus gefunden?«, fragte Hartwig. Malick schüttelte den Kopf. »Nichts, sagte ich bereits. Der Mann ist gewieft genug, uns alle an der Nase herumzuführen. Ich rufe den Kampfmittelräumdienst und meine Leute, die sämtliche größeren Objekte erneut prüfen. Lass uns zu dem Haus fahren. Vielleicht haben wir irgendetwas übersehen.« Malick wartete nicht auf die Antwort und wählte eine Nummer. Wenig später hatte er seine Truppe zusammengetrommelt.

Erneut wurden nur eine Stunde später die Örtlichkeiten der Insel in Augenschein genommen, die für eine weitere Explosion infrage kämen.

Sprengstoffspürhunde liefen durch die Straßen der Altstadt und hielten sich auch in Bezirken der Nebenstraßen auf. Hinter Fenstergardinen und Hauseingängen wurden die Aktivitäten beäugt. Die explosive Atmosphäre war überall spürbar.

»Was suchen Sie hier überhaupt?«, kam eine Stimme aus einem geöffneten Fenster in einer abgelegenen Seitenstraße.

»Bleiben Sie bitte in Ihren Wohnungen. Verlassen Sie diese wenn möglich nicht«, entgegnete der Beamte, der mit seinem Hund an den Grundstücken um den Schwanenteich unterwegs war. Um 16 Uhr war die Zeit abgelaufen. Bis dahin mussten sie ihn aufgespürt haben. Selbst die örtliche Polizei war in höchster Alarmbereitschaft. Jasper Veit saß mit Sina Hansen im Dienstwagen. Über die Lautsprecheranlage verkündeten sie ihre Botschaft:

»Bleiben Sie in Ihren Häusern! Verlassen Sie diese nur im Notfall. Wir informieren Sie, wenn unsere Untersuchungen abgeschlossen sind. Dies ist keine Übung. Bleiben Sie in Ihren Wohnungen und Häusern!«

Ein Trupp von 20 Leuten untersuchte abermals im Hafen von Puttgarden die ankommenden Schiffe, die das Hafengelände vorerst nicht mehr verlassen durften. Das Gleiche geschah mit den Fähren auf dänischer Seite, die den Fährbetrieb einstellten. Die Information einer weiteren schweren Explosion setzte sämtliche Gesetzmäßigkeiten außer Kraft. Es war ein Wettlauf gegen die Zeit. Niemand wusste, wo und wann Mielke seine letzte Drohung wahr machen würde. Die Belastungskurve geriet auch bei Hartwig, Westermann und Malick an ihre Grenzen. Malick hatte gehofft, dass der Baustopp den Mann überzeugen würde. Es war zu spät. Obendrein spielte das Wetter immer mehr verrückt. Das Schneetreiben hatte zugenommen und könnte, wenn es so stürmisch blieb, ebenfalls in einer Katastrophe enden. Es erinnerte an den Winter 78/79, als die Insel unter extremem Schneeeinbruch litt. Der Scheibenwischer im Dienstwagen jagte im schnellsten Gang mit quietschenden Lauten über die Frontscheibe. Hartwig klemmte mit dem Kopf an der Windschutzscheibe, um besser sehen zu können. Immer wieder verengte er die Augen, um an den Schneeflocken vorbei die Straße nicht aus dem Blickfeld zu verlieren.

»Verdammte Scheiße. Das ist doch alles zum Verrücktwerden«, knurrte er und trommelte unablässig gegen das Lenkrad. »Dieses beschissene Wetter erinnert mich an den letzten Winter. Stina.« Er schwieg plötzlich und schüttelte den Kopf. Westermann wusste, was in diesem Moment in ihm vorging, und starrte schweigend aus dem Seitenfenster.

»Was war im letzten Winter?«, fragte Malick und taxierte den Kollegen der Oldenburger Mordkommission.

»Das willst du gar nicht wissen. Wir haben einen Frauenmörder gejagt und hatten genauso ein beschissenes Wetter wie jetzt.« Erneut schüttelte er den Kopf. »Habe jetzt keine Lust, darüber zu reden. Das holen wir vielleicht nach, wenn das hier erledigt ist.« Malick musterte ihn und schwieg. Dann trafen sie auf der Einfahrt des Resthofes ein. Alle drei sprangen aus dem Wagen. Hartwig ließ Watson aus dem Fond, und sie sprinteten auf die Eingangstür zu. Sie klingelten, hämmerten mit den Fäusten gegen die Holztür, obwohl sie ahnten, dass niemand im Haus war. Sie liefen ums Gebäude. Malick erinnerte sich, dass dort der Hintereingang lag. Er wartete nicht lange und trat mit dem Fuß die Tür ein. Hartwig sah erstaunt auf das Manöver des LKA-Leiters. Mit einer derart durchsetzungsfähigen Kraft hatte er nicht gerechnet. Sie zogen ihre Dienstwaffen, folgten Malick ins Haus und teilten sich auf. Thomas griff nach seiner Taschenlampe, richtete sie unterhalb der Waffe aus und jagte mit Watson die Kellertreppe hinunter, die vom weitläufigen Flur abging. Er hielt inne, lehnte gegen einen Mauervorsprung, zielte und lief weiter, der zweite Raum – leer. Dann dieses Regal, das jetzt nicht mehr an seinem Platz stand, sondern beiseitegeschoben worden war. Dem ist alles egal, dachte er und lugte in den quadratischen dunklen Raum, leuchtete ihn aus. Der Keller ist sauber, stellte er fest und drehte am Lichtschalter neben der Eisentür. Sämtliche Regale waren leer. Watson schnüffelte unablässig unter dem Tisch und kratzte mit der Pfote. Dann knurrte er leise und blieb beharrlich stehen. »Watson, was ist? Hast du was gefunden?« Hartwig bückte sich und entdeckte nichts. Beim Aufrichten stieß er mit der Schulter gegen die Tischplatte, und der Tisch verschob sich um ein paar Millimeter. Watson knurrte lauter. Hartwig hielt seine Taschenlampe unter die Platte. Jetzt erkannte er einige blaue Krümel, die unter dem Tischbein hervorlugten. »Was zum Teufel ist das?«, murmelte er, zog eine Klarsichthülle und seinen Dienstausweis aus seiner Jackentasche und schob die Brösel, die sich unter das Holzbein verirrt hatten, in die Tüte. Ansonsten war der Raum hygienisch sauber. Hartwig verließ mit Watson den Keller, und sie eilten die Stufen hinauf. Malick und Westermann durchsuchten Schränke und Schubladen, aber auch hier ein ernüchterndes Ergebnis. Nichts wies darauf hin, dass ein Verbrecher hier sein Unwesen getrieben und mehrere Explosionen vorbereitet hatte.

»Der Kerl hat sämtliche Spuren verschwinden lassen. Das ist mir viel zu clean. Du hattest recht. Verdammt!« Malick leuchtete mit der Taschenlampe unter Schränke und Sofas. »Hier liegt nicht ein Staubkorn. Der Kerl ist mit allen Wassern gewaschen. Verflucht noch mal!« Westermann kam die Treppe aus dem Obergeschoss runter.

»Sagtest du was? Oben ist nichts, alles sauber.«

»Dachte ich mir.«

»Eine Möglichkeit haben wir noch. Wenn er allen die Schuld am Tod seiner Frau gibt, vielleicht ... Lass uns zu diesem Infocenter in der Altstadt fahren. Das ist ein ziemlich großes Gebäude. Gegenüber befindet sich ein Parkplatz, der voller Autos steht. Und dahinter befindet sich eine Sporthalle. Wenn er da ...« Westermann sprach nicht weiter und starrte seine Kollegen an. Malick telefonierte, und sie verließen das Haus.

»Ein Trupp von zehn Männern untersucht gerade ein weiteres Mal die Brücke. Ohne Erfolg. Ich weiß nicht, wo wir noch suchen sollen.« Sein Blick schien versteinert. Sie traten vor die Tür, als die Frau, mit der Charlotte sich unterhalten hatte, aus dem offenen Fenster krähte.

»Der ist schon vor Stunden weg!«, rief sie. »Hat seit Tagen Kisten, Säcke und anderes Zeugs auf seinen Pickup geladen. Der hatte es eilig. Ein Sack ist ihm runtergekippt. Der hat geflucht, kann ich Ihnen sagen. Aber dann ist er wie der Teufel vom Hof. Ist der Mann Ihr Mörder?«, wollte sie wissen und knetete ihre Hände. Hartwig suchte mit der Taschenlampe die Hoffläche ab, auf die die Nachbarin Mielkes gezeigt hatte. Das Schneetreiben behinderte die Suche erheblich.

»Watson, such!«, murmelte er und ließ seinen Hund von der Leine. Der tschechoslowakische Wolfshund schnüffelte unablässig über den schneebedeckten Boden und stiemte mit der Nase Schnee beiseite. Dann knurrte er und blieb wie angewurzelt sitzen. Hartwig leuchtete die Stelle aus. Er kniete und fand blaue Krumen. Er lobte Watson und gab ihm ein Leckerli. »Das ist genau das gleiche Zeug!« Er richtete sich auf und zog die Klarsichthülle aus der Jackentasche.

»Was ist das?«, wollte Malick wissen.

»Das Gleiche hab ich eben im Keller gefunden. Keine Ahnung.« Er reichte Malick den Beutel. Der Einsatzleiter begutachtete die winzigen Teilchen und roch an ihnen.

»Ich habe es mir gedacht. Das riecht nach Ammoniak«, stellte er fest und zerrieb eines der Körner zwischen den Fingern. »Das ist Ammoniumnitrat. Verdammte Scheiße! Wie sagte die Frau? Er hat Säcke geschleppt? Das hier ist Blaukorn! Und so, wie ich vermute, hochkonzentriert. Das kriegst du in Deutschland überhaupt nicht. Das bekommst du nur als Gewerbe und musst genaustens angeben, *wofür* du es benötigst. Die heutigen Sorten sind extrem abgewandelt und mit Kalk und Öl gegen Zusammenpappen der Kugeln vermischt. Dieses erscheint mir allerdings nicht gestreckt. Wenn das Zeug hier hochkonzentriert ist, dann ist es auch hochexplosiv«, er schluckte.

»Es lässt sich herausfinden, wann er wo zu dem Zeug gekommen ist, es sei denn, er hat es im Ausland ...«

Auf einmal stand die Nachbarin in Hausschuhen und Strickjacke vor den Polizeibeamten und schlotterte.

»Ja, aber heute hat er nur Müllsäcke transportiert. Die anderen komischen Säcke hat er schon vor Tagen weggeschleppt. Ich habe mich noch gewundert, dass er im Dunkeln rummanövert hat. Er hat mit einer Taschenlampe herumgefuchtelt, da habe ich gesehen, dass lauter weiße Säcke vor dem Pick-up standen.« Sie deutete auf ihre Knie. »So hoch waren die!« Malick nickte.

»Wenn es ist, was ich denke, hat der Mann Größeres vor. Wir müssen. Los, rein in den Wagen. Sie haben uns sehr geholfen.« Sie ließen die Nachbarin in ihrer dünnen Strickjacke wortlos zurück.

»Frechheit!«, krächzte die Frau, schüttelte wutentbrannt den Kopf und stapfte zum Haus. »So ist das, wenn man als aufmerksamer Nachbar für Recht und Ordnung sorgt. Undank ist der Welten Lohn«, schimpfte sie und verschloss mit einem lauten Knall die Tür hinter sich.

KAPITEL 15

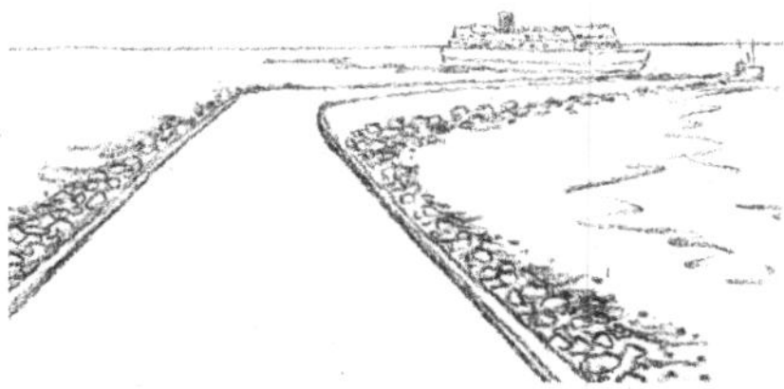

»Ich bin so froh, dass wir endlich da raus sind.« Katrin schob sich auf den Beifahrersitz ihres dunkelgrünen Käfers und schnaufte schwerfällig. Dass sie kurz vor der Geburt stand, war nicht zu übersehen.

»Deern, sei froh, dass es Krankenhäuser gibt. Glaub mir, es ist die beste Erfindung seit Menschengedenken. Was denkst du, wie viele Frauen früher ihr Baby nicht im Arm halten konnten, weil sie es auf unsägliche Weise zur Welt bringen mussten. Sogar auf dem Feld bei der Arbeit. Oftmals haben Kinder und Mütter es damals nicht überlebt. Also ein wenig Dankbarkeit in die Medizin, meine Süße. Und du siehst, alles ist in Ordnung und du brauchst dir keine Sorgen um euren Nachwuchs zu machen. Du wirst die nächsten Wochen im Schongang überstehen. Sollst mal sehen, klappt alles wie geschmiert.« Charlotte lächelte ihre Nichte von der Seite an und startete den Wagen. Sie wischte mit dem Handrücken über die Frontscheibe und verschaffte sich so einen winzigen Kreis mit einem freien Blick.

»Dass du wieder Auto fährst, hätte ich nie für möglich gehalten.« Sie lächelte und streichelte ihrer Tante mit der Hand über den Arm.

»Na, mit dem Pedelec hätte ich dich wohl kaum abholen können, oder?« Katrin hielt sich lauthals lachend den Bauch. »Deern, du sollst dich schonen!«, rief sie aufgebracht und brauste vom Parkplatz der Eutiner Klinik. Der silbrige Klang des VW-Motors beruhigte Katrin, während sie versonnen auf die verschneite Fahrbahn guckte. »Wenn das so weitergeht, haben wir endlich mal wieder weiße Weihnachten oder sitzen auf unserer Insel fest, wenn das Baby kommt«, flüsterte sie. Ihr Magen knurrte. »Weißt du was, Tantchen, wir beide gehen jetzt schön was essen und laufen ein Stück am Eutiner See entlang. Was hältst du davon?«

»Du sollst dich schonen, Deern!«, entgegnete Charlotte und plierte mit zusammengekniffenen Augen unentwegt auf die Fahrbahn. Der Scheibenwischer rotierte im schnellsten Gang und erzeugte Schwindelgefühle bei den Frauen.

»Aber verhungern muss ich deswegen doch nicht, oder? Außerdem ist mir das gerade zu anstrengend bei dem Schneefall«, lachte ihre Nichte und hielt sich erneut den Bauch. Charlotte schüttelte den Kopf.

»Glaubst du, dass beim Laufen das Schneetreiben nachlässt? Ich weiß nicht recht. Aber verhungern soll dein Baby natürlich auch nicht. Ein wenig frische Luft wird uns dreien sicher guttun. Hinterher muss ich zurück an meine Ermittlungen.« Die Künstlerin warf ihrer Nichte einen Seitenblick zu.

»Du sollst auf die Straße gucken oder willst du mich gleich wieder zurück in die Klinik verfrachten?«

Charlotte schwieg. Von den extremen Anstrengungen der Polizei ahnte sie nichts. Sie hatte eine Idee und wollte Katrin überraschen. Durch Exkursionen mit ihren Freundinnen kannte sie sich in Eutin aus und wusste, dass es am großen See ein Restaurant gab, das direkt am Wasser, umringt von einem wunderschönen Park, gelegen war. Sie fuhr mit allenfalls 30 Stundenkilometern über die schneebedeckten Straßen am Schloss vorbei um die Bucht des großen Sees, die einen Blick auf die Fasaneninsel freigab. Mit sturem Augenmerk auf die Fahrbahn steuerte sie den Käfer direkt Richtung Restaurant, welches einen guten Ruf aufwies und einen fantastischen Blick auf den See bot. Charlotte Hagedorn parkte, und Katrin wunderte sich über gar nichts mehr.

»Das ist ja … ich glaub's ja nicht. Tantchen, du überrascht mich immer wieder.«

Die nächsten zwei Stunden waren Tante und Nichte vollends beschäftigt.

*

Mit Hochdruck wurden die Fähren im Hafen von Puttgarden untersucht. Die Ergebnisse allerdings waren ernüchternd. Wie schon beim ersten Mal ergaben sich keine neuen Hinweise. Die Schiffe schienen frei von Sprengsätzen zu sein. Malick wusste natürlich, dass sie keine hundertprozentige Gewissheit hatten, aber es blieb ihnen keine andere Wahl, als das Ergebnis als gegeben hinzunehmen. Enttäuschung machte sich bei ihm und den Kollegen der Sonderkommission breit. Er wusste, dass er sein Team uneingeschränkt zur Verfügung hatte und sie exzellente Arbeit leisteten.

»Was machen wir, wenn dieses Schwein es auf eine völlig andere Institution abgesehen hat?«, murmelte er und guckte Westermann von der Seite an.

»Was ist mit den drei Türmen?«, warf Hartwig eine Frage in den Raum, die bisher noch keiner gestellt hatte.

»Wie kommst du denn auf die Türme?«, wollte sein Vorgesetzter wissen.

»Na ja, sie beherbergen viele Leute um diese Zeit. Wenn ich mich nicht täusche, sind die zu dieser Jahreszeit fast komplett ausgebucht. Was hält ihn davon ab …« Hartwig blieben die Worte im Hals stecken. »Jungs, wir müssen zum Südstrand!« Der Leiter des Sondereinsatzkommandos orderte über Funk seine Leute und gab Anweisungen. In weniger als fünf Minuten saßen sie in ihren Fahrzeugen und jagten Richtung Südstrand. Malick telefonierte ununterbrochen und schrie ins Telefon.

»Wenn Sie das nicht innerhalb der nächsten halben Stunde erledigt haben, fliegt Ihnen vielleicht Ihr Tourismus um die Ohren!« Hartwig trat das Gaspedal durch.

Selbst durch den Schneefall sahen sie die milchig-weiß gestrichenen Hochhäuser der Arne-Jacobsen-Siedlung auf sich zukommen.

»Das wäre nicht auszudenken«, gurgelte Malick und warf einen Blick nach oben. Sie stoppten direkt vor dem mittleren Turm. »Wie viele Leute gehen da rein?«, wollte er wissen.

»Genaue Zahlen kann ich dir nicht nennen, aber …«, murmelte Westermann und warf ebenfalls einen Blick nach oben. »Aber 1.200 oder 1.300 sind es sicher, wenn alles ausgebucht ist.« Er schluckte und verließ den Wagen, als säße ihm der Teufel im Nacken. Warum waren sie nicht früher darauf gekommen? Hartwig sprang hinter dem Lenker hervor, ließ Watson aus dem Kofferraum und rannte los. Malick wurde blass. In einem der Türme könnte er eine Bombe versteckt haben, oder in allen dreien. Der Kerl spielte mit ihnen. Es gab kaum noch Zeit, ihn zur Strecke zu bringen, bevor er seine Drohung wahr machen konnte. In kurzen Sätzen erklärte er der SOKO die Vorgehensweise, dann marschierten sie im Laufschritt Richtung Eingangsbereich des mittleren Turms.

*

»Also, liebe Charlotte. Das muss ich dir lassen. Das war fantastisch. Ich habe selten so lecker gegessen.« Katrin strahlte ihre Tante an, als sie versuchte, den Gurt über ihren dicken Bauch zu legen. »Aber auch selten so viel! Wie kann man Gurkensalat mit gemischtem Eis und Schlagsahne essen. Deine Speisenwahl war wirklich außergewöhnlich. Die Suppe lasse ich mir ja noch gefallen. Aber Pfannkuchen, Schnitzel, Fisch und Gurkensalat mit Eis – nee, min Deern, das ist nicht normal, wenn du mich fragst«, staunte Charlotte, als sie den Wagen Richtung Fehmarn lenkte. Sie war langsam unterwegs, weil es immer noch schneite. »Die Fahrbahn ist hoffentlich gestreut«, murmelte sie und versuchte, im diffusen Scheinwerferlicht etwas zu erkennen.

»Ja, das ist eine Autobahn. Da wird gestreut, verlass dich drauf.« Sie lachte.

»Wie spät ist es eigentlich?«, wollte Charlotte Hagedorn wissen und suchte nach einer Uhr im Wagen.

*

15.10 Uhr

Katrin warf einen Blick auf ihre Armbanduhr und sagte:

»Zehn Minuten nach drei. Es wird bald dunkel. Wird Zeit, dass wir nach Hause kommen. Du bleibst doch bei uns am Sund, oder?«

»Natürlich, was denkst du? Ich lass dich die letzten Wochen sicher nicht mehr allein.«

Die Fahrbahn glänzte gefährlich. Charlotte erschien es sinnvoll, gemächlich auf die Stahlbetonbrücke zuzufahren, die sie ohnehin nur im Schneckentempo überqueren durften. Die Bauphase auf der Fehmarnsund-Brücke war längst nicht abgeschlossen und seit ewigen Zeiten nur mit einer halben Spur je Richtung befahrbar. Eine Ampelschaltung regelte den Verkehr. Ihr grauste jetzt schon, wenn sie sich an Lkws vorbeischlängeln musste. Solange sie sich zweispurig aneinander vorbeischoben, war alles in Ordnung. Aber nun hatten sie nur noch eine geteilte Fahrbahn zur Verfügung, die eine konzentrierte Fahrweise zwingend notwendig machte. Charlotte musste schließlich beide heil nach Hause bringen. Die Ampel leuchtete grün. Angespannt rollte die Künstlerin die Brücke hinauf und stieß unerwartet auf rote Bremslichter und grelle Scheinwerfer.

»Was ist denn hier los? Gucken alle auf den Sund, oder warum stoppen die?«

»Tantchen, keine Ahnung. Es schneit und wird dunkel. Da gibt's nicht viel zu gucken. Wir sollten sehen, dass wir hier wegkommen. Ich glaube, ich muss dringend aufs Klo.« Charlotte musste den Wagen ebenfalls stoppen. Es ging keinen Meter voran.

»Ach, Kindchen, bis nach Hause schaffst du es doch,

oder? Ich bin irritiert. Warum stehen wir fast mittig auf der Brücke? Von der anderen Seite auf unserer Spur stehen Autos, die von der Insel kommen. Das kann normalerweise gar nicht sein. Unsere Ampel stand doch auf Grün, oder bin ich farbenblind?« Charlotte Hagedorn rutschte auf ihrem Sitz von einer Seite zur anderen. Sie war sich plötzlich nicht mehr sicher. Allerdings zeigte ihr ein Blick in den Rückspiegel, dass nachkommende Fahrer das gleiche Schicksal ereilte. »Die Ampel war grün!« Ihre Hände fingen an zu schwitzen. Sie umkrampfte das Lenkrad und spitzte die Lippen, während sich auf ihrer Stirn tiefe Falten eingruben. Sie ließ den Motor laufen, in der Hoffnung, dass der Verkehr gleich weiterrollte.

»So wie es aussieht, geht es nicht mehr vor und nicht zurück. Die Ampeln müssen von beiden Seiten grün geschaltet gewesen sein. Da stimmt was nicht.« Katrin knetete ihre Hände. Kalter Schweiß trat auf ihre Stirn.

»Wir müssen hier weg, Charlotte! Mir ist gar nicht gut!« Sie presste die Hand gegen ihren Rücken. Durch die Angst, nicht wegzukommen, geriet sie in Panik. Sie atmete flach und spürte instinktiv, dass dieses Gefühl ihr nicht guttat.

»Ja, Kindchen, aber wenn die da hinten nicht zurückfahren, kommen wir nicht weg. Da rollt eine lange Schlange auf die Brücke zu. Das staut sich bis weit auf die Insel. Siehst du das nicht?«

»Doch, doch. Fahr vorsichtig rückwärts zurück, dann fahren wir erst mal auf die Tankstelle. Ich muss wirklich dringend!« Charlotte spähte in den Rückspiegel.

»Deern, das geht nicht. Dreh dich mal um!«

Katrin klappte die Sonnenblende herunter und starrte in den Kosmetikspiegel.

»Oh nein, das darf nicht wahr sein.« Hinter ihnen hatte sich eine ebenso lange Schlange von Fahrzeugen gebildet, die in die gleiche Situation geraten waren wie sie. »Und nun? Ich halt es nicht mehr lange aus«, schnaufte sie, als ein stechender Schmerz über ihren Rücken zog.

*

Es war auch 15.10 Uhr, als die Hundestaffel die Untersuchung der geräumten Hochhäuser am Südstrand beendete. Nicht eine Spur, die auf einen Sprengsatz hindeutete.

»Es ist zum Kotzen. Wir haben alles im Auge, was nur irgendeinen Ansatzpunkt ergeben könnte. Die Fähren, die Brücke und jetzt noch diese verdammten Türme.« Malick scharrte mit seinem Stiefel im Schnee. »Sie können die Leute wieder in ihre Wohnungen lassen. Alles sauber«, wies er Hartwig an. Westermann presste die Lippen zusammen und verließ mit Malick das Gelände. Das Gemurmel und Meutern der Feriengäste, durch die der Kommissar und sein Diensthund sich einen Weg bahnen mussten, überhörte er. An die Attacken genervter Urlaubsgäste hatte er sich im Laufe der Jahre gewöhnt. Nicht nur einmal hatte die Polizei Gästen gehörig in die Suppe gespuckt, die einfach nur ihren Urlaub auf der Insel verbringen wollten. Ja, teilweise hatten sie sie sogar vertrieben. Hartwig hatte Mitleid mit den Menschen, die zähneklappernd auf dem zugigen Parkplatz der Hochhäuser verharrten und nur das Nötigste hatten mitnehmen können. Viele von ihnen standen in dünnen Jacken im stiemenden Schnee, warteten auf Entwarnung. Der Kommissar zog die Mütze vom Kopf, eilte auf den Manager zu und sprach mit ihm. Der schlanke

Mann mit dem ernsten Blick nickte und begab sich zum Haupteingang.

»Meine Damen und Herren. Wir bitten Sie für die Unannehmlichkeiten um Entschuldigung. Aber ich hoffe, Ihnen liegt Ihre Sicherheit genauso am Herzen wie uns. Ich lade Sie als kleine Entschädigung auf einen Glühwein ins Restaurant ein. Wir bedanken uns für Ihre Mithilfe und bitten um Verzeihung. Es ist alles in Ordnung. Sie brauchen sich keine Sorgen zu machen!«

Dirk Westermann stand am Wagen, schmauchte gedankenverloren seine Pfeife und starrte in die Richtung, aus der er die Ansprache des Hotelmanagers vernommen hatte. Hartwig blieb mit Watson neben dem Mann stehen, der mit hochrotem Gesicht auf die Menge einredete.

»Habt *ihr* das so abgesprochen?«, wollte er von Malick wissen, der gierig an seiner Zigarette zog und den Mantelkragen hochschlug.

»Nein, keine Ahnung, wer auf diese Pille gekommen ist. Ich hoffe, er übernimmt dann auch die Rechnung, wenn das auf seinem Mist gewachsen ist«, lachte der Leiter der SOKO.

»Und was jetzt? Dieser Kerl hat uns komplett in der Hand. Er könnte seinen Irrsinn überall auf der Insel betreiben. So leid es mir tut, wir werden seinen nächsten Anschlag abwarten müssen.« Die Mannschaft sammelte sich am Parkplatz vor den IFA-Gebäuden. »Meine Herren, vielen Dank für die hervorragende Arbeit, die ihr leistet. Verteilt euch bitte in euren Fahrzeugen über die Insel und meldet mir sofort alles, was verdächtig erscheint. Wir haben es mit einem Täter zu tun, der seine Drohung wahr machen wird.« In diesem Moment klingelte Westermanns Telefon. Er blickte aufs Display. Es war Katrin.

»Na, meine Schöne? Ich bin gerade sehr unter Druck … Was?« Es folgten Minuten des Schweigens, dann sagte der Erste Hauptkommissar: »Bleib ganz ruhig, die Kollegen werden den Verkehr regeln.«

»Na, war das deine Frau?«, schmunzelte Malick, obwohl ihm nicht zum Lachen zumute war. Westermann nickte.

»Immer noch Verlobte, aber wir heiraten im nächsten Frühjahr. Die sitzen auf der Brücke fest. Da gab es wohl eine falsch laufende Ampelschaltung«, murmelte er. »Was machen wir jetzt?«, fragte er, als wenige Minuten später sein Handy erneut klingelte.

*

»Irgendwas geht hier nicht mit rechten Dingen zu«, wunderte sich Charlotte Hagedorn, die sich sorgenvoll zu ihrer Nichte beugte. Katrin schien es schlechter zu gehen. Sie hielt ihren Bauch und hatte Schweißperlen auf der Stirn. Wahrscheinlich war die Aufregung zu viel für sie.

»Deern, wir kommen sicher gleich runter. Wenn Dirk sagt, dass die Kollegen aus Burg das regeln, dann regeln sie es auch.« Katrin ächzte und stemmte ihre Hände zwischen Rückenlehne und Rücken. Charlotte öffnete die Fahrertür. Sie ließ den Motor laufen und stieg aus.

»Tantchen, was willst du da draußen? Es schneit, komm wieder ins Auto«, stöhnte die junge Frau.

»Gleich, Schatz, ich will nur sehen, was da vorne los ist. Bleib ganz ruhig und schön tief atmen.« Leise drückte sie die Wagentür ins Schloss und bewegte sich in ihren Winterstiefeln auf der Fahrbahn Richtung Fehmarn. Überall liefen Motoren, Abgase verpesteten die Luft. Einige der Fahrer waren ausgestiegen und diskutierten lautstark über diese groteske Situation, andere nutzten die Zeit, um schlotternd eine Zigarette zu rauchen. Charlotte stemmte sich gegen eine Böe, als sie aus den Augenwinkeln auf der linken Seite im Schatten der Baugerüste eine schwarze Gestalt herumturnen sah. Sie blieb stehen und starrte der Figur nach, die plötzlich wieder verschwunden war. Charlottes Herz fing an zu rasen. Was bewegt jemanden um diese Uhrzeit dazu, auf einem Gerüst herumzuklettern, obwohl nicht gearbeitet wird? Sie schluckte. Ihr Hals war plötzlich wie zugeschnürt. Hier stimmte etwas nicht! Sie sah das Licht der Ampel auf Grün, genau wie auf der Seite vom Festland. »Hier stimmt etwas ganz und gar nicht!«

Charlotte Hagedorn hastete über die rutschige Fahrbahn zurück zum Auto. Sie stieg ein, zog die Mütze vom Kopf, schloss die Tür und hauchte sich warmen Atem in ihre Handflächen.

»Katrin, was ist mit dir? Du bist ja ganz blass!« Die selbsternannte Privatermittlerin, die sofort eins und eins zusammenzählte, erkannte, dass ihre Nichte Wehen hatte. »Oh, mein Gott, Kindchen.« Charlotte legte ihre Hand auf Katrins Bauch, als die auf einmal laut anfing zu stöhnen.

»Tantchen, ich glaube, das Baby kommt. Die Fruchtblase ist geplatzt.« Mit Tränen in den Augen sah sie ihre Tante an. »Das wird schon, ganz ruhig atmen. Wir schaffen das. Atme, ruhig atmen!« Charlotte nahm Katrins Handy aus der Ablage und wählte erneut Dirks Nummer.

»Gott sei Dank, du musst sofort …«

»Charlotte, ich kann jetzt wirklich nicht, wir haben keine Zeit mehr. Die Kollegen sind auf dem Weg«, hörte sie Dirks raue Stimme.

»Katrin, sie bekommt das Kind. Sie hat starke Wehen.«

»Was? Wo seid ihr?«

»Immer noch auf der Brücke. Und hör mir jetzt verdammt noch mal zu!«

»Wieso sind die Kollegen nicht da? Ich fasse es nicht. Denen trete ich persönlich in den Arsch!«

»Dirk, das kannst du später machen. Ruf einen Krankenwagen, und dann seht zu, dass du mit deinen Leuten auf dem schnellsten Weg hierherkommst.«

»Warum? Wir müssen …«

»Ihr müsst einen Killer fangen. Ich glaube, der ist hier auf der Brücke. Beide Ampeln sind auf Grün geschaltet, und ich habe ihn, glaube ich, auf den Gerüsten herumlungern sehen. Bitte, ihr müsst schnell kommen. Ruft den Krankenwagen, bitte!«

Charlotte schrie in den Hörer, obwohl das Gespräch längst unterbrochen war. Sie legte Katrin ihre kühlende Hand auf die Stirn und wählte erneut. Auch sie rief einen Rettungswagen, damit sie sicher sein konnte, dass Hilfe kam.

»Schatz, wir schaffen das. Dirk hat einen Rettungswagen gerufen und ich auch. Die sind sicher gleich bei uns. Mach dir keine Sorgen. Atme!«

Der Schrei aus Katrins Mund kam aus dem Innersten ihres Körpers und hörte sich bestialisch an. Charlotte Hagedorn wusste das erste Mal in ihrem Leben nicht, was sie tun sollte. Katrin bekam ihr Kind, und wenn es sehr schlecht lief, hatte der Täter hier irgendwo eine …

»Der hat die Bombe hier auf der Brücke angebracht!« Charlotte flüsterte, wurde blass und hoffte, dass sie rechtzeitig kommen würden. Sie schluckte, stellte den Motor aus und sagte: »Katrin, wir müssen hier weg. Sofort! Wir müssen von dieser verdammten Brücke«, krächzte sie und hatte es auf einmal sehr eilig, den Wagen zu verlassen. Sie zerrte die Mütze über ihren Kopf und stapfte um das Fahrzeug. Dann schrie sie, so laut sie konnte:

»Sie müssen von dieser Brücke, hier ist eine Bombe!« Niemand hörte ihr Geschrei. Der Wind jaulte durch die Stahlträger und hinterließ bedrohliches Getöse. Charlotte Hagedorn riss die Beifahrertür auf. »Katrin, du musst jetzt ganz tapfer sein. Wir müssen von der Brücke, komm, Mädchen!« Es war mittlerweile stockdunkel, und nur das diffuse Licht der Brückenbeleuchtung erhellte die Straße geringfügig.

»Ich kann niiicht!«, schrie Katrin und wand sich unter Schmerzen. »Das Baby. Mein Baby kommt!« Ihr Gesicht war puterrot, als die nächste Schmerzwelle ihren Körper durchflutete.

*

Lars Mielke sprang über das Geländer und stiefelte die verschneiten Stufen hinunter. Hoffentlich hat mich niemand bemerkt. Er rutschte aus und übersprang schlitternd etliche Stufen, bis er endlich am Fuß des Walls anlangte. Er rannte, ohne sich noch einmal umzusehen, zur kleinen Bucht, in der das Schlauchboot uneinsehbar vor Anker lag. Sie sind alle viel zu sehr mit sich selbstbeschäftigt, grinste er abfällig. Jetzt war es zu spät. Auch wenn die Maschinen ruhen, werden sie es nicht dabei belassen. Ich werde dich rächen, meine Süße. Mit wenigen Schritten hatte er das im knietiefen Wasser liegende Feststoffboot erreicht, schwang sich hinein und zog hastig den Anker hoch. Mielke startete den blubbernden Motor und bewegte das Boot in gesichertem Abstand Richtung Stahlbetonbrücke. Die Brandung und der heftige Wind übertönten die Motorengeräusche. Alles war bisher perfekt gelaufen. Etwa 100 Meter vor der Brücke stoppte er auf und stellte den Motor wieder aus. Die Entfernung reichte. Mielke ließ den Anker ins Wasser gleiten und steckte eine Angel in den Rutenhalter. Seine Tarnung war perfekt. Wer kümmerte sich um einen verrückten Angler, der bei dem Sauwetter im Schlauchboot saß und angelte? Niemand! Außerdem war es dunkel, und niemand würde sein Vorhaben bemerken. Die sind nur mit sich selbst beschäftigt, wiederholte er seinen Gedanken. Der scharfe Wind streifte seine Haut, die in kürzester Zeit wie Feuer brannte. In weniger als einer halben Stunde würde er sich auf dem Weg in die dänische Südsee befinden, niemand ihn jemals wieder zu Gesicht bekommen. Das Geld konnten sie behalten. Er vermutete, dass sie sowieso nur blufften, um ihn zu überlisten. Sie würden auf der Lauer liegen, um ihn vor Ort abzufangen. Für ihn war das Geld nur Vorwand, um die Geschichte plausibler zu gestalten. Mielke hatte längst ein Konto auf seinen neuen Namen eingerichtet, von dem er gut leben konnte. Der Verkauf des Resthofes hatte bei den horrenden Immobilienpreisen viel Geld eingefahren. Mielke grinste. Sie konnten sich auf den Kopf stellen, sie würden ihn nicht finden. Er griff nach der Box, die am Boden des Bootes stand. Der Mann, der alles hinter sich lassen wollte, hatte sich neue Papiere besorgt und genügend Sprit, um unerkannt für immer von hier zu verschwinden. Von Dänemark aus würde er ein paar Tage später in eine Maschine nach Oslo steigen, und dann war er für alle Zeit unauffindbar.

Das Boot schaukelte bedrohlich in der Ostsee. Immer

wieder schwappten Wellen über die Bordwand und durchnässten seine Kleidung. Die Geräusche um ihn herum wechselten zu einem bedrohlichen Jaulen. Er nahm die zur Tarnung benutzte 2,70 Meter lange Angel in die Hand. Es ist perfekt! Ihr werdet sehen. Dann zog er das Handy aus der Jackentasche. Es war 15.25 Uhr. Um exakt 16 Uhr wird diese Brücke nicht mehr existieren. Er lächelte und tippte den Timer im Handy auf 16 Uhr. Dann lasse ich es einmal klingeln und – wäm! Er zog den Kragen der Jacke zusammen. Das Zucken seiner Augenlider verstärkte sich bedrohlich, als er die Angel auswarf.

*

»Ich kann nicht mehr. Ich will nach Hause. Charlotte! Hilf mir!«

»Ja, Deern, ich will dir ja helfen. Aber dafür müssen wir aus diesem Auto raus. Sofort. Der Krankenwagen kommt sicher gleich. Bitte. Du musst jetzt mithelfen. Alleine schaffe ich das nicht.« Charlotte Hagedorn stöhnte, versuchte mit aller Kraft, ihre Nichte aus dem Auto zu zerren. Sie hebelte ihren Arm unter Katrins Brust und half ihr aus dem Wagen. Hilflos stand die schwangere Frau auf der Fahrbahn, klammerte sich an ihre Tante und verkrampfte sich erneut. »Hilfe, ich brauche Hilfe!«, quäkte Charlotte und hoffte, dass sie jemand hörte.

»Ich kann nicht mehr. Das Baby!«, schrie Katrin und sackte in die Knie.

»Du musst«, herrschte ihre Tante sie streng an und verhalf ihr wieder auf die Beine. »Du hast eine Verpflichtung deinem Baby gegenüber. Andere Frauen haben ihre Kinder auf dem Feld gekriegt, da wirst du den Weg zum

Krankenwagen schaffen, oder?« Ihr Gesicht war tomatenrot angelaufen. Charlotte legte den Arm ihrer Nichte über ihre Schulter und schleppte die Schwangere mit sich Richtung Festland. »Bitte, nur ein paar Hundert Meter, dann sind wir von der Brücke. Der Rettungswagen bringt dich sofort in die Klinik. Katrin, reiß dich zusammen!«, stöhnte Charlotte beunruhigt und hörte auf einmal leise Motorengeräusche. Keine Sirene! War das der Krankenwagen? Es klang für sie eher wie der Motor eines Bootes. Sie erschrak und ahnte, was das für sie bedeutete. Ihr blieb keine Zeit mehr. Wenn sie mit ihrer Nichte lebend herauskommen wollte, mussten sie sofort von hier verschwinden. Immer wieder rief sie nach Hilfe, aber die Menschen in ihren Autos waren nur mit sich selbst beschäftigt. Oder sie wollten nicht sehen, was sich vor ihren Augen abspielte.

»Hiiilfe!«

*

15.20 Uhr

Die Wagenkolonne der Sonderkommission raste auf der E47 Richtung Fehmarnsund-Brücke. Sie überholten mehrere Krankenwagen, Fahrzeuge der hiesigen Feuerwehr, die Kollegen der Burger Dienststelle. Die Blaulichter waren weithin im Dunkeln zu erkennen. Plötzlich wurden sie ausgebremst. Es hatte sich ein Stau von fast einem Kilometer vor der Brücke aufgebaut. Ein umgestürzter Lkw-Hänger blockierte die Weiterfahrt. Hartwig, Westermann und Malick sprangen aus dem Wagen.

»Ihr müsst zu Fuß weiter«, schrie Malick ins Handy.

Hartwig ließ Watson aus dem Fond. Ohne abzuwarten, rannten sie zwischen hupenden Fahrzeugen Richtung Brücke. Die Beamten der Burger Polizeidienststelle, waren damit beschäftigt, erste Wagen zurückzulotsen. Es würde ewig dauern, bis die Straße wieder frei war. Sie brauchten Hilfe, damit der Lkw von der Fahrbahn geborgen werden konnte. Malick benutzte sein Handy. »Haltet die Fahrer der Pkws an, die Brücke zu verlassen, sofort. Ihr müsst sie da rausholen! Danke, Nico. Ich wusste, dass ich mich auf dich verlassen kann«, sagte er und rief: »Thomas, lauf. Wir haben keine Zeit mehr!« Sie hechteten die etwa einen Kilometer lange Strecke auf die Fehmarnsund-Brücke zu. Dann hatten sie den Brückenbogen erreicht. Hartwig beugte sich vornüber und japste nach Luft. Westermann und Malick folgten. »Auf den Brückenkopf!«, schrie Malick. »Runterseilen. Unter der Fahrbahn Kontrolle. Auf die andere Seite Richtung Festland!« Seine Anweisungen waren knapp, aber jeder wusste, was zu tun war. »Die Leute vom Kampfmittelteam in den Brückenkopf!« Vier Spezialisten liefen zur Eingangsluke des Brückenbogens. Auch wenn sie dies bereits mehrfach getan hatten, verloren sie keine Zeit. In weniger als einer Minute war die Luke geöffnet, und sie wanden sich die eng angelegten Stufen in den Brückenkopf hinauf. Sechs Beamte seilten sich auf jeder Seite in Sekundenschnelle an Sicherungen am Geländer hinunter, um den Unterbau der Brücke erneut zu untersuchen. »Was, wenn die Brücke tatsächlich zur angegebenen Zeit hochgeht?« Malick schluckte. Er, Westermann und Hartwig liefen auf die Fahrzeuge zu, die die Brücke blockierten. Tosender Sturm und wuchtige Brandung ließen jedes Wort ersticken. Zu allem Übel ließ der heftige Schneefall ihnen kaum vernünftige Sicht während der auszuführenden Operation. Die Männer rissen nacheinander die Türen der Autos auf. »Raus aus dem Wagen. Hier befindet sich eine Bombe auf der Brücke«, forderten Malick und seine Kollegen die Insassen auf, umgehend von diesem gefährlichen Ort zu verschwinden.

»Wir brauchen mehr Krankenwagen«, rief Westermann und hoffte, dass rechtzeitig Verstärkung kam. »Wo ist Katrins Wagen?«, schrie er Hartwig an. Der schüttelte den Kopf. »Wir müssen sie als Erste von der Brücke schaffen. Ihr geht es nicht gut, das Kind!« Westermann wischte sich getaute Schneeflocken von der Stirn und schob die beschlagene Brille von den Augen. Immer wieder glaubte er, ihren Wagen zu erkennen.

»Um Katrin und Charlotte kümmern sich andere. Wir müssen sehen, dass die Leute von der Brücke kommen!«, schrie Hartwig und öffnete eine weitere Fahrzeugtür.

»Um Katrin mach dir keine Sorgen. Tantchen wird sich kümmern. Die Frau ist taff! Die macht das schon«, rief Malick, als er auf den nächsten Wagen zusteuerte. Die Besitzer der Autos waren verschreckt.

»Steigen Sie sofort aus! Verlassen Sie die Brücke!«, rief Hartwig, als er den Fahrer eines 911er Porsches anbrüllte. Der schüttelte den Kopf.

»Sind Sie nicht ganz dicht? Was wollen Sie von mir? Lassen Sie uns in Ruhe. Ich werde den Wagen sicher nicht verlassen. Was glauben Sie, wer Sie sind? Sorgen Sie lieber dafür, dass diese dämliche Brücke endlich geräumt wird. Meiner Frau ist kalt.«

»Raus habe ich gesagt, sonst ...«, Hartwig griff nach

dem Kragen des Mannes und versuchte, ihn aus dem Wagen zu zerren.

»Sonst was?«, sprang der Hüne aus dem Porsche und riss sich los. Watson fing an zu knurren und fletschte die Zähne. Der Mann wich zurück und ließ den Kommissar augenblicklich los. »Sie können von mir aus absaufen, aber hier gibt es irgendwo eine Bombe. Und wenn Ihnen das Leben Ihrer Begleitung wichtig ist, dann sehen Sie zu, dass Sie sich schnellstens verpissen!« Hartwig krächzte und stieß den Mann von sich. Er hatte endgültig die Schnauze voll von hirnlosen Egozentrikern, die meinten, sich alles herausnehmen zu können.

»Verreck doch, du Arsch!«, schrie er und taumelte weiter. Die Frau im Porsche sprang aus dem Auto und lief schreiend auf High Heels und ohne Jacke Richtung Festland. Dort hatten sich auf der freien Fahrbahn mittlerweile Polizei, Krankenwagen und Feuerwehren eingefunden. Die Fahrer wurden nacheinander zurückgeleitet, um die Brücke frei zu machen. Dirk Westermann hastete weiter von Wagen zu Wagen, hoffte, dass Katrins Auto rechtzeitig von der Sundbrücke gekommen war. Plötzlich entdeckte er den dunkelgrünen Käfer. Sie hatten es anscheinend nicht geschafft. Ein kalter Schauer jagte über seinen Rücken. Sein Atem stockte.

15.25 Uhr erreichte er Katrins Wagen und riss die Fahrertür auf. Der VW-Käfer war – leer! Erleichtert blickte er sich um. Sie hatten es von der Brücke geschafft.

Die Polizeibeamten der Sonderkommission untersuchten fieberhaft ein weiteres Mal sämtliche möglichen Verstecke nach einem Sprengsatz. Sie glitten an den Pfeilern hinunter und wieder zurück. Suchten in Nischen, in denen sich Fenster befanden, nach Hinweisen und drehten die 60 Jahre alte Stahlbetonbrücke von innen nach außen.

Es gab zu viele Schlupfwinkel in der Konstruktion. Die Hunde bellten und kläfften. Der eisige Wind stach den Männern in die Augen und behinderte die Sicht. Es schien, als würde diese dramatische Aktion im Chaos versinken, wenn sie nicht bald Erfolge aufweisen konnten.

*

Die Zeit läuft nicht immer rückwärts
15.30 Uhr

Charlotte griff ihrer Nichte immer wieder unter die Arme und schleppte die abwechselnd stöhnende, wimmernde und schreiende Schwangere an unzähligen Autos vorbei. Verschreckte Menschen starrten die beiden Frauen, die sich im diffusen Licht der Brückenbeleuchtung voranschoben, entgeistert an, aber niemand half. Dann endlich sprang ein junges Pärchen aus einem SUV. Entschlossen stemmten sie sich gegen den Wind und halfen der Frau im Wollmantel, die versuchte, eine Hochschwangere von der Brücke zu bringen. Der sportliche Mann um die 40 zog seine Mütze tief ins Gesicht und übernahm wortlos Charlottes Arbeit. Er legte vorsichtig seinen Arm unter die Achsel von Katrin Duvenstedt.

»Ich heiße Sascha, ich helfe Ihnen. Da vorne steht ein Krankenwagen. Halten Sie durch!« Katrin stöhnte. Sie schnaufte und blieb immer wieder stehen, um die Schmerzen wegzuatmen. Die Wehen kamen offensichtlich in immer kürzeren Abständen. »Sie haben es gleich geschafft.« Er deutete mit dem Kopf Richtung Festland. Seine Begleiterin stützte die Schwangere auf der anderen Seite. Gemeinsam schafften sie es, die Brücke zu verlassen. Charlotte humpelte völlig entkräftet hinterher und presste die Hand gegen ihre Brust. Ihr Puls raste, das Blut rauschte in ihren Ohren. Sie war heilfroh, dass die beiden ihrer Nichte behilflich waren. Immer wieder blieb sie stehen, um Luft zu holen. Sanitäter waren dabei, eine Trage aus dem Wagen zu ziehen. Der Sturm blies einem von ihnen die schulterlangen blonden Haare aus dem Gesicht und entblößte seine pickelige Stirn. Die Frau des sportlichen Mannes ließ Katrins Arm los und lief den Helfern entgegen. Sie zog ihre Mütze weit über die Ohren und stoppte direkt vor dem Wagen.

»Wir brauchen Ihre Hilfe. Da ist eine hochschwangere Frau, die ihr Baby bekommt. Bitte helfen Sie uns!«, schrie sie.

»Ja, wir haben sie schon gesucht. Wo ist sie?« Sie sahen, wie zwei Personen mit der Schwangeren die Brücke fast verlassen hatten.

»Aaah!«, schrie Katrin und sackte vor den Augen der Sanitäter zusammen. »Mein Baby, ich verliere mein Baby!«

*

15.35 Uhr

Charlotte saß auf der Trittstufe des Rettungswagens und hatte ihren Kopf auf die Knie gelegt. Sie atmete flach. Der zweite Notarzt hatte das Gefühl, dass auch sie Hilfe benötigte. Die entkräftete Künstlerin richtete sich auf und schüttelte den Kopf. Das junge Pärchen kniete vor ihr, hielt ihre zitternden Hände.

»Es ist so großartig, dass es noch Menschen wie Sie gibt! Wie heißen Sie?«, fragte Charlotte und drückte die Hände ihrer Retter, während Tränen über ihre Wangen liefen.

»Ich bin Sascha und das ist meine Mimi! Aber das ist selbstverständlich. Sie schafft das, da bin ich ganz sicher«, zwinkerte er und lächelte Charlotte Hagedorn aufmunternd zu.

»Sehen Sie zu, dass Sie schnell von hier wegkommen. Ich glaube, da geht gleich eine Bombe hoch.«

»Eine Bombe?«

*

15.35 Uhr

Zur gleichen Zeit wurde hektisch die Fehmarnsund-Brücke geräumt. Selbst die letzten Insassen hatten begriffen, dass ihr Leben auf dem Spiel stand, und verließen fluchtartig ihre Fahrzeuge. Sie wurden mehrere Hundert Meter von der Brücke entfernt von Mitarbeitern der Polizei und Sanitätern empfangen und versorgt. Mehrere Frauen weinten vor Angst und zitterten. Einige waren erstarrt und stierten Richtung Sundbrücke. Die Männer standen überwiegend sprachlos neben ihren Frauen. Einige rauchten, um sich zu beruhigen. Selbst der Porschefahrer hatte widerstrebend akzeptiert, seinen geliebten Porsche zurücklassen zu müssen. Er stand stocksteif neben einem Polizisten und hatte die Hände tief in den Hosentaschen vergraben. Seine Frau saß vermutlich in einem Polizeifahrzeug. Er hatte sie seit dem Verlassen des Wagens nicht mehr gesichtet.

»Und was ist, wenn das Scheißding tatsächlich in die Luft fliegt? Wer bezahlt mir den Schaden?«

*

15.40 Uhr

Acht der Beamten des Einsatzkommandos hatten sich nochmals dem Innenleben des Brückenbogens zugewandt. Sie hatten auch dieses Mal keinen Erfolg. Alles war wie bei der vorigen Untersuchung. Kein Sprengsatz! Nacheinander hangelten sie sich wieder hinunter. Als der letzte Beamte die Eisenluke verschloss, entdeckte er einen Meter entfernt eine in die Bodenplatte eingelassene verrostete Klappe, die vorher nicht aufgefallen war, weil dort Kisten gestanden hatten.

»Sagt mir mal jemand, was für eine Luke das hier ist? – Hallo? Kann ich eine Antwort bekommen? Warum hat das niemand auf den Plänen entdeckt? So eine Scheiße!«, schrie Nico Schäfer und bewegte sich auf den Kollegen zu, als beschlich ihn eine böse Ahnung.

Hartwig lehnte sich für den Moment gegen das Geländer und schaute 23 Meter in die Tiefe. Ihm wurde schwindelig ob der Höhe. Allerdings konnte der Kommissar außer schwarzem Moloch im Schneetreiben nichts entdecken. Watson fiepte und knurrte das Wasser an. Unbeherrscht zog er an der Leine. Die vierbeinigen Kollegen der Hundestaffel hatten ihre Anziehungskraft auf ihn verloren. Die schmelzenden Schneeflocken in Hartwigs Augen ließen seine Sicht immer wieder verschwimmen.

Fortwährend rieb er über die Augenlider, um überhaupt etwas zu erkennen.

»Was ist denn, mein Junge, das ist doch nichts außer bodenloser Dunkelheit. Sieht aus wie ein schwarzes Loch.« Watson zerrte an der Leine, als hätte er eine Spur aufgenommen. Er bellte und knurrte. Immer wieder fletschte er die Zähne. Hartwig warf erneut einen Blick in die Tiefe. Da entdeckte er etwa 100 Meter von seinem Standort entfernt etwas im nachtschwarzen Nichts. »Blinkt da was auf dem Wasser?«, versuchte er, ein schwach flackerndes Licht einzugrenzen. Es war, als hüpfte der Lichtpunkt unkontrolliert auf und nieder. »Das gibt's doch nicht«, kniff er die Augen zusammen. »Da flackert tatsächlich was auf dem Wasser.« Er zog die Taschenlampe aus der Jackentasche und versuchte, die Gegend im Sund auszuleuchten. Unmöglich, etwas auszumachen. »Ich glaub's nicht. Komm, Watson, das sehen wir uns aus der Nähe an.« Er schnalzte mit der Zunge und sprintete mit seinem Hund auf das Ende des Brückenbogens zu, wo in genau diesem Moment einer der Kollegen unbeherrscht aufschrie. 200 Meter weiter gab es einen Weg, der den Wall hinunter zum Strukkamp führte. Da gibt's eine Treppe, erinnerte er sich. Er folgte dem an der Leine zerrenden Hund und stieg über die Barriere, die gute 20 Meter in den Abgrund führte. Ihm wurde bei dem Gedanken, hier im Dunkeln auf dem schlierigen Untergrund das Gleichgewicht zu verlieren, hundeelend. Er schwenkte die Taschenlampe. Dann entdeckte er zu seiner Erleichterung ein metallenes Tor, das den Weg zu einer Treppe versperrte. Der Wind blies ihm ins Gesicht und erschwerte sein Vorhaben entscheidend. Er zerrte am Tor. »Verschlossen, verdammt.« Hartwig nahm Anschwung und setzte mit einem Sprung über die Pforte. Watson sprang ihm nach. Sie hechteten die schlierigen Stufen hinunter. Der Kommissar hoffte, das eben entdeckte Licht wiederzufinden.

Westermann suchte weiterhin nach Katrin und ihrer Tante. Er konnte den Männern bei der Suche nach Sprengstoff nicht helfen. Er war sich sicher, dass Charlotte nicht zuließ, dass ihnen etwas passierte. Dennoch breitete sich ein fieser Druck in seiner Magengegend aus. Hatte Mielke nicht gedroht, dass er alle Brücken hinter sich abbrechen würde? Ihm lief trotz der Kälte ein Schauer über den Rücken. Endlich entdeckte er am Ende der Fahrbahn Krankenwagen und Löschzüge. Erleichtert atmete Westermann auf. Ihr wird sicher längst geholfen, mutmaßte er, als die Stimme von André Malick ihn in die Realität zurückholte.

»Dirk, komm, wir brauchen dich hier!«, rief Malick und winkte ihn in seine Richtung. Zögernd entfernte er sich vom leeren Käfer. Sein Puls raste, er spürte seinen Herzschlag bis zum Hals. »Wenn das Ganze ein Fake war, dann sind wir mit dieser Aktion endgültig geplatzt. Wir brechen ab und versuchen, das Chaos zu beseitigen. Ich denke, das war's«, resignierte Malick. Westermann spürte, dass ihm seine eigenen Worte nicht schmeckten.

»Mir wäre es so auch lieber, Malick. Aber ich glaube, wir sind hier richtig. Erinnere dich an das letzte Telefonat. ›Ich breche alle Brücken hinter mir ab.‹ Das war ein Hinweis, da bin ich absolut sicher.« Er schwieg abrupt und legte seine Hand auf die Schulter des Kollegen aus Kiel. »Wir müssen die Brücke noch einmal kontrollieren.«

»Sonst haben wir das hier richtig vergeigt.«

*

15.40 Uhr

Auf einmal hörten sie den grellen Pfiff, der durch die Dunkelheit lärmte. Zusätzliches Hundegebell riss sie aus ihrer Unterhaltung. Ohne auch nur einen Gedanken zu verschwenden, liefen sie gemeinsam in die Richtung, aus der die schrillen Pfiffe kamen. Zum Brückenkopf. Nico Schäfer kontaktierte per Funk gerade einen Beamten der Feuerwehr.

»Was ist das für eine Luke direkt vor dem Einstieg in den Brückenbogen?«, wollte er wissen. Der aufgebrachte Ton in seiner Stimme ließ Malick klar werden, dass sie etwas Wichtiges entdeckt hatten.

»Das ist die Luke, die in den Brückenpfeiler führt«, kam die Antwort des Einsatzleiters der Freiwilligen Feuerwehr.

»Kommt man da rein? Und wenn ja, wie?«, mischte Malick sich lautstark in das Gespräch ein.

»Ja, mit einem Dreikopf.«

»Habt ihr einen? Sonst brechen wir die Luke … ach scheißegal, aufbrechen. Sofort!«, schrie Malick. Zwei Beamte der Technik hatten die Stahlluke in weniger als zehn Sekunden mit einem Stemmeisen aufgebrochen. »Was ist da unten? Was befindet sich da?«, schrie Malick unbeherrscht und schaltete eine Taschenlampe ein, deren Strahl er auf die schmale Öffnung richtete.

»Das geht runter bis zum Sockel auf den Grund«, rief der Feuerwehrmann, der die Beamten im Laufschritt erreichte. Er hielt es für angebracht, vor Ort zu helfen. Der Mann hielt Malick den Schlüssel entgegen, als er registrierte, dass die Luke längst geöffnet vor ihm lag.

»Kommt man da runter, ja oder nein? Und was genau

ist da unten? Jetzt reden Sie endlich!« Der Feuerwehrmann nickte und ließ den Schlüssel in der Jackentasche verschwinden.

»Da befinden sich mehrere Räume, und es gibt Leitersprossen, die bis ganz nach unten führen«, schluckte er und rückte seine Mütze zurecht.

»Runter, jetzt sofort, egal, wo das hinführt. Das ist unsere letzte Chance. Nehmt das Brecheisen mit.« Nico Schäfer und Sven Dietrich verschwanden im schmalen Schacht, der in die Tiefen des Brückenpfeilers führte. »Wieso erfahren wir erst jetzt davon? Ist das der einzige oder warten noch weitere Überraschungen auf uns?«, schrie Malick fuchsteufelswild. Der Leiter der Feuerwehr schüttelte den Kopf.

»Nein, gibt es nicht. Sie haben uns allerdings auch nicht über Ihre Aktionen unterrichtet«, verteidigte sich der Mittfünfziger. Westermann stand wortlos daneben.

»Da ist ein Vorraum, dahinter eine Tür, und es stinkt erbärmlich nach Diesel«, meldete Schäfer durch das Mikro an seiner Uniformjacke.

»Aufmachen, sofort aufbrechen! Was befindet sich hinter der Tür?«, sah Malick den Feuerwehrmann prüfend an. »Der Raum gehört dem Wasser- und Schifffahrtsamt.«

»Was ist da sonst noch? Reden Sie endlich!«

»Eine weitere Luke, die nach unten auf den Grund der Plattform führt.«

»Habt ihr verstanden, was er gesagt hat? Öffnen und kontrollieren! Zügig! Ich denke, wir haben nicht mehr viel Zeit.« Er warf einen Blick auf seine Uhr. Diese Stunde null, die angekündigte 16-Uhr-Aktion dieses Wahnsinnigen, lag ihm schwer auf dem Magen, und der immense

Druck machte seinem Verstand zu schaffen. Auch sein Herz raste. Westermann stellte fest, dass seine Stimme mit jeder Minute schroffer und lauter wurde.

Schäfer und Dietrich brachen die nächste Tür auf. Sie leuchteten mit Taschenlampen den Raum aus. Gerätschaften, Seile und Tampen lagen dort auf schmalen Regalen. Ein paar Kästen, in denen winzige Lampen flimmerten, hingen akkurat an der Wand.

»Hier blinkt etwas!«, rief Schäfer.

»Sprengsatz?«, schrie Malick und merkte, wie seine Stimme sich überschlug.

»Nein, Kontrollleuchten. Entwarnung. Weiter ist hier nichts. Nur eine weitere Tür. Und der stinkende Geruch von Dieselöl macht sich breit.«

»Das könnte … Öffnen, sofort! Ihr seid auf der richtigen Fährte. Das ist die Tür, die zum Grund des Pfeilers führt. Aufmachen, verdammt! Dort könnte die Bombe liegen!«

*

15.43 Uhr

Mielkes Adrenalinspiegel stieg. Seine Halsschlagader trommelte wie der Siebenachtel-Drum eines Schlagzeugers. Ihm war heiß, obwohl die Temperaturen weit unter null Grad lagen. Hochkonzentriert saß er im Boot und versuchte, sich durch permanentes Gegengewicht gerade zu halten. Der Seegang machte ihm und dem Schiff gewaltig zu schaffen. Selbst wenn das Schlauchboot mit seinem Festrumpfboden absolut seetüchtig war, so schlugen die Wellen dennoch von der Seite brutal gegen die Schale. Es war kaum Freibord vorhanden, eiskaltes Wasser schwappte wiederholt ins Boot. Sein Kreuz schmerzte, und er presste das Rückgrat in die Lehne des Schalensitzes. Er warf einen Blick auf die Zeitansage seines Handys.

*

15.44 Uhr

Noch 16 Minuten. Er schnaufte und kontrollierte, ob der Timer im Handy korrekt herunterrechnete. Alles lief genau nach Plan. Er hatte die Aktivitäten auf der Brücke bemerkt. Sie sind mir schneller draufgekommen, als ich dachte, registrierte er und hoffte, dass sie ihn in seinem Boot nicht entdeckten. Seine Tarnung war zwar vollkommen, aber dem gewieften Team dieser Sonderkommission war ganz offensichtlich nicht zu trauen. Warum bewegen sich auf einmal derart viele Bullen auf der Brücke? Wie sind die so schnell darauf gekommen? Woher? Die hangeln sich an den Stahlseilen runter, als hinge ihr Leben davon ab. Dabei haben sie nicht einmal den Hauch einer Ahnung. Ein widerliches Lächeln verzerrte sein Gesicht zu einer abstoßenden Fratze.

*

Zur gleichen Zeit war Malick sicher, dass die Bombe sich in diesem Pfeiler verbarg. Die Aussage, dass alles nach Diesel stank, hatte seine Vermutung bestätigt. Er atmete tief und fasste sich immer wieder an den Kopf. Seine dunklen kurzen Haare waren von Schnee bedeckt. Malick schüttelte sie fahrig vom Schädel. Westermanns Puls stieg erneut. Wenn das hier in die Hose ging, würden vielleicht noch mehr Menschen ihr Leben verlieren. Immer wieder versuchte er über sein Handy, eine der beiden Frauen zu erreichen. Ihm war speiübel, es wurde ihm schwindelig. Er wusste, dass er sich zusammenreißen musste. Das Leben vieler Menschen hing am seidenen Faden.

*

Charlotte Hagedorn saß in derselben Minute noch immer auf der eiskalten Stufe des Rettungswagens und lauschte den tierisch klingenden Schreien ihrer Nichte. Sie fror erbärmlich. Ein Sanitäter hatte ihr eine Decke über die Schultern gelegt und einen Becher heißen Tee in die Hand gedrückt.

»Warum lassen Sie mich nicht zu meiner Nichte? Sie bekommt ihr Kind und ich muss …« Ihre Stimme vibrierte, genau wie ihr Körper, der von der Kälte wie Espenlaub zitterte.

»Sie können ihr doch nicht helfen. Das ist viel zu eng im Wagen. Die Kollegen müssen sehen, dass sie das Kind heil auf die Welt holen. Ihre Nichte hat keine Zeit mehr. Wir schaffen es nicht nach Eutin. Und Sie stünden da drinnen nur im Weg. Die machen das schon«, redete der Sanitäter beruhigend auf sie ein.

»Junger Mann, ich glaube, wir haben alle nicht mehr viel Zeit, dann passiert etwas Schreckliches. Beten Sie, dass nicht eintrifft, was ich vermute.«

»Was vermuten Sie denn?«, fragte der Sanitäter.

»Da ist eine Bombe auf der Brücke. Und wenn die Polizeibeamten sie nicht rechtzeitig finden … Sehen Sie zu, dass sich sämtliche Leute so weit wie möglich von der Brücke entfernen. Das ist wirklich sehr, sehr ernst.«

Der Mann sah sie verdutzt an und schüttelte den Kopf. Als er Richtung Sundbrücke starrte, bemerkte er selbst durch das dichte Schneetreiben die hektischen Aktivitäten unzähliger Polizeibeamten. Immer wieder gedämpfte Schreie und Pfiffe. Der Student wurde blass.

»Was soll ich denn tun? Ich bin nur der Fahrer.«

»Tun Sie, was ich gesagt habe. Sehen Sie zu, dass Sie den Rettungswagen von der Brücke entfernen und dass die Leute wegkommen, bitte!« Charlotte sah den Mann und das Pärchen, das sich rührend um sie und Katrin gekümmert hatte, durchdringend an. Sie schüttelten die Köpfe.

»Wir lassen Sie hier nicht allein.« Der Fahrer schluckte.

»Wenn Sie möchten, können Sie sich vorn auf den Beifahrersitz setzen, während ich zurücksetze. Da ist es wärmer. Und Sie laufen besser zur Tankstelle. Da sind Sie wahrscheinlich sicherer aufgehoben als hier!« Der junge Student mit den krausen blonden Haaren half Charlotte auf und hielt ihr die Beifahrertür auf. Ein letzter Blick Richtung Brücke, dann setzte sich das Paar in Bewegung.

»Und was ist mit unserem Auto?«, wollte die zierliche Brünette von ihrem Partner wissen.

»Egal, scheiß auf das Auto! Hauptsache, wir kommen lebend raus, oder?« Im gleichen Moment spürte Charlotte Hagedorn die Wärme, die ihr aus dem Inneren des Fahrzeugs entgegenströmte. Sie stöhnte und kauerte sich mit der Wolldecke auf den Sitz.

»Sehen Sie, ich kann die Scheibe nach hinten öffnen, dann sind Sie ganz nah bei Ihrer Nichte«, zwinkerte der Fahrer und setzte den Wagen in Bewegung. Charlotte betrachtete ihn von der Seite. Auf einmal fand sie die Idee nicht so übel, sich aufwärmen zu können und sich von hier zu entfernen. Sie dachte an die Männer auf der Brücke und fing insgeheim an zu beten. Ihre Knochen schmerzten, und die Knie schlotterten nach wie vor. Sie warf einen Blick aus dem Fenster. Personen, die in dem Chaos nicht wussten, wie sie sich verhalten sollten, wurden von Polizeibeamten Richtung Tankstelle Großenbrode geleitet. So weit wie möglich von der Fehmarnsund-Brücke entfernt.

*

15.45 Uhr

Eine Minute später auf der Brücke.

»Wir haben die Tür geöffnet und betreten den letzten Raum. Scheiiiße, hier stinkt es bestialisch nach Diesel!« Nico Schäfer blieb die Luft im Hals stecken. Er zerrte den Rand seiner Sturmhaube bis zu den Augen. Er hatte bereits vieles gesehen, aber dies hier überstieg alles. Sven Dietrich tauchte hinter ihm auf und wurde bleich. Nico Schäfer schrie:

»Ihr müsst alle weg, runter von der Brücke. Sofort! Hier liegt der Sprengsatz.« Der Sprengstoffexperte Sven Dietrich wusste, dass sie nichts mehr ausrichten konnten und der Sprengstoff ferngezündet werden würde. Dietrich entdeckte unzählige Kabel und spürte die Gefahr, die davon ausging. Schäfer trat an die Säcke, die um die Innenwände des Pfeilers angeordnet waren. Der Oberkommissar des LKA warf einen Blick auf seinen Kollegen, der fassungslos mit der Lampe über die Säcke leuchtete. Der Polizist drehte sich um.

»Wir sollten schleunigst verschwinden. Das kriegen wir nicht mehr geregelt.« Schäfer warf einen Blick auf seine Uhr und schluckte. In der Mitte des winzigen Raumes klaffte ein rundes Loch mit einem Durchmesser von etwa 1,50 Meter. Es gab weder eine Luke noch eine Abdeckung, die den Eingang in die Tiefe versperrte. Es wirkte auf ihn äußerst gefährlich. Nico stellte sich an den Rand und starrte in das schwarze Loch, als könnte er dort irgendetwas finden.

»Wer lässt den Scheiß so offen liegen? Jemand hat die Luke entfernt.« Schweiß trat auf seine Stirn. Er versuchte mit zusammengekniffenen Augen, irgendetwas zu erkennen, aber es war stockdunkel dort unten. Er hörte das Plätschern von Wasser, sonst nichts. Dietrich suchte zeitgleich nach dem Zünder, wies auf die langen dünnen Drähte, die hinter den Säcken entlangliefen und am Eingang auf dem letzten Behältnis endeten. »Das ist verdammt viel Sprengstoff! Ich finde den Zünder nicht. Du weißt, was es ist.« Nico nickte.

»Der liegt wahrscheinlich in einem der Säcke.« Dietrich versuchte, den Zünder auszumachen, und starrte auf seine Uhr.

»Wenn wir die Säcke zu stark bewegen, setzen wir das Ganze in Gang. Den finden wir nicht. Die Zeit reicht nicht. Riechst du den Diesel? Wenn das gezündet wird, fliegen wir alle zusammen mit der gesamten Brücke in die Luft. Wir müssen verschwinden. Sofort!« Er schrie durch sein Sprechgerät, dass sie die Bombe entdeckt hatten und alle die Brücke verlassen mussten. Dietrich stieg als Erster die Stahlleiter hinauf. Schäfer folgte ihm. Er schrie ins Mikrofon: »Verschwindet, jetzt! Das fliegt gleich alles in die Luft. Runter von der Brücke!« Seine Augen brannten von den Ausdünstungen des Diesels. Dietrich hatte die letzte Stufe der Leiter erreicht, als Nico neben dem Rauschen des Wassers kaum wahrnehmbares Stöhnen vernahm. Der Dieselgestank wurde aufdringlicher und biss sich in der Nase fest. »Sven, hörst du das?« Er hielt sich an einer der Metallstufen fest und lauschte, soweit dies neben all den anderen Geräuschen überhaupt möglich war. Das Ächzen kam aus der Tiefe des Abstiegskanals. »Sven, da ist jemand im Schacht! Da ist jemand!«, schrie er und ließ sich die Stufen wieder hinuntergleiten, bis er hart auf dem Boden landete. »Es ist noch eine Person im Pfeiler«, brüllte er ins Mikro. »Wir werden nachsehen und kommen nach. Bitte, Leute, weg von der Brücke.« Er reagierte nicht auf die Schreie von Malick und schaltete sein Mikro aus. Schäfer würde es zu Ende bringen. Dietrich zögerte kurz, aber stieg ebenso die Stufen hinunter. Er schnaubte und stellte sein Mikro ebenfalls aus. Sie waren auf sich allein gestellt. Wenn es schiefging, hatten sie keine zehn Minuten mehr, bevor …

*

15.50 Uhr

Hartwig und Watson rutschten die letzten Stufen hinunter und landeten auf dem betonierten Weg unter der Brücke.

»Komm, mein Bester, such. Du musst mir jetzt helfen. Ich kann das Licht nicht mehr sehen.« Watson knurrte. »Still, du musst leise sein. Er darf uns nicht entdecken.« Hartwig hielt die Leine und folgte dem Hund durch dichtes Schneetreiben zum Strand. Er musste äußerst vorsichtig vorgehen. Es war unmöglich, etwas zu erkennen. Der Kommissar bewegte sich direkt an der Wasserkante entlang und lief Richtung Leuchtturm Strukkamp Huk. Irgendwo hier muss es gewesen sein, überlegte er und suchte verzweifelt das aufgepeitschte Wasser ab, in der Hoffnung, dass sich ihm etwas Verdächtiges zeigte. Sein Blick rotierte über dem Sund. Eine beleuchtete Plattform unweit der Brücke war ihm bei jeder Überquerung aufgefallen. Sie nahmen Bodenproben für den Tunnel zum Festland, dessen Vorbereitungen bereits begonnen hatten. Jetzt war nicht einmal sie sichtbar. Plötzlich blieb er stehen. Der Hund reagierte. Watson sprang ins eisige Wasser und kehrte zurück. »Sei ruhig«, schnaufte Hartwig. Watson hatte offensichtlich Witterung aufgenommen. Jetzt entdeckte auch er das schwach flackernde Licht in der Nähe des Ufers, das er bereits von der Sundbrücke gesichtet hatte. Watson kam hechelnd aus dem Wasser, sprang wieder hinein und bellte. »Sei leise! Psst! Komm her. Das ist die Taschenlampe eines Handys, verdammt, der hat ein Handy in der Hand«, redete er beruhigend auf Watson ein. »Der Zünder!«, keuchte er. »Das ist der Täter!« Er zog sein Telefon aus der Tasche und wählte Westermanns Nummer.

»Dirk, ich habe ihn. Der Kerl sitzt auf einem Boot und beobachtet alles. Und er hat den Zünder in der Hand«, sagte er, so leise er konnte.

»Du musst da sofort weg«, schrie Westermann ihm ins Ohr. »Die Bombe ist im Pfeiler der Brücke! Du musst von da weg! Renn, so schnell du kannst, Richtung Leuchtturm.« Das Gespräch wurde unterbrochen.

»Watson, wir müssen …« Hartwig stockte, blieb wie angewurzelt stehen, zog seine Waffe und entsicherte sie.

»Watson, raus aus dem Wasser. Sitz!« Der Kommissar wusste, dass er keine Zeit mehr hatte, zielte und feuerte eine Kugel ab.

*

15.53 Uhr

Schäfer klinkte sich in die oberste Stufe der im Beton angebrachten Eisenstufen und seilte sich an einem Tampen in die Tiefe. Es schien überhaupt kein Ende zu nehmen. Seine Leuchte hielt er krampfhaft zwischen den Zähnen, während sein Kollege weiter verzweifelt nach dem Zünder suchte, der alles in die Luft jagen würde. Endlich hatte Schäfer eine Plattform erreicht. Eine Holzplanke versperrte ihm die weitere Sicht auf den Grund des Pfeilers, doch auf einmal entdeckte er eine leblose Person, die mit verrenkten Gliedmaßen auf dem Betonvorsprung lag. Ein Bein hing ins Wasser. Ein paar Zentimeter weiter und er wäre abgerutscht und ertrunken. Man konnte nicht sehen, wie tief die dunkle Brühe war. Wie ist er hier runtergekommen?, fragte sich Schäfer.

»Hier liegt eine verletzte Person. Es könnte sich um den entführten Politiker handeln«, rief er und hoffte, dass sein Kollege ihn hörte. Der Oberkommissar tastete nach dem Puls des Mannes. Er war nicht spürbar. »Wir müssen versuchen, ihn nach oben zu hieven. Sven, lass mir ein Seil runter!« Borgward stöhnte plötzlich und flüsterte kaum hörbar:

»Gott sei Dank. Ich dachte, Sie kommen überhaupt nicht mehr.« Schäfer hielt erneut inne. Er kannte die

Stimme der Person, nach der sie gesucht hatten. Oft genug hatte er seine Statements im Fernsehen verfolgt.

»Alles okay, wir holen Sie raus. Mein Name ist Nico Schäfer, LKA Kiel. Ich lege Ihnen einen Gurt um. Wir ziehen Sie nach oben. Bleiben Sie ruhig, alles wird gut. Sind Sie verletzt?« Im gleichen Moment, als er die Worte ausgesprochen hatte, zweifelte er bereits an ihnen. Er hatte das verdrehte Bein gesehen. »Herr Borgward, wir helfen Ihnen, bleiben Sie ganz ruhig! – Wir haben ihn gefunden«, schaltete er das Mikro wieder ein.

»Ja, aber ich spüre meine Beine nicht mehr. Ich glaube, die sind gebrochen«, stöhnte der Politiker. Um ihn herum rauschte Wasser und schwappte in regelmäßigen Abständen gegen die Betonmauern. »Wenn Sie nicht bald gekommen wären, wäre ich ersoffen«, flüsterte Borgward.

Wenn der ganze Scheiß in die Luft fliegt, saufen wir nicht ab, sondern fliegen mit all dem Mist in tausend Stücke, dachte Schäfer und richtete den Kopf in die Höhe. Dann schrie er:

»Wir brauchen ein Seil. Wo bleibt das Seil?« Nur Sekunden später schlug ihm das Ende des Tampens ins Gesicht. Schäfer griff danach und seilte sich einen Meter tiefer ab, um vernünftig an den Mann heranzureichen. »Ich lege das Seil um Ihren Körper, und wir ziehen Sie rauf. Sie sind an einer Schlaufe, Ihnen kann nichts passieren. Okay?« Schäfer lauschte.

»Sie glauben gar nicht, wie okay das ist.« Das Krächzen des Mannes klang mühsam und gequält. Er war überglücklich, dass sie ihn gefunden hatten. *Er* wusste nicht, dass ihnen kaum noch Zeit blieb, um aus diesem Loch herauszukommen. Aber er wusste, dass er sich auf die

Leute des LKA verlassen konnte. Dass er nur eine Figur in einem perfiden Plan gewesen war, ahnte er nicht.

»So, aufwärts geht's. Wenn irgendetwas ist, reden Sie mit mir. Hochziehen!«, schrie er und leuchtete den Mann aus, der wie ein Toter im Seil hing.

*

15.57 Uhr

Hartwig zielte und schoss erneut. Watson stand fiepend neben dem Kommissar und wollte ins Wasser.

»Brav, bleib!«, sagte er und feuerte ein weiteres Mal in die Dunkelheit. Bei dem Seegang konnte er dem Mann das Handy nicht aus der Hand schießen. Er wusste nicht einmal, ob er überhaupt den richtigen Mann vor sich hatte. Vielleicht war es wirklich nur ein Angler, der die Gunst der Stunde nutzte. Allerdings war niemand so verrückt, bei dem ätzenden Wetter im Dunkeln ... »Nein, da stimmt was nicht«, sagte er zu Watson, zielte erneut auf das Licht und drückte ein weiteres Mal ab. Er musste das Risiko abwägen, hatte keine andere Wahl. Der Mann im Boot startete unerwartet den Motor. Tiefes Blubbern drang an den Strand. Offensichtlich wollte er verschwinden, um weiter draußen die Brücke in die Luft zu jagen. Das durfte er nicht zulassen. Hartwig legte erneut an, zielte und schoss auf das Schlauchboot. Wenn er es beschädigte, sodass Wasser eindrang, sank es womöglich und sie hätten ihn. Dann hörte er einen Knall. Etwas war zerborsten. Der Kommissar konnte nur den Geräuschen folgen, aber nichts erkennen. »Watson, ich glaube, wir haben ihn. Du bist dran.« Er wusste, dass sein Hund ein fantastischer Schwimmer war, und wenn jemand diesen Mann stoppen konnte, dann er. Hartwig sah wie durch einen dichten Schleier, dass das Boot schlingerte. Hatte er ihn getroffen? Das Leuchten war verschwunden. »Vielleicht hat er das Handy verloren. Vielleicht ist der Kerl verletzt«, murmelte er. Der Kommissar hörte, wie hinter ihm Bewegung entstand. Er nahm die Männer wahr, die sich neben ihm positionierten. Sie legten sich auf den Boden und entsicherten ihre Langwaffen. Sie hatten Nachtsichtzielfernrohre auf ihren Gewehren. Hartwig war erleichtert. Dann entdeckte er erneut das Flackern des hellen Lichtes. »Verdammt! Da, der hat den Zünder in der Hand. Ihr müsst ihn ausschalten!«

Die Männer legten an, brachten das Schlauchboot in ihr Visier und gaben mehrere Schüsse ab.

*

Zur gleichen Zeit

Katrin schrie, als hinge ihr Leben davon ab. Charlotte knibbelte an ihren Fingernägeln und hoffte, dass sie es bald geschafft hatte. Die Wehen kamen in sehr kurzen Abständen, die Geburt stand unmittelbar bevor. Charlotte Hagedorn hatte es nicht mehr ausgehalten und darauf bestanden, bei ihrer Nichte sein zu können. Die Diskussion, die laut ausgefallen war, hatte ihr die Eintrittskarte in den Geburtsraum verschafft. Anscheinend waren der Arzt und die Sanitäter genügend damit beschäftigt, das Kind routiniert auf die Welt zu bringen.

Die Übergangsphase war längst in vollem Gang. Katrin hatte die Phase der Geburt erreicht, in der sie am meisten mit Schmerzen zu kämpfen hatte. Entspannung war unter diesen Umständen keine Sekunde möglich. Sie schrie und stöhnte, schimpfte und krächzte. Am lautesten wetterte sie über Dirk, der weder anwesend noch schuld daran war, dass sie derartige Beschwerden ertragen musste.

»Ich will das Kind nicht. Es soll wieder zurückgehen. Ich will nicht mehr, ich will sofort nach Hause! Er hat Schuld!«, schrie sie. Diese Übergangsphase würde hoffentlich nicht zu lange andauern, grübelte die kinderlose Charlotte und hielt Katrins Hand fest in ihrer.

»Meine Süße, es geht wunderbar voran. Bald hast du es geschafft. Ich bin bei dir.«

»Ich will eine Betäubung, sofort«, schrie sie und bäumte sich erneut auf. Kalter Schweiß stand auf ihrer Stirn. Sie starrte wirr in die Gegend, während sie zitterte und jaulte. »Ich glaube, mir ist übel, ich muss mich übergeben«, stöhnte sie und legte ihren Kopf zurück. Charlotte sah, dass ihre Nichte sich am Ende ihrer Kräfte befand.

»So, meine liebe Frau Duvenstedt, jetzt noch einmal fest pressen, dann haben Sie es geschafft. Ich kann den Kopf sehen.«

»Ich bin nicht Ihre Liebe«, schrie sie und presste, bis ihr Kopf rot wie eine überreife Tomate leuchtete. Der Arzt unternahm geübte Handgriffe. Nur wenig später lächelte er sie freundlich zwischen ihren Beinen an. Dann vernahmen sie plötzlich quäkende, katzenartige Laute.

»Herzlichen Glückwunsch, Sie haben einen gesunden Jungen. Das ging ja wirklich rasend schnell. Ein echtes E47-Baby«, bekundete er, richtete sich auf, hielt das Neugeborene an den Füßen in die Höhe und ließ es dem Sanitäter, der mit einem ausgebreiteten Tuch bereitstand, in die Hände gleiten.

»Oh, meine Süße, wir haben einen Jungen!«, drückte Charlotte Hagedorn freudestrahlend die Hände ihrer Nichte. Tränen der Freude und Erleichterung liefen über ihre glühenden Wangen. »Na, das ist ja ein Glück.« Und genau in dem Moment fiel ihr ein, warum sie sich überhaupt in diesem Rettungswagen auf der E47 unmittelbar vor der Brücke befanden.

*

Thomas Hartwig hörte einen dumpfen Schrei und hoffte, dass der Mann im Boot getroffen war. Er spekulierte darauf, dass er keine Gelegenheit mehr erhalten hatte, den Zünder in Gang zu setzen. Der Kommissar konnte in der Dunkelheit nicht erkennen, ob Mielke tatsächlich angeschossen im Schlauchboot lag. Das Schneetreiben setzte ihnen zu und verhinderte kalkulierbare Sicht. Jetzt richteten die Beamten der Sonderkommission eine starke Lampe auf den Sund. Undeutlich erkannte man, dass sich das Schlauchboot zur Seite geneigt hatte und zu sinken drohte. Eine der Luftkammern war zerfetzt. Wasser lief unaufhörlich in das kenternde Boot. Im vorderen Bereich glitt es in die Tiefe. Von einer Person war nichts zu sehen. Thomas Hartwig setzte sich auf den verschneiten Boden und schnappte erschöpft nach Luft.

Was sie nicht bemerkten, war, dass Mielke im sinkenden Boot lag und das Leuchten des Displays unter der Wasseroberfläche entdeckt hatte. Schwer verletzt, streckte er mühsam seinen Arm aus, um nach dem Handy zu greifen. Es fehlten nur wenige Zentimeter. Mit ausgestrecktem Arm schlitterte er durch die Verlagerung seines Körpers zum Rand des Schlauchbootes und klammerte sich mit einer Hand am Sitz fest. Das Schlauchboot drohte zu sinken. Mielkes Füße gerieten gegen die Kiste mit dem Proviant und den Papieren. Schnaubend versuchte er, sie mit den Füßen zu halten, und schob sie dabei unabsichtlich zur Kante. In Zeitlupentempo rutschte sie über die Bordwand und versank in der Ostsee. »Neiiin!«, krächzte er und presste die Lippen zusammen. Ohne weiter auf die Kiste zu achten, strengte er sich an, das Handy, das langsam weiter Richtung Wasser rutschte, zu greifen. Er brauchte nur wenige Zentimeter, dann hätte er sein Ziel erreicht. Nur dieser eine Moment, dann würde es vorbei sein.

*

»Aaah, meine Beine sind gebrochen!«, schrie Borgward und stöhnte bei jeder Bewegung, die ihn weiter nach oben brachte. Immer wieder stieß er mit dem Körper gegen eine der Stahlstufen, die nach oben führten. Er wusste nichts von den Aktivitäten, die sich seit fast einer Stunde auf der Brücke abspielten. Er wusste nicht, was sein Entführer mit ihm vorgehabt hatte, und auch nicht, was dieser bisher angerichtet hatte. Sven Dietrich und Nico Schäfer zogen den Politiker im gleichen Takt. Borgward wurde erneut ohnmächtig. Die unerträglichen Schmerzen hatten sein Bewusstsein ausgelöscht. Ist besser so, dachte Schäfer und zerrte Borgward gemeinsam mit seinem Kollegen, der sich im Vorraum zu dieser Hölle auf den Betonboden gelegt hatte, weiter in die Höhe. Seine eigene Kraft verließ ihn. Hoffentlich hielt sein Kollege den Tampen. Er selbst würde das Gewicht des Mannes nicht mehr lange tragen können. Nico Schäfer holte tief Luft und wollte das Seil erneut durch die Öse ziehen, als ein Krampf in seiner Hand ihn stoppte. Das Seil glitt ihm aus den Händen, und Borgward stürzte zurück in die Tiefe.

*

15.59 Uhr

Katrin hielt den 3.000 Gramm leichten Jungen in ihren Armen. In ihren Augen lag ein Glanz, den Charlotte nie vorher bei ihr gesehen hatte. Die junge Mutter war erschöpft und lag ermattet auf der Liege im Rettungswagen.

»Wir fahren Sie nach Eutin, wo Sie versorgt werden. Dem kleinen Mann geht es hervorragend und Ihnen, wie ich sehe, auch.«

»Ja, er ist wunderschön. Charlotte, ist er nicht wunderschön?«, weinte Katrin und streichelte ihrem Kind mit dem Finger über die runzelige Wange. Charlotte Hagedorn nickte. Sie war ebenso erschöpft, als ob sie aktiv an der Geburt beteiligt gewesen wäre. »Wir können aber nicht losfahren. Dirk, er muss mit. Mein Mann ist noch da draußen. Wir können nicht ohne ihn fahren.«

*

Im letzten Moment fasste Schäfer das Tau. Er hatte einen Arm durch die Eisenstufen geschoben und packte mit beiden Händen zu. Sven Dietrich hatte das Gewicht alleine nicht halten können, sodass ihm das Seil durch die Hände geglitten war. Schäfer quälte sich Stufe für Stufe voran, bis er endlich das Licht einer Lampe entdeckte. Dietrich übernahm den Tampen. Mit vereinten Kräften hievten sie Borgward aus dem Loch. Erledigt lagen alle drei am Boden.

»Wir müssen hier raus. Die Zeit läuft ab«, stöhnte Dietrich und raffte sich auf. »Ja, wir müssen ihn wegschaffen. Da kommt niemand und hilft uns«, sagte er und hoffte, dass es nicht zu spät war. Auf einmal spürte er zwei Hände, die den bewusstlosen Borgward anhoben. Malick stand neben ihm und unterstützte seine Leute.

»Ich konnte euch nicht alleine wracken lassen«, sagte er. Gemeinsam hievten sie den Politiker die letzten Meter aus dem Brückenpfeiler. Die Luke fiel dumpf ins Schloss. »Reicht die Zeit?«, fragte Dietrich und schleppte den Bewusstlosen gemeinsam mit seinen Kollegen Richtung Insel. Malick zuckte die Schultern.

»Du willst nicht wissen, was da drin ist«, murmelte Schäfer, als sie endlich festen Boden unter den Füßen spürten.

»Ich ahne es. Los, weg hier!«

*

16.00 Uhr

Lars Mielke lag auf dem Boden des Schlauchbootes, das sich weiter absenkte. Das steigende Salzwasser schwappte über seine Lippen. Mit zitternden Händen versuchte er, nach dem Handy zu greifen. Leises Brummen zeigte ihm an, dass der Countdown erreicht war. Sein Körper zuckte, und seine Zähne schlugen aufeinander. Er spürte die Schussverletzungen nicht, die ihn außer Gefecht gesetzt hatten. Die Kälte hatte sämtliche Empfindungen betäubt. Dass er nicht mehr lebend aus dieser Situation herauskam, war ihm mittlerweile klar. Er konnte ohne Boot und ohne Papiere nicht verschwinden. Das Schlauchboot versank langsam, aber sicher im Sund. Ich werde hier elendig ersaufen. Aber ich werde es vollenden, sonst war alles umsonst. Er hörte Geschrei am Ufer. Sie haben anscheinend bemerkt, dass ich auf dem Boot bin und noch lebe, grinste er. Das Zucken seiner Augenlider wurde schwächer. Er registrierte nicht, dass seine Energien schwanden. Die nachlassenden Lebensgeister hüllten ihn in eine erlösende Müdigkeit. Ich will nur ein bisschen ausruhen. Er glitt weiter auf die Kante zu. Ein Bein hing im Wasser. Seine Sinne spielten ihm offensichtlich einen Streich, als er auf einmal das Telefon zwischen seinen Fingern spürte. Er drehte sich kraftlos auf den Rücken und stöhnte. Der Körper hatte aufgehört zu zittern. Das Grinsen in seinem Gesicht verstärkte sich. So kann ich zumindest miterleben, wie das verdammte Wahrzeichen eines ganzen Landes in die Luft fliegt und mit ihr dieser verdammte Hurensohn Borgward. Dann sah er plötzlich Kerstins Gesicht vor sich. Sie lächelte ihn an. Sie war es, für die er all das auf sich genommen hatte. Sie wäre stolz auf ihn gewesen, das sah er in ihrem Blick. Mielke streckte seinen Arm nach ihr aus. Bald würden sie sich wieder in den Armen halten. Ihm wurde warm. Langsam senkte er die Hand. Wie aus weiter Ferne hörte er das Piepen des Timers … Die Schüsse, die auf das Boot abgegeben wurden, nahm er nicht mehr wahr.

*

Charlotte Hagedorn wollte sich aufrichten, als eine ohrenbetäubende Detonation den Rettungswagen erschütterte.

»Verdammt, was war das!«, rief der Arzt und sprang mit einem Satz aus dem Wagen. Charlotte presste die Hand vor den Mund und fuhr zusammen. Sie starrte Katrin an, die entsetzt die Augen aufriss und plötzlich losschrie:

»Neiiin! Diiirk!« Die Künstlerin kletterte aus dem Rettungswagen und richtete ihren Blick auf die Brücke. Trotz des Schneefalls konnte sie eine riesige schwarze Rauchwolke ausmachen, die sich wie eine dunkle Fratze ausbreitete.

*

Die Kollegen der Sondereinheit hatten ihre Schüsse eingestellt und leuchteten weiter den Sund aus, als ein dröhnender Knall den Boden bewegte, auf dem sie sich aufhielten. Alle starrten zuerst auf das sinkende Boot, dann auf die Fehmarnsund-Brücke. Der Detonation folgten gigantische schwarze Rauchwolken. Feuer drang aus dem Pfeiler, in dem sich die Bombe befunden hatte. Eine unfassbare Stille breitete sich aus. Das Schneetreiben hatte nachgelassen. Selbst der Wind schien plötzlich abzunehmen. Hartwig stierte ungläubig auf den Betonpfeiler, als dieser auf einmal mit gespenstischen, ohrenbetäubenden Geräuschen in Bewegung geriet, laut knarzend aufbrach, im Zeitlupentempo wie ein gebeugtes Knie in sich zusammensackte. Aus der klaffenden Wunde quoll eine gewaltige Feuerwalze, während der Pfeiler in der Mitte endgültig auseinanderbrach. Haushohe Steinbrocken fielen ins Wasser, und die Brücke neigte sich gefährlich den geschockten Männern zu. Langsam bewegten sich die auf der Sundbrücke befindlichen Baucontainer auf das Stahlgeländer zu, das mit lautem Getöse durchbrach. Die Container rutschten nacheinander über die Brüstung und verschwanden im Sund. Die Erde vibrierte wie bei einem Erdbeben. Thomas Hartwig und seine Kollegen vom Sondereinsatzkommando blieben erschüttert stehen und verfolgten wie gelähmt den Einsturz. Das Feuer breitete sich wie eine Fontäne aus und schlug ihre Zunge über die gesamte Brücke. Der Pfeiler knickte weiter ein. Es würde nicht lange dauern, dann sackte die Fahrbahn ab, und der Rest der Sundbrücke würde einstürzen. Etliche der Fahrzeuge, die auf der Brücke verblieben waren, glitten über die herausgebrochene Brückenkante, fielen wie Spielzeugautos ins Wasser. Innerhalb weniger Sekunden waren sie versunken. Das Krachen und Bersten des Stahlbetons klang unwirklich, und der Anblick ließ Hartwig das Blut in den Adern gefrieren. Die Männer der Sonderkommission gerieten in Bewegung. Sie ließen den geschockten Kommissar zurück und rannten auf den Wall zu. Ohrenbetäubendes Bersten dröhnte in Hartwigs Ohren. Er sollte verschwinden, konnte sich jedoch nicht rühren.

Das Schlauchboot war direkt vor seinen Augen untergegangen. Hartwig stand da und hoffte, dass alle Menschen rechtzeitig von der Brücke gekommen waren. Er betete, dass sich auch seine Kollegen nicht mehr dort aufgehalten hatten.

»Dirk«, flüsterte er. Weitere Betonbrocken lösten sich und fielen in den Sund. Die Feuerwalze loderte gleichmäßig aus dem Inneren des hohlen Stahlbetonkörpers. Hartwigs Herz raste. Erschöpft hielt er sich die Seite, als er registrierte, dass ein weiterer Wagen über die Kante in die Tiefe stürzte. Auch er versank in den Tiefen der Sundquerung und wurde in Sekundenschnelle von der aufgepeitschten Strömung mitgerissen.

Hartwig keuchte und hustete. Die verqualmte Luft hatte ihn erreicht. Er atmete in die Armbeuge seiner Jacke und hustete ununterbrochen. Auf einmal erlosch das gespenstische Knarzen auf der Brücke. Der Pfeiler war zerstört, aber die anderen hielten stand. Würde die Brücke es aushalten? Hartwig suchte mit seinem Blick die Stahlbetonkonstruktion ab. Der riesige Stahlkoloss setzte sich vom nachtschwarzen Himmel ab. Der Wind trieb den dichten Qualm direkt in seine Richtung.

*

Dirk Westermann und André Malick starrten auf die Brücke. Der eingebrochene Pfeiler bewegte sich nicht mehr. Sie mussten abwarten, was passierte.

»Wieso ist nicht die ganze Brücke in die Luft geflogen?«, wollte Westermann wissen.

»Ich denke, sein Sprengsatz hatte nicht genügend Sprengkraft. Wahrscheinlich hat er zu wenig Öl … Lassen wir das. Wir können froh sein, dass nicht mehr passiert ist und die Brücke standgehalten hat. Hoffentlich bleibt es dabei. Hätte der Kerl alles richtig gemacht, würde die Brücke nicht mehr stehen. Und diesen Bruch kriegen eure Leute doch mit Sicherheit wieder hin, oder? Die soll doch sowieso für Fahrzeuge und Züge geschlossen werden, wenn der Sundtunnel fertig ist, oder? Sag mal, wo ist eigentlich dein Kollege?« Westermann sah sich verwundert um, als die Leute der Feuerwehren sich auf die

Brücke zubewegten. Er zuckte mit den Schultern. Seine Nerven lagen blank.

*

Das Schlauchboot auf dem Sund war verschwunden. Und mit ihm Lars Mielke, der all das grausame Geschehen auf der Insel zu verantworten hatte. Die Ostsee hatte ihn sich geholt. »Watson! Watson, mein Junge, wo bist du? Watson!« Thomas Hartwigs Stimme wurde forsch und gleichzeitig ängstlich, als er feststellte, dass sein Hund sich nicht in seiner Nähe aufhielt. Er war doch gerade noch da gewesen, oder nicht? Hartwig war, als setzte sein Herz einen Schlag aus. Dann fing es an zu rasen. Watson war ins Wasser gesprungen, soweit erinnerte er sich. Aber er war doch längst wieder … Blut rauschte durch seinen Kopf. Er flüsterte, als wollte er es nicht glauben. »Watson!« Der Kommissar rannte mit stechenden Schmerzen in der Seite am Strand auf und ab. Zurück zu der Stelle, an der Watson ins Wasser gesprungen war, um den Täter zu überwältigen. »Watson?«, schrie er immer wieder über den Sund. »Watson, mein Junge, wo bist du? Komm her!« Hartwig pfiff und suchte mit der Taschenlampe die Richtung ab, in der der Hund verschwunden war. Tränen ließen seinen Blick verschwimmen. »Du verdammter Kerl, komm endlich her, sonst erlebst du was!«, brüllte Hartwig und schüttelte den Kopf, als wollte er nicht wahrhaben, was er vermutete. Eiseskälte durchzog seinen Körper. Er hat sich vor den Schüssen in Sicherheit gebracht und ist ein paar Meter weiter an Land geschwommen, vermutete er. »Watson!«, schrie Hartwig immer wieder, bis seine Stimme versagte. Der eisige Wind stach ihm ins Gesicht.

Er glaubte, das Gebell seines Hundes auszumachen, während seine Lippen zitterten. Aber da war nichts. Der Vierbeiner, der seit fast fünf Jahren als treuer Gefährte an seiner Seite lebte, blieb verschwunden. »Komm endlich her, du … du … verrückter Kerl!« Der Kommissar vernahm vor der Sundbrücke Sirenengeheul und Menschengewirr. Der Qualm zog Richtung Insel. Die Detonation schien überstanden. Die Brücke blieb bis auf den eingeknickten Pfeiler stehen. Wenn nichts mehr passierte, hatten sie es geschafft. Aber wo war sein bester Freund?

Thomas Hartwig zitterte am ganzen Körper, als er die Hände wie eine Flüstertüte vor den Mund platzierte und brüllte, als würde sein Leben davon abhängen. Als wüsste er die Antwort, bevor er sie herausschrie:

»Waaaaaaatson!«

ENDE

EPILOG

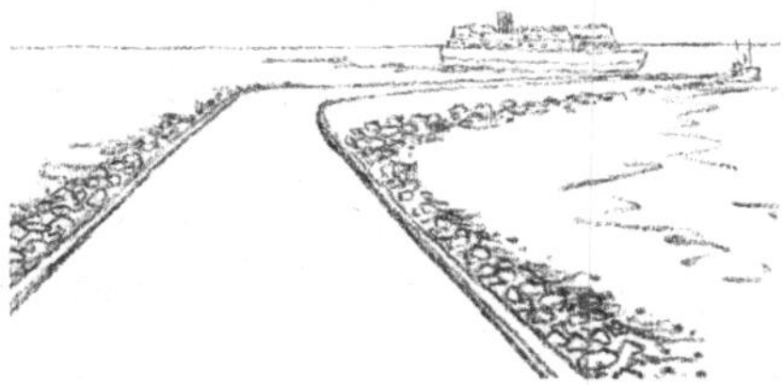

Der Weihnachtsbaum strahlte an diesem Heiligen Abend in besonderem Lichterglanz, als Katrin im Ohrensessel saß und mit verklärtem Blick auf das kleine schlafende Bündel in ihrem Arm blickte. Sie strahlte mit dem Schein der Kerzen um die Wette. Dirk Westermann saß auf der Armlehne und streichelte versonnen über die zarten Finger seines schlafenden Sohnes, als das Leuchten in Katrins Augen eine Gänsehaut über seinen Rücken laufen ließ. Dass sein Leben noch einmal eine derartige Wendung nehmen würde, hätte er niemals gedacht. Die Gefühle in ihm nahmen ein Ausmaß an, das alle schlechten Gedanken in den Hintergrund drängte. Am liebsten würde er die Welt da draußen für alle Zeiten hinter sich lassen. Aber er wusste, dass der nächste Fall bereits im Dunkeln lauerte. Es war nur eine Frage der Zeit. Dirk Westermann stand auf und betrat die Terrasse. Nachdenklich steckte er die

Pfeife zwischen die Lippen und entzündete den Tabak. Es schneite, und der Erste Hauptkommissar blies den Rauch in die Dunkelheit. Die Lichter entfernter Häuser und des Großenbroder Hafens gaben der Nacht eine besondere Atmosphäre.

Dann lauschte er in die Nacht und hörte das leise Brummen der Maschinen, die sich durch den Sund gruben. Nur wenige Tage nach der Explosion und dem Beginn des Wiederaufbaus des Brückenpfeilers hatten die Maschinen ihren Dienst wieder aufgenommen. Hoffentlich halten unsere Kinder uns nicht eines Tages vor, was wir mit ihrer Umwelt veranstalten, dachte er, klopfte die Pfeife aus und ging zurück zu seiner Familie.

Thomas Hartwig hatte nicht so viel Glück. Die ganze Nacht hatte er mit der Wasserschutzpolizei, den Kollegen des LKA Kiel und der Burger Dienststelle nach Watson gesucht. Der Kommissar hatte die Befürchtung, dass der einmalige Wolfshund bei der Schießerei im Sund ums Leben gekommen war und die starke Strömung ihn mit sich gerissen hatte. Er kauerte im Wohnzimmer seines Hauses auf dem Fußboden und hatte schluchzend den Kopf auf den Schoß seiner Stina gelegt. Sie konnte ihn nicht beruhigen. Die Flasche Whisky lag leer neben ihnen. Stina streichelte über seinen Kopf, während auch ihr dicke Tränen über die Wangen liefen. Der Mann, dessen Glas immer halb voll statt halb leer war, versank in tiefer Trauer. Nichts konnte ihn aufmuntern. Weder die Freundin noch der gute alte Whisky, den Dirk Westermann seinem Freund und Kollegen zu Weihnachten geschenkt hatte. Es war ein Elend, wenn man überlegte, wie es ohne den wunderschönen, hochintelligenten und eigenwilligen Wolfshund weitergehen sollte. Niemand würde mehr sein Sofa zerkauen und Zargen aus der Wand fressen … Thomas heulte wie ein Wolf und trommelte mit der Faust auf den Boden.

Charlotte saß mit ihrem Freund aus Jugendzeiten vor dem Kaminofen in ihrem Stadthäuschen und schlürfte Eierpunsch. Dieser Heilige Abend hatte für sie eine besondere Bedeutung. Nicht nur, dass Josch Diekmann neben ihr auf dem Sofa saß und ihre Hand hielt, nein, ihr Herz klopfte wie verrückt. Sie war verliebt wie ein junges Schulmädchen. Ob es ihm genauso ging?

Max Heimann verließ nach zwei Wochen das Krankenhaus. Auch wenn er körperlich nicht mehr alle Tätigkeiten ausüben konnte, sein Abitur würde er beenden und sich nach einem Beruf umsehen, der seinen klaren Verstand forderte und weniger die Hände. Seinem Freund Enrico, der auf der Insel als Held ins neue Jahr rutschen würde, verdankte er sein Leben, und dies würde immer so bleiben.

Der Mann, der all dies verursacht und viel Unglück über die Menschen auf der Insel gebracht hatte, war ebenfalls im Sund verschwunden und Tage später im Hafen von Großenbrode angetrieben worden. Die Wasserschutzpolizei hatte das zerschossene Schlauchboot aus dem Wasser gezogen und zur Kriminaltechnik des LKA weitergeleitet. An einem Seil befestigt hing ein Unterwasser-Scooter. Jetzt wussten sie auch, womit Mielke den Kutter im Belt verlassen hatte.

Lars Mielke, der Mann, dessen tiefe Trauer nicht zu überwinden war und in grenzenlosen Hass umschlug, wollte seine Frau rächen. Er wusste, dass er dabei alles verlieren konnte, und hatte es in Kauf genommen. Er war im wahrsten Sinne untergetaucht. Nur nicht so, wie er es sich vorgestellt hatte.

Die Probleme, die all dies verursacht hatten, waren nicht aus der Welt und würden es aller Voraussicht nach auch in Zukunft nicht sein. Wenn man genau hinhörte, vernahm man die Maschinen, die sich im Sund und im Belt durch die Sedimente gruben, wertvolle Riffe zerstört hatten und weiterhin unsere unmittelbare Umwelt und Zukunft unserer Nachkommen gefährdeten. Wer braucht diese Beltquerung wirklich? Ist es richtig, auf Biegen und Brechen eine neue Welt zu erschaffen, die die alte zerstört? Haben wir nicht bereits genug angerichtet? Zeigt uns nicht der Krieg direkt vor unserer Haustür, wie schnell alles vorbei sein könnte? Alles geht voran, die Zeit läuft so schnell wie niemals vorher. Das Industriezeitalter 4.0 ist zum Digitalzeitalter aufgestiegen und wahrscheinlich nicht mehr aufzuhalten. Der Mensch selbst ist nicht mehr der gleiche. Wir werden die Zukunft nicht aufhalten, und vieles ist sehr spannend. Aber alles?

Ich wünsche euch allen, dass der Wahnsinn, der auf unserer Erdkugel betrieben wird, in vernünftige Bahnen gelenkt wird. Jeder von uns ist gefordert, das Bestmögliche dafür zu tun. Fangen wir sofort damit an, dann bleibt genügend Zeit für eine schöne, friedvolle Welt und weitere tolle Geschichten …

Die nächste ist schon auf dem Weg. Sie kostet nicht nur Leben, sondern bricht viele Herzen. Wo man Liebe vermutet, kommt der Tod ins Spiel. Das unheimliche »Dodong, Dodong« könnt ihr hören, wenn ihr euch einmal unter die Brücke begebt und lauscht … na, habt ihr es erkannt? Übrigens, der Sohn von Katrin und Dirk bekam den wunderschönen Namen Mats Ole Westermann.

DANKSAGUNG

Es ist immer wieder eine Freude, wenn ein Buch fertig verfasst ist. Aber all dies wäre nicht möglich ohne viele helfende Hände.

Liebe Claudia, tausend Dank für das Lektorat, die vielen guten Gespräche und deinen unermüdlichen Einsatz. Ich bin so glücklich, dass mein erstes Manuskript auf deinem Tisch gelandet ist. Ich freue mich auf die weitere Zusammenarbeit mit dir und deinem Team. Danke, liebe Claudia Senghaas!

Großen Dank an den sehr erfolgreichen Gmeiner-Verlag mit seinem gesamten hervorragenden Team. Herzlichen Dank für die wunderbare Zusammenarbeit und das Vertrauen, das ihr in mich setzt. Ich freue mich, Teil der Gmeiner-Familie zu sein.

Danke meiner Freundin und Erstleserin Marina. Du bist so fleißig, und ich freue mich über deine konstruktive Kritik und Anregungen, auch wenn es manchmal mühsam mit mir ist. Deine Inspirationen sind befruchtend.

Ein großer Dank auch dem Maler Gerd R. Kirsch von der Insel Fehmarn. Danke für deine Kapitelzeichnung. Das sieht klasse aus.

Danke dir, lieber André Malick. Du bist als Kriminaloberrat mein fachlicher Ratgeber in allen kriminalistischen Fragen. Gibst mir hervorragende Tipps und reichst mich an die richtigen Kollegen weiter, wenn es um knifflige Fragen geht. Danke, dass du mein Freund bist.

Ebenso deine Lebensgefährtin Maria. Du tauchst in meine Geschichten ein und machst sie zu deinen. Toll! Ihr seid ein super Team.

Einen herzlichsten Dank an den Sprengstoffexperten Holger Röde vom Landeskriminalamt Hamburg, sowie Vanessa Berecke von der Polizei Schleswig-Holstein, für die Unterstützung in Sachen Sprengstoff und Organisation der Polizei Schleswig-Holstein.

Einen letzten und innigen Gruß an meine wunderbare Familie. Wie gut, dass ich euch habe. Ohne euch geht es nicht!

Aber nicht zu vergessen seid ihr. Meine lieben Leser, die mich in meinem Tun bestätigen, mir die Welt des Schreibens ermöglichen und meine Geschichten in die Welt hinaustragen. Was wären meine Geschichten ohne euch? Ich danke euch erneut von Herzen und freue mich auf weitere Lesefreundschaften. Wenn euch meine Geschichten gefallen, empfehlt mich weiter und gebt gerne Rezensionen ab.

Von euch und euren Informationen leben Autoren …

Danke.

Heike Meckelmann

Heike Meckelmann im Gmeiner-Verlag:

Kommissare Westermann und Hartwig ermitteln:

1. Fall: Küstenschrei
ISBN 978-3-8392-1851-8

2. Fall: Küstenschatten
ISBN 978-3-8392-2036-8

3. Fall: Küstendämon
ISBN 978-3-8392-2230-0

4. Fall: Küstenwolf
ISBN 978-3-8392-2403-8

5. Fall: Küstenlüge
ISBN 978-3-8392-2579-0

6. Fall: Küstensturm
ISBN 978-3-8392-2836-4

7. Fall: Küstenangst
ISBN 978-3-8392-0150-3

8. Fall: Küstengruft
ISBN 978-3-8392-0369-9

9. Fall: Küstenkiller
ISBN 978-3-8392-0607-2

10. Fall: Küstengeheimnis
ISBN 978-3-8392-0795-6

Weitere:

Fehmarn
ISBN 978-3-8392-2002-3